LE MAÎTRE DE FRAZÉ

Mr Sandman, send me a dream

« Mr Sandman », Pat Ballard
(paroles et musique)

DU MÊME AUTEUR

La Huitième Case
Denoël, 1975

Nécropolis
Grand Prix de littérature policière
Seuil, 1978
« Seuil Policiers », 1991
et « Points Roman », n° R 46

La Traque
Seuil, 1979
et « Points », n° P 116

Trois heures du matin à New York
Seuil, 1983
et « Points Roman », n° R 232

La Maison près du marais
Seuil, 1984
et « Points Roman », n° R 311

La Nuit du solstice
Seuil, 1985
et « Points Roman », n° R 283

Le Train vert
Seuil, 1988
et « Points Roman », n° R 361

Le Tueur et son ombre
Seuil, 1990
et « Points Roman », n° R 462

Herbert Lieberman

LE MAÎTRE DE FRAZÉ

ROMAN

Traduit de l'américain par Jean Langoiran

Éditions du Seuil

TEXTE INTÉGRAL

TITRE ORIGINAL
Sandman, Sleep...

ÉDITEUR ORIGINAL
St. Martin's Press, New York

ISBN original : 0-312-08886-8

ISBN 2-02-025310-0
(ISBN 2-02-019707-3, édition brochée)

PRÉSENTATION
PAR FRANÇOIS RIVIÈRE

L'île du Dr Lieberman

Natif de New Rochelle dans l'État de New York et resté fidèle à cette partie du monde, le romancier Herbert Lieberman est un être mystérieux, insaisissable, déroutant. Agé aujourd'hui d'une cinquantaine d'années, il est l'auteur de dix romans dont les traductions françaises ont reçu l'étiquette « thriller » apposée, souvent – et c'est le cas ici –, à des œuvres qui ne demandent qu'à rester inclassables. La fiction de Lieberman est inclassable, car elle ne fait que flirter, non sans insolence, avec la notion de genre. Mais elle n'est nullement indéfinissable si l'on s'en rapporte à l'homme qui, année après année, s'applique à nous livrer son message sous forme de paraboles empruntant au récit de suspens et de terreur sa méthode, quelques-uns de ses codes et nombre de ses effets.

Nécropolis, paru en 1978 – et qui remporta le Grand Prix de littérature policière – mettait en place le dessein subtil de l'écrivain. L'écriture méticuleuse, la maniaquerie du style, l'ample mouvement de ce roman noir ne devaient absolument rien aux « maîtres du genre », Cain, Burnett ou D. Henderson-Clarke. Non, *Nécropolis* était tout autre chose, une fable sur la peur de la mort abjecte, un cri lancé par l'écrivain le moins à même de prétendre au statut d'auteur de romans policiers car la vision du monde qu'il nous propose n'a rien à voir avec celle, passablement blasée, de ses illustres confrères. En cela, Lieberman pourrait avec profit être comparé à son confrère Robert Bloch (1917-1994), l'auteur de *Psychose*, de *L'Incendiaire* ou du

Monde des ténèbres, romans qui jettent au visage du lecteur l'amertume, le dégoût et le mal de vivre d'un écrivain traqué dans son travail par une violence du monde incoercible. Bloch et Lieberman pourraient être associés à cet autre funambule du faux roman de genre, le romancier et dramaturge Ira Levin, auteur de *Rosemary's Baby*, d'*Un bonheur insoutenable* et de *Sliver*. Tous trois, en effet, fascinés par la force des intrigues, soumis – sûrement – depuis l'adolescence à la sarabande effrénée d'une forme de fiction magnifiquement relayée par le cinéma, n'ont pu se retenir de mettre leurs pas de créateurs dans ceux des plus grands hypnotiseurs de la fiction d'aventure et d'action de ce siècle. La suite de l'œuvre d'Herbert Lieberman n'a fait que consacrer cette parfaite adéquation de son talent d'écrivain aux formes de la terreur absolue, selon divers registres qu'il a su intégrer avec une aisance calculée.

La Traque (1979), *La Maison près du marais* (1984) ou *La Nuit du solstice* (1985) ont montré que l'obsessionnelle activité de l'auteur, loin des usines à thrillers destinées aux seuls lecteurs pressés, s'ingéniait avant tout à restituer la marque d'un imaginaire unique. Ceux qui ont approché Lieberman ont noté chez cet homme qui, le jour, occupe un bureau d'éditeur au *Reader's Digest* et, sitôt rentré dans sa petite maison d'une banlieue chic du nord de New York, s'attelle à l'écriture de ses livres, la rigueur maniaque dans le travail. Avant de commencer la rédaction de *Nécropolis*, le romancier a passé près de six mois à hanter la morgue de New York. Herbert Lieberman est un perfectionniste et l'on ne peut douter qu'il a vécu, puis ressassé, chacun des calvaires ou des moments d'intense folie de ses personnages pour tenter de nous en restituer le caractère essentiel, sans se laisser aller aux effets stéréotypés du genre choisi comme fallacieux modèle…

Avec *Le Maître de Frazé*, il est allé plus loin. C'est à une tradition utopiste qui remonte à Francis Bacon et à sa *Nouvelle Atlantis* (1627) que fait référence ce roman tout aussi rigoureusement inclassable que les précédents. Plus près de nous, c'est à *L'Île du Dr Moreau* (1896), de H.G. Wells, que fait songer ce récit de science-fiction qui, cependant, tourne assez rapidement au *detective novel.* Dès les premières lignes, une impression étrange s'empare du lecteur. La présence d'adolescents mystérieusement retenus prisonniers sur une île lointaine évoque l'atmosphère d'une fiction à la Jules Verne, revue par le Tony Duvert de *L'Île Atlantique.* Pourtant, il n'en est rien. Jules Verne n'est plus pour l'auteur du *Maître de Frazé* qu'un souvenir lointain, le détenteur de certitudes philosophiques d'un autre âge, balayées par l'événement historique dont on peut penser qu'il nimbe toute son œuvre d'un voile mortel – le génocide.

L'Île mystérieuse de Verne, comme *Le Docteur Lerne* (1908) de Maurice Renard, ce très curieux roman auquel fait songer *Le Maître de Frazé*, et où un savant fou, cousin du Moreau de Wells, transforme allègrement les animaux en créatures intelligentes, appartiennent à une ère de l'anticipation où prévalait encore la raison humaine. Entre Verne et Lieberman, la civilisation s'est fissurée, dangereusement. Elle n'autorise plus le romancier à une évaluation bon enfant des possibilités réelles ou totalement fantaisistes de la science. Seule la perversion du thème fascinant de la « transformation », tel que l'envisageait naguère le romancier américain Gene Wolfe dans sa trilogie *L'Île du Dr Mort, La Mort du Dr Ile, Le Docteur de l'île de la Mort* (1970-1973), donnait un élan nouveau à ce thème en ordonnant de subtils jeux de mots accordés à la folie des personnages d'un récit de S.F. Mais Lieberman, comme sous l'invocation du malicieux Borges, a recours à la fiction policière pour dévoiler les mystères de l'île. Les enfants étranges qui peuplent le château gothique situé au centre de l'île sont témoins (ou complices) du meurtre de leur « père », le non moins étrange Jones, jeté là comme le cadavre d'un jeu de *Cluedo* particulièrement pervers. Le colonel Porphyre, sorte d'Hercule Poirot propulsé dans l'univers des romans d'Ann Radcliffe, commence une enquête qui, pour nous, engendre aussi le décryptage d'un monde opaque : les terrifiants Hommes des Bois, population originale de l'île, menacent en effet de rompre l'équilibre précaire d'un univers qui ressemble à l'un de ces dessins touffus proposés naguère à notre perspicacité d'enfants, où se cachait astucieusement un personnage... Dans quel dessein Herbert Lieberman a-t-il conçu puis déroulé, avec un art du suspens qui dépasse le simple jeu du roman d'énigme criminelle, cette fable qui n'est pas plus une œuvre d'anticipation qu'une enquête policière mais qui se rattache – par le projet horrible qu'elle met en scène – aux constructions les plus angoissantes du roman d'imagination ? Cet Américain bien tranquille aurait-il quelque chose d'un Raymond Roussel ?

Les réponses à ces terribles questions sont enfermées dans l'île.

François Rivière

Né à New Rochelle, dans l'État de New York, Herbert Lieberman est aujourd'hui directeur de publication au Reader's Digest Book-Club. Sept autres romans ont été publiés au Seuil dont Nécropolis *(Grand Prix de littérature policière 1978),* La Nuit du solstice *(1985) et* Le Tueur et son ombre *(1990).*

Dans un avenir
pas très lointain…

Aujourd'hui, Jones doit venir. Sinon aujourd'hui, du moins demain ; de toute façon, pas plus tard qu'après-demain. Comme d'habitude, nous ne le verrons pas. Mais, comme d'habitude, nous saurons qu'il est ici. Et comme toujours, nous ressentirons sa présence : qu'il se trouve parmi nous ou très loin, cela ne fait guère de différence. Car il est constamment avec nous. Toujours. A jamais.

La perspective de son arrivée provoque un grand remue-ménage dans la maison. Mes frères et sœurs sont déjà gagnés par l'émoi : lorsque Jones est ici, il règne toujours une certaine effervescence, une atmosphère d'excitation. Ambiance de fête ? Sentiment de peur ? Un peu des deux : si l'on ne peut pas vraiment dire que ces visites soient agréables, elles sont loin d'être ennuyeuses.

Il y aura des cadeaux, des jeux, des surprises. Oh, certes, beaucoup de surprises — Jones adore les bonnes surprises.

Ce qui ne veut pas dire qu'en l'absence de Jones nous menions ici, au château, une existence morose. Tout au contraire. Nos journées, en temps ordinaire, sont très animées. La discipline rigoureuse qu'exige une formation parfaite de l'esprit et du corps y est appliquée avec un zèle soutenu. Nous étudions, nous faisons de la musique, et nous pratiquons toutes sortes d'exercices physiques dans les divers gymnases du château. Notre emploi du temps se conforme de très près au système universitaire médiéval classique. Quadrivium et trivium sont, ici, un mode de vie. Le matin : arithmétique, musique, géométrie, astronomie ; l'après-midi : grammaire, rhétorique, logique.

Je dois cependant avouer, en fin de compte, que la vie manque tout simplement de piment lorsque Jones n'est pas là. Il vous oblige à rester sur le qui-vive – à marcher sur des œufs, si je puis dire. Après son départ, fini les banquets, les bals, les mascarades et les spectacles de pantomime dont le grand homme est si friand.

Officielles, les visites de Jones ont lieu une fois par an, en général pendant les vacances. Mais il lui arrive parfois de débarquer à l'impromptu, sans motif apparent, et ces occasions sont les plus dérangeantes : périodes de mise à l'épreuve et d'incertitude, elles laissent planer la menace, sur notre vie, d'un changement radical qui ne serait pas forcément une amélioration.

C'est le cas, aujourd'hui. Personne n'a eu le temps de se préparer convenablement. Même Signor Parelli a été pris par surprise. Il se démène tant qu'il peut, nous fait répéter nos leçons et nous exhorte à maîtriser le calcul et les déclinaisons latines du cinquième groupe. En de telles circonstances, il se montre impitoyable, poussé par le même aiguillon que nous ; je ne suis pas sûr, cependant, qu'il s'en rende compte.

Letitia, ma sœur, s'entraîne sur sa flûte avec une sorte de désespoir fervent, au cas bien improbable où on lui demanderait de jouer quelque chose pour Jones. En ce moment même, elle répète la célèbre petite élégie de Purcell dédiée à Matthew Locke, morceau parfaitement simple que pourrait jouer la dernière des cruches. Elle s'y adonne avec une frénésie qui frise le hiératique – et tout ça parce qu'elle s'imagine que cela plaira à Jones ! Quelle folie ! Mais qui suis-je pour parler ainsi ? J'en ai moi-même fait plus que ma part, pour ce qui est d'essayer de lui plaire ; moi aussi, j'étais jadis rempli du même espoir futile. Folie, dis-je. Personne ne sera épargné.

Jones pouvant surgir d'une minute à l'autre, mon frère Ogden estime avisé de travailler sur son microscope. Encore aujourd'hui, je l'ai trouvé l'œil vissé à son objectif, en train d'observer une variété rare d'hyménoptère que l'un des jardiniers lui avait rapportée des champs. La passion qui le pousse à collectionner et à classer les choses dans des albums poussiéreux tourne à la monomanie. A intervalles réguliers, Ogden descend ses albums de leurs étagères et les parcourt avec l'air absorbé et solennel qui est censé faire penser au génie. Il n'est jamais aussi calme que lorsqu'il transperce, avec une aiguille, quelque pitoyable petite créature qui se tortille désespérément, avant de la placer avec le plus grand soin dans une vitrine, au milieu de rangées et de colonnes de carapaces d'insectes desséchées. Tout cela parce qu'il s'est fourré dans la tête que Jones éprouve un authentique respect pour les collections et les classifications. Pauvre fou.

Mais Ogden est au fond exactement comme nous tous : Sofi, Letitia, Leander, Cassie, Cornie... Bon, peut-être pas Cornie, le pauvre, son cas est entièrement différent. Mais tous les autres, moi compris, réfugiés dans un coin sombre et perdu du château, nous cultivons opiniâtrement quelque activité puérile avec l'idée vague et erronée que cela fera plaisir à Jones. Et que, si nous lui plaisons, il ne nous fera pas de mal.

Vaines espérances; j'ai longtemps pensé, pourtant, comme mes frères et sœurs : se le concilier, et tout ira bien. S'attacher à quelque domaine de connaissance abscons, insensé et totalement dépourvu d'utilité... le décompte des étoiles, la rédaction de mauvais vers, la résolution d'énigmes abrutissantes. Faire semblant d'y trouver les plus grandes joies. Je faisais preuve d'encore plus de zèle que tous les autres, et réussissais mieux à simuler. Mais les années et leur cortège de déceptions m'ont ouvert les yeux. Je n'essaie même plus.

Mes frères et sœurs me prennent pour un apostat, un déchu. Ils me fuient par peur de perdre toute chance auprès de Jones en se faisant voir en ma compagnie; leur séjour ici pourrait, qui sait, en être fortement abrégé.

Je le comprends et ne leur en tiens pas rigueur. S'ils

peuvent sauver leur peau, tant mieux. Ce n'est pas à eux que j'en veux. Mais à Jones. Nous avons tous les deux un compte à régler. Un jour, mon père et moi, nous finirons par nous affronter sans merci. Je sais que je perdrai la partie, mais la jouer m'aura fait du bien au cœur.

PREMIÈRE PARTIE

La paille humide des cachots...

... Mes chaînes et moi sommes devenus amis,
Une si longue communion finit
Par faire de nous ce que nous sommes...
Même moi, j'ai poussé un soupir
En retrouvant la liberté.

Lord Byron, *Prisonnier de Chillon*

1

— Feinter, parer.

— Feinter, parer.

— Attaque, extension !

— Excellent, magnifique *froissement**. En arrière, en arrière, et... surveille ta ligne, Jonathan. Ton talon est trop dégagé. Tu vois où il se trouve ? En arrière, en arrière ! Extension, *fléché**...

— Trou du cul.

— Crapaud.

— Pet foireux.

Grognements, halètements, postillons. Ogden et moi nous affrontons sur la piste, nous portant coup sur coup depuis au moins une heure. Nous nous fendons et nous nous poursuivons sur les quatorze mètres de piste où, tous les jours, nous renouvelons cette idiotie. Jones prétend que cela nous enseigne non seulement la grâce, mais la confiance en soi, l'aplomb, la paix intérieure. Dans ce cas, ce n'est pas fait pour moi. Je sors de ces exercices tressaillant comme un cheval apeuré, sursautant à la seule vue de mon ombre.

Nous avons des uniformes en nankin blanc. Sous le gilet, je porte un sweatshirt et un plastron intérieur ; une coquille me protège les parties génitales, et le masque qui me couvre le visage m'étouffe presque tandis que la lourdeur de mes chaussures me donne l'impression d'être cloué au sol.

* Les mots ou expressions en italique suivis d'un astérisque sont en français dans le texte original.

Je crève de chaud et je me sens mal ; Ogden ne vaut guère mieux, à cette différence près qu'il ne vit que pour cette cérémonie et ce combat, choses que je méprise. Il joue le jeu comme si sa vie en dépendait, comme pour tout ce qu'il fait. Avec lui, il faut marquer des points.

— La main plus haute, Jonathan. Supination ! aboie Signor Parelli. Plus haut ! Plus haut ! les lames hautes !

— Dégueulis puant !

— Couilles de pédé !

Ogden attaque, flèche, et vient heurter violemment mon pommeau.

— Ta mère n'était qu'une catin à soldats.

— Et la tienne une pute à caravaniers.

— Vous allez arrêter ça, tous les deux ? braille Signor Parelli. *Remise, remise* * !

Ogden attaque de nouveau, fonçant sur moi comme un bélier.

— Crève, nom de Dieu, espèce de sac à pus !

— Je voudrais bien, mais je peux pas, marmonné-je pour moi-même.

Je feinte de côté et il me dépasse à toute vitesse, manquant de peu de tomber.

Fou de rage, il revient en rugissant, jambe gauche levée, ruant comme un poney.

— Je vais te mettre en bouillie !

— Sale ver de terre !

— Arrêtez ces bavardages ! nous somme Parelli. On n'est pas ici pour faire la conversation. Restez sur la *piste*. Bon sang, Jonathan ! Ne vois-tu pas où tu as les pieds ? Joli *coulé*, Ogden. Excellent *croisé*. Bien, très bien ! *Balestra*, et encore... On se fend ! En arrière, en arrière, on pare...

Toutes les louanges, bien entendu, sont adressées à Ogden, c'est un garçon si convenable, qui fait tout si bien. Ogden, c'est la perfection ; moi, je suis une nullité. Ogden mérite ces louanges. Il travaille dur. Moi, je n'en fiche pas une. Ogden est impitoyable, il ne cède jamais. S'il perd, il le prend mal et pique une crise. Eternel rival, il fait tout ce qu'on lui dit. Bondit à travers tous les cerceaux. Remue la queue dès qu'on met la barre au cran supérieur. Prend tout avec le plus grand sérieux. Moi, je ne prends rien au sérieux – moi encore moins que le reste. Mais je suis comme ça. Je ne saurais changer, et je ne me plains donc pas. Ma tombe, je me la suis creusée ici même.

Ce matin, nous avons renoncé au fleuret. Dans la perspective de la visite de Jones, nous avons pris l'épée. Des trois armes – le fleuret, le sabre et l'épée –, c'est l'épée que Jones admire le plus. Elle est de loin la plus lourde et la plus meurtrière. C'est elle qui a la lame la plus raide et, lorsqu'elle s'abat à la vitesse maximum dans un fléché, elle peut faire de terribles dégâts.

Voilà pourquoi nous portons des plastrons sous la triple couche de nos tuniques : la poitrine doit être protégée.

Ogden bondit soudain en avant, hurlant et postillonnant derrière son masque.

— Parfaite *balestra*, commente en riant Signor Parelli.

Je pare en *quarte* haute, puis contre en *quarte* et le détourne impeccablement de moi à l'aide de coups bien espacés.

— Excellente manœuvre.

Je me félicite moi-même, vu que les compliments de Parelli, comme d'habitude, tardent à venir.

Un instant, nous nous désengageons. Ogden me foudroie du regard et je vois ses dents briller derrière la grille de son masque.

— On en est à combien ? demande-t-il à Signor Parelli, avec un ricanement.

— Quatre à quatre. Attaque foudroyante.

Nos lames s'entrechoquent et projettent des étincelles sur nous.

— En garde !

Ogden pousse d'estoc, et le bruit des coups se réverbère sur les parois, assourdi par le capitonnage qui les recouvre. Je feinte, m'écarte à temps. Il est trop court, me dépasse et déjà se reprend.

Je l'entends sangloter de rage tout en chargeant.

S'il avait pu me tuer sur place, je crois qu'il l'aurait fait, à ce moment-là. Mais cette fois-ci, sa reprise est maladroite et je le sens qui se fatigue. Il lance un *fléché* et manque de tomber ; je saisis sa lame de ma main gantée. Nos bras s'étreignent, je sens ses muscles trembler sous l'effort. Furieux, il tente de dégager son épée ; n'y parvenant pas, il essaie de me faire trébucher en lançant une jambe derrière mon mollet.

— Vous trichez, vous trichez ! s'exclame Signor Parelli, qui s'élance sur ses jambes arquées moulées dans leur collant.

Il a plus l'air d'un maître de ballet que d'un maître d'armes. Il s'efforce de nous séparer, mais Ogden et moi sommes emmêlés d'une manière trop étroite et forcenée.

Je jette mon épée dans un coin de la salle et j'arrache mon masque. Puis je saisis Ogden par une prise au cou et le fais tournoyer sur place tandis qu'il se débat et cherche à me porter des coups de pied.

— Arrêtez ! Arrêtez !

Signor Parelli tente de se glisser entre nous, mais ne réussit qu'à trébucher et à s'étaler de tout son long.

Ogden reprend ses coups de pied.

— Tire-jus puant !

— Lèche-cul bavouillant ! lui rétorqué-je.

Il essaie de me donner un coup de genou dans l'entrejambe ; je ris bien fort et le chevauche comme un cheval qui se cabre.

— Lâche-le, Jonathan ! s'écrie Parelli en haletant.

Il s'efforce de me détacher d'Ogden en me ceinturant.

— Dégagez-moi ! supplie Ogden d'une voix paniquée qui monte de dessous mon aisselle. Pour l'amour du ciel, faites-le lâcher ! Il va me tuer !

— Lâche-le, Jonathan.

Chargée d'effluves de cognac et d'ail, l'haleine de Signor Parelli parvient jusqu'à moi.

— Bon Dieu, vas-tu le lâcher enfin ?

Nous voici maintenant emmêlés à trois, à nous démener et à grogner dans la salle. Dans la bagarre, Ogden perd son masque qui rebondit sur le sol et va échouer dans un coin. L'instant suivant, je sens ses dents se planter dans ma main. Je rugis de douleur. Sa jambe cherche la mienne, cette fois il réussit à me renverser brutalement sur la piste. L'air me manque et des étoiles se mettent à danser devant mes yeux lorsqu'il m'enfonce son talon dans la poitrine, puis me frappe violemment sur la cuisse du plat de l'épée, avec un claquement sec et bruyant.

— T'es mort, sac à foutre ! hurle-t-il, triomphant. J'ai gagné la belle, la belle ! J'ai gagné ! Cinq à quatre ! J'ai gagné !

Sa lame siffle dans l'air tandis qu'il se lance dans une petite danse frénétique autour de la salle.

2

— … et c'est ainsi que l'on décrit les comètes comme les grandes insoumises du système solaire. Elles n'obéissent à aucune loi céleste et vont et viennent à leur gré. Une comète qui s'éloigne de sa périphérie et de la Terre peut disparaître pendant une période allant de quelques années à plusieurs millénaires. C'est pourquoi le retour de la comète que nous étudions aujourd'hui, Zabrini-Mechner, revêt une telle importance.

— Oh flûte ! s'exclame Cassie en s'affaissant sur son siège. Moi, Cassandra Jones, je veux ta mort !

Elle foudroie Mme Lobkova de son regard de serpent. Elle se moque complètement de Zabrini-Mechner et de sa prochaine visite, mais elle n'en est pas moins prisonnière, comme les autres, de la salle voûtée qui sert d'observatoire, au sommet de l'une des six tours circulaires du château.

— Cassandra ?

Elle sursaute et lève les yeux.

— Oui, m'dame ?

— Zabrini-Mechner ? lui demande Mme Lobkova en prenant un air outré. Quelle est sa périodicité ? Tu as bien entendu la question ?

Fronçant les sourcils, Cassie cherche à gagner du temps.

— Ça doit faire trois siècles, m'dame. Première observation au deuxième siècle avant Jésus-Christ, par les Phéniciens. Elle est revenue en 302, en 602, en 902, en 1202, en 1502, en 1802, en 2102…

— Ça suffira.

Mme Lobkova, qui est prête à passer aux étoiles rouges, lui coupe la parole. Il est temps de regarder dans le grand réflecteur tourné vers le ciel, à travers l'ouverture du dôme roulant.

Le télescope de Frazé est l'un des plus grands du monde. Son miroir principal, en quartz, mesure près de deux mètres cinquante de diamètre ; il a été conçu et taillé en Suisse selon les spécifications de Jones.

Il va venir aujourd'hui, pense Cassie. Il peut débarquer à n'importe quel moment. Il est même capable de faire coïncider son arrivée avec celle de Zabrini-Mechner. Quel machiavélisme ! Ce serait bien de lui, pense-t-elle méchamment. Du pur Jones…

— Le Dragon, vingt-quatre millions d'années-lumière. Pégase, également vingt-quatre millions. Le Bouvier, deux cent quarante millions…

La voix de Letitia se met à chevroter, comme elle le fait toujours lorsqu'elle doit présenter un sujet. Elle sue abondamment pendant les classes et une odeur désagréable monte parfois d'elle. Aspirant une grande bouffée d'air pour se calmer, elle reprend l'énumération des distances des amas de galaxies.

Cassie ne quitte pas des yeux les boucles d'oreilles en laiton de Mme Lobkova. La torpeur la gagne à les voir danser, tandis que le soleil couchant éclaire les lobes grassouillets du professeur. Avec le turban qu'elle porte presque en permanence depuis que ses cheveux s'éclaircissent, Mme Lobkova ressemble davantage à une diseuse de bonne aventure qu'à un maître d'astronomie et de musique.

— C'est un événement extrêmement rare, poursuit-elle d'une voix ronronnante dans l'air rempli de poussière de la fin de l'après-midi. On attend l'arrivée de Zabrini-Mechner entre vingt et vingt et une heures. Elle ne restera visible qu'une vingtaine de minutes avant de disparaître à nouveau.

J'ai l'impression de sentir Jones se déplacer dans le ciel et se rapprocher, pense Cassie. Il lui tarde que la leçon soit terminée ; si seulement elle et Leander pouvaient se faufiler jusqu'à la vieille tour de l'angle nord et se cacher pour l'éternité dans l'un des anciens coffres moisis qui s'y trouvent... Elle serait heureuse d'y mourir, pourvu que Leander soit à ses côtés.

Flûte ! songe-t-elle, Qu'est-ce que j'en ai à faire de Zabrini-Mechner, et qu'est-ce que Zabrini-Mechner peut bien avoir à faire avec moi ? Rien du tout. Pas question que je vienne la regarder après le dîner.

3

Dans une salle nue, sans moquette, éclairée par de hautes fenêtres à meneaux, les deux sœurs gisent côte à côte, sur une table d'examen rembourrée en cuir. Sous des couvertures, pour ne pas prendre froid, elles sont rattachées à un appareil d'hémodialyse au moyen de deux tubes jaunes. L'un part d'une grosse artère, l'autre plonge dans une veine adjacente. Elles ont beau avoir toutes deux des reins en parfait état, elles doivent subir une dialyse deux fois par mois. A l'Institut, c'est de règle, et tous les rejetons de Jones doivent s'y soumettre.

Habillée d'une courte chemise de soie, Sofi a l'air langoureux et chiffonné d'une beauté que l'on vient d'arracher au sommeil. Elle s'étire et recroqueville sensuellement ses orteils sous la couverture.

— N'aimes-tu pas sentir une main d'homme se poser sur toi, Lettie ?

Elle se tourne vers sa sœur et lui adresse un sourire malicieux.

Letitia lui répond par une grimace, tentative maladroite pour paraître indifférente à la question.

— Qu'est-ce que tu préfères ?

— Ce que je préfère ?

— Tu sais bien. Quel genre de personne, et tout…

Letitia soupire, résignée à subir cet interrogatoire.

— Eh bien… évidemment, quelqu'un qui a des mains agréables et qui est patient. (Ses jambes s'agitent sous la couverture.) Faut-il vraiment continuer à parler de ça ?

Sofi se tourne encore un peu pour mieux voir sa sœur,

mais ne répond pas tout de suite. Elle n'a plus sa petite lueur moqueuse à l'œil. Les deux machines gargouillent doucement, les aiguilles se déplacent régulièrement sur les cadrans. Au bout d'un moment, elle reprend :

— Parfois, je me demande ce que ça donnerait avec quelqu'un de nouveau.

— De nouveau ?

— Tu jouirais peut-être plus fort avec un étranger, dit Sofi, provocatrice.

Letitia réfléchit un instant puis serre les lèvres, comme pour dissimuler sa gêne. Mais elle ne peut y tenir bien longtemps.

— Pourquoi dire des choses pareilles, Sofi ? Tu cherches à me scandaliser ? C'est ta manière de plaisanter ? Tu sais très bien que tu n'oserais même pas songer à te comporter comme ça.

— Comment, comme ça ?

— Avec un étranger.

Sofi adresse un clin d'œil à son aînée. Elle cambre les reins, puis fait dépasser ses orteils aux ongles vermillon de la couverture.

— Et pourquoi pas ? Qu'est-ce qui se passerait ? (Sofi s'est à demi redressée, et l'arc gracieux de son buste tend la chemisette de soie.) Après tout, rien ne t'est arrivé, à toi.

Elle se met à examiner ses orteils, évitant délibérément le regard stupéfait de sa sœur.

— Qu'est-ce que cela sous-entend, exactement ? demande Letitia.

— Simplement que j'espère qu'Oncle Toby ne découvrira rien sur toi et qui tu sais...

Entendant un bref hoquet, elle se tourne et a un nouveau clin d'œil, plus timide cette fois.

— Ne t'inquiète pas, Lettie. J'ai les lèvres scellées.

— Comment es-tu au courant ?

— Il aurait fallu être aveugle pour ne rien voir. Et je suis loin de l'être. Essaie d'être un peu plus discrète, nom d'un chien ! Ou bien ce sera la fin pour ton cher ami... et probablement aussi pour toi.

Les doigts de Letitia pianotent le long de la couverture.

Le ton de Sofi n'est plus aussi badin lorsqu'elle reprend :

— Il ne t'arrivera rien. Pas si tu fais bien attention. Et, comme je te l'ai dit, je ne suis au courant de rien.

Un gémissement bas et retenu de bête blessée monte de la poitrine de Letitia.

— Tu ne crois pas qu'Oncle Toby...

Sofi réfléchit quelques instants, puis lance un regard oblique à sa sœur.

— Laisse-moi m'occuper d'Oncle Toby. Arrange-toi simplement pour que ton Umberto apprenne à se tenir.

Les mains de Letitia arrêtent de se tordre en l'air :

— Qu'est-ce tu veux dire, « apprenne à se tenir » ?

— Ecoute un peu, Lettie. Comportons-nous en adultes. Parelli n'est pas un boy scout. Il a tenté sa chance une ou deux fois avec moi, ça ne me gêne pas de te le dire. Et je l'ai envoyé paître. (Letitia ne quitte pas le plafond des yeux, comme si elle n'écoutait pas.) Et il a aussi fait le malin avec une ou deux des chambrières d'en haut, mais ça n'a pas marché, ajouta Sofi, impitoyable. Une en particulier... Felicia, Alicia, ou quelque chose comme ça. Son mari a presque étranglé le Signor Parelli. Oncle Toby a dû se débarrasser du bonhomme.

On entend nettement Letitia déglutir.

— Ne fais pas l'enfant, Lettie, continue Sofi. Parelli est un grand garçon, et tu ne penses tout de même pas que tu es la première...

— Bien sûr que non, jamais...

— Ni que tu seras la dernière... (Sofi ne la lâche pas, prenant plaisir à jouer le rôle prestigieux de la femme qui connaît la vie.) Cela dit, les femmes de chambre sont une chose, mais toi, c'est différent. Tu fais partie de la famille. Tu es l'une des filles de Jones. Avec toi, Umberto joue avec le feu.

Ces derniers mots retentissent comme un glas funèbre aux oreilles de Letitia.

— Oh, mon Dieu, oh, mon Dieu !

Elle éclate en sanglots.

Le bruit attire l'attention d'un technicien en blouse blanche qui se trouve dans le secteur. Il passe la tête par l'entrebâillement de la porte.

— Fichez le camp ! lui intime sèchement Sofi. Si nous avons besoin de vous, je vous le ferai savoir.

Sans oser répondre, le pauvre homme s'esquive tandis que les sanglots de Letitia redoublent.

— Oh, bon sang, Letitia ! Arrête ça, lui jette Sofi. Reprends-toi. Je ne supporte pas de te voir gémir comme ça.

— Oh, mon Dieu, mon Dieu. Et Jones qui risque d'arriver d'une minute à l'au... (Elle s'interrompt de manière inattendue pour bâiller.) J'ai tellement sommeil, Sofi. Et froid.

— Ne t'inquiète pas. Ce n'est que le médicament qui commence à faire son effet.

4

— Greystoke, Nigel : chargé d'une étude des gènes de l'herpès zoster dans les systèmes de sélection des levures. Quatre-vingt-douze mille dollars.

— Geha, Raïf Salim : chargé d'une étude en immunologie moléculaire. Trois cent vingt-six mille quatre cents dollars.

— Van der Rohe, Wilhelm Fritz : chargé d'une étude sur les dépôts de vapeur chimique. Trois cent douze mille dollars. La cote de la vapeur est à la hausse, ces temps-ci, non ?

— Continuez, dit Toby Jones avec un geste impatient de la main.

Signor Parelli comprit qu'il valait mieux ne pas insister et se remit aussitôt à égrener les noms des chargés d'étude nouvellement nommés avant de les coucher, avec les sommes qui leur étaient allouées, dans les registres de la Fondation.

La situation de Parelli, qui habitait à Frazé, restait une énigme. Il portait le titre d'assistant administratif du directeur et était un instructeur à part entière de l'Institut, mais son autorité, au château, demeurait étroitement limitée. En réalité d'origine corse, il prétendait descendre d'une longue lignée de comtes toscans possédant d'importantes propriétés dans la campagne des environs de Sienne.

Il avait un côté fringant et plein de panache, comme on l'aurait écrit dans les revues chic ; grand, sec comme un coup de trique, il se coiffait les cheveux en arrière, les rejetant loin du front, et avait l'aspect légèrement huileux d'une idole du cinéma muet. Pour renforcer cette impression, il portait des jodhpurs et des bottes de cavalier tatar, et manifestait un faible fatal pour les foulards noués à la diable autour du cou.

Personne ne savait exactement comment il était entré à l'Institut. D'après certains, Jones l'aurait remarqué alors qu'il travaillait comme barman dans un café du front de mer, à Ajaccio. Parelli avait, certes, reçu une formation classique, mais dans une université mineure. Et, bien entendu, l'histoire du jeune noble cultivé succombant à l'adversité avait beaucoup séduit Jones, dont la philanthropie relevait beaucoup plus de ses fantaisies que du simple bon sens.

Pour Parelli, assurer le tutorat de la progéniture de Jones fut un grand coup. Jamais il n'avait vécu aussi bien — à peine aurait-il osé en rêver. Il y avait évidemment quelques inconvénients. En premier lieu, la perspective de passer tout le reste de sa vie active sous la houlette pesante de Mr Tobias Jones n'avait rien de bien réjouissant. Ensuite, si la paye était bonne, les occasions de la dépenser étaient inexistantes. Pour un personnage aussi sociable que le Signor Parelli, l'isolement de Frazé était quasiment insupportable. En dernier lieu, le château manquait cruellement de femmes disponibles, les plus attirantes étant de loin les filles de Jones, avec lesquelles tout contact autre que purement pédagogique lui était strictement interdit. Aurait-il eu l'audace de tenter sa chance dans cette direction qu'il aurait risqué de retrouver son tablier de garçon de café à Ajaccio en moins de vingt-quatre heures. Si bien qu'il se tenait autant que possible à carreau, déployant d'admirables efforts pour se contenir, tout en considérant cette exclusion comme un affront. Quels que fussent ses ressentiments, il gardait néanmoins le silence. Les autres femmes de Frazé, essentiellement du personnel de maison, se réduisant uniquement ou presque à des rombières plantureuses et sans le moindre attrait, le Signor Parelli avait du mal à empêcher la vapeur de lui sortir par les oreilles. Il était constamment prêt à exploser.

— Eh bien, demanda Toby, exaspéré, à combien s'élèvent les dégâts ?

Les ongles manucurés du Signor pianotèrent sur le clavier de l'ordinateur, un brouillard de chiffres verdâtres se mettant aussitôt à danser sur l'écran. Quand tout s'arrêta, Parelli ajusta ses lunettes et lut :

— Trente-quatre millions six cent douze mille.

— Trente-quatre mill... (Toby Jones en resta bouche bée.) Et ce n'est que la Fondation... Nous devons maintenant attribuer les bourses de l'Institut. Sans compter les universités, les hôpitaux et, bien entendu, le lot habituel de pique-assiette.

Il était au bord de l'apoplexie. Il agita un autre document en l'air, un papier tout chiffonné.

— Bien entendu, vous avez vu ces demandes pour un nouveau matériel de laboratoire ? reprit-il. (Parelli acquiesça discrètement.) Deux millions et demi, au moins ! Absolument criminel. Ma parole, ils fichent le feu aux installations, là-bas ! Fabian ne vaut pas mieux qu'un vulgaire cambrioleur. Il sait qu'il peut nous tondre et même nous écorcher, mais tout le monde s'en moque !

Toby repoussa sa chaise en arrière, se leva et se passa la main dans sa chevelure poivre et sel.

— Pure malveillance, c'est pas autre chose, je vous dis. Tout ça, c'est du gaspillage. Le temps qu'il soit prêt à les mettre à la porte, les caisses seront vides et tous ces charognards d'universitaires, tous ces professionnels de la main tendue des grands organismes de charité qui roulent en limousine avec chauffeur se seront tirés avec le magot.

Toby souleva un presse-papiers en onyx massif, sculpté en forme de babouin exhibant des canines redoutables. Un instant, Parelli crut bien qu'il allait le lancer. Mais Toby n'en fit rien. Au lieu de cela, il se contenta de le brandir en tremblant, comme coincé entre gravité et désir réprimé.

— Quand il mourra, ce qui n'est qu'une question de temps, reprit Toby avec un calme qui n'avait rien de rassurant, j'ai bien l'intention de ficher le camp d'ici, mais pas les mains vides.

Parelli regarda les chiffres immobilisés sur l'écran indigo et se demanda dans quelle équation mal fichue il se trouvait lui-même pris. Mais il avait trop peur pour poser la question. Au lieu de cela, il demanda :

— Quand doit-il arriver ?

— Au cours des prochaines vingt-quatre heures.

— A-t-il déjà fait la sélection ?

— Non, mais les tests métaboliques de Genève sont plutôt concluants. Fabian a qualifié de supérieur notre premier choix. Classe A. Jusques et y compris le gène vingt-quatre.

Pour la première fois de l'après-midi, leurs regards, en se croisant, manifestèrent une compréhension mutuelle.

— Et la Bessarabienne ? demanda Parelli.

— Elle n'a rien eu.

— Elle va hurler comme un cochon qu'on saigne.

— J'en fais mon affaire.

— Je ne demande pas mieux.

Parelli eut une expression de dégoût extrême, ajusta ses lunettes sur l'arête de son nez en bec d'aigle et reprit la lecture de la liste des boursiers.

— Kubota, Shigeko : étude du chamanisme malais. Cinq cent trois mille dollars...

Tobias Jones, le regard perdu, l'écoutait à peine.

5

Je ne m'inquiète pas.
Je ne regrette rien.
Je n'envie personne.
Je ne perds ni mon temps ni ne fais perdre celui des autres.
Je ne convoite pas les biens de ce monde.
Je ne recherche pas l'admiration.
Je ne recherche pas d'avantages personnels au détriment des autres.
J'honore mon père.
J'honore mon oncle et mes maîtres.
J'honore mes frères et sœurs.
J'honore le passé.
J'apprécie le présent.
L'avenir est éternel.

Le marmonnement morose des neuf voix va en s'amenuisant. Certains sont plus rapides que d'autres. Il n'y en a pas deux pour finir en même temps.

C'est l'heure du dîner. Nous sommes rassemblés dans la vaste salle à manger de forme ovale, autour d'une grande table de réfectoire usée et éraflée par des siècles de service. Les derniers rayons obliques du soleil, à travers les vitraux des fenêtres à lancette, projettent des reflets rouges et céruléens sur le sol aux dalles de pierre délavées.

A Frazé, chaque repas, sans exception, commence par cette litanie, version jonesienne des actions de grâces, sorte de catéchisme séculaire dû au Fondateur et appris par cœur par ses nombreux rejetons.

Le rituel terminé, les domestiques font circuler les plats et nous attaquons notre repas. Les menus sont toujours différents d'une fois sur l'autre, mais la nourriture ne l'est pas : légumes et fruits, une tranche de pain entier sans sel, du thé nature sans sucre. Pour dessert, une substance gélatineuse dont la couleur diffère chaque soir ; des miettes d'une matière sèche et sucrée sont éparpillées dessus pour la relever. En tout et pour tout, six cents calories. Jamais plus, jamais moins.

Ce régime a pour but de maintenir la température du corps le plus bas possible : 32 °C. On doit prendre en outre plusieurs drogues pour parvenir à ce résultat. Aujourd'hui, nous avons également eu droit à notre hémodialyse bimensuelle et à notre transfusion de TRX5-SODS, dismutase d'oxyde de sodium, produit qui laisse un goût d'échalote dans la bouche pendant des jours entiers. Tous les trimestres, l'un des assistants du Dr Fabian procède à un examen médical. La basse température corporelle nous rend somnolents, sans parler de la désagréable sensation de froid qui l'accompagne.

Mon frère Cornelius, dit Cornie, sourit aux anges en contemplant son assiette vide. Dans la faible lumière vacillante des deux girandoles de cristal, la tache de vin étalée sur le côté de son visage le défigure plus que jamais. De forme spatulée, elle part de sa tempe droite et descend en dessous de sa joue, se terminant par une série de pointes inversées. Elle marque l'endroit où, au moment de sa naissance, ses capillaires ont éclaté. En dépit de la beauté de ses traits, la plupart des gens trouvent Cornelius grotesque.

Il est non seulement le plus grand d'entre nous, mais aussi le plus vieux. Il est toutefois impossible de deviner son âge, comme pour chacun d'entre nous. Son attitude présente quelque chose d'à la fois distant et simiesque ; sa démarche est chaloupée et traînante. D'une force herculéenne, il est capable de casser des planches du tranchant de la main et de soulever des charges de plusieurs centaines de kilos. Sa main, quand elle se pose sur vous, est aussi douce qu'une patte de chat.

C'est notre aîné à tous, mais son âge mental dépasse à peine cinq ou six ans. Oncle Toby prétend qu'il est simple d'esprit. « Maboul », comme le dit carrément mais sans méchanceté Cassie.

Cornie émet un doux bruit de gorge en mangeant, comme un pigeon qui roucoule. Nous avons pour consigne stricte de ne pas faire attention à lui lorsqu'il enfourne sa nourriture, ni non plus de signaler les saletés qu'il répand sur lui et autour de sa place.

Du fait de son handicap, Cornie est dispensé d'exercices et de débats contradictoires. Il l'est également des horribles spectacles de masques et pantomimes qui, ici, font office de distractions. Et, comme il engloutit ses repas en quelques bouchées, il est autorisé à quitter la table avant nous.

Ce soir, l'essentiel de la conversation porte sur l'arrivée imminente de Jones. Mes frères et sœurs sont manifestement mal à l'aise.

6

Dès la fin du dîner, Oncle Toby frappe dans ses mains et nous annonce un spectacle de magie pour la soirée.

Une fois par an, en général pendant un jour de congé et toujours lorsque Jones est là, Toby nous fait la faveur d'une séance de tours de magie. C'est une vraie passion chez lui, ce qui se comprend lorsqu'on l'a vu faire ; l'homme est un remarquable illusionniste. En le regardant, on se sent en présence de quelque force puissante et mystérieuse appartenant à un tout autre univers, mais on ne peut s'empêcher d'éprouver l'impression désagréable d'être victime d'un trucage. Alors mes yeux ne cessent de chercher un indice qui me permettrait de le démasquer ; je sais qu'il doit y en avoir, mais je n'ai jamais été capable de les découvrir.

A neuf heures tapantes, nous nous retrouvons assis dans la salle de bal, vaste espace encombré de rangées de chaises et aux murs ornés de sculptures, de cariatides arrachées à d'anciens temples et d'armures portées autrefois par des croisés.

Pour l'occasion, on a dressé une petite scène éclairée par un unique et puissant projecteur monté sur un trépied au fond de la salle ; équipé d'un certain nombre de filtres, il projette des rayons de lumière multicolores. Un membre du personnel des cuisines en a la charge.

Une douce musique d'orgue monte de derrière la tenture qui ferme le fond de la scène et crée une ambiance légèrement sépulcrale, comme si nous nous trouvions dans un salon funéraire où se déroule un service religieux.

En guise de hors-d'œuvre, Oncle Toby nous offre quelques tours classiques de son répertoire, des choses que nous avons vues des douzaines de fois mais qui, grâce à son habileté, paraissent toujours aussi nouvelles et spontanées. Cela relève davantage de la prestidigitation que de la magie et c'est destiné à nous mettre en appétit. Il en exécute ainsi quelques-uns avec des œufs, des pièces, des bouteilles et du papier crépon. A un moment donné, il coupe en l'air des foulards de soie aux couleurs brillantes ; ceux-ci retombent comme des serpents décapités, tournoient paresseusement dans les rayons de lumière colorés, puis se reconstituent sous nos yeux, une fois au sol.

Ensuite, attifé d'un turban de *swami* orné d'un lapis-lazuli gros comme un œuf de caille, Oncle Toby entreprend de grimper à une corde qui ondule lentement, et monte ainsi jusqu'au plafond, très haut dans cette salle. Puis il se laisse glisser et atterrit sur ses deux pieds après un saut périlleux impeccable. Les applaudissements crépitent.

La séance de jonglage est à couper le souffle. Il commence avec de simples pommes et oranges, passe rapidement à des massues indiennes et termine avec des kriss malais effilés. Le *coup de grâce* de la soirée se produisit au moment où le projecteur s'éteignit. Plongés dans une obscurité totale, nous entendons l'orgue ahaner un chant funèbre sinistre et je sens brusquement une bouffée d'air froid sur la nuque, comme si quelque chose passait vivement à hauteur de mon oreille. Soudain, la salle s'illumine, grâce aux douze bougies d'un candélabre d'or posé sur un lutrin, sur la scène.

Oncle Toby commence à faire tournoyer l'une des bougies entre ses doigts, comme un bâton de tambour-major ; on pourrait croire que le mouvement suffirait à l'éteindre mais, au contraire, elle brille d'une flamme de plus en plus vive. Il en prend une deuxième, puis une troisième, les fait tourbillonner si vite en l'air qu'elles ne tardent pas à se transformer en comètes inscrivant leur fugitive et brillante calligraphie contre l'obscurité du plafond.

Le but est évidemment d'arriver à faire virevolter simultanément les douze bougies. Mais pas seulement ; ce serait trop facile. Il s'agit en réalité de se débrouiller pour qu'elles soient toutes les douze en l'air en même temps et créent ainsi des motifs aveuglants – sans, bien entendu, qu'une seule ne s'éteigne.

Lorsqu'il y en a six en l'air, il paraît douteux qu'Oncle Toby puisse en lancer encore une. Mais il y parvient, et avec une facilité encore plus grande, apparemment.

Nous poussons des *oh !* et des *ah !*, applaudissons, tapons du pied. Devant moi, Sofi et Letitia sont assises en tailleur sur de gros coussins, à même le sol, et, la jupe remontant très haut sur la cuisse, ne sentent même pas ce que leur tenue a de provocant. A côté de moi, Leander et Cassie restent bouche bée d'émerveillement, comme des gosses. Mme Lobkova a pris place au bout de la rangée, une expression à la fois ravie et vaguement ennuyée dans le regard. La tête rejetée en arrière, elle contemple le cercle lumineux qui tourbillonne au-dessus de nos têtes et forme comme une grande roue. Comment les bougies tiennent-elles en l'air ? me demandé-je. Qu'est-ce qui les empêche de retomber ?

A un moment donné, je détourne les yeux du spectacle et suis surpris de découvrir Ogden, son regard sombre et impitoyable rivé sur moi. Le souvenir du combat du matin lui cuit encore, et il médite sa revanche. Je n'ai aucune idée de la forme qu'elle prendra, mais ne doute pas qu'elle viendra. En matière de revanche, on peut lui faire confiance.

Oncle Toby vient de lancer sa dixième bougie ; toutes, elles virevoltent au-dessus de nous en boucle de feu, s'élevant et plongeant comme un grand oiseau. Le son de l'orgue s'enfle en un crescendo. Oncle Toby saisit la douzième bougie et l'expédie n'importe comment au milieu des autres, parmi lesquelles elle prend aussitôt place. Elles tourbillonnent selon un dessin parfait, comme une grande et lointaine constellation.

Il y a de nouveau des *oh !* et des *ah !* ainsi que des cris de joie. Avec d'étranges torsions du corps, Oncle Toby les fait osciller comme un lasso ; à un moment donné, il les attire tellement bas que je sens leur chaleur me frôler les oreilles.

Ce n'est pourtant pas la fin du spectacle, tant s'en faut. Par un tour de passe-passe stupéfiant, les bougies retournent entre les mains d'Oncle Toby, tel un vol d'étourneaux qui atterrit d'un seul mouvement. Et, pendant qu'elles retrouvent sans hésiter leur place sur le candélabre, il les souffle une à une.

La lumière se rallume. Mais à peine avons-nous retrouvé nos esprits qu'elle baisse à nouveau. Un roulement de tambour retentit derrière le rideau de fond de scène. Oncle Toby claque des mains avec force, une seule fois. L'orgue grimpe dans les aigus. On entend alors un bruit de frottement — comme de la pierre raclant de la pierre. Quatre solides porteurs font leur apparition. Il s'avancent d'un pas lourd sur la scène, en faisant rouler entre eux une boîte rectangulaire. En regardant de plus près, je comprends qu'il s'agit d'un cercueil ou, plus précisément, d'un sarcophage.

Taillé dans du Carrare richement veiné, il avance bruyamment sur des roues minuscules. Il est manifestement très ancien, anodisé d'une patine d'un jaune verdâtre. Le couvercle, en bronze ciselé, représente un gisant. D'où je me tiens, j'ai l'impression de voir une longue silhouette émaciée. Jambes et côtes saillantes renforcent ce sentiment. Le visage est celui d'un homme endormi, les yeux fermés. Il porte une moustache et un bouc taillés courts. Les joues creuses et les orbites enfoncées créent un effet de repos sacré. Je songe à la dépouille d'un saint homme ayant consacré toute sa vie à la prière et aux privations.

A l'instant où les porteurs hissent le sarcophage sur des tréteaux, des voiles funèbres descendent sur la salle. L'ambiance tapageuse qui régnait encore l'instant d'avant laisse la place à quelque chose de sombre et de mauvais augure.

Le costume qu'Oncle Toby a enfilé pour son numéro — smoking, gants blancs, chapeau homburg, fleur à la boutonnière — lui donne l'apparence d'un joyeux boulevardier des années vingt ; dans l'éclat rougeâtre que dispense maintenant le projecteur, sa tenue prend brusquement un aspect sinistre. D'une manière que j'ai du mal à expliquer, je me sens pris d'une sorte de tournis et curieusement hors d'haleine. J'éprouve une forte envie de partir. De sortir très vite. Je n'arrive pourtant pas à me décider à bouger.

Cornie émet une série de sons bas et doux, et je sens Cassie se raidir à ma droite. La respiration de Mme Lobkova s'accélère. L'orgue ne joue plus, et le silence se fait inquiétant.

Oncle Toby se tient sur le côté de la scène, les doigts de la main droite tremblant contre sa tempe, comme s'il était plongé dans une profonde concentration.

A peine les porteurs ont-ils quitté la scène que les pieds des chevalets semblent se mettre à trembler ; puis le sarcophage, autour duquel il n'y a plus personne, paraît vibrer à son tour, avant de s'élever lentement. Il monte ainsi de quelques centimètres ; au bout d'une trentaine, il donne l'impression de flotter librement entre les chevalets.

A ma gauche, Leander se recroqueville. Signor Parelli, debout sur le côté, ne quitte pas le cercueil des yeux, comme en transes. Suivant son regard, je sursaute en voyant le couvercle de bronze se déplacer.

Ogden se penche en avant, les yeux plissés, son air absorbé et boudeur transformé maintenant en une curiosité qu'il a du mal à contenir.

L'attente qui régnait dans la salle était presque palpable. Nous avions tous les yeux fixés sur Oncle Toby, mourant d'envie de savoir ce qu'il allait faire. Justement, il ne fit rien.

Mes yeux reviennent alors au personnage de bronze, sur le couvercle du sarcophage. Un bref instant, j'ai la certitude de voir sa cage thoracique s'élever et s'abaisser, comme s'il respirait.

Il n'y avait rien de visible entre les deux chevalets, rien qui aurait pu soulever un objet de cette taille et de ce poids. Je cherche en vain une trace de quelque chose – des cordes à piano, peut-être – qui pourrait tirer le sarcophage depuis le plafond. Il n'y a rien. Je reporte mon regard sur Oncle Toby ; ce dernier n'a pas bougé. Légèrement penché, tête droite, les yeux fermés, la bouche scellée, il paraît dormir debout.

Ce qui suit est difficile à décrire et je n'ai jamais pu l'éclaircir. Le sarcophage, après être resté plusieurs minutes parfaitement immobile en l'air, oscille légèrement et se met à redescendre ; il s'arrête un instant à deux ou trois centimètres au-dessus de la barre horizontale des tréteaux, puis reprend son mouvement. Les pieds des tréteaux grincent nettement et me donnent l'impression de plier un peu sous la charge. Le cercueil paraît glisser et, pendant un affreux moment, chancèle. Je me souviens de Mme Lobkova se levant de son siège et de Signor Parelli s'apprêtant à bondir en avant.

Mais c'est inutile. Le sarcophage se pose gentiment entre les tréteaux. Un frottement se fait alors entendre et le couvercle, manifestement lourd, oscille visiblement, puis commence à se soulever.

Il le fait sur une douzaine de centimètres, puis s'arrête au moment où la main qui le repoussait de l'intérieur — une main attachée à un poignet à l'ossature fine — devient clairement visible.

Quelqu'un, dans mon dos, a un hoquet de peur.

Leander s'est détourné de ce spectacle qui l'effraie. J'ai beau savoir qu'il ne s'agit que d'un tour, je n'en ai pas moins la chair de poule.

L'instant suivant, quelque chose — une petite silhouette noire — paraît sauter du cercueil et se met à bondir frénétiquement dans tous les sens ; quelqu'un éclate de rire en voyant le grotesque petit polichinelle s'agiter, obscène, sur ses jambes de bois.

Soudain Oncle Toby s'affaisse. Ses genoux se dérobent sous lui et il s'effondre sur le sol. Signor Parelli se précipite et, penché sur lui, essaie de lui faire reprendre connaissance.

Le couvercle de bronze se referme bruyamment et la lumière revient. Nouveau roulement de tambour.

— Jones, murmure Mme Lobkova à voix basse. Il est ici.

7

Plus tard, pendant la nuit, Cassie vient me rejoindre dans mon lit, ce qu'elle fait en général lorsqu'elle est bouleversée ou qu'elle a peur. Le scénario ne varie guère : un grincement timide du bouton de porte, l'ouverture qui s'entrebâille. Sa silhouette fragile se détache devant la lumière diffuse qui provient du couloir et elle se tient là, pieds nus, semblable à une apparition dans la couverture qui l'emmitoufle, attendant que je l'invite à entrer.

Le prétexte est, cette fois, le froid qui régnerait dans sa chambre. Elle se plaint aussi souvent que les ronflements de Letitia, dans la chambre à côté, l'empêchent de dormir ou que les cris d'un animal dans la forêt l'ont réveillée. Mais jamais elle n'invoque la peur.

— Est-ce que je peux rester avec toi cette nuit, Johnnie ? Ma chambre est...

— Froide. Je sais. Bien sûr. Viens vite.

Je soulève le côté de la couette, elle se glisse à côté de moi, se coulant sous mon bras avec un petit soupir de gratitude. Mon bras se referme, comme une aile protectrice, sur ses épaules étroites et anguleuses.

— Et maintenant, dors, dis-je en reprenant ma position habituelle, la tête enfouie dans l'oreiller.

Elle reste un moment tranquille, puis cherche une position plus rassurante, qui la colle davantage à moi. Bientôt, je sens la paume moite de ses petites mains se glisser autour de ma taille. Elle me serre contre sa poitrine.

— Alors c'est ça, dis-je en me retournant avec un soupir.

Je soulève sa chemise de nuit jusque sous ses aisselles. Cassie a des seins de jeune fille – deux cônes au relief peu accusé surmontés d'une minuscule graine rose qui me rappelle les bonbons que Mme Lobkova nous donnait le soir, avant d'aller au lit, quand nous étions petits. « Faites de beaux rêves », nous disait-elle avant de nous le glisser dans la bouche.

J'embrasse les seins de ma petite sœur, elle gémit doucement.

Nous nous frottons l'un à l'autre, exactement comme nous l'ont appris Oncle Toby et Mme Lobkova au début de notre puberté – que Jones considère comme l'âge idéal pour commencer sa vie sexuelle. N'ayez de relations qu'avec les membres les plus proches de votre famille, ceux dont vous savez qu'ils n'ont pas de maladie. Ressentez de la joie, nous prêchait-il. Pas de la concupiscence. La concupiscence vous ravale au rang des bêtes.

La sensation brûlante et liquide du soulagement arrive soudainement. Cassie gémit sur le même mode retenu, puis s'arrache à mon étreinte.

– Il est arrivé, maintenant, pas vrai ? murmure-t-elle. Tu as bien vu. C'est mon tour, aujourd'hui. J'en suis sûre.

– Ne sois pas idiote.

– C'est pourtant possible. Même toi, tu l'as dit.

– Eh bien, c'est faux. Tu es trop jeune et il n'y a pas à chercher plus loin.

– Et l'autre fille, hein ? Serena ? Elle avait mon âge.

– Non, elle était plus vieille. D'au moins trois ans. De toute façon, c'était une erreur ; ça n'aurait jamais dû se produire.

– N'empêche que c'est arrivé. *Pouf*, disparue !

Elle se met à bouder en silence, se serrant violemment contre moi comme si elle avait l'intention de me passer au travers.

– Et si c'était mon tour ? reprend-elle.

– Eh bien, tu partiras, c'est tout.

Elle pousse un cri suraigu et je dois lui clore la bouche de ma main.

— La ferme, pour l'amour du ciel ! Tu vas réveiller toute la maison.

— Et qu'est-ce qui va m'arriver, alors ?

Elle se prend à claquer des dents et à frissonner. (Je roule à l'autre bout du lit sans lui répondre.) Qu'est-ce qui se passera ?

— Tu prendras le poste que te donnera Jones et tu voyageras avec lui. Tu seras assignée à une autre résidence.

La réponse ne la satisfait pas.

— Laquelle ? Où ?

— Un jour, j'ai entendu Oncle Toby parler d'un endroit, dans l'Antarctique. Plaines polaires, débâcle de glace. Des glaciers à perte de vue. Des pingouins, des lions de mer. Ça te plairait, non ? Et la maison est un château de glace. Avec des tours, des douves et des créneaux. Exactement comme dans *Ivanhoé*.

Cette idée semblant la calmer, elle se recouche, somnolente, sur les oreillers ; l'épuisement, en prenant le dessus, la vide de toute sa tension.

Je lui caresse le dos de lents mouvements circulaires pour l'aider à s'endormir.

Sa tête roule de côté tandis que le sommeil la gagne.

— Fais attention, Jonathan, bredouille-t-elle. Ils sont là pour t'attraper.

— Qui te l'a dit ?

— Ogden...

— Qu'il aille se faire foutre. Il peut bien raconter tout ce qu'il veut.

— Tu ne diras pas ça quand... (elle croise les bras, ferme fortement les yeux et fait la moue)... quand ils te donneront aux Hommes des Bois..., termine-t-elle en enfonçant le visage dans l'oreiller.

D'abord surpris, j'éclate de rire. D'un rire brutal et sans joie, alors même que l'atroce réalité de cette possibilité me saisit. Ils pourraient très bien le faire. Me virer. Me refiler aux Hommes des Bois. Je n'ai pas épargné les provocations. Je ne suis qu'un bien piètre résultat de la « grande expérience ». Pourquoi je me comporte comme je le fais, je ne saurais le dire. Ce serait tellement facile d'imiter les autres. Me montrer docile, reconnaissant. Sauter dans les cerceaux. Mais je ne peux pas. Parfois, je m'entends me dire à moi-même : « Pauvre fou, obéis ! Obéis ! » Impossible.

— Qu'ils essaient voir, dis-je en foudroyant Cassie du regard.

Mais elle dort déjà à poings fermés, le pouce bien enfoncé au milieu de ses lèvres roses de Cupidon ; une minuscule bulle de salive y crève rythmiquement.

— Ils n'ont qu'à me balancer aux Hommes des Bois, c'est ça, marmonné-je dans la pénombre poisseuse.

Tout est de la faute de Jones. Absolument tout. Je lui attribue toute la responsabilité. Une fois, au moins, j'aimerais me trouver en la compagnie de mon père, sans masque, sans le rideau obscur derrière lequel il tient à se cacher durant ces horribles audiences, pour lui dire ce que je pense de lui. Si seulement je pouvais parler avec lui, libre de toute contrainte ! Le regarder en face. Juste une fois. L'obliger à poser vraiment les yeux sur son fils. Je suis peut-être laid. Oui, je le suis sans doute. Mais c'est mon père. Je lui ressemble peut-être, qui sait ? Cette idée lui plairait-elle ou le rendrait-elle furieux ? Je me contenterais de lui parler ainsi une seule fois. Je pourrais alors peut-être, en fin de compte, trouver un peu de paix.

Cassie bouge et, se redressant à demi, marmonne quelque chose dans son sommeil.

— Quoi ? dis-je, incertain d'avoir compris.

Mais elle retombe sur son oreiller, profondément endormie.

Ne cessant de tripoter la bordure de ses draps de soie de plus en plus froissés, Letitia n'arrive pas à trouver le sommeil. Elle sent contre elle la saine chaleur animale qui émane du corps nu de Sofi – Sofi qui, elle, s'est endormie rapidement. Le sommeil lui vient d'ailleurs toujours vite, comme tout ce qu'elle fait. En revanche, rien n'est facile pour Letitia.

Allongée de côté, elle regarde les seins bien formés de sa sœur, éclairés par un rayon de lune, ils se soulèvent et s'abaissent au rythme de sa respiration. Elle pense alors aux mamelles affaissées et froides accrochées à sa propre poitrine.

Il lui semble injuste que rien, même pas ce simple avantage physique, ne puisse jamais lui advenir. Alors que, pour Sofi, tout marche sur des roulettes. Sa sœur n'a même pas besoin de lever le petit doigt pour que les choses tournent à son avantage. En dépit de tous ses efforts, Letitia a toujours le plus grand mal à s'en sortir.

Pâle et argenté, le rayon de lune vient se poser sur le visage de Sofi dont il illumine un instant le profil, accentuant l'impression de profond repos qui s'en dégage déjà. C'est justement cette sérénité inconsciente, ce parfait contentement animal qui rend Letitia tellement furieuse. Comment Sofi peut-elle dormir tout en sachant que Jones se trouve ici, dans le château ? Que les prochains jours seront cauchemardesques ? Que leur sort va en dépendre ? Letitia en a la chair de poule rien que d'y penser. Et pourtant, Sofi dort. N'a-t-elle pas vu la main, le couvercle du coffre qui se soulevait et le poignet décharné et grisâtre, juste en dessous ? Et cette petite marionnette hideuse...

Sans doute l'idée que le grand homme se fait d'une bonne blague. Parfaitement macabre. Parfaitement pervers. Et parfaitement typique. C'est aussi ce qu'a dit Jonathan. Et, en ce moment même, Jones se trouve là, caché quelque part, dans une chambre dont l'emplacement n'est connu que d'une ou deux personnes de confiance. Il attend l'arrivée du jour.

Comme ses frères et sœurs, Letitia n'a jamais vu son père. Ses seuls contacts avec lui ont eu lieu dans des pièces plongées dans l'obscurité, derrière un écran, dans des conditions strictement contrôlées ; au mieux, devinait-on une vague silhouette. Comportement singulier pour un père — mais Jones n'est pas un père ordinaire. Ainsi procède-t-il, car il en a le pouvoir. Qui pourrait le remettre en question ?

Enfant, elle aimait aller se coucher en l'imaginant. Elle se voyait le rencontrant enfin, face à face, même si la seule perspective d'une telle confrontation la rendait physiquement malade. Comme elle l'était maintenant – toujours la même petite fille effrayée. La chair de poule. Dans l'attente de la punition.

Soudain, un rayon lumineux envahit la pièce et se promena sur le plafond et le mur opposé avant de s'éteindre, tandis que se refermait la porte. En ce bref instant, quelqu'un avait franchi le seuil et pénétré dans la pièce. D'où elle se trouve, Letitia distingue à peine une silhouette en robe ; mais elle entend sa respiration. La forme paraît observer, à travers l'obscurité, les deux occupantes du lit.

Il y a un bruit de frottement et la silhouette traverse la chambre en quelques pas rapides. Puis elle s'immobilise à côté du lit, dégageant en vagues chaudes une odeur douceâtre et maltée de whisky qu'on vient d'ingérer.

– Lettie ?

Celle-ci déglutit péniblement.

– Oui, Oncle Toby.

Il tire un coup sec sur l'édredon.

– Fais-moi une place.

Obéissante, elle se pousse. Toby Jones enlève sa robe de chambre, la jette sur une chaise et se glisse entre ses deux nièces.

Dans l'un des placards de la cuisine principale, deux domestiques font l'amour avec ardeur, allongés sur un billot de boucher. Le pantalon sur les chevilles, les hanches prises en ciseaux entre les puissantes cuisses de la fille, l'homme s'agite en cadence avec elle, tandis que des ustensiles de cuisine s'entrechoquent doucement dans la pénombre où règne une odeur de savon.

DEUXIÈME PARTIE

Jones

A chaque fois que meurt un dieu,
attends-toi à le voir réapparaître ailleurs.

Anonyme

8

Il est temps de parler de Jones. Il y a beaucoup à en dire et je me demande par quoi il vaut mieux commencer. Je suis sans aucun doute bien loin de tout savoir de lui, mais j'essaie d'en apprendre le plus possible. Une chose est sûre, Jones est notre père ; je l'ai déjà dit. Mais, à la vérité, nous sommes au courant de très peu de chose. Nous ne savons que ce qu'Oncle Toby et Mme Lobkova ont choisi de nous dire. Leurs rares confidences, faites à contrecœur, sont de toute façon soigneusement censurées.

Jones serait un vieil homme encore vigoureux. Il mène une existence active et productive dans le monde extérieur. Il est extraordinairement célèbre, on écrit beaucoup sur lui. Néanmoins, peu de personnes le connaissent vraiment, et encore moins l'ont rencontré. La plupart de ceux qui prétendent être en relations avec lui sont des menteurs.

Si vous êtes du genre à feuilleter le *Who's who* et les ouvrages qui parlent de gens riches et célèbres, vous avez dû tomber sur son nom et remarquer que de longs articles lui sont consacrés. En fonction des sources dont on dispose, on peut le trouver dans les rubriques Philanthrope, Educateur, Financier, Philosophe, Inventeur, Scientifique, et ainsi de suite.

A la vérité, si, d'une manière ou d'une autre, Jones a influencé la vie de bon nombre de gens, rares sont ceux qui savent qui est l'homme, voire seulement la manière dont il les affecte. Ce que l'on découvre dans les ouvrages de référence est, pour l'essentiel, du bidon, de l'intox répandue par ses agents, lesquels connaissent la passion de leur maître pour la dissimulation et le secret. Il est évident que nous, ses enfants, disons bien l'étendue de ses réticences sur tout ce qui touche à sa biographie personnelle.

On nous assure que sa timidité est telle qu'il mènerait une vie de reclus. Rares sont ceux qui l'ont vu, et on ne connaît que deux ou trois photos authentiques de lui. Elles sont enfermées dans un coffre de banque, à l'intérieur d'enveloppes d'acétate dont on ne pourra rompre le sceau que cinq cent cinquante ans après sa mort.

Un photographe japonais, d'un professionnalisme douteux, prétend détenir des instantanés montrant Jones en train de changer d'avion, dans un petit aéroport de quelque pays tropical sous-développé. Il les a proposés à des magazines et à des agences pour un prix exorbitant ; personne n'a répondu à son offre. Tout d'abord, la qualité des clichés est médiocre ; de plus, on sait que Jones voyage sur les lignes commerciales, même si ce n'est pas sous son propre nom qu'il le fait. Autrement dit, et aussi invraisemblable que cela paraisse, même nous, ses propres rejetons, n'avons qu'une idée très incertaine de la tête qu'il a.

La seule indication sérieuse dont nous disposions vient de ce qu'il ressemblerait beaucoup, paraît-il, à son frère cadet, l'Oncle Toby. Nous tenons cela de Mme Lobkova ; indice bien maigre, à la vérité, mais source incontestable. Mme Lobkova est l'une des rares personnes en qui on peut avoir confiance, ici.

Tels sont donc les maigres et vagues renseignements qu'on peut donner sur lui. Deuxième fils de parents parfaitement ordinaires ; autant qu'on le sache, ceux-ci tenaient une entreprise de nettoyage à sec à Baltimore, endroit qui se trouve quelque part sur le continent, très loin au sud par rapport à ici.

Il n'a eu qu'une scolarité ordinaire. Il aurait fait preuve, au début de son adolescence, de modestes talents d'inventeur, transformant le sous-sol de la maison de ses parents en une sorte de laboratoire-atelier où s'accumulaient fils électriques, batteries, magnétos, entrailles d'horloges démontées et de vieux moteurs de Ford. Son plus grand plaisir était de désosser les moteurs de vieux appareils ménagers, pour en refaire des choses entièrement nouvelles. De tous ces bricolages apparemment bons à jeter et de son insatiable curiosité sortirent quelques innovations habiles, tels l'ouvre-boîte à piles, les sachets de conservation alimentaire à fermeture Eclair, l'agrafeuse électrique et un apprêt hydrofuge à séchage instantané pour le dos des timbres-poste — pour n'en citer que quelques-unes. Encore aujourd'hui, des années après son adoption, le gouvernement continue de lui payer des millions pour exploiter son procédé de colle à timbre. Pour Jones, ce n'est là que de l'argent de poche.

Sa société contrôle aussi les brevets de tous les gadgets astucieux qui lui ont rapporté les premiers millions à partir desquels il a bâti sa fortune. Seul un fabricant de bonbons du continent, un homme qui a réussi à concocter un chocolat synthétique à partir de fibre de bois et d'arômes artificiels, passe pour peser plus lourd que cette société. Mais la fortune de Jones s'est faite avant tout dans l'acier, les chemins de fer, les transports maritimes et la pétrochimie.

Le genre de succès dont on rêve. Typiquement américain par ses proportions colossales et ses débuts modestes. Jones ne manque évidemment ni de critiques ni de détracteurs. Dans un cas comme le sien, c'est inévitable. Cela dit, si seulement la moitié de ce qu'on lui attribue était vrai... Ce qu'il a accompli est monumental et a des conséquences énormes sur l'avenir de l'humanité. Il s'agit en effet de rien moins que de la question de savoir comment les êtres humains vont vivre sur cette planète, si même ils doivent effectivement continuer à l'habiter.

C'est peu de temps après la prétendue « Bonne Guerre », que Jones passa à Washington (comme chef d'un service ultra-secret de la marine dont le rôle consistait à décrypter les messages envoyés par la chancellerie de Berlin à ses ambassades lointaines,

Tokyo, Buenos Aires et Melbourne), qu'il entreprit sa « grande transformation ».

Il n'avait pas encore trente ans lorsqu'il se produisit un événement qui le métamorphosa complètement. J'ai cru comprendre que ce fut un épisode douloureux. Un accident, disons, en rapport avec un incendie. Quelque chose d'affreux, qui l'aurait défiguré. Nous ignorons les détails exacts. Toujours est-il que, peu après, il liquida tous ses avoirs pour se consacrer entièrement à des recherches scientifiques d'une nature jamais précisée, et à la philanthropie – les deux passions dominantes de sa vie.

Retiré officiellement du monde des affaires, il se mit à lire de la philosophie et de la théologie. Créer des fondations, sous toutes leurs formes, devint son maître mot. Chaires universitaires, salles de musées et d'hôpitaux bénéficièrent de ses dons. Des sommes astronomiques allèrent à des agences dont la seule fonction était de détecter les personnes possédant les aptitudes scientifiques spécifiques que Jones recherchait. Laissant la direction de ses finances à son frère Toby, il se lança à corps perdu dans ses propres travaux. Il en parlait comme du *Système*.

Le Système est une étude de la vie qui, se poursuivant toujours, se fonde sur les conceptions philosophiques de Jones. Celles-ci sont explicitées dans le *De juventute*, son ouvrage clef sur le sujet. Bible du Système, ce *De juventute* comporte l'esquisse de sa théorie sur l'art d'élever les enfants.

Le principe fondamental veut que les enfants soient séparés de leurs parents naturels à la naissance, puis élevés par un encadrement de professionnels formés tout spécialement dans ce but, appelés maîtres ou protecteurs. C'est ainsi que mes frères et sœurs et moi-même n'avons jamais vu le visage de notre père ; de même, nous ignorons l'identité de nos différentes mères. Nous ne sommes pas deux à avoir la même, et c'est Mme Lobkova qui tient le rôle de mère de substitution. Elle est la *magna mater* qu'a choisie Jones, sa seule concession à l'idée que quelque chose de féminin, aussi réduit soit-il, est peut-être désirable pendant la période cruciale des années de formation.

L'un des temps forts de ses visites annuelles au château est l'entretien qu'il a, en privé, avec chacun de ses enfants. Ces entrevues durent en général une heure. Le programme n'est pas spécifié. On est invité à y dire tout ce qu'on a envie de dire. Néanmoins, si nous sommes parfaitement libres de manifester notre mécontentement sur de nombreuses questions relatives à la maison, aux leçons, au personnel, à notre santé, à nos émotions et, même, à nos problèmes interpersonnels, nous devons prendre soin de ne jamais poser de questions concernant notre passé ou notre avenir. Ainsi, d'où venons-nous ? Qui est notre mère ? Quand la verrons-nous, si jamais nous devons la voir ? Où irons-nous en quittant Frazé ?

Jones considère ces entretiens annuels comme sacrés. Dans le chapitre 8 de *De juventute*, il les décrit comme des « rencontres » qui ne doivent en aucun cas être interrompues après avoir commencé. Au début de l'entretien, une lumière phosphorescente verte s'allume au-dessus du bureau et ne s'éteint que lorsque le dernier grain de sable est tombé dans le sablier qu'elle illumine. L'ambiance est celle d'une jovialité forcée que soustend un sentiment de terreur : nous savons tous parfaitement que, selon ce que nous dirons, c'est toute note vie qui peut basculer en un seul instant.

Après cinq ou six jours de visite, on commence à sentir que Jones est sur le point de se retirer. Son enthousiasme initial pour les réjouissances et les canulars se prend à diminuer et le processus de désengagement des contacts familiaux s'enclenche. Sans prendre congé, il part un matin avant l'aube, alors que tout le château dort encore. Dans le demi-sommeil du petit jour, on entend le battement violent des pales d'hélicoptère brassant l'air. Et, quand l'appareil s'élève au-dessus des six tours du château, on en sent les vibrations jusqu'au creux de l'estomac. Bientôt, le bruit diminue et s'éloigne ; Jones est reparti pour une année.

A ce stade, on doit considérer comme acquis que tous

les sujets que l'on a soulevés pendant l'entretien sont, en tout état de cause, forclos. C'est ainsi que l'on apprend que sur les questions qui comptent, celles qui touchent directement à notre bien-être, voire à notre survie, on n'a absolument rien à dire.

Un dernier détail. En guise de conclusion à ces visites annuelles, peu après le départ de Jones, l'un de mes frères ou l'une de mes sœurs disparaît discrètement du château. Personne ne signale son départ, personne n'y fait allusion. Au bout de quelques semaines, des lettres nous arrivent de quelque pays lointain, débordantes d'enthousiasme et pleines de récits fascinés sur les merveilles que l'on peut voir là-bas, à l'extérieur avec Jones. Puis le flot de nouvelles se tarit, et nous comprenons, même si nous n'en parlons jamais, que nous ne reverrons jamais ce frère ou cette sœur.

9

Et maintenant, Frazé.

Ce lieu que nous appelons « la maison », à strictement parler, n'en est pas une. Situé au milieu d'une île couverte de forêts, il est à des centaines de kilomètres de toute civilisation. Sans pouvoir être plus précis, je dirai qu'il se trouve sur la partie la plus septentrionale du continent américain ; sa localisation exacte demeure strictement secrète.

D'après ceux qui savent, la maison serait en réalité un manoir. Mais, rien que par ses proportions, il vaudrait mieux parler carrément d'un château-fort, avec tours, remparts et donjons. C'est ainsi que, personnellement, je préfère voir les choses. Comme mes frères et sœurs, je n'en suis jamais sorti et ne l'ai donc jamais vu. La représentation que je me fais de sa configuration extérieure ? Pure et simple extrapolation de ce que j'en connais de l'intérieur.

Le château est virtuellement inaccessible ; pas de rivière ni de cours d'eau qui permettrait de l'approcher en bateau ; une aire d'atterrissage, sur la grande pelouse intérieure, tout juste suffisante pour un hélicoptère ; pas de route, en dehors des sentiers qui s'enfoncent dans la forêt et, déjà presque complètement effacés, sont à peu près infranchissables par mauvais temps. Certains prétendent que les Indiens les ont tracés, leurs pieds chaussés de mocassins sillonnant le sol de la forêt pendant des siècles et y laissant la marque de leur passage. Mais cela fait des années que l'on n'a pas vu un seul Indien dans le secteur. Comme beaucoup d'autres choses, eux aussi ont disparu. Seuls demeurent les Hommes des Bois – mais c'est une autre histoire, et je vais y venir bientôt.

L'espace qui entoure le château est vaste et, mis à part la zone gazonnée, non cultivé, comme pour en décourager l'approche. On ne peut voir au-delà des arbres qui occupent le périmètre de la propriété. Ce qui n'a pas la moindre importance, car l'on ne distinguerait que d'autres arbres, la forêt inhospitalière et non balisée s'étendant sur des kilomètres et des kilomètres. Oncle Toby et Mme Lobkova nous ont mis en garde contre les dangers de la forêt. Qui plus est, ils y sont allés : ce sont les seuls membres de la maisonnée à s'être aventurés au-delà des murailles du château. Signor Parelli, qui n'y a jamais mis les pieds, aime à décrire la forêt comme un endroit redoutable.

Le château a des proportions inimaginables ; il compte des centaines de pièces, de salons, de salles et de chambres, d'arrière-cuisines et de remises. Des ailes séparées s'étendent dans toutes les directions. Il y a en tout trois niveaux. Le premier comprend les zones de service, cuisines et lieux de travail ; le deuxième, les appartements des membres de la famille proche ; le dernier abrite les domestiques et le personnel scientifique. C'est aussi au dernier étage que se trouvent les laboratoires dans lesquels se poursuivent les travaux du programme de l'institut Humanus, le centre de recherches de Jones.

En plus, il existe un sous-sol fait de caves reliées entre elles et formant un labyrinthe inextricable. La partie achevée abrite la machinerie du château – chaudières, pompes, générateurs, conduits et conditionnement d'air –, ainsi qu'un énorme cellier. Le reste est volontairement inachevé, afin de décourager toute tentative de trafic. Plusieurs domestiques (des bons à rien, d'après Oncle Toby) ont disparu dans ce dédale ; on n'en a plus jamais entendu parler.

Mes frères et sœurs et moi-même sommes strictement confinés au deuxième niveau du château ; en aucun cas nous ne devons aller aux étages supérieurs ou inférieurs.

Si l'on s'y fait prendre, on se voit immédiatement expulsé ou soumis à quelque autre punition aussi vague que redoutable.

Le château-fort date du douzième siècle, du temps de Louis VII le Jeune, mais cela fait près d'un siècle qu'il s'élève à plus de huit mille kilomètres de son sol natal. Voyageant en France peu après la guerre, Jones l'aurait découvert par hasard, en visitant l'Eure-et-Loir. L'édifice avait tout pour lui plaire ; des flèches avec des fenêtres à oriel ; six tours rondes, une herse à la poterne et un chemin de ronde, sur ses remparts, d'où l'on pouvait voir très loin dans la campagne. Il y avait même des oubliettes.

Un toit magnifique en coque de bateau inversée, en châtaignier recouvert d'ardoise, surmontait le tout, et on comptait six grandes rosaces superbes, aux entrelacs rayonnants. Quand le soleil venait les frapper, à une certaine heure du jour, on aurait dit de la dentelle. Les blocs de pierre de l'appareil avaient été taillés dans le tuf rouge de l'Anjou. A la lumière du couchant, l'été, les murs se paraient de reflets roses qui emplissaient le ciel, au-dessus de nos têtes, d'une lueur chaude surnaturelle.

Dès qu'il posa les yeux sur ce bâtiment de conte de fées, Jones fut bien décidé à l'avoir. Le problème n'était pas simple. Il fallait tout d'abord convaincre le gouvernement français de permettre à un étranger d'acheter ce trésor architectural, expression du génie national, l'équivalent d'un bijou de la couronne.

Jones commença par offrir des sommes astronomiques, très supérieures à tout ce que la France aurait pu espérer de la vente d'un bien dans un tel état de délabrement. Sentant qu'un gros poisson venait de mordre à l'hameçon, les Français réagirent exactement comme l'avait prévu Jones : ils qualifièrent l'offre de dérisoire, prirent un air offensé et rompirent les négociations.

Les chipotages de marchand de tapis n'avaient jamais été le fort de Jones. Il voulait ce qu'il voulait et quand il le voulait. Il fit donc une offre qui ridiculisait toutes les hautaines prétentions du gouvernement. L'orgueil national et la volonté affichée de préserver le patrimoine historique s'effondrèrent rapidement devant la perspective de ce que l'on appelle en général l'appât du gain.

L'accord fut conclu. On signa des papiers, Jones paya. Il se trouva aussitôt assiégé par des historiens, des archivistes, des architectes et divers artisans qui, tous, lui proposaient des projets ambitieux pour restaurer et moderniser le château. Mais Jones n'avait pas dépensé une fortune pour transformer une ruine dans laquelle, selon la rumeur, les ombres des Plantagenêt rôdaient encore, en quelque cauchemar de verre. Il la voulait telle qu'elle était, mais sur ses propres terres. Ça, il ne l'avait pas dit au gouvernement. Lorsque la nouvelle s'en répandit, on cria au voleur, mais on avait déjà touché le chèque.

Le château de Frazé, démantelé, fut ainsi transporté pierre à pierre de l'autre côté de l'Atlantique. Emballé dans des caisses, remisé dans les soutes de près de cent cargos, c'est une véritable armada qui lui fit traverser le royaume des mers, avant qu'il soit reconstruit, à un coût astronomique, dans les lointaines étendues sauvages et glacées du Grand Nord.

En dépit de toute sa beauté, le château présente quelques particularités. En premier lieu, il n'a que de rares portes donnant sur l'extérieur. C'était en conformité avec le désir de Jones : entrées et sorties devaient se réduire au strict nécessaire.

Certes, il en existe, de ces issues à travers lesquelles transitent les approvisionnements dans un sens, les détritus dans l'autre, mais leur emplacement exact est inconnu. Seul Jones et Oncle Toby détiennent les plans où elles figurent à leur place précise.

On peut trouver cela étrange, mais c'est en parfaite conformité avec le principe d'isolement que Jones entend maintenir dans son Système. Il a conçu son espace de vie sous la forme d'un monde complet et autosuffisant pour ne pas avoir à le quitter.

S'il n'y a pas de porte visible au château, les fenêtres, en revanche, sont innombrables : on les compte par centaines. Elles sont en verre armé incassable et ne peuvent être ouvertes. De plus, nous ne possédons pas le moindre calendrier, Jones haïssant le temps et refusant sa tyrannie.

Mais, de toutes les excentricités de Frazé, la plus étrange est l'absence de tout miroir. Jones les a en horreur. Dans le troisième chapitre du *De juventute*, il affirme que ceux-ci sont mauvais et encouragent l'amour exagéré de soi-même et l'égoïsme.

En bannissant les miroirs et toutes les surfaces réfléchissantes, Jones s'est assuré que les occupants du château ne seront jamais tentés de s'occuper trop narcissiquement d'eux-mêmes. Au lieu de cela, ils en viendront naturellement à regarder vers l'extérieur et à chercher comment contribuer au bien des autres.

Parfois, au crépuscule, au moment où les lumières s'allument dans le château, il m'arrive de surprendre le vague reflet de quelqu'un me renvoyant mon regard dans la vitre d'une fenêtre. Dans le meilleur des cas, je parviens tout au plus à distinguer une silhouette floue, un visage sans yeux en dessous d'un chaume de cheveux en broussailles. Même pas une figure. Un ovale indistinct dans lequel les traits se réduisent à une série de taches flottant sur une surface grise, un peu comme un portrait au fusain que l'on aurait frotté du plat de la main avant de le fixer.

J'ai demandé un jour à Sofi de me dire à quoi je ressemblais. Elle ne m'a pas répondu. Elle a détourné les yeux et a éclaté de rire ; j'en ai conclu que mon aspect était soit comique soit, éventuellement, tellement laid qu'elle ne pouvait se résoudre à en dire quoi que ce soit.

Je n'ai plus jamais reposé la question à personne. Et je ne vais plus me placer devant les fenêtres au crépuscule. Dès le coucher du soleil, je les évite comme la peste.

Ainsi dépourvus de miroirs et de calendriers, nous ne pouvons mesurer le passage du temps qu'en comparant l'image actuelle que nous avons les uns des autres à celle qui nous reste du passé ; bref, nous n'avons guère le sens de l'espace, du temps et de notre identité. Personne ne connaît sa date de naissance, et c'est une question que l'on ne soulève presque jamais. Pour ce qui est de mon âge, je pense avoir aussi bien quinze ans, que vingt-sept, ou encore cent neuf.

Ainsi s'écoulent nos jours et nos nuits. Nous menons une existence qui n'a rien de déplaisant, et que beaucoup diraient idyllique. Il y a, bien entendu, des disputes quotidiennes entre les membres de la fratrie et de longs moments d'ennui. Lorsque les classes sont terminées et que les livres, les jeux et la musique ne suffisent plus, il faut beaucoup se tenir pour ne pas aller se cogner la tête contre les grands panneaux de verre incassable.

A la nuit, au moment où l'on éteint toutes les lumières du château, chacun se retire dans sa chambre. Nous parviennent alors des bruits, pas impatients dans les couloirs, pleurs d'un bébé à l'étage au-dessus, voix qui chantonne un air triste pour l'aider à s'endormir. Je ne connais ni le bébé ni celui qui chante – je ne ne saurais même pas dire si la voix appartient à un homme ou à une femme, ou si la berceuse est chantée en anglais ou dans une autre langue.

Peu après, commencent les rires étouffés et les bousculades. Portes qui s'ouvrent et se ferment, bruits étouffés d'accouplement précipités. Et pour finir une toux, la cascade des toilettes au bout du couloir – avant que le silence ne n'installe définitivement pour la nuit.

Dans le *De juventute*, Jones dit que le péché capital, le péché des péchés, est la peur. Il a la peur en horreur et est allé très loin pour l'exclure de nos vies. Et, de fait, la plupart des choses (sinon toutes) que redoutent les gens dans cette existence – la maladie, la faim, le dénuement – ont été éliminées à Frazé. Il n'en reste pas moins une chose que nous craignons – la seule que Jones n'ait pas été capable de bannir de nos vies. Ce sont les Hommes des Bois, et c'est d'eux que je vais parler maintenant.

10

Nous voyons souvent les Hommes des Bois, qui sont les occupants aborigènes de ce pays. Ils sortent de la forêt et se tiennent aux limites de la propriété, n'approchant que rarement des remparts. Parfaitement immobiles entre les arbres, les yeux levés vers nous, ils sont presque impossibles à remarquer si quelqu'un ne vous signale pas leur présence. C'est sans doute principalement à cause d'eux qu'il nous est interdit de quitter la maison. Il est arrivé, dans un passé récent, que des jardiniers travaillant à l'extérieur des portes, surpris par l'apparition soudaine des Hommes des Bois, soient enlevés et qu'on n'en entende plus jamais parler.

C'est surtout le matin que nous les voyons, juste après le lever du soleil, ou encore le soir, au crépuscule, lorsqu'ils chassent. Au cours de la journée, ils se retirent dans leur camp, tout au fond de la forêt. Depuis nos fenêtres, on ne devine qu'un bref mouvement aux limites des bois. De petite taille, les plus grands ne dépassent pas un mètre. Ces gnomes sont cependant trapus et puissamment bâtis, avec des têtes trop grosses par rapport au reste de leur corps.

Les épaules larges, la poitrine en saillie comme un jabot, ils dégagent, avec leurs bras courts et musclés et leurs jambes comme des chicots, une impression de grande force. Leur démarche est toute en roulis et tangage. Leur tenue la plus courante est constituée d'une veste en peau de chèvre s'arrêtant à la taille, portée par-dessus un pourpoint multicolore, et d'une culotte bouffante, également en peau de chèvre. Dans la forêt, ils mettent des bandes molletières lacées jusqu'aux genoux et maintenues par des cordons qui retiennent aussi la culotte. Chez eux, au camp, ils revêtent aussi des sortes de cothurnes.

On les voit presque toujours avec une pipe en argile plantée au milieu de la bouche et quelque chose qui fait penser à un chapeau tyrolien effilé et cabossé sur la tête. Ils se déplacent en général par groupe de cinq ou six, rarement davantage, et jamais seuls. Les groupes plus importants sont inhabituels et, en général, synonymes d'ennuis (maladie, quelque incursion sur leur territoire, ou un tort qu'ils voudraient voir redresser) et de comportement agressif. En de tels moments, toute la maison est en alerte rouge. Personne n'est autorisé à sortir en dehors d'Oncle Toby, dont la tâche est de négocier un arrangement.

Sur leur petit ventre rond, les Hommes des Bois portent un large ceinturon d'où pend une hache ou une herminette, parfois les deux. Ils fabriquent ces outils à la main, coupant de solides branches à la longueur voulue avant d'y attacher, au moyen des mêmes lanières en peau de chèvre qu'ils utilisent pour leurs bottes, des pierres polies avec un soin extrême. Du fait de leur petite taille, il arrive souvent que les manches de ces outils heurtent le sol ou traînent dessus. Il est important de signaler qu'en dépit de l'aspect rudimentaire de ces instruments qui paraissent dater de l'âge de la pierre les « chevriers », comme on les appelle aussi, les manient avec une étonnante habileté.

De l'endroit sûr et bien protégé d'où nous les observons, les Hommes des Bois donnent l'impression d'un joyeux petit peuple d'elfes, totalement inoffensifs. C'est une impression dont il vaut mieux se méfier. A les regarder de plus près, il y a quelque chose de foncièrement troublant dans la manière dont ils lèvent les yeux vers nous, nous étudiant en silence, attentivement, depuis la lisière de la forêt ; on dirait qu'ils préparent un plan d'action nous concernant, nous et le château, et qu'ils n'attendent que le moment propice pour agir.

Oncle Toby prétend que les Hommes des Bois

auraient mis au point leur propre idiome — idiome, qui, selon lui, ne présente pas la moindre ressemblance identifiable avec aucune des grandes langues du système indo-européen. Son vocabulaire comporte une série de cris stridents et de jappements dont le sens peut être modifié par simple variation de la tonalité. Par ce moyen, ils sont parvenus à se doter d'un vocabulaire relativement important à partir de quelques sons de base.

De tous les habitants du château, seule Mme Lobkova maîtrise suffisamment leur langage pour les comprendre et s'en faire comprendre. Pour une raison mystérieuse et qui échappe même à Oncle Toby, ces nabots manifestent envers elle une sorte de vénération religieuse. Peut-être le fait qu'elle ait réussi à déchiffrer les arcanes de leur langue est-il à l'origine du respect et de la crainte qu'ils éprouvent à son endroit.

A la fin de l'automne et en hiver, lorsque les arbres sont dépouillés, on aperçoit leurs feux, la nuit, tout au fond des bois. Lors d'un hiver particulièrement froid, une épidémie ayant frappé leur camp, ils ne furent plus en mesure de vaquer à leurs occupations habituelles. On apprit que plusieurs d'entre eux étaient morts. Ils firent parvenir un message à la maison, et Oncle Toby et Mme Lobkova, accompagnés d'une petite milice bien armée constituée par le personnel du château, se rendit dans leur camp avec médicaments et provisions.

Toby y avait déjà fait une incursion ou deux avec Jones — dans leur jeunesse, lorsqu'ils s'étaient pour la première fois lancés dans le petit projet « prometteur » qui allait finalement devenir l'Institut. Ils avaient découvert un spectacle à peine imaginable. Les Hommes des Bois vivaient dans des bauges et des huttes grossières, au milieu d'enfants braillards et de chèvres innombrables, tous dans un incroyable état de crasse. Nombreux et prolifiques, ils menaient une existence quasiment précambrienne, dominée par les instincts les plus primitifs, ceux de l'aube des âges. Déchets humains et animaux jonchaient le sol de terre battue. Des monceaux de détritus et des ossements divers se consumaient un peu partout, dégageant une puanteur qui planait sur le camp, presque aussi palpable qu'un brouillard. Encore aujourd'hui, Oncle Toby et Mme Lobkova refusent de parler de certains aspects de cette visite, tant alors ils les trouvèrent choquants, semble-t-il.

Le régime des Hommes des Bois est essentiellement à base de lait et de chair de chèvre, et complété par diverses racines et rhizomes ramassés dans la forêt. Ils mangent également des pommes, des baies, des champignons et des artichauts sauvages que l'on trouve en abondance dans le sous-bois. Ils consomment aussi de grandes quantités d'une boisson alcoolique qui, *jum* de son nom, est une macération d'orge et de riz sauvage. Ils la combinent parfois avec un breuvage rappelant le cidre — *og* —, distillé à partir des pommes, mais beaucoup plus sombre et amer que la version peu alcoolisée que nous connaissons.

Les soirs d'automne, juste après le solstice, lorsqu'ils sont imbibés de *jum*, ils ont tendance à devenir tapageurs et excités. On les entend hurler et aboyer dans les arbres qui entourent leur camp. Ces nuits-là, on double la garde et on prend toutes les précautions possibles pour assurer la sécurité du château.

On compte actuellement plusieurs centaines d'Hommes des Bois. Pour de simples raisons de sécurité, Oncle Toby procède tous les ans à un recensement informel. Le chiffre qu'il obtient est donc tout au plus une grossière approximation, nécessairement faite de loin. Mais si elle est juste, et si les Hommes des Bois sont aussi féroces que nous commençons à le croire, on peut se demander pourquoi ils n'ont encore jamais attaqué le château. Il ne fait aucun doute qu'ils nous surpassent très largement en nombre et qu'ils n'auraient guère d'efforts à faire pour nous écraser. Nous avons bien des armes à feu, mais personne ne sait s'en servir comme il faut. Jones a la violence en horreur et en a toujours condamné l'emploi pour des raisons morales, même s'il en tolère la présence ; bien que visionnaire et croyant en la perfectibilité de l'homme, il est loin d'être naïf. Plusieurs de ces armes sont d'ailleurs placées bien en vue sur les remparts et on les fait tirer en l'air, de temps en temps, pour que les imprévisibles Hommes des Bois comprennent que nous ne sommes pas à leur merci.

Au crépuscule, je vérifie par ma fenêtre que les Hommes des Bois ne se sont pas rassemblés à la lisière de la forêt. On nous a souvent répété que, si, pour une raison quelconque, nous les voyons s'approcher de manière menaçante, nous devions nous rendre immédiatement dans les caves et nous cacher dans celle spécialement construite par Jones. Ce serait une sorte de crypte fermée de portes blindées en acier ; convenablement ventilée, elle comporterait une réserve de nourriture en conserves et serait alimentée en eau grâce à la présence d'une fontaine souterraine. Bien en sécurité à l'intérieur, nous serions inexpugnables et pourrions soutenir un siège de trois semaines. Au cas où celui-ci devrait se prolonger, chacun de nous disposerait d'une pilule bleu-gris ; Oncle Toby prétend que c'est un tranquillisant. Pour ma part, je crois qu'il s'agit de cyanure.

TROISIÈME PARTIE

Que la partie commence...

Le prince avait pourvu à tous les moyens de plaisirs. Il y avait des bouffons, il y avait des improvisateurs, des danseurs, des musiciens, il y avait le beau sous toutes ses formes, il y avait le vin. En dedans, il y avait toutes ces belles choses, et la sécurité. Au-dehors, la Mort rouge.

Edgar Alan Poe, *Le Masque de la Mort rouge*
(traduction de Charles Baudelaire)

11

Au cours des jours qui suivirent, il y eut des jeux, des amusements, des séances musicales ; il y eut des matchs et des exploits, des démonstrations d'esprit à s'en rendre malade ; mes frères et sœurs se comportaient tous comme des phoques savants. L'odeur de la peur était écœurante. Tout cela au milieu d'une conversation portant en permanence sur Jones : où il se trouvait, où il pouvait se cacher, les surprises qu'il nous réservait peut-être. Il y avait surtout la question des audiences personnelles. Quand allaient-elles commencer ? Qui serait le premier appelé ? L'ordre dans lequel nous étions convoqués avait-il une signification ?

Un soir, Oncle Toby fit installer un casino dans l'une des salles de banquet. Il y avait des roulettes, des tables de baccara et de bésigue. On nous permit de jouer des sommes considérables, en monnaie de singe maison, cela va de soi. Oncle Toby fit une apparition en jaquette et chapeau haut de forme, outrageusement maquillé, pour faire tourner une grande roue de la fortune. Nous rîmes beaucoup, mais je ne me souviens pas que l'affaire ait été vraiment drôle.

Le lendemain soir, nous fîmes une lecture du *Juif de Malte*, et, le surlendemain, nous mîmes en scène notre bonne vieille *Iolanthe*, l'une des pièces préférées de Jones. Néanmoins, nous ignorions s'il était ou non présent lors de ces événements. Personne ne nous le disait, bien entendu – ce qui ne faisait que nous rendre plus nerveux. Le doute n'était cependant pas permis : Jones se trouvait certainement quelque part dans le château.

Les audiences commencèrent le lendemain. Sofi fut la première à y passer. J'étais là quand on l'appela – nous étions tous là, finissant notre petit déjeuner, lorsque Signor Parelli se montra.

Nous avions tous compris, en le voyant arriver : à la manière qu'il avait eu d'entrer, de se tenir sur le seuil de la porte, de laisser glisser sur nous son regard au sourire glacial. Ses yeux s'arrêtèrent sur Sofi.

– Ah, vous êtes donc ici...

– Et où voudriez-vous que je sois ? répliqua-t-elle, avec un sourire qui valait celui du Corse en férocité.

On ne pouvait pas ne pas admirer Sofi. Elle a beau posséder certains traits de caractère négatifs, la couardise n'en fait certainement pas partie.

– Suivez-moi, reprit Parelli en l'examinant de la tête aux pieds pour vérifier sa tenue. Il va vous voir maintenant.

En la regardant partir à grands pas, nous crûmes voir une athlète qui va prendre place sur la plus haute marche du podium ; telle était son assurance.

Quand elle revint, une heure plus tard, elle était écarlate, indice que nous jugeâmes tous favorable. Jones était dans un de ses moments de bonté – au moins temporairement.

Letitia eut pour sa sœur un regard qui trahissait son malaise.

– Eh bien, qu'est-ce qu'il a dit ?

– Rien de bien terrible, manifestement, ricana Ogden. Il suffit de la regarder.

Sofi tourna sur elle-même comme si elle dansait, légère ; puis, avec un petit glapissement de satisfaction, elle se laissa tomber sur le divan.

– Comment ça s'est passé ? demandaï-je. Qu'est-ce qu'il voulait ?

– Vous le saurez bien assez tôt.

Il y avait une lueur moqueuse et diabolique dans ses

yeux verts. La réponse était du Sofi tout pur. Elle avait l'art de transformer les questions les plus simples en énigmes irritantes et de semer le chaos dans votre imagination ; on perdait toute tranquillité d'esprit. Avant que j'aie pu lui assener quelque méchanceté de mon cru, elle me tourna le dos et s'adressa à Letitia :

– Jones voudrait te voir maintenant.

L'expression écœurante du chien-chien qui attend son su-sucre disparut du visage de Letitia. Elle était bouche bée. Quand enfin elle se leva, elle resta un instant sans avancer, oscillant sur place. On entendit des pas étouffés derrière la porte ; quelqu'un, que l'on ne voyait pas encore, était arrivé pour l'escorter jusqu'à l'endroit où Jones l'attendait.

12

Les audiences, cette semaine, se poursuivirent avec une irrégularité impitoyable. Une convocation faite pour une heure donnée se trouvait annulée sans raison, reportée, et annulée encore. Procédé marqué au coin de la malveillance et d'une perversité délibérée.

Pendant toute cette période, Oncle Toby et Signor Parelli restèrent à peu près invisibles. Il n'avaient pas quitté le château, mais s'enfermaient derrière des portes closes, tenant des réunions secrètes.

On ne les voyait même pas aux repas. Sans doute mangeaient-ils avec Jones, dans quelque recoin lointain du château, et poursuivaient-ils leur discussion sans interruption, jusque tard dans la nuit.

Rares, leurs apparitions ne duraient pas. Ils paraissaient toujours sortir d'une réunion ou s'apprêter à en tenir une nouvelle. A peine nous adressaient-ils la parole, et toujours arboraient une expression anxieuse et préoccupée.

Au bout de quelques jours, les jeux et les distractions cessèrent ; un silence gêné s'établit dans la maison ; un épais brouillard d'anxiété, suffocant, se mit à régner dans les quartiers d'habitation où nous allions et venions, dans un état d'épuisement complet.

Puis, le septième jour, on appela Ogden. Visiblement secoué, il donnait l'impression d'une bouilloire sur le point de déborder et dont le couvercle danse follement. Il exprima cela de la seule manière qu'il connaissait : en se mettant à crâner et en devenant agressif avec tout le monde.

Sa rencontre avec Jones, quand elle eut enfin lieu, dura, fait sans précédent, une heure trois quarts. Et quand enfin il ressortit de la chambre des supplices, le teint livide, il paraissait bouleversé.

— Comment ça s'est passé ? demandai-je.

Il regarda autour de lui, comme sur le qui-vive.

— Bien. On avait beaucoup de choses à se dire. On a parlé de ses voyages. Puis de l'avenir. De moi, aussi. De mes projets. Il a dit qu'il avait vu mes spécimens. Les artémises et les hyménoptères. Très impressionné, c'est ce qu'il a dit. Il veut que je poursuive mes études. Mais que je travaille davantage. Il... (Sa voix mourut et, en dépit de ses efforts, son enthousiasme commença à fléchir.) Ecoute... (Le regard brillant, il me prit par la manche.) Il a parlé d'un problème.

— Un problème ?

— Oui, avec un de mes frères ou une de mes sœurs. Il n'a pas précisé qui.

— Mais quel genre de problème ?

— L'un de vous irait raconter des choses sur moi...

— Des choses ?

— Des informations me concernant et qu'il transmettrait à Parelli. Des informations qui me sont préjudiciables. Je te jure, Jonathan... si jamais c'est toi...

— C'est ridicule ! Qu'est-ce que tu veux que je raconte à Parelli ? De toute façon, il ne me croirait pas.

L'allusion aux mauvaises relations que j'avais avec Signor Parelli parut le calmer. Lorsque je voulus partir, il me rappela.

— Tu ferais mieux de ne pas me mentir, Johnnie.

13

Cher Leander,

Aujourd'hui, nous avons visité le grand bazar du marché, à Dar Es Salaam. Demain, nous allons à Zanzibar inspecter la léproserie de Kisha. Ça devrait être une bonne préparation pour les trois jours de piste que nous aurons à faire sur le continent, afin de voir par nous-mêmes les tragiques conséquences de la sécheresse dont souffrent les Bantous depuis maintenant six mois. On nous avertit de nous préparer au pire. Jones dit que nous devons nous montrer forts et pleins de compassion devant tant de souffrances. J'espère simplement être à la hauteur de ma tâche – et quelle tâche ! Ces gens naguère si chaleureux et florissants, réduits à l'état de squelettes, la peau sur les os, et atteints de schistosomiase, de trichine ; des enfants dénutris au ventre ballonné à Kwashacant, des tout petits fouillant dans la boue, à la recherche de crottes d'animaux dans lesquelles ils espèrent trouver quelque grain de blé... C'est trop horrible à voir.

Chaque fois que je me trouve en face de telles choses, de tant de souffrances, je remercie la bonne étoile qui m'a permis d'être élevé par un père comme Jones, qui nous a appris la valeur d'un travail constructif et a su donner un sens à nos existences. J'espère seulement qu'un jour vous pourrez tous, à votre tour, éprouver l'exaltation que je ressens aujourd'hui, ayant eu le bonheur de gagner ma place dans le Service.

Avec mon amour le plus profond pour mes frères et sœurs à l'Institut,

Votre frère, Caradoc

Leander me regarda, et sa voix flûtée mourut lentement dans l'air immobile et glacé. La main qui tenait la lettre retomba.

— C'est merveilleux, non ? Rudement bien, ce qui arrive à ce vieux Caradoc. J'espère que ça se passera aussi bien pour moi, dit-il d'une voix pleine de ferveur.

— N'espère pas trop fort. Des fois que ton souhait serait exaucé...

Il y eut un bref éclair de colère dans son regard.

— Tu ne crois en rien, Johnnie, n'est-ce pas ?

— De toute façon, quelle importance ?

— Pour moi, c'est important.

— Dans ce cas, oublie Caradoc. Il n'y a plus de Caradoc. Quand il est parti d'ici, il a cessé d'exister.

Leander rougit, puis me donna un coup avec la feuille de papier.

— S'il a cessé d'exister, d'où vient donc ceci ?

J'abaissai les yeux sur la lettre et souris. J'avais ressenti une étrange excitation à réduire en miettes les espérances de mon pauvre frère. Je possède une pleine malle de lettres de ce genre. Elles sont monnaie courante, ici. Elles nous parviennent régulièrement des quatre coins du globe, émanant de frères et de sœurs passés par le château et qui, maintenant dans le Service, ne tarissent pas d'éloges sur leur travail et les satisfactions qu'il leur procure.

Ces lettres présentent néanmoins un aspect curieux. Elles paraissent toutes avoir le même ton et partager un même vocabulaire (certains mots, certaines expressions, reviennent avec une régularité frappante). On dirait qu'elles ont toutes été tapées sur la même machine à écrire ; tous les caractères y ont la même forme et les mêmes irrégularités. On nous dit pourtant que ces missives auraient été écrites par plusieurs douzaines de personnes différentes, éparpillées un peu partout sur la planète.

— Il m'a posé des questions sur toi.

— Sur moi ? Et pourquoi ?

— Comment le saurais-je ? Je te dis simplement qu'il m'a posé des questions sur toi.

— Et qu'est-ce qu'il voulait savoir ?

— Toutes sortes de choses.

— Comme quoi ?

— J'sais pas, moi... (Cassie était assise en tailleur sur le lit, et détachait les croûtes d'une plaie qu'elle s'était faite au genou.) Pourquoi me bombarder de questions ?

— Parce que tu sors de l'entrevue, et que tu as passé presque une heure avec lui !

— Il y a aussi Leander, répondit-elle en se redressant. Il voulait savoir des choses sur lui. Si ce vieux fou touche à Leander...

— Il ne le prendra pas, si c'est ce que tu crains.

Je la forçai à arrêter de se gratter ; le sang commençait à couler.

— Je crois que je ne vivrais pas une minute de plus s'ils le prenaient. (Elle s'interrompit brusquement, comme si elle se rappelait quelque chose.) Il m'a dit qu'il m'aimait beaucoup. Des clous ! J'ai failli éclater de rire.

Elle sauta à bas du lit et se mit à arpenter la chambre.

— Qu'il soit mon père ou pas, je m'en fiche, reprit-elle. Je le hais. (Elle éleva le ton.) Je le hais vraiment. Tout ce baratin mielleux, et cette odeur de vieillard, d'antimites et de râtelier crasseux ! Je le sentais depuis l'autre côté de l'écran.

— Cassie...

— Oh, arrête de pleurnicher, Jonathan ! Tu es toujours en train de pleurnicher sur ci ou ça, mais tu ne fais jamais rien pour arranger les choses.

— Qu'est-ce que tu voudrais que je fasse ?

— Tue-le. Tue-le pour moi. Ou pour toi. Ou alors, pour l'amour du ciel, ferme-la un peu !

La colère qu'elle avait piquée l'avait épuisée. Elle reprit sa position en tailleur sur le lit, prostrée, accablée, pour continuer de gratter la croûte sur son genou. Je repoussai sa main à plusieurs reprises, mais elle me donnait une claque à chaque fois et recommençait.

— Tu vas finir par te faire saigner sérieusement, si tu continues comme ça.

Je la regardai de nouveau. Je sursautai. Elle était transformée. Il ne restait plus rien de la souriante petite fille toute rose et impeccable que je connaissais si bien. Ce que je voyais à la place était vraiment effrayant.

14

Cela faisait maintenant neuf jours que Jones se trouvait à Frazé ; il avait conduit quatre entretiens. Ne restaient plus que Leander et moi. Leander avait reçu trois convocations, puis trois annulations. Il avait perdu l'appétit et avait beaucoup de mal à ne pas vomir le peu qu'il mangeait.

Bien que n'ayant pas été appelé, je me sentais aussi nerveux que Leander. Mais j'étais plus âgé et plus expérimenté dans l'art de dissimuler ma frayeur. Au cours de ces horribles journées, je n'avais cessé de sécher les cours, jouant les provocateurs et les frimeurs, défiant mes maîtres de prendre des mesures contre moi, mais terrifié à l'idée qu'ils le fassent.

Puis vint le dixième jour, où l'on convoqua Leander, une fois de plus. Lorsque Signor Parelli entra dans la salle de jeux, Leander bondit sur ses pieds ; cela faisait tellement longtemps qu'il attendait cet instant que, lorsque celui-ci se produisit enfin, il réagit presque automatiquement.

Avant de partir, Leander fit le tour de la salle, nous serrant les mains comme s'il était certain de ne pas revenir. Il y avait toute la mélancolie d'un adieu dans son attitude. Il embrassa Cassie sur la joue, et j'eus l'impression qu'elle était au bord des larmes. Arrivé à ma hauteur, il me regarda dans les yeux avec la douce expression de confiance indéfectible qui n'appartenait qu'à lui. J'eus le sentiment de me recroqueviller, de me tasser devant lui. Mais son sourire plein d'une authentique bonté ne vacilla à aucun moment.

Puis il se détourna et je suivis du regard sa silhouette frêle, presque spectrale, qui allait s'amenuisant comme il quittait la salle d'un pas raide. Les orteils légèrement en dedans, il avait constamment l'air d'être sur le point de trébucher ; les efforts qu'il déployait pour avoir l'air courageux étaient manifestes. Je ne le quittai pas des yeux jusqu'au moment où retentit le claquement tonitruant de la lourde porte de bois dont les échos se perdirent dans le corridor. Il était parti.

Ce n'est que plusieurs heures après que j'eus de ses nouvelles. Redoutant le pire, je m'étais attendu à en avoir par l'intermédiaire d'autres personnes. Mais, en fin de compte, ce fut de sa bouche même que j'appris comment s'était passée l'entrevue. Il refusa de me donner des détails sur ce qu'ils s'étaient dit, mais son sourire calme, presque radieux, semblait suggérer que l'entretien avait pris un tour très différent de ce qui était prévu.

— J'ai eu l'impression de faire sa connaissance pour la première fois. Il était là, et moi j'étais vraiment avec lui. Que je ne puisse pas le voir n'avait pas d'importance. Tu comprends ce que je veux dire, Johnnie ? Nous avons parlé. Tous les deux, poursuivit-il, comme enivré. Exactement comme je te parle maintenant. Aussi simplement que ça.

Un éclat fiévreux brillait dans ses yeux ; sa chemise était trempée de sueur. Sa voix s'étouffait de satisfaction et d'orgueil à l'idée qu'il avait eu une conversation authentique avec son père. Son visage émerveillé arborait une expression de quasi-béatitude et lorsqu'il me serra brièvement sur son cœur, dans une étreinte timide, je sentis la chaleur qui émanait de lui, mais aussi l'humidité de sa chemise et le tremblement léger qui affectait encore ses nerfs.

Plus il parlait, plus je me sentais écrasé du poids de la désolation. Jusqu'ici, tous ceux qui avaient été appelés paraissaient s'en être sortis sans une égratignure. Dix jours après l'arrivée de Jones, j'étais le seul à ne pas avoir été convoqué. J'avais beau sentir que mon tour ne manquerait pas de venir, je trouvais néanmoins ce simple fait menaçant.

Je me mis à attendre avec davantage d'anxiété. Les jours passaient et je patientais, de plus en plus convaincu de l'imminence d'une catastrophe. J'avais l'impression qu'un poing se refermait sur mon cœur. Je guettais le pas vif et nerveux de Signor Parelli claquant dans le corridor. Ou encore celui, plus pesant, de Mme Lobkova ; voire la foulée majestueuse d'Oncle Toby. J'étais à l'affût du moindre mot, du moindre indice, de n'importe quoi. Rien ne venait et, en dépit de mon mépris mal dissimulé pour le Système, ses coutumes, ses rites compliqués et ses grands airs élitistes, je désirais désespérément être convoqué. Ce silence m'assourdissait.

Au lieu de cela, nous reçûmes une requête : donner une représentation des *Contes d'Hoffmann*, l'une des œuvres préférées de Jones. Il ne pouvait supporter l'idée de passer toute une année sans y avoir droit.

Dans le rôle d'Olympia, la poupée mécanique, Letitia tourbillonna avec un désespoir féroce sur notre petite scène improvisée. De savoir que Jones lui-même était sans doute présent, en ce moment même, dans le hall obscur, la rendait frénétique.

Sofi, avec ses airs de vierge préraphaëlite aguichante et sa belle voix de mezzo, chantait Nicklausse. Outrageusement maquillée de rouge et de mascara, elle portait une robe en organza couleur puce dont le décolleté frisait l'indécence.

Ogden jouait bien entendu le rôle de Spalanzani — avec l'air de grand mépris qu'il affichait tout le temps.

Sur le côté, dans une minuscule fosse d'orchestre, Cassie martelait un piano désaccordé, ses petites jambes pédalant furieusement pour rester en mesure. Oscillant au-dessus d'elle, Mme Lobkova faisait couiner son violon, des pans de chairs flasques et cramoisies s'agitant comme des crêtes de volaille sous ses bras nus.

J'étais, pour ma part, l'odieux Coppelius. Dans toutes

ces épouvantables productions d'amateur, chaque fois qu'il y avait un personnage grotesque, il était pour moi : Coppelius, Lindorf, Dapertutto, Rigoletto. Un Iago sinistre, un Quasimodo bancal ? Encore moi. Un troll nocturne à nez verruqueux, un traître onctueux et laid comme un crapaud ? Toujours moi.

J'étais habillé tout de noir, comme on imagine très bien le diabolique Coppelius. Chemise noire, pantalons noirs en tuyaux de poêle, calotte noire portée de travers pour me donner un air bravache et effronté. Cahotant et chaloupant sur la scène, appuyé sur ma béquille, je ressemblais à un vieux corbeau maltraité par les intempéries et qui a l'aile blessée. Mais c'était le pauvre Leander qui devait porter sur ses épaules presque tout le poids de notre ridicule ineptie théâtrale. Attifé d'un chapeau mou et d'un ancien costume noir d'Oncle Toby complètement effiloché, il jouait Hoffmann. Presque toujours en scène, il se taillait vocalement la part du lion dans cette affreuse partition. Lui et Letitia allaient en tout sens, chancelant et louvoyant comme un couple de danseurs de tango ivres. Faisant de son mieux pour jouer la poupée mécanique mue par les ressorts et les rouages imaginés par Spalanzani, Letitia tourbillonnait et tanguait comme quelque machine infernale possédée par un démon.

Elle tourna ainsi de plus en plus vite sur elle-même, ivre d'une ferveur maladive, avant de disparaître par une porte du fond de la scène. Hoffmann se remit alors debout et chancela ; contusionné, en sueur, il se traîna à sa suite, tout en chantant de sa voix douce et tendue de soprano :

Tu me fuis ?... Qu'ai-je fait ?...
Tu ne me réponds pas ?
Parle... T'ai-je irritée ?... Ah...
Je suivrai tes pas *.

Le reste de la troupe attendait sur la scène, figé, que les lumières s'éteignent progressivement. C'est à ce moment-là qu'on entendit un claquement de mains —

pas un applaudissement admiratif, non, un seul battement puissant et sec de deux paumes suivi par un autre, puis un autre encore, entre deux silences prolongés. Le bruit provenait du fond de la salle de bal plongée dans la pénombre, quelque part derrière Oncle Toby et Signor Parelli. Là ne régnait que l'obscurité. Et pourtant, l'écho fantomatique de ces trois claquements de mains retentit longtemps dans les ténèbres.

Dans les coulisses, juste derrière Letitia, Leander fonça entre les portes battantes d'un vaste placard situé derrière les cuisines et qui nous servait de loge commune. On entendit Cassie et Mme Lobkova attaquer une sorte de reprise sur leurs instruments. Quelques instants plus tard, Mme Lobkova faisait une apparition.

— Tout le monde en costume ! Le deuxième acte dans cinq minutes !

— Personne n'a vu mes guêtres ? demanda Ogden en bousculant tout le monde. Je les avais laissées sur l'égouttoir.

Letitia sourit à Sofi.

— Tu l'a bien entendu, hein ? Il était juste là derrière. Ces trois applaudissements. C'était lui. Mais si, tu l'as entendu.

Les yeux comme deux fentes, Sofi entreprit de défaire son costume.

— Je ne sais pas très bien ce que j'ai entendu.

Mme Lobkova faisait la mouche du coche, ici serrant un nœud de cravate, là épinglant un ourlet défait, aplatissant un revers. Dans le minuscule espace, son agitation épuisait l'oxygène et faisait monter la température. Elle ne cessait de battre des mains et d'aboyer ses recommandations. A l'extérieur, retentirent les premières mesures de la Barcarolle.

— Dépêche-toi, Lettie ! Il ne te reste que deux minutes...

Au fond de la scène, Cornie se glissait déjà sans bruit, comme un fantôme, avec sur le dos un divan qu'il changeait de place.

Sofi boutonna la robe collante en velours de la svelte Giuletta et se précipita vers la scène où se tenait Ogden.

Un monocle vissé sur l'œil, il jouait le personnage de Crespil et semblait prêt à suivre Sofi pour la Barcarolle.

Une traction timide sur le pan de ma veste me fit me retourner. Je vis le visage pâle et frêle de Leander tourné vers moi ; des gouttes de sueur brillaient sur son front. Il tremblait.

— Il y a quelqu'un là-bas, n'est-ce pas, Johnnie ?

Je voulus m'éloigner, mais il tira de nouveau sur ma veste.

— Lettie a raison, reprit-il. C'est lui. C'est Jones.

Je me détournai de lui et me drapai dans ma cape de Dapertutto.

— J'ai vu une tête... (Leander m'avait suivi.) Il y avait de la lumière autour. Une espèce de lueur bizarre. Au fond.

— Au fond ? Et pourquoi ne l'ai-je pas vue ?

— Je ne sais pas. C'est ça qui me fait peur. On dirait que je suis le seul à l'avoir aperçue.

Mortellement pâle, il semblait sur le point d'ajouter quelque chose lorsque Mme Lobkova reparut, lui fit faire demi-tour et l'entraîna vers la scène.

A l'extérieur de la salle de bal, on entendit les premières et rudes intonations de baryton d'Ogden.

Mme Lobkova, qui avait saisi Leander par ses maigres épaules, lui souffla à l'oreille :

— Très bien, Hoffmann. A toi.

Elle poussa alors la petite silhouette raide (qui ne lui opposait qu'une faible résistance) à travers les rideaux, puis sortit de son côté pour aller prendre place dans la fosse. Je me retrouvai seul avec Letitia dans le cagibi ; six mètres carrés où l'air était étouffant et chargé d'électricité.

Letitia ne me regardait pas, examinant l'assistance d'un œil furibond à travers un trou du rideau.

— Je me fiche bien de ce que raconte Oncle Toby, siffla-t-elle. Je n'irai pas avec lui. Je me tuerai avant.

Comment nous réussîmes à jouer jusqu'au bout le troisième acte, celui d'Antonia, je l'ignore. Car dès l'entracte du deuxième, alors que nous changions de costume, tout le monde, Mme Lobkova y comprise, se trouvait déjà dans un état de tension extrême.

Sofi devait chanter Antonia, et Ogden Crespil. Comme chaque fois, je jouais pour ma part le rôle du méchant Dr Miracle. Leander était toujours Hoffmann ; il manifestait les signes d'une étrange exaltation qui m'inquiétait.

La scène se déroulait à Munich, au domicile de Crespil. La salle avait un aspect compassé et austère. Elle était meublée d'un canapé et d'un fauteuil, et décorée de plusieurs violons accrochés aux murs. En fond de scène, deux portes. Au premier plan, sur la gauche, deux portes-fenêtres donnaient sur un balcon. Le soleil se couchait. Un grand portrait de femme était suspendu entre les deux portes, celui de la mère d'Antonia, le fantôme que le diabolique Dr Miracle avait invoqué.

A la fin de la scène, Antonia, sachant très bien qu'elle est tuberculeuse et que l'effort qu'elle mettra à chanter la tuera, se donne entièrement dans son aria et expire rapidement.

Crespil-Ogden, son père, brisé, s'écrie alors :

Mon enfant... parle !
Allez, parle ! Exécrable mort !

Leander-Hoffmann se précipitant alors, on entend :

Quels sont ces cris ?

C'est à cet instant que le Dr Miracle (moi) devait s'avancer en boitillant sous les projecteurs. Hoffmann se précipitant vers Antonia, Crespil saisit alors un couteau sur la table et attaqua Hoffmann.

Jouant Nicklausse, Letitia se jeta aussitôt sur Crespil et retint sa main :

Oh, malheureux homme !

Je regardai Leander se tourner vers Letitia.

— Vite, donnez l'alarme ! lança-t-il de sa voix chevrotante de ténor.

J'eus cependant clairement l'impression qu'il ne chantait pas — qu'il ne jouait plus la comédie. Il y avait quelque chose de bizarre dans son regard.

— Un médecin, hoqueta Leander, un médecin !

C'était bien les paroles que Hoffmann devait proférer à ce moment-là, mais je ne doutai pas un instant que son appel au secours ne fût authentique.

Me déplaçant plus vivement que n'aurait dû le faire le vieux Dr Miracle, je m'approchai d'Antonia et lui tâtai le pouls.

— Morte, chantai-je en regardant d'un œil exorbité Leander qui, devenu tout bleu, cherchait désespérément à reprendre son souffle.

C'est alors que retentit encore un dernier claquement de main violent et sec, au fond de la salle de bal. Nos têtes se tournèrent, mais nous ne vîmes tout d'abord rien que des ténèbres vides ; puis, en cet endroit, surgit brusquement Leander. L'air accablé, le regard suppliant, comme si un courant violent l'emportait au large. L'instant suivant, il y eut une puissante détonation accompagnée de beaucoup de fumée.

Je me rappelle être tombé en arrière en me protégeant les yeux de la chaleur et de la fumée. Dans l'aveuglant éclat de la lumière, j'aperçus les silhouettes noires de Sofi, Ogden et Letitia culbutées comme des débris de bois projetés par les dents d'une scie circulaire. Je devinai vaguement Cassie et Mme Lobkova rentrant la tête dans les épaules, au fond de la fosse d'orchestre. Les quelques secondes qui suivirent restent complètement brouillées dans ma mémoire.

La fumée ne tarda pas à se dissiper, s'élevant paresseusement en volutes qui allaient en se tirebouchonnant entre les poutres et les projecteurs. A l'endroit où s'était tenu Leander, il n'y avait plus rien. Il avait disparu aussi radicalement que sous l'effet d'un coup de baguette magique ; seul demeurait l'espèce de vieux chapeau cabossé de Hoffmann qu'il avait porté pendant toute la représentation. Celui-ci gisait sur la scène, couché de côté, le bord saupoudré d'une fine poussière grise. Le spectacle qu'il présentait avait quelque chose d'affreux.

Au souper, le soir même, on aurait dit que Leander n'avait jamais existé. Non seulement personne ne mentionna son nom, mais on évitait même soigneusement de faire allusion à lui. Les places avaient été redistribuées et la sienne avait disparu comme s'il ne l'avait jamais occupée. Mes frères et sœurs déployaient de grands efforts pour ne pas regarder l'endroit, mais mes yeux ne pouvaient s'empêcher d'y revenir ; je revoyais son visage, rieur, généreux, timide, esprit flottant au-dessus de la porcelaine, des cristaux et du linge de table qui avaient été les siens pendant tant d'années. Mme Lobkova fut la première à s'excuser, prétextant la fatigue pour se retirer dans sa chambre.

Plus tard, je voulus moi aussi me coucher ; incapable de dormir, j'allumai ma lampe et essayai de lire. *Hakluyt*, je crois ; en tout cas, l'un de ces antiques et bizarres ouvrages de géographie de l'ancien monde, avec leurs cartes fantaisistes et leurs chroniques morbides de races perdues et disparues.

J'avais beau essayer de me concentrer sur la topographie, les distances et les azimuths, je ne pouvais m'empêcher de penser à Leander. Je voyais son visage pâle et torturé comme s'il planait au-dessus de moi ; il avait le regard fixe et plein de terreur de celui qui supplie qu'on lui vienne en aide, l'ai même qu'il avait eu pendant les derniers instants qu'il avait passés sur la scène.

— Où peux-tu bien te trouver en ce moment, Leander ? murmurai-je à l'intention des ombres glacées qui hantaient ma chambre. Qu'ont-ils fait de toi ?

Un silence mortel régnait sur la maison. Même la personne invisible qui chantait chaque soir des berceuses, à l'étage au-dessus, gardait le silence. Epuisé, j'éteignis la lampe et m'efforçai de m'endormir. Mais rien n'y fit. Le visage de Leander, sa voix, son regard terrifié hantaient ma chambre plongée dans l'obscurité.

15

Ils avaient l'air de deux rats surpris en train de se disputer sur des détritus. Parelli me vit le premier, debout sur le seuil, tandis que je les observais.

— Il y a une porte, Jonathan, dit Oncle Toby d'un ton fâché. Tu es censé frapper.

Parelli s'éloigna de quelques pas, me laissant où j'étais, attendant qu'on m'invite à entrer. Comme rien ne venait, j'ouvris la porte en grand et m'avançai dans la pièce.

— Où est Leander ?

Je vis les traits d'Oncle Toby se rembrunir, sa mâchoire se contracter. Signor Parelli, soudain sur le qui-vive, afficha une expression inquiète. Les deux hommes me regardaient, mal à l'aise, me sembla-t-il.

— Jones l'a désigné pour le Service, m'annonça Toby, plongeant de nouveau dans ses papiers.

— Je ne vous crois pas. Je crois qu'il est encore ici, au château.

Oncle Toby ne releva plus les yeux de son bureau. Parelli tournait autour de lui comme une sentinelle, bombant le torse et faisant l'important.

— J'exige de savoir où se trouve mon frère, insistai-je.

— Tu m'intrigues, Johnnie, dit Toby en soupirant et hochant la tête. Je ne me souviens pas que tu te sois jamais beaucoup intéressé à Leander. Qu'est-ce qui t'arrive, tout d'un coup ?

Mes joues s'empourprèrent – sa réplique n'était pas sans fondement. Il me pressa encore :

— Il est possible que notre Jonathan soit déçu de ne

pas avoir eu d'audience avec Jones, voire de ne plus en avoir du tout.

— Voilà qui me conviendrait parfaitement, rétorquai-je.

La haute silhouette longiligne de Parelli s'agita dans la pénombre.

— Tel est peut-être justement ton problème, Jonathan, me fit observer Oncle Toby d'un ton calme. Qui sait si tu n'as pas fait ton temps ici ? Je me demande si tu n'aurais pas déjà dû partir.

— Oui, j'aurais déjà dû ficher le camp d'ici. Je serais mieux n'importe où ailleurs.

Il leva enfin les yeux sur moi, me regarda quelques instants et haussa les épaules. Puis il revint aux impressionnants monceaux de documents qui encombraient son bureau.

Je me demandai si j'avais été congédié, mais soudain Oncle Toby releva la tête.

— Il me semble que nous n'avons plus rien à nous dire, Jonathan.

Je quittai la chaise sur laquelle je m'étais assis, l'allure raide.

— Je voudrais voir mon père aussi vite que possible.

— Pour quelle raison ?

— Pour lui poser un certain nombre de questions qui me turlupinent depuis quelque temps. Je commencerai par exiger de savoir ce qu'il a fait de Leander. Ensuite, je le tuerai, ajoutai-je, sans un battement de cil.

J'eus le plaisir de voir Oncle Toby blêmir.

Il y eut un silence prolongé, puis Parelli toussa nerveusement dans la pénombre. Oncle Toby fut sur le point de répliquer, mais déjà je franchissais le seuil de la pièce. Je n'entendis que le battant de porte claquer violemment derrière moi.

— Pourquoi moi ?

— Parce que vous aimiez bien Leander.

— C'est vrai... (Mme Lobkova parut nerveuse d'avoir eu cet aveu.) Mais je ne peux rien pour lui.

— Vous avez de l'influence sur eux. Vous pourriez l'emporter sur Jones...

Elle s'éloigna de moi de son pas lourd – une cane qui se dandine.

— Je n'ai pas la moindre influence. Sur de telles questions, une fois qu'une décision est prise...

— Mais il est tellement jeune !

— Il y en a eu de bien plus jeunes.

En trois pas elle fut près de moi et prit mes mains dans les siennes. Elles les avait brûlantes.

— Mais je tiens à t'assurer d'une chose, Jonathan : tout ce qui se passe ici, à Frazé, a un sens, aussi cruel et arbitraire que cela puisse paraître. (Elle me serra plus fort). Un jour, tu comprendras. Crois-moi. Mais ce moment n'est pas encore venu.

— Et quand viendra-t-il... s'il doit jamais venir ?

Elle se mit à contempler le sol, se déplaçant pesamment d'un pied sur l'autre, incapable de me regarder dans les yeux.

— Oublie ça, Jonathan. Accepte, sinon tu pourrais le payer très cher.

— De toute façon, c'est comme ça que ça finira, répondis-je. Je paierai très cher. Comme tous les autres... n'est-ce pas ?

16

L'intimité des relations n'était jamais bien vue à Frazé ; j'avais cependant été plus proche de Leander que de n'importe quel autre de mes frères et sœurs. A cause de sa loyauté, de sa générosité, de sa compassion ou tout simplement de son bon cœur, comme on voudra. Aucun de nous n'avait ces qualités aussi fortement en partage. N'étant moi-même ni particulièrement loyal ni particulièrement généreux, j'étais incapable d'expliquer mon impuissance à faire une croix sur Leander et à l'oublier.

Une fois dans le corridor, je m'élançai à toute vitesse, sans guère me soucier de la direction que je prenais, emporté par le seul besoin de dépenser mon énergie.

Alors que je passais devant un coin plongé dans l'ombre, une main m'attrapa. Je brandis le poing, me retournai vivement et me retrouvai non pas en face d'un assaillant, mais du visage grave et stupéfait de Cornie. Ce dernier se mit à m'agiter frénétiquement les mains sous le nez pour m'intimer de garder le silence, accompagnant ses gestes de grognements et de gémissements.

— Qu'est-ce qu'il y a, Cornie ? Qu'est-ce qui se passe ?

Il jeta un bref coup d'œil par-dessus son épaule, puis m'entraîna dans une partie plus sombre du corridor. Là, il retira un objet de sa poche et me le tendit. Comme je n'y voyais guère dans cette pénombre, il me fit signe de le suivre jusqu'à la fenêtre la plus proche ; à la lumière incertaine qui en tombait, je vis, dans la paume calleuse de sa grosse main, un bouton de cuivre auquel était resté accroché un morceau de tissu déchiré.

— Leander ! (Le nom jaillit de mes lèvres comme de l'air trop longtemps retenu.) C'est un bouton qui vient du costume de Leander... Celui qu'il portait hier, quand il a disparu !

Cornie hocha vivement la tête, son sourire faisant onduler la tache de vin qui lui descendait sur la joue.

— Où l'as-tu trouvé ? Montre-moi, Cornie, c'est important.

Sa grosse tête s'agitant en tout sens, il émit une série de bredouillements mouillés qui s'étranglèrent dans sa gorge. Frustré, il écarta les bras, puis m'attrapa par la manche pour m'entraîner de nouveau dans le corridor.

Il avait les jambes plus longues que les miennes et j'avais de la peine à le suivre. Il était bien entendu plus vieux que nous tous, avait séjourné ici bien plus longtemps et connaissait nombre des secrets du vieux château. Empruntant des passages et des couloirs humides et délaissés, nous fonçâmes comme si nous étions poursuivis par une horde de démons. Au moment même où je pensais que nous ne pourrions pas aller plus loin, nous prîmes un virage serré, franchîmes les battants d'une lourde porte de chêne encastrée dans une arche et entrâmes dans une chapelle de pierre.

Neuf siècles auparavant, le vieux comte français qui avait fait construire le château aux confins du Perche, pour en faire sa retraite, y avait ajouté une chapelle. Comme le voulait alors la coutume, de tels lieux de culte étaient le cadre de services religieux quotidiens, et on y célébrait de grandes cérémonies, mariages, baptêmes et funérailles. La chapelle de Frazé se présentait comme une minuscule basilique cruciforme, avec nef, transept, autel et sacristie. A l'entrée, les portes du narthex étaient peintes.

Sous sa forme actuelle, il ne lui restait plus guère de vestiges de la période où elle avait été consacrée, mis à part quelques vitraux. On en avait enlevé croix, icônes, reliquaires et mosaïques représentant des passages des Ecritures et on les avait remplacés par des ornements moins marqués. Une niche ayant abrité une statue de la

Vierge contenait maintenant un vase de fleurs séchées ; on devinait vaguement le contour de l'endroit du mur d'où on l'avait détachée.

La chapelle était maintenant laissée à l'abandon. Autrefois, on nous l'avait présentée comme une sorte de musée du Moyen Age, époque de pratiques absurdes et dépassées, où l'on enseignait aux gens à cannibaliser leurs dieux. La pénombre et le silence régnaient dans les recoins, sous les arcs, au milieu des boiseries odorantes. Une fois à l'intérieur, on avait tendance à parler à voix basse et l'impression de sentir la présence des âmes passées par ici, en route pour quelque autre monde. Dans l'esprit des enfants de Jones, c'était un endroit à éviter.

— Montre-moi où tu as trouvé le bouton, Cornie.

Le tenant devant lui et émettant de petits grognements excités, Cornie m'entraîna jusqu'à l'autel. Les vitraux des fenêtres à ogive de l'abside représentaient l'histoire d'Abraham s'apprêtant à sacrifier Isaac. Tiré par mon frère comme je l'étais, je trébuchai en montant les marches et faillis m'étaler contre la balustrade du chœur. Etouffé et poussiéreux, le silence que nous troublions semblait presque un reproche, comme si notre présence était impie.

— C'est là que tu l'as trouvé ?

Il eut comme un gargouillis, tapa du pied sur le sol, puis posa le bouton de cuivre juste devant l'autel.

— Comme ça ? Tu l'as trouvé posé comme ça... de côté ?

Cornie hocha énergiquement la tête. Ensuite, d'un seul mouvement, il enleva la nappe qui couvrait l'autel, révélant la pierre en dessous, avant de se pencher contre elle et de pousser le granit de l'épaule, de toutes ses forces.

Un raclement, pas très fort, se fit entendre tandis que l'autel tournait sur un gond invisible et frottait sur la pierre du sol. Je me joignis à Cornie pour pousser avec lui de tout mon poids.

Lorsque nous eûmes réussi à faire pivoter l'autel de presque 90° sur son axe, nous nous trouvâmes devant l'entrée d'un tunnel obscur et tortueux. Celui-ci donnait sur un étroit escalier sans lumière s'élevant dans les murailles du château-fort.

Nous restâmes là quelques instants, à reprendre notre souffle et à scruter les ténèbres du passage secret. D'en haut, nous parvenaient les gémissements bas et intermittents du vent. Faute du moindre éclairage, on ne distinguait que les trois ou quatre premières marches ; mais il paraissait évident, à la manière dont il s'incurvait, que l'escalier se situait à l'intérieur de l'une des grandes tours rondes.

J'entendis un grognement et sentis une rude poussée dans mon dos ; c'était Cornie qui m'incitait à monter en faisant des moulinets avec ses bras, comme un nageur. On aurait dit qu'il essayait de nous propulser tous les deux en avant.

L'instant d'après, nous bondissions dans l'escalier, en grimpant les marches deux par deux en dépit de l'obscurité totale dans laquelle nous étions plongés. En trébuchant et nous cognant aux parois, nous poursuivîmes notre escalade jusqu'au moment où mon cœur me donna l'impression d'éclater. On aurait dit que nous allions continuer de monter ainsi éternellement, mais, finalement, une vague lueur grise apparut sur le mur, reflet d'une fenêtre située plus haut, et par laquelle passait la lumière du matin.

Encore cinq ou six marches, et nous débouchâmes dans une salle carrée, dallée de pierres, effectivement éclairée par une petite fenêtre à oriel qui donnait au-dessus des plus grands arbres. Elle était verrouillée et, de part et d'autre, de lourdes chaînes de contention pendaient à des anneaux scellés dans le mur humide ; cet endroit avait jadis servi de cachot.

Non loin de moi, sous l'une des chaînes, quelque chose d'indistinct semblait se tasser sur le sol. Etait-ce la lumière ? La manière dont ces objets gisaient à même le dallage glacial ? Toujours est-il que je sentis mon cœur se serrer.

Il me fallut déployer de grands efforts pour me décider à m'en approcher. Lorsqu'enfin je m'y fus résolu, je m'avançai aussi prudemment que si j'avais eu affaire à un animal pris au piège, acculé et prêt à charger. Je crus tout d'abord qu'il s'agissait d'une chose vivante, d'un gros rat, peut-être : ils ne sont pas rares dans ces vieilles constructions de pierre. Mais, en l'examinant de plus près, je découvris que le petit tas qui m'effrayait était constitué de vêtements : un pantalon, une chemise, des chaussures, des chaussettes, des sous-vêtements et une veste brillante et usée... la jaquette que Leander avait portée la veille pour jouer le rôle d'Hoffmann. Il n'y avait aucun doute : fils déchirés et trou béant, tout disait le bouton de cuivre qu'on en avait arraché récemment.

Un cri de triomphe s'étrangla dans ma gorge, mais, lorsque je me tournai pour partager ma découverte avec Cornie, celui-ci avait disparu. J'étais seul dans le petit cachot. Je me précipitai à l'entrée de l'escalier et appelai. Il n'y eut pas de réponse, rien que l'écho vide de ma voix se répercutant sur les pierres froides de la cage d'escalier déserte.

Pauvre Leander. Comme il avait dû souffrir ! Entièrement nu, assis des heures durant sur les dalles glacées, enchaîné au mur... Pour quelle raison l'avait-on traité aussi sauvagement ? Pourquoi tant de cruauté ? A moins qu'il ait essayé de résister ? Mais, connaissant Leander, cela me paraissait improbable. C'était le plus doux, le plus serviable des êtres. Je frissonnai à l'idée de ce qui avait pu se passer la nuit d'avant. Leander se trouvait-il encore dans le château ? Logiquement, non. Du moins, s'il fallait en croire Mme Lobkova.

J'entamai la descente, avançant comme un somnambule, engourdi, vide de toute sensation, les yeux ouverts mais ne distinguant rien. A peine sentis-je que je dépassais la petite chapelle de pierre sur le chemin qui me conduisait jusqu'au bas de la tour.

Lorsque je relevai enfin les yeux, je me trouvais au rez-de-chaussée, devant une autre fenêtre à oriel, elle aussi condamnée. A sa droite, une lourde porte, prise dans un arc. Stupéfaction, elle était grande ouverte. Elle laissait passer la lumière et un air frais et chargé des fortes senteurs résineuses du Grand Nord. Or les portes ne sont jamais ouvertes à Frazé. Jamais.

Pour la première fois de ma vie, je n'avais que deux pas à faire pour trouver la liberté, mais, au lieu de me précipiter, je demeurai pétrifié sur place, trop terrifié pour avancer. J'ignore combien de temps je restai ainsi, agrippé à la sécurité des murs, semblable à un chien enchaîné tirant sur sa chaîne. J'attendis encore, respirant rapidement, essayant de reprendre mon souffle.

Finalement, comme un baigneur trempant un orteil prudent dans une eau glacée, je m'avançai avec précaution au soleil. La journée était magnifique, lumineuse et claire. Au-dessus de moi, des oiseaux filaient entre les branches. Je remplis mes poumons de l'air froid du Grand Nord. Je ne m'en rassasiais pas, je l'engloutissais, je le mâchais, jusqu'à en avoir le tournis.

Tout à mon excitation, j'avais oublié Leander, et ce n'est qu'après avoir fait quelques pas pour m'éloigner du château que l'idée du calvaire qu'il avait enduré me revint brusquement à l'esprit, dans toute sa force. Enfilé sur la branche la plus basse d'un sapin tout proche, j'aperçus ce que je pris pour un morceau de tissu. En l'examinant de plus près, je vis qu'il s'agissait d'un bout de peau de chèvre. Je n'avais guère de doutes sur sa provenance ; et, si j'en avais nourri sur l'endroit où l'on avait emmené Leander, ceux-ci étaient finalement dissipés. C'était donc là ce que voulait dire Oncle Toby quand il discourait sur le grand honneur d'être choisi pour le Service.

17

Ce soir-là (le dernier, nous dit-on, de la visite de Jones pour l'année en cours), Oncle Toby organisa un bal de gala. Y assistèrent non seulement les proches, mais presque tous les techniciens et membres du personnel de service.

Il eut lieu dans la grande salle du château, sous des lustres de cristal ; nous étions déguisés et masqués, et dansâmes sur le parquet de bois. Certains s'étaient transformés en mousquetaires ou en minotaures, d'autres en dryades ou en Arlequin. Il y avait également pas mal de personnages empruntés aux contes de fées.

Je n'avais guère le cœur à m'amuser, mais notre présence était obligatoire ; toute absence aurait été sanctionnée. Je m'étais fait un costume de Caliban, tout en haillons, avec une perruque affreuse. Une pluie de confettis et de ballons tombait du plafond, se prenant dans le mobilier et les lustres étincelants. Certains membres de l'Institut tenant les violons, nous dansâmes des *bourrées* * et des *chaconnes* * pendant des heures ; de grandes quantités de vin furent consommées.

Pour ma part, je dansai et bus beaucoup, essayant d'effacer de ma mémoire l'image de ce haillon de peau de chèvre que j'avais vu sur le sentier, à l'extérieur du château. Je gardais dans ma poche le bouton de cuivre que Cornie m'avait donné, et le tâtais de temps en temps.

Je n'éprouvai tout d'abord aucune difficulté à identifier les personnes qui se cachaient derrière chaque loup ; mais, au fur et à mesure que, l'heure avançant, se vidaient les bouteilles, les visages masqués paraissaient de plus en plus se ressembler. Je crus à un moment donné danser avec Letitia, attifée en Mère l'Oie. J'étais sur le point de lâcher une allusion à ce que j'avais vu dans la tour quelques heures auparavant, lorsque quelque chose me retint. Au lieu de cela, je continuai à brailler trop fort, d'une voix empâtée par le vin, sans me rendre compte tout de suite que ma partenaire était bien silencieuse – anormalement silencieuse, même pour Letitia : il s'agissait en réalité de l'une des femmes de chambre du troisième étage.

La musique devenait de plus en plus frénétique. Du coin de l'œil, j'aperçus Oncle Toby qui se levait ; il était déguisé en corsaire, tenue complète, avec tricorne, bottes montant jusqu'aux genoux et bandeau sur l'œil. Il se lança dans une gigue avinée avec une hourie en pantalons bouffants de soie qui, à mon avis, devait être Sofi.

Signor Parelli, habillé en grenadier, ne cessait de tirer son chapeau devant les dames et de papillonner de l'une à l'autre. Ogden, accoutré en Goupil le Renard, arborait un long nez pointu avec une obscène boule rouge lumineuse au bout. Mais même cette horreur ne pouvait dissimuler le ricanement de dédain que provoquait chez lui tout ce remue-ménage.

Mme Lobkova était la plus facile à reconnaître ; ses proportions, à elles seules, constituaient déjà un bon indice ; mais y aurait-il eu encore un doute que son costume de diseuse de bonne aventure, avec ses foulards et son volumineux empilement de jupons, le tout surmonté d'un turban, l'aurait aussitôt dissipé.

A un moment donné, Cassie passa près de moi en tourbillonnant, dans les bras d'un individu déguisé en dieu Pan. Moitié homme, moitié bouc, celui-ci portait de petites cornes pointues au front ; on entendait ses pieds fourchus cliqueter sur le parquet tandis que le couple tournoyait. Il n'était guère plus grand que Cassie et je le pris pour un des jeunes garçons qui jouent le rôle d'échanson à la salle à manger.

Une heure plus tard, le plus grand désordre régnait

dans la salle de bal. Je dansais avec quelqu'un (sans savoir qui) lorsque Cassie passa à nouveau près de moi, toujours tourbillonnant dans les bras de son satyre. Au moment où elle me frôlait, je sentis qu'on glissait un morceau de papier chiffonné dans ma main. Lorsqu'elle se fut éloignée, je dépliai la feuille et lus ces deux mots : « le moine », griffonnés dessus. C'était tout. Je levai les yeux, mais Cassie et son faune avaient disparu.

Un peu plus tôt dans la soirée, j'avais aperçu un personnage habillé d'une grossière soutane de bure surmontée d'un capuchon rabattu sur son visage. J'avais remarqué que l'homme ne dansait pas et ne se mêlait pas aux fêtards, mais se tenait seul, sur le côté, appuyé à une colonnade, et observait les festivités.

Je ne savais que faire de mon message. La soirée n'était plus que tapage et tournait à la beuverie. Plusieurs bambocheurs frappaient sur des tambourins et chantaient des chansons paillardes. Des bagarres éclatant, le service de sécurité dut intervenir pour séparer les gens et consigner les plus violents dans leurs chambres. Un certain nombre de couples s'abandonnaient sur les divans et, le costume en désordre, faisaient l'amour. D'autres, allongés près d'eux, marmonnaient, somnolents, sans leur prêter attention.

Je ne savais toujours pas avec qui je dansais ; la pièce tournait autour de moi. Les innombrables et minuscules larmes de cristal des lustres se confondaient toutes en une énorme et aveuglante boule de feu. Je m'empêtrais dans des serpentins dont je tâchais de me débarrasser en gesticulant comme un beau diable.

La femme avec laquelle je dansais avait de grandes lèvres peintes en brun. Elle riait beaucoup et exhibait une belle brochette de dents en or. A chacun de ses éclats de rire, elle appuyait fortement sa hanche contre la mienne et me bombardait de postillons.

Je sentis que la tête me tournait. Essayant de reprendre mon équilibre, je me détournai légèrement de ma partenaire. Lorsque je repris ma position initiale, ma compagne avait disparu ; en revanche, le personnage encapuchonné venait de reparaître. Il se tenait cette fois-ci à l'autre bout de la salle, au milieu d'une foule gesticulante. Il semblait étrangement seul. Son capuchon lui tombait bas sur le front et lui cachait le cou, un grand morceau de gaze sombre lui masquant le reste du visage. Je me trouvais loin de lui, mais je sentais la forte attraction que son regard exerçait sur moi.

C'était le moine de Cassie, celui qu'elle me signalait dans son mot. Mais pourquoi éprouvait-elle le besoin d'attirer mon attention sur lui ? C'est alors que mon esprit embrumé par les vapeurs de l'alcool finit par comprendre ce que ma sœur avait voulu me dire : ce moine, c'était Jones.

Etant donné son goût bien connu pour le secret et les déguisements, il n'était guère surprenant qu'il eût choisi le costume de moine. Sérieusement ivre et sentant ma colère monter, je me dirigeai vers lui d'un pas lourd.

Le reste se perd dans le brouillard. Je me souviens que des mains rudes m'empêchèrent de l'atteindre, puis me soulevèrent et m'entraînèrent dans un escalier. Au milieu de force ricanements, on me tira jusque dans ma chambre, où on me débarrassa de ma tenue de Caliban pour me jeter sans plus de cérémonie sur mon lit.

Néanmoins, je ne m'endormis pas. Je restai quelque temps allongé, me demandant si c'était bien Jones que j'avais vu. Je pensai encore à Leander, à Oncle Toby, à mes frères et sœurs et à l'action que je devrais éventuellement entreprendre.

Quelques heures plus tard, on me réveillait pour m'informer que Jones, mon père, était mort.

QUATRIÈME PARTIE

L'enquête

Eh bien, c'est là la question, le point essentiel : lorsque vous montiez l'escalier... Vous m'avez bien dit qu'il était entre sept et huit heures ?

Fédor Dostoïevski, *Crime et Châtiment*
(réplique de l'inspecteur Porphyre)

18

En gros, la nuit où mourut Jones se déroula ainsi :

Signor Parelli me réveilla vers quatre heures et quart du matin. Il était en pyjama, une veste de costume jetée sur les épaules. Il portait des chaussures de ville, mais pas de chaussettes. Tenue bien peu académique et endossée à la hâte, aurait-on pu dire, pour quelqu'un qui avait la religion de l'apparence.

Je rêvais ; je ne sais plus de quoi. Je sentis qu'on me donnait deux coups secs au bras ; puis j'entendis la voix bourrue de Signor Parelli. Celui-ci murmurait d'un ton excité :

— Jonathan… lève-toi, Jonathan… vite !

— Quoi ? Qu'est-ce qu'il y a ?

J'avais du mal à accommoder. Parelli s'empara de la robe de chambre posée au pied de mon lit et me la jeta.

— Enfile ça et suis-moi.

— Mais qu'est-ce qui se passe ?

— T'occupe. Amène-toi.

Il était quatre heures du matin, mais toutes les lumières du château brillaient. Les lustres étincelaient dans tous les salons ; des douzaines d'appliques murales déployaient comme une traînée de feu aveuglante devant nous.

Signor Parelli avançait à grands pas coléreux. Les semelles de ses chaussures résonnaient contre les dalles de pierre.

Notre trajet nous fit emprunter tout un réseau de couloirs et de passages de traverse, grimper une volée de marches et accéder au troisième étage, qui était interdit. Il régnait une activité fiévreuse, les gens se rassemblant par dizaines dans toutes les pièces. Certains portaient encore leur déguisement, la plupart m'étaient inconnus. Je fus stupéfait par leur nombre. En passant devant eux, j'avais l'impression qu'il venait de se produire quelque chose de grave. L'événement devait être à la fois important et imprévu pour avoir ainsi mis sur pied toute la maison en pleine nuit.

Nous nous trouvions dans un long et étroit corridor au plafond élevé et voûté. Des bustes de marbre, des armures, des portraits d'ancêtres morts depuis des siècles s'alignaient le long des murs. La plupart des portes donnant sur ce corridor étaient fermées, une seule étant ouverte, tout au bout. Un rectangle de lumière en provenait, se détachant en blanc sur le mur d'en face avec quelque chose de surnaturel.

Un petit groupe de personnes était rassemblé là, parlant à voix basse. A notre approche, tous se turent et s'écartèrent devant nous comme si l'ordre venait de leur en être donné.

Nous nous retrouvâmes dans une petite antichambre donnant sur une grande pièce ; d'autres personnes y allaient et venaient, un murmure de conversations montant de la grande pièce, dans laquelle régnait aussi une certaine agitation ; les gens, cependant, s'y déplaçaient avec solennité, comme si chacun était imbu de l'importance de sa tâche.

Ogden sortit de la grande pièce au moment où Parelli et moi y entrions. Comme moi en pyjama et robe de chambre, il avait l'air sérieusement ébranlé. Lorsque nous nous effaçâmes pour le laisser passer, il ne détourna pas les yeux et je ne sais même pas s'il nous remarqua.

— Venez, me souffla Parelli à l'oreille.

Puis il me prit par le bras, me poussant et tirant à la fois. Je le suivis, vaguement engourdi, me sentant un peu hors d'haleine et aussi raide que si je me déplaçais sur des jambes de caoutchouc. J'ignorais toujours ce qui se passait. Pour des raisons qui m'échappaient, Signor Parelli n'avait pas cru bon de me le dire.

La salle dans laquelle nous venions de pénétrer était éclairée par un grand lustre qui pendait au milieu du plafond. D'innombrables petites lumières scintillaient entre les pendentifs de cristal et baignaient le plafond d'éclats lumineux irréguliers.

Un mobilier français d'époque Louis Quelque Chose meublait la pièce ; mais surtout, une vaste rosace en vitrail la dominait. Il régnait là une ambiance de grandeur solennelle ; c'était spontanément qu'on baissait la voix.

Je repérai Mme Lobkova de l'autre côté de la pièce. Habillée d'une épaisse robe matelassée, son abondante chevelure retenue par une espèce de bonnet de nuit, elle vint vers nous et, sans un mot, m'embrassa. Je vis qu'elle avait pleuré. « Oh, Jonathan », fut tout ce qu'elle put répéter, à plusieurs reprises, en se tordant les mains et en me tapotant le bras.

Oncle Toby nous fit signe de l'autre bout de la salle. Il venait de parler à un homme qui se tourna et nous observa tandis que nous nous approchions. Toby avait un teint de cendre et paraissait bouleversé. Il s'adressa au Signor Parelli.

— L'avez-vous averti ?

— Il ne sait rien.

Toby se tourna vers moi.

— Jonathan, nous venons de subir une terrible perte. Jones est mort, j'en ai peur.

— Jones ? murmurai-je.

Puis je me réfugiai dans un silence imbécile ; je comprenais à peine ce qui se disait autour de moi.

Tout le monde paraissait me regarder et attendre que je réponde quelque chose ou éclate en sanglots. Mais, évidemment, je n'éprouvais rien. Comment l'aurais-je pu ?

— Jonathan (Oncle Toby avait repris le ton grave et plein de noble sympathie qu'il affectait, à mon avis, à l'intention de l'étranger), voici le colonel Porphyre, chef de sécurité du district. Il a eu la bonté de venir du continent en hélicoptère, dès l'annonce de la nouvelle.

Je me tournai et croisai le regard d'un homme

bedonnant. De petite taille, il avait le cou épais. Fortement charpenté, il dégageait une impression de force paisible. Il était habillé de manière un peu guindée — costume sombre, chemise blanche et cravate —, sa façon de se tenir suggérant un homme davantage habitué à porter l'uniforme.

Il devait s'agir d'un policier ou d'un détective. Je n'avais qu'une connaissance livresque de ce genre d'hommes et me les imaginais comme de rudes gaillards ; celui-ci correspondait bien peu à ce que je m'étais représenté.

Des yeux intelligents, où brillait une pointe d'impertinence, m'évaluèrent rapidement.

— Je suis désolé de faire votre connaissance dans des circonstances aussi tristes, dit-il en me tendant une main aux doigts boudinés.

Il avait un visage mélancolique, aux traits vaguement chevalins, et la tête trop grande par rapport à sa corpulence, qui était moyenne. Sa voix rauque comportait juste assez de compassion pour éveiller le soupçon. Il avait un vague accent que je fus incapable d'identifier.

Je le remerciai et bredouillai quelque stupidité sur le fait que j'étais moi aussi désolé, puis regardai autour de moi, ne sachant où poser les yeux. Il m'observait, attendant sans doute un signe d'émotion. Comme rien ne venait, je crois qu'il se sentit bientôt gêné. Nous nous écartâmes un instant pour permettre à deux fonctionnaires en uniforme (le colonel avait amené une équipe de dix hommes avec lui) de dérouler la bobine d'un décamètre qu'ils firent passer entre nous sur le sol. Nous continuâmes notre conversation pendant qu'ils effectuaient leur tâche.

— Mais quand cela est-il... dis-je sans achever ma phrase.

— Très tôt ce matin, répondit le colonel Porphyre. Nous essayons de déterminer l'heure exacte en ce moment même.

— Et les autres ? On les a avertis ?

— Ogden était ici à l'instant, dit Oncle Toby. On a

prévenu Letitia et Sofi, mais on ne les a pas encore fait venir.

— Cassie ?

— Inutile de réveiller cette enfant. On le lui dira un peu plus tard.

— Et Cornie ?

Oncle Toby montra de la tête la direction de la chambre à coucher.

— Cornelius est avec lui en ce moment même.

Toby m'avait indiqué l'entrée d'une petite pièce, qui devait donc être la chambre à coucher de Jones. Pendant que nous parlions à mi-voix, plusieurs hommes en uniforme étaient entrés et sortis de cette pièce, portant des carnets ouverts et du matériel divers. Ils travaillaient en silence, s'activant avec l'opiniâtreté d'abeilles ouvrières qui, toutes, connaissent leur tâche dans la ruche.

— Puis-je le voir ?

— Ecoute, Jonathan... commença Toby.

Je me rendais compte que le colonel Porphyre m'étudiait pendant cet échange. Cette fois-ci, lorsqu'il parla, je crus détecter dans ses consonnes sifflantes une pointe d'accent balkanique.

— Monsieur Jones... je regrette de devoir vous le dire, mais la mort de votre père... n'est pas due à des causes naturelles.

Il me fallut quelques instants pour saisir l'importance de cette remarque.

— En êtes-vous sûr ?

— Cela ne fait guère de doute.

Il jeta un coup d'œil en direction de la petite chambre à coucher.

— Il y est encore pour le moment. Les personnes que vous voyez aller et venir font partie de mon équipe. (Ses doigts courts et épais décrivirent un arc.) Ils s'efforcent de rassembler les quelques indices pertinents qui peuvent encore se trouver là.

— Bien sûr. Mais je ne comprends toujours pas pourquoi je ne peux pas voir mon père.

— Mais vous pouvez, évidemment ! (Le colonel eut

un sourire d'étonnement.) Vous en avez tout à fait le droit. Nous étions simplement inquiets à l'idée...

– Jonathan, fit remarquer Oncle Toby, ce n'est pas un spectacle agréable.

Mme Lobkova me tira par la manche, comme pour m'entraîner vers la sortie.

– Viens, Johnnie, dit-elle. Tu n'as probablement pas vraiment envie d'aller là-dedans.

Je me débarrassai d'elle d'un geste.

– Je veux voir mon père, répétai-je, avec plus de force cette fois.

– Mais vous le verrez, dit le colonel.

Oncle Toby et Signor Parelli échangèrent un coup d'œil. Les doigts de Mme Lobkova s'agitèrent sur les plis de sa robe et elle m'adressa un regard chagriné. Je vis le crâne du colonel Porphyre se tourner discrètement vers un personnage de haute taille et athlétique qui se tenait devant l'entrée de la chambre.

Aussitôt, comme si le coup avait été prévu d'avance, tout le monde s'écarta d'un pas ou deux. Je me retrouvai seul face à l'entrée étroite donnant sur la chambre où mon père, que je n'avais jamais vu vivant, gisait maintenant, mort.

Je l'avais imaginé plus grand. Jusqu'alors, je n'avais aperçu que sa silhouette se découpant vaguement derrière un écran. Plus rien ne s'interposait maintenant entre lui et moi. Il portait une chemise de nuit dont dépassaient des mollets sans poils, d'un blanc laiteux, aux veines noueuses. Ses pieds semblaient anormalement petits et étaient loin d'atteindre l'extrémité du lit, ce qui le faisait paraître encore plus petit. Parmi les choses que je découvris, une minuscule paire de pantoufles en tapisserie, vieilles et râpées, dont les coutures s'effilochaient. Elles étaient rangées proprement au pied du lit. Nullement les pantoufles du deuxième homme le plus riche au monde, me dis-je. La pièce paraissait elle aussi toute petite. Etonnamment petite. On aurait imaginé quelque chose de plus grandiose pour Jones ; une vaste salle au plafond nervuré et aux murs lambrissés, par exemple. Celle-ci avait quelque chose de monastique dans son austérité.

Sa seule concession au luxe était le lit, immense et protégé par un baldaquin aux rideaux de soie brodée. A côté, sur la table de nuit, était posé un verre d'eau. Un râtelier complet y était plongé, souriant vers l'extérieur. Des grappes de bulles minuscules s'étaient formées sur la base d'acrylique rose et y restaient accrochées. L'eau avait pris un aspect trouble et jaunâtre. Je vis enfin une robe de moine jetée sur le dossier d'une chaise.

Je m'étais attendu à quelque vision horrible, surtout après les simagrées qui avaient suivi ma requête. Cependant, en dehors du couvre-pied, à moitié tombé du lit, et de quelques gouttes de sang éparpillées délicatement sur le drap blanc, tout était remarquablement intact.

Je me rendis compte que je n'arrivais à établir aucun lien logique entre moi-même et cette personne, cet étranger qui, allongé sur son lit de mort, était censé être mon père. S'agissait-il réellement du philanthrope, de l'inventeur de génie, de l'architecte du célèbre *Système Jones*, du patriarche d'une tribu dont on disait qu'elle était légion, de l'homme qui, accessoirement, avait été l'auteur de mes jours ? Va savoir pourquoi, il ne me paraissait pas assez vieux pour pouvoir être tout cela à la fois.

Il était couché de côté, les yeux ouverts, contemplant le mur. On ne décelait aucune trace de frayeur ou de souffrance sur ses traits. Comme si le crime avait été accompli pendant son sommeil. Proprement, sans douleur. Seule la peau tendue sur la délicate ossature de son visage avait pris la nuance cireuse qui dit une mort récente.

Il me fallut m'approcher encore pour apercevoir les plumes qui se dressaient, toutes raides, sous son menton, et comprendre que ce que je voyais était la partie arrière d'une fléchette dont la pointe s'enfonçait dans sa gorge. L'arme était en acier, avec un empennage de plumes blanches, comme les dards que nous nous amusions à lancer contre le mur de la salle de jeux quand nous n'avions rien de mieux à faire. La fléchette mesurait quinze centimètres de long ; entrée profondément dans sa gorge, elle donnait l'impression de l'avoir empalé sur son oreiller. Etant donné l'emplacement du point de pénétration – à hauteur de la carotide –, il y avait étonnamment peu de sang. L'hémorragie avait dû être interne, pour l'essentiel.

Trois autres personnes se tenaient dans la chambre au moment où j'y étais entré. La première était le policier imposant dont j'ai déjà parlé ; la seconde, une Levantine au teint sombre et revêtue d'un uniforme blanc d'infirmière. Elle ne souffla mot tandis que je m'approchais du lit et n'indiqua en rien qu'elle prenait acte de ma présence, sans cesser pour autant de me surveiller du coin de l'œil. Bien qu'occupée à plier des vêtements, elle ne perdait pas un seul de mes mouvements de vue, puis se mit à marmonner dans une langue qui me parut sémitique. Ce n'est qu'au bout de quelques minutes que je compris qu'elle devait réciter une prière ou une incantation. Je supposai que les vêtements dont elle s'occupait étaient ceux de Jones, car elle les aspergeait abondamment de désinfectant avant de les ranger dans un carton. Il régnait dans la pièce une forte odeur d'assafœtida.

La troisième personne était Cornie. Assis sur une chaise, au bord du lit, il tenait la main de son père dans la sienne, comme s'il attendait que celui-ci se réveillât. On aurait dit qu'il cherchait à décrypter, dans l'œil ouvert de Jones, la solution d'une énigme. Il y avait quelque chose d'indiciblement triste dans son attitude. Ce grand gaillard dont l'âge mental ne dépassait pas cinq ans avait l'air, avec la grande tache de vin qui venait goutter jusqu'au bas de sa joue, de s'être fait renverser un pot de confiture sur la tête.

Je m'approchai de lui. Il prit conscience de ma présence, mais n'eut pas un geste d'accueil. Manifestement, il éprouvait du chagrin. Si Cornie était incapable de bien des choses, il ne l'était pas de souffrir.

Une interminable procession de gens défila dans la chambre. La plupart était des hommes de l'équipe de médecine légale de Porphyre. Ils ne nous dérangèrent pas mais n'en poursuivirent pas moins leur tâche — prenant des mesures, poudrant des objets pour relever des empreintes, ramassant avec des pinces à épiler des choses minuscules et impossibles à identifier avant de les placer dans des poches en plastique scellées. Très impersonnels, très professionnels.

Je ne sais ce qui occupait exactement mes pensées. Certainement pas Jones, en tout cas. Leander, peut-être. Depuis deux jours qu'il avait disparu, je n'avais jamais senti aussi fortement sa présence que dans cette chambre.

Je me rendis compte que Mme Lobkova était à mes côtés, sa main enfantine et boudinée tremblant à mon coude.

— Tu lui ressembles beaucoup maintenant, tu sais, dit-elle, regardant d'un air douloureux le gisant minuscule au teint de cire. De tous, tu es celui qui lui est le plus proche par le caractère et l'esprit. (Sa main serra plus fortement mon coude.) Viens, maintenant. Sortons d'ici. Ils vont se demander ce que nous fabriquons.

Je fis un signe de tête en direction de Cornie qui tenait toujours la main de Jones et dont la bouche tressaillait dans une communion silencieuse.

— Et lui ?

Mme Lobkova le regarda et haussa les épaules.

— Laissons-le tranquille, pour le moment. Il s'en tirera.

Nous quittâmes la chambre ensemble.

Oncle Toby et Signor Parelli avaient quitté la grande chambre. Le colonel Porphyre, seul dans son coin, était plongé dans la lecture d'un paquet de rapports et de dépêches et semblait avoir oublié la petite armée de techniciens qui s'agitait autour de lui.

— Y a-t-il autre chose ? demanda Mme Lobkova en s'approchant de lui.

Il leva les yeux pour nous regarder à travers des lunettes aux verres jaunes, avec l'expression de quelqu'un qui a du mal à reconnaître ses interlocuteurs. Puis ses traits s'animèrent comme la mémoire lui revenait.

— Ah, oui, bien sûr. Pardonnez-moi. Je suis un peu perdu au milieu de cette paperasse.

Il eut un petit rire pour se moquer de lui-même et agita la brassée de feuilles.

— Non, je n'ai aucune raison de vous garder, reprit-il. (Il eut un signe de tête pour Mme Lobkova.) J'aimerais cependant avoir un petit entretien avec M. Jones junior.

Wanda m'adressa un regard gêné.

— Ça ira ? me demanda-t-elle.

— Evidemment.

— Dans ce cas, je m'en vais.

Elle rendit son signe de tête au colonel avec brusquerie et s'éloigna après avoir hésité.

— C'est agréable de venir ici de temps en temps, fit observer Porphyre lorsqu'elle fut sortie. Même si je n'apprécie pas trop d'être chahuté par l'hélicoptère, poursuivit-il en tapotant sa bedaine rondelette. Cela fait des années que je suis sur le continent. Bien entendu, lorsque le juge du district m'a demandé de venir, j'ai sauté sur l'occasion. Qui ne l'aurait fait ? (Il rit, mais reprit aussitôt son sérieux.) Néanmoins, c'est tragique pour votre père... Un très grand homme. C'est comme la fin d'une époque. Un grand chêne vient de tomber dans la forêt...

Il me regarda, recherchant un signe d'approbation pour ce morceau d'éloquence. Tout ce que je pus faire se réduisit à un hochement de tête, et je me rendis compte sur-le-champ que ma réaction n'était pas à la hauteur de l'occasion. Impavide, il poursuivit :

— Je dois cependant avouer que j'aime beaucoup la nature qui vous entoure. Quel soulagement, après l'activité frénétique du continent ! Je suis toujours fasciné par l'idée que vous vivez dans une sorte de niche intemporelle. On a beau essayer de me l'expliquer, je suis toujours dépassé par le fait que nous soyons voisins, vous êtes presque un jour en avance sur nous.

De nouveau, il attendit ma réaction. Cette fois, je n'essayai même pas. Il comprit :

— Nous serons peut-être mieux ailleurs pour parler. Ce sera plus discret.

Il me prit par le bras et me conduisit jusqu'à l'un des divans de la petite antichambre ; nous nous assîmes ensemble, les coussins trop rembourrés soupirant sous notre poids. Tout le monde paraissait avoir disparu, à l'exception d'un garçon d'étage qui balayait le couloir. Un instant, nous écoutâmes le chuintement triste et lent de son balai sur la pierre.

— C'est bizarre, non ? reprit le colonel Porphyre. (Il devait avoir lu de la confusion dans mon regard.) Votre père, je veux dire... ce qui lui est arrivé. Vraiment inattendu, n'est-ce pas ?

— En effet.

— Je suppose que vous ne voyez aucune raison pour que quelqu'un, ici...

— Pas la moindre.

— Naturellement. Et pourquoi, d'ailleurs ? Il n'y en a pas d'imaginable. (Il semblait regretter d'avoir posé sa question.) Vous êtes un membre proche de la famille, évidemment... (Je ne suis pas très doué pour simuler, il vit sans doute mon air ennuyé.) Croyez-moi, monsieur Jones... J'ai parfaitement conscience des conditions dans lesquelles vous vivez tous ici... assez *particulières*... (Sa voix s'attarda sur « particulières ».) Pourtant, si je puis me permettre, je voudrais savoir... Est-ce que l'homme qui gît sur le lit, à côté, une fléchette dans le cou, est bien votre père ?

Je fus d'abord surpris, puis simplement irrité :

— Evidemment !

— Comment pouvez-vous en être certain ?

La question me prit au dépourvu.

— Je ne suis pas sûr de comprendre...

— D'après ce que je sais, vous et vos frères et sœurs, avant les tragiques événements de ce matin, ne l'aviez jamais réellement vu en face.

— C'est exact.

— Vous voyez donc où je veux en venir... (Il m'adressa un sourire compatissant.) Vous ne pouvez pas être absolument certain que l'homme que vous avez vu dans cette chambre, une fléchette dans la gorge, est bien votre père.

— Mais si, c'est lui ! m'écriai-je. Il n'y a pas à chercher plus loin. Aucun doute là-dessus. Demandez à mon oncle ou à Mme Lobkova. Ils vous le diront !

— Ils l'ont déjà fait. Mais... (il me jeta un long regard inquisiteur, sans se presser, comme pour me signifier que j'étais trop obtus pour comprendre certaines choses)... je ne dispose d'aucun dossier médical, d'aucun fichier dentaire, d'aucune empreinte digitale, pas même d'une photographie authentique qui me permettrait de corroborer les faits. (Il sourit de nouveau, m'étudiant attentivement.) Vous voyez mon problème ?

— Vos n'avez qu'à me croire sur parole, lui rétorquai-je.

— Vraiment ?

Son sourire se fit impertinent. Je voyais bien qu'il restait dubitatif, mais il abandonna rapidement la question pour passer à des terrains plus fertiles :

— Un homme fascinant, votre père. Un visionnaire. Des années d'avance sur son temps. Et cet institut ! Ici, en pleine nature ! C'est incroyable. Au quartier général, sur le continent, nous avons tout un classeur sur Frazé. Des articles, des renseignements épars. Et cependant, on n'en connaît que bien peu de chose ; une bonne partie du travail accompli ici se déroule dans le plus grand secret.

— Ce secret risque de vous poser des problèmes pour votre enquête.

— Sans aucun doute. Mais, comme il s'agit du meurtre d'une personnalité aussi unique que votre père, le CID a exercé de très fortes pression pour que l'Institut me communique ses archives et ses documents.

— Et mon oncle a accepté ?

— On ne peut pas dire qu'il se soit montré ravi, me répondit le colonel sur le ton de la confidence. Mais il est aussi pressé que nous de mettre la main sur l'auteur du crime. Et comme vous m'assurez que vous n'avez aucune raison de soupçonner l'un de vos frères ou l'une de vos sœurs...

— Non, pas la moindre.

Le colonel Porphyre m'adressa un sourire poli. Il

tripotait une petite boîte métallique argentée dont il tira un cigarillo.

— Vous permettez ?

— Je vous en prie.

— En voulez-vous un ?

— Non, merci.

— Habitude répugnante, fit-il observer en tapotant à plusieurs reprises le bout du cigarillo sur le couvercle de la boîte. Je voudrais m'arrêter. Mais je manque de volonté, j'en ai bien peur. Je viens d'avoir le plaisir de m'entretenir avec votre frère... excusez-moi... quel est son nom, déjà ?

— Ogden.

— Oui, c'est ça, Ogden. Nous avons parlé brièvement, peu avant votre arrivée. Je pense que vous ne serez pas surpris d'apprendre...

— Rien ne peut me surprendre de la part de mon frère.

— D'après lui, vous éprouviez une profonde aversion pour votre père.

— C'est exact.

— Pourriez-vous avoir l'obligeance de m'en dire davantage ?

— Non.

Mon agressivité parut faire vibrer l'air.

Le colonel Porphyre battit son briquet et une petite flamme bleue sortit du cylindre. Il l'approcha de la pointe du cigarillo et une volute de fumée noire monta paresseusement vers le plafond, laissant derrière elle l'arôme âcre d'un bon latakia. Il inhala profondément puis lâcha deux colonnes de fumée par les narines avant de partir d'un petit rire.

— Je ne pensais pas que vous le feriez.

— Ne croyez pas que je cherche à dissimuler quoi que ce soit.

— Grands dieux, non ! Pourquoi le feriez-vous ? (Il parut blessé.) Cela peut vouloir simplement dire que vous prenez l'opinion de votre frère pour quantité négligeable.

— Ogden vous a aussi sans doute appris que lui et moi n'étions pas dans les meilleurs termes ?

— A voir le plaisir qu'il a pris à essayer de vous impliquer, je n'en suis pas entièrement étonné, je l'avoue... (Il plissa les yeux et son regard se fit plus aigu.) En revanche, ce que votre oncle m'a rapporté sur vous m'a vraiment surpris.

D'abord intrigué, je finis par comprendre :

— Vous voulez parler de ce que je lui ai dit... que je tuerais mon père si jamais je le trouvais ?

— Oui. Est-ce exact ?

— En effet, je l'ai déclaré.

— Que vouliez-vous dire, au juste ?

— Exactement ça... (Je me sentais envahi par une puissante sensation d'engourdissement, accompagnée d'une sorte d'indifférence insouciante.) Je voulais le tuer.

— Non, j'entends bien, répondit Porphyre en agitant ses mains boudinées comme pour chasser des miettes de ses genoux. Tous les fils, à un moment ou un autre, désirent tuer leur père. C'est normal. Je veux dire l'autre chose.

— Quelle autre chose ? lui demandai-je sans comprendre tout de suite. Oh, je vois, vous voulez parler du reste : « si jamais je le trouvais »...

— Exactement.

— Eh bien, voyez-vous, commençai-je à lui expliquer (de plus en plus conscient de l'absurdité de la chose), pour des raisons qui n'ont jamais été claires pour aucun de nous, l'endroit où Jones... où mon père dort... dormait... quand il demeurait ici, est toujours resté strictement secret.

Le colonel Porphyre ferma les yeux et réfléchit quelques instants.

— Ce que je veux dire... est-ce que quelqu'un, parmi tous ceux qui dorment sous ce toit, avait accès à ses appartements privés ?

— Oncle Toby, j'en suis sûr ; et très certainement aussi le Signor Parelli.

— Et Mme... ?

— Mme Lobkova ? Oui, c'est possible.
— Et jusqu'à aujourd'hui vous n'aviez jamais mis les pieds dans cette pièce ? me demanda-t-il en me montrant la petite chambre où le corps de Jones gisait encore.
— Nous ne sommes pas autorisés à venir à cet étage. C'est expressément défendu.
— Là n'était pas ma question. (Il me regarda avec son air de chouette.) Permettez-moi de me répéter. Etes-vous jamais venu ici ?
— Dans cette pièce, jamais.
— Et à cet étage ?
— Une ou deux fois, dus-je admettre à contrecœur.
Il haussa les sourcils et me jeta un regard de surprise amusée.
— A quelle sorte de jeu jouez-vous, monsieur Jonathan ?
— Je me montre aussi véridique que possible.
— Tout en faisant en sorte d'attirer les soupçons sur vous...
— Je croyais faire exactement le contraire en étant sincère.
Porphyre inclina la tête en arrière et me regarda par-dessus le bord de ses lunettes.
— Et vos frères et sœurs ? L'accès à cet étage leur est-il aussi interdit ?
— Oui.
— Pensez-vous être en mesure de nous dire avec certitude quelles sont leurs habitudes quotidiennes et les lieux qu'ils fréquentent ?
— Dans des limites raisonnables, oui.
— Des limites raisonnables ? Que voulez-vous dire ?
— Eh bien, si cela peut vous aider, je n'en suis certain que dans la mesure où on peut l'être de ce genre de choses.
Son sourire s'élargit un peu plus.
— Et dans quelle mesure, exactement ?
— Dans une mesure inexactement exacte.
Je pouvais jouer aussi bien que lui à ce petit jeu.
Il se donna une claque sur le genou et se releva.

— Très bien, monsieur Jones. *Touché*. Parfait. Ce sera tout pour le moment. Je m'entretiendrai avec vos sœurs un peu plus tard dans la matinée.

— Letitia et Sofi ?

Il acquiesça.

— Il y en a bien une troisième, n'est-ce pas ?

— Cassie...

— Qui ça ?

— Cassandra. Mais ce n'est encore qu'une enfant.

— Puis-je vous faire remarquer, monsieur Jones, que les fléchettes sont un jeu que les enfants apprécient beaucoup ? Moi-même, dans ma jeunesse, ce sport m'enthousiasmait. C'est ainsi que celle que nous avons trouvée si malencontreusement fichée dans la gorge de votre père provient d'une cible installée dans la salle de jeux du second.

— Peut-être. Mais vous n'allez tout de même pas...

Le colonel Porphyre me menaça de son index courtaud.

— J'ai consacré toute ma vie aux crimes de sang, monsieur Jonathan, j'ai tout vu, et je n'exclus rien. (Son regard de chouette se durcit.) Permettez-moi de vous poser ma question de manière différente. Avez-vous une seule raison de tuer votre père ?

— Plusieurs, même.

Ce n'était pas la réponse à laquelle il s'attendait et il en resta bouche bée quelques instants. Puis ses yeux pétillèrent, il renversa la tête en arrière et éclata de rire, le regard tourné vers le plafond.

— Je vois, monsieur Jones, je vois ! Nous allons nous entendre à merveille, me renvoya-t-il avec un mouvement de tête admiratif.

CINQUIÈME PARTIE

Les Hommes des Bois

Trois anneaux pour les rois Elfes sous le ciel,
Sept pour les Seigneurs Nains dans leurs demeures
[de pierre,
Neuf pour les Hommes Mortels destinés au trépas,
Un pour le Seigneur Ténébreux sur son trône sombre.

J.R.R. Tolkien, *Le Seigneur des Anneaux*

19

La nouvelle se répandit rapidement parce que les Hommes des Bois arrivèrent tôt le lendemain matin ; en fait, dès le point du jour. Comment ils en avaient entendu parler, qui les avait informés, nous l'ignorions tous. On ne savait qu'une chose : quelques heures après qu'on avait découvert le corps de Jones dans son lit, les chevriers avaient débarqué, en plus grand nombre que tout ce que nous avions jamais pu imaginer.

Cassie me réveilla, faisant brusquement irruption dans ma chambre, pour me donner les dernières nouvelles. Tandis qu'elle sautait sur mon lit, j'avais du mal à mettre un sens dans le tir de barrage de phrases inachevées et haletantes qu'elle m'infligeait.

Au bout d'une ou deux minutes de ce manège, je me levai péniblement et m'approchai de la fenêtre. Là-bas, tout au bout du jardin, je les aperçus pour la première fois ce jour-là, phalange d'avortons, silencieux et sur le qui-vive, dans une telle immobilité qu'on aurait pu les croire peints sur le fond même du paysage. Il fallait scruter attentivement celui-ci pour les distinguer, leurs peaux de chèvre leur faisant un camouflage naturel parfait dans la forêt. Mais, lorsque je pus enfin me rendre compte de leur nombre, j'en eus le souffle coupé. Le seul fait qu'ils fussent autant était déjà effrayant. Et il n'y en avait pas seulement au fond du jardin, comme je ne tardai pas à le découvrir ; ils s'étaient déployés en éventail sur tout le périmètre du château, qu'ils encerclaient.

— Tout le monde est sur les remparts, dit Cassie

derrière moi, un peu hors d'haleine. Oncle Toby. Signor Parelli. Et aussi le petit homme marrant, le colonel... et tout un tas de gens.

Elle poursuivit en parlant de fusils et d'armes de poing qui auraient été distribués à certains. Mais le flot de ses paroles s'arrêta brusquement lorsqu'elle regarda par la fenêtre.

— D'après toi, qu'est-ce que tout ça veut dire ?

— Tu veux parler de sa mort et du reste ?

— Evidemment.

J'observais toujours la lisière de la forêt, là où les Hommes des Bois s'étaient rassemblés. Ils se tenaient parfaitement immobiles sur deux ou trois rangées de profondeur ; leur silence avait quelque chose d'extrêmement menaçant.

— Comment l'ont-ils su, d'après toi ?

— Je me le demande aussi.

Je quittai mon pyjama pour m'habiller.

— Qu'est-ce qui va se passer ?

Cassie me suivit dans la chambre pendant que je finissais de me préparer.

— Je suppose qu'il va bien falloir l'enterrer, non ?

— Ça veut dire qu'il faudra sortir ! (Ses yeux s'agrandirent comme deux énormes pivoines.) On ne va pas pouvoir. Pas avec tout ce qui se passe dehors.

— Pas maintenant, de toute façon. Mais il faudra bien, en fin de compte, se rendre jusqu'au vieux cimetière. On ne peut pas le garder ici. Il va commencer à puer.

Elle me regarda lacer mes chaussures.

— J'ai vu le colonel Pir...

— Porphyre.

— Oui, Porphyre, peu importe. Il m'a parlé ce matin. Quel petit homme étrange !

— C'est un policier. Qu'est-ce que tu croyais ? Allez, viens, ajoutai-je en la propulsant en douceur vers la porte. Allons voir de plus près de quoi il retourne.

La fraîcheur de la nuit régnait encore dans le grand hall où nous étions rassemblés ; le soleil n'était levé que depuis une heure et avait à peine commencé à lancer quelques rayons timides et chauds par les fenêtres à vitraux.

Une foule importante se pressait déjà dans l'ancien auditorium lorsque Cassie et moi y arrivâmes, et d'autres accouraient encore derrière nous. Outre les parents proches, il devait y avoir au moins cinquante personnes appartenant au groupe des domestiques et à l'Institut, tout cela faisant bien plus que ce que j'avais imaginé. En dehors des valets, des femmes de chambre et des cuisiniers, il y avait un certain nombre d'individus en longue blouse blanche, la tenue des laborantins. Restant sur leur quant-à-soi, à l'écart des autres, ils se comportaient comme une caste sainte — auguste, inaccessible —, attitude qu'accentuait encore leur uniforme.

Oncle Toby se trouvait sur l'estrade en compagnie de Signor Parelli et du colonel Porphyre, qui s'adressait déjà à l'assemblée, manifestement nerveuse.

— Ceci à l'intention des gens qui ne m'ont pas encore rencontré... Je suis le colonel Porphyre, chef des services d'enquête de la police du continent. Je suis arrivé ici tôt ce matin, pour répondre à un appel urgent de M. Tobias Jones m'informant du décès de M. Orville Jones.

Un soupir bas parcourut la foule serrée dans le vaste hall. Oncle Toby restait plongé dans la pénombre, assis sous le dais, tandis que Signor Parelli paradait et le dominait de toute sa taille.

— Dans les jours à venir, reprit Porphyre, vous me verrez sans aucun doute souvent au château, moi ou mes hommes. Ne vous en formalisez pas. Poursuivez votre travail. Il se peut que je souhaite m'entretenir avec quelques-uns d'entre vous ; vous serez rapidement prévenus, et on vous dira où vous rendre et à quelle heure... En ce qui concerne ce qui se passe à l'extérieur, je suis convaincu, après inspection des lieux, que cette petite perturbation ne présente aucun danger immédiat. Ces Hommes des Bois sont un groupe d'aborigènes qui vivent ici depuis des siècles. Leurs relations avec le gouvernement sont bonnes dans l'ensemble, même si elles ont été émaillées, je dois le reconnaître, de quelques incidents désagréables. Dans l'ensemble, toutefois, il s'agit d'une population pacifique avec laquelle l'Institut entretient de bons rapports depuis sa création. Je crains que la nouvelle de la mort inattendue de M. Jones ne les ait atteints et qu'ils en soient tout aussi bouleversés que nous.

« Leur présence ici, ce matin, loin d'être menaçante, est simplement, j'en suis convaincu, un geste de respect — des condoléances, en quelque sorte — adressé à la famille. N'y voyez rien de plus sinistre. En l'absence d'informations plus concrètes, néanmoins, nous avons décidé de nous montrer vigilants jusqu'à ce que nous puissions déterminer les raisons qui les ont poussés à se présenter en groupes aussi anormalement importants. Nous devrions avoir éclairci ce point dans les heures qui viennent. Si la situation devait prendre une mauvaise tournure, nous sommes en contact téléphonique avec le continent et pourrons recevoir des renforts en quelques heures. Comme on vous l'a déjà fait savoir, mes hommes, soutenus par des membres du personnel, ont pris toutes les précautions nécessaires pour assurer la sécurité du château.

« En attendant, je vous prie instamment de retourner à vos tâches habituelles comme si nous n'étions pas ici. De notre côté, nous ferons tout notre possible pour ne pas vous gêner.

A la fin du discours du colonel, le sentiment de malaise qui régnait encore quelques instants auparavant sembla se dissiper. Souriant, le colonel Porphyre contempla son public avec un air de tranquille bienveillance.

Pour le moment au moins, la situation paraissait sous contrôle.

20

La journée se passa pratiquement comme l'avait prévu le colonel Porphyre. Les gens accomplissaient leurs travaux quotidiens habituels. S'ils se posaient des questions sur la situation extérieure, ils gardaient leurs réflexions pour eux. Comme d'ordinaire, j'allai à mes leçons d'escrime et d'astronomie. En provenance d'autres salles, j'entendis les couinements torturés de la flûte de Letitia et la voix de stentor de Mme Lobkova apostrophant ses protégés de la classe de ballet qui s'échauffaient à la barre.

Personne ne faisait allusion à la disparition de Leander, non plus qu'à la présence inexplicable et de plus en plus nombreuse des Hommes des Bois tout autour de la propriété. Pour l'instant, au moins, les deux événements semblaient oubliés.

Mais ni par Cassie ni par moi, cependant. Nous passâmes des heures à errer de salle en salle, collés aux fenêtres, scrutant la lisière de la forêt. Depuis que nous avions aperçu les chevriers pour la première fois, le ciel s'était couvert. Une armée de cumulus géants et noirs, hauts de plusieurs centaines de mètres, était montée en tourbillonnant du sud. De grosses gouttes en forme de poire commencèrent à tomber, frappant les carreaux avec des crépitements cassants.

Il me semblait (mais je n'en dis rien à Cassie) que, depuis le matin, le nombre des Hommes des Bois n'avait fait que croître. A l'aube, le cercle qu'ils formaient n'avait que deux ou trois rangées de profondeur; maintenant, je lui en comptais quatre ou cinq. Plus inquiétant encore, on en voyait partout où on regardait ; le château était complètement encerclé, cela ne faisait plus le moindre doute.

A un moment donné, la pluie s'abattit avec une telle force que le sol rejaillissait en giclées boueuses, la terre en étant trouée de minuscules cratères. Des rafales d'un vent violent secouaient le sommet des arbres en tous sens.

Le déchaînement des éléments semblait laisser les Hommes des Bois totalement indifférents. Ils gardaient une immobilité absolue. Ils ne cherchaient jamais à s'abriter, se contentant de rester debout sous la pluie battante pendant des heures entières, la tête levée vers le château.

Nous tentâmes de faire un décompte des têtes, Cassie et moi. Allant d'une pièce à l'autre dans le sens inverse des aiguilles d'une montre, armés d'une paire de jumelles, nous commençâmes à dénombrer les petites silhouettes bedonnantes, presque comiques, et dégoulinantes de pluie. Nous abandonnâmes aux alentours de quatre cents, après n'avoir couvert qu'une fraction de la circonférence.

Nous aperçûmes aussi le colonel Porphyre qui, protégé par un chapeau de pluie à larges bords, se tenait sur les remparts. Il était accompagné par quelques-uns de ses hommes et avait l'air morose et un peu ridicule dans son ciré jaune trop grand. Lui aussi suivait de près ce qui se passait à la périphérie du château.

Le dîner, ce soir-là, se déroula dans une atmosphère sinistre. Une manière de suaire aussi épais que du brouillard restait suspendu au-dessus de la table. Personne n'avait beaucoup d'appétit, sauf peut-être le colonel Porphyre qui mangea avec entrain. Par déférence pour notre hôte, le régime typique à six cents calories avait été remplacé par quelque chose de plus consistant. Oncle Toby s'était mis dans la tête que nous *devions* manger, que c'était là une sorte de devoir moral, simplement parce que Jones l'aurait voulu. « Aucun changement dans l'emploi du temps », avait-il annoncé d'un ton vif et enjoué.

Bien que la situation fût complètement transformée, loin d'être mort, Jones paraissait plus vivant que jamais. Sa présence dominait la table et toutes nos pensées.

Leander, en revanche — et son sort était pourtant toujours incertain —, semblait avoir disparu à jamais. Personne n'avait encore pris la peine ou plutôt, devrais-je dire, n'avait eu l'audace de parler au policier de sa disparition, Oncle Toby nous ayant bien fait comprendre que cette question ne regardait que nous — qu'il s'agissait strictement d'une affaire de famille. Sans le savoir, le colonel Porphyre s'était assis à la place de Leander. Il mangeait de bon appétit sans cesser de nous parler de la vie sur le continent et de nous dire comment tout y avait changé depuis l'époque où il était enfant, un demi-siècle auparavant.

S'il régnait une certaine gêne, le colonel paraissait à peine la remarquer. Il continuait ses récits, évoquant avec jovialité ses aventures de jeunesse, nous rapportant comment il sortait en mer avec son père, qui était pêcheur, comment un jour il avait décroché une bourse pour aller à l'université et avait été le premier de sa famille à fréquenter une telle institution.

De temps en temps, l'un ou l'autre des hommes de Porphyre entrait dans la salle à manger, s'approchait de la table avec beaucoup de déférence et murmurait quelque chose à l'oreille du colonel. Celui-ci inclinait alors légèrement la tête de côté et écoutait le message ; mais ses traits empâtés conservaient une expression de neutralité impassible, ne trahissant en rien ce qu'on lui disait.

La tempête, loin de se calmer, avait redoublé de violence. Le vent gémissait ; des éclairs déchiraient le ciel, suivis de grands roulements de tonnerre ; des rideaux de pluie s'abattaient en cataractes, rejaillissant bruyamment sur les tuiles des toits et sur le dallage des terrasses.

A plusieurs reprises, la lumière des grands lustres, au-dessus de la table, se mit à vaciller, menaçant de s'éteindre. On alluma des bougies et des lampes un peu partout dans le château, dans la perspective d'une coupure de courant. De fait, il y en eut plusieurs, de courte durée ; à chaque fois nous nous tournions vers les lustres, impatients de les voir se rallumer. Notre soulagement, alors, était presque palpable.

Les torches fabriquées à l'aide de chiffons imbibés de résine de pin et de poix des Hommes des Bois faisaient comme un feu d'artifice surnaturel, de l'autre côté des vitres dégoulinant de pluie de la salle à manger.

— Ça devrait s'arrêter demain matin, fit remarquer Oncle Toby, sans conviction.

— Il vaudrait mieux, répondit Mme Lobkova avec un hochement de tête. Il y a l'enterrement. Il a déjà été remis d'un jour.

— Même si la pluie cessait tout de suite, reprit Signor Parelli, il serait extrêmement imprudent d'essayer de monter jusqu'au cimetière dans la matinée. Surtout avec tous ces trolls, là-bas dehors.

Il fit la moue, comme s'il avait un mauvais goût dans la bouche.

Calculant sans doute la vitesse de décomposition d'un cadavre dans ce climat chaud et humide, Porphyre se caressait le menton.

— Vous n'avez pas de...

— De chambre froide ? le coupa Oncle Toby. Si, bien sûr. Mais celles qui auraient une dimension suffisante se trouvent dans la cuisine.

— Oui, bien entendu. Ça ne peut absolument pas convenir, admit Porphyre en regardant autour de lui. Et... si je puis demander, où se trouve... ?

— Dans la chapelle. Dans un cercueil. Nous avions envisagé une petite cérémonie. Mais si la tempête devait continuer...

Le colonel approcha un de ses petits cigarillos de la flamme vacillante d'une bougie et inhala profondément, jusqu'à ce qu'il eût bien pris.

— L'orage finira par se calmer, évidemment. Néanmoins, les Hommes des Bois...

— Vous pensez toujours qu'ils n'ont pas de mauvaises intentions ? lui demandai-je.

Le colonel haussa les épaules, l'air réservé.

— On ne peut être sûr de rien, mais j'ai bon espoir.

Je crus déceler quelque chose de moins assuré dans son ton.

— D'une manière ou d'une autre, intervint Oncle Toby, nous devrons agir dans les prochaines vingt-quatre heures. Même s'il nous faut le transporter jusqu'au cimetière avec une garde armée.

— Des fusils, murmura Letitia, comme s'il venait d'invoquer des puissances infernales.

Sofi sourit avec l'air placide de quelqu'un pour qui tout problème comporte une solution rapide.

— Au pire, il suffirait de téléphoner sur le continent.

Le colonel eut à nouveau son sourire légèrement embarrassé.

— J'espère que ça ne sera pas nécessaire, dit-il en levant son verre de porto à la lumière. (Diffractée par le verre, une tache écarlate s'alluma sur son front.) De toute façon, ajouta-t-il vivement, mes hommes sont armés et postés à toutes les entrées du château. S'ils viennent, nous serons prêts à les recevoir. En attendant, je dois vous informer que mon médecin légiste a terminé son rapport préliminaire. Rien de bien concluant, encore. Il ne pourra déterminer la cause du décès que lorsqu'il aura les résultats d'analyses complémentaires. (Il regarda autour de lui, une expression bienveillante se marquant sur son visage.) Néanmoins, il signale que M. Jones était dans un état de santé exceptionnel pour quelqu'un de son âge ; il avait le système vasculaire d'un homme de vingt ans. Le médecin dit qu'il n'a encore jamais vu ça.

Le dîner terminé — les restes de sorbet fondaient encore dans les coupes —, nous étions sur le point de quitter la table lorsque Cassie tendit la main et prit quelque chose que Cornie avait laissé à côté de son assiette.

— Qu'est-ce que c'est ? s'écria-t-elle en brandissant un petit morceau de papier carré.

Elle l'étudia un moment, haussa les épaules et le tendit à Porphyre.

Amusé, le colonel le prit, l'examina à son tour, puis le posa sur la table pour en aplatir les coins qui se recourbaient. Le silence se fit dans la salle tandis que nous essayions de déchiffrer l'expression de son visage.

Assis en face de lui, je n'avais, à la lumière des bougies, qu'une vue assez médiocre de ce qui m'apparut comme une sorte de dessin grossier exécuté au crayon. Parelli se leva pour venir voir.

— De quoi s'agit-il ? demanda Sofi.

— Encore un dessin de Cornelius, répondit Signor Parelli. Il est toujours en train de griffonner.

— On dirait plutôt un schéma, fit observer Mme Lobkova.

— Oui, mais de quoi ? demanda Porphyre.

A son tour, Oncle Toby tourna le dessin en tous sens entre ses mains.

— On dirait un personnage allongé sur un lit, suggéra Cassie.

— Avec un autre personnage qui se tient debout à côté, ajoutai-je.

— C'est une femme, proposa timidement Letitia.

— Lequel des deux ? demanda Porphyre en arquant les sourcils. Celui qui est couché, ou celui qui est debout ?

— Celui qui est debout, fit sèchement Cassie. Vous voyez bien, il porte une robe.

— Ah bon, dit le colonel. Une robe. Mais peut-être aussi une soutane.

— Ça pourrait tout aussi bien être un homme qui aurait mis une robe, non ? le reprit Sofi. Cassie, tu as bien dit que tu avais vu quelqu'un habillé en moine, au bal masqué.

— Certainement. Je l'ai vu moi aussi, dis-je.

— Peut-être, monsieur Cornelius... commença Porphyre en se tournant vers l'endroit où se trouvait assis Cornie.

Mais il se rendit compte que notre frère était parti. Sa

place était vide. Cornie, qui finissait en général de manger avant tout le monde, s'était comme d'habitude esquivé avant la fin du repas, sans que personne n'y prêtât attention.

On servit le café un peu plus tard, dans la bibliothèque ; je m'étais installé sur un petit tabouret, à côté du colonel Porphyre.

— Dites-moi, monsieur Jonathan, commença le policier en remuant son café, à propos de ce moine que vous avez vu hier soir...

— C'est Cassie qui a attiré mon attention sur lui. Je suis certain qu'elle pensait qu'il s'agissait de notre père.

La cuillère tintait faiblement en tournant dans la tasse.

— Si le dessin de monsieur Cornelius est correct, le personnage allongé est Orville Jones. Dans ce cas, le personnage en robe de moine est forcément quelqu'un d'autre.

— Ça paraît logique. Mais seulement si on part du principe que la silhouette couchée est bien celle de Jones.

— N'est-ce pas l'interprétation la plus évidente ? Qui d'autre pourrait être allongé sur son lit ?

Je réfléchis quelques instants, prévoyant sa question suivante.

— Je l'ignore. Mais je suppose que si Cornie a fait ce dessin, c'est parce qu'il a été témoin de quelque chose de semblable. Ce qui ne veut pas dire qu'il l'ait tué.

— Dites-moi, monsieur Jonathan, votre frère Cornelius n'est pas tout à fait...

Il se tapa la tempe du bout du doigt.

— Non, il n'est pas fou, lui répondis-je. Simplement retardé mental. Il est resté un enfant. Nullement dangereux, en tout cas.

— Nullement, admit Porphyre.

Le colonel ferma les yeux et pencha la tête en arrière pour contempler le plafond.

— Il est tout à fait envisageable, reprit-il au bout d'un instant, que quelqu'un d'autre ait endossé cette robe de moine, se soit rendu là-haut, ait planté la fléchette dans le cou de M. Jones, puis se soit enfui en abandonnant la robe.

— C'est envisageable, en effet, répondis-je en évaluant les implications. Mais pourquoi cette personne aurait-elle laissé ce costume derrière elle ?

— Peut-être pour retourner au bal dans une tenue entièrement différente.

— Et pourquoi donc ?

— Afin de se forger un alibi. (Il prit une gorgée de café.) Après tout, n'avez-vous pas cru, vous et votre sœur Cassie, que le personnage en soutane était votre père ? Sinon, à s'en tenir au petit dessin de Cornelius, le personnage en robe de moine est clairement impliqué dans le meurtre de votre père.

Tout arrivait trop vite. Le colonel m'observa pendant que je m'efforçais d'assimiler ce qu'il venait de déclarer.

— Il y a tout de même une chose que je peux vous préciser, repris-je. La personne que j'ai vue allongée dans le lit de mon père ce matin était de petite taille. Celle que j'ai vue au bal en tenue de moine était en revanche beaucoup plus grande.

Sofi se plaignit alors d'avoir froid ; Oncle Toby ordonna à Parelli d'allumer tout de suite un feu.

— Je prendrais bien encore un peu de café, aussi, lui lança Porphyre, d'un ton confiant.

— J'en ai déjà redemandé, lui répondit le Corse sans se retourner. Il va arriver dans un instant.

— Très bien, dit Porphyre, qui se frotta les mains et s'installa confortablement dans un fauteuil rembourré. Si vous voulez bien me permettre, j'aurais encore quelques questions.

Cassie se leva brusquement.

— C'est inutile. C'est moi qui ai tué Jones.

Il y eut un long silence stupéfait.

— Et pourquoi ne l'aurais-je pas fait ? reprit-elle en nous regardant tous avec mépris. Aucun de vous ne se décidait.

— C'est très mal de ta part, Cassandra, intervint

Oncle Toby, le sourcil froncé. Ce n'est vraiment pas le moment de plaisanter.

Il voulut la faire sortir de la pièce, mais le colonel Porphyre s'interposa.

— Un moment, monsieur Jones. J'aimerais approfondir un peu tout ceci.

Letitia s'agenouilla à côté de sa sœur.

— Ne dis plus rien, ma chérie, absolument plus rien. Tu n'es pas obligée.

— Laissez-la parler !

Porphyre avait élevé la voix pour couvrir le vacarme, tout le monde s'étant mis à jacasser en même temps.

— Pas un mot ! tonna Oncle Toby. Je l'interdis. Cette enfant est en état de choc. Elle ne sait pas ce qu'elle dit.

— Oh que si, elle le sait... (J'avais l'impression que ma voix chevrotait et me parvenait de très loin.) Elle sait même très bien ce qu'elle dit.

Mon intervention fit cesser toutes les chamailleries. Le colonel Porphyre m'adressa un long coup d'œil interrogatif.

— Je vous accorde qu'il y a de quoi s'y perdre, continuai-je précipitamment, mais, si vous m'en donnez le temps, je peux vous expliquer. Voyez-vous, j'ai été témoin...

— Témoin de quoi ?

— J'étais présent lorsque Cassie a plongé la fléchette dans le cou de Jones.

— Tu mens ! hurla Cassie. Tu n'y étais pas.

— Tu ne m'as pas vu, Cassie. Mais, crois-moi, j'étais bien là.

— Jonathan, gronda Oncle Toby, si tu te crois malin de...

— Mesdames et messieurs ! (Le colonel s'était levé et frappait dans ses mains pour obtenir le silence.) Veuillez tous reprendre vos places.

Ce ne furent pas tant les paroles que la manière. On n'avait pas cherché à intimider ou à en imposer. Simple fermeté, confortée par une impression de calme autorité. Ça marcha. Quand un semblant d'ordre fut restauré, le colonel parcourut notre assemblée des yeux d'un air de reproche.

— J'espère qu'à partir de maintenant nous n'aurons plus droit à de telles manifestations, dit-il. Nous aurons tout le temps de parler plus en détail de ce dont vous avez été témoin, monsieur Jonathan. Mais, pour l'instant, je voudrais que Mlle Cassandra m'explique pourquoi elle croit avoir tué son père.

La grosse horloge de la bibliothèque sonna l'heure. La pluie battait toujours les hautes fenêtres en ogive et, dehors, des volutes de brume déchiquetées s'enroulaient comme des serpents autour des tours et des remparts.

Cassie, la seule à être debout au milieu de la salle, paraissait étrangement petite. Les mains sur les hanches, la tête penchée d'un côté, elle nous foudroyait tous d'un regard plein de défi.

— Eh bien, crotte ! Arrêtez de me regarder comme ça, commença-t-elle. Pourquoi faites-vous des têtes pareilles ? On dirait que tu vas te dégobiller dessus, Lettie. Vous saviez tous que je finirais par le faire, tôt ou tard. Un jour ou l'autre. Qu'est-ce qu'il y a de si affreux à ça ? Nous en avons tous parlé. Qu'avons-nous perdu ? Certainement pas un père. Il ne l'a jamais été ! (Elle croisa les bras et tapa du pied.) Il a peut-être été un grand inventeur et un homme célèbre, mais c'était un père lamentable et je suis contente de l'avoir eu avant que lui ne m'ait eue.

Ce flot de paroles avait jailli de sa bouche en vagues successives et étonnamment venimeuses. Autant de colère et de ressentiment de la part de quelqu'un de si jeune avait de quoi stupéfier.

— Vous voulez savoir comme je m'y suis prise ? demanda-t-elle en se tournant, furieuse, vers le colonel. Comment j'ai fait pour gagner l'étage supérieur ? Ça n'a pas été bien sorcier. Sur mes jambes. C'était facile. Pas de problème. Les portes n'étaient pas fermées à clef. Quelqu'un les avait très opportunément laissées ouvertes, et personne n'a tenté de m'arrêter. Quant à trouver la chambre de Jones, pas très compliqué non plus… Il était là, le dernier soir, pour le bal. Tu l'as vu, Johnnie. Je te l'ai montré. Je te l'ai même écrit sur un bout de papier… « Le moine »… Tu t'en souviens ? Il ne m'a pas abusée un seul instant. Trouver la bonne chambre a été facile ! Trop, peut-être même. Toutes ces portes fermées, excepté celle au bout du couloir, avec un grand carré blanc de lumière qui en sortait… Comme si quelqu'un avait placé un panneau à mon intention : *Il est là. Va t'occuper de lui.* J'entendais encore la musique qui venait d'en bas, de la salle de bal ; les gens chantaient et riaient. Une femme s'esclaffait plus fort que tout le monde. J'ai décidé d'attendre que toute la maison soit endormie. Et de revenir.

« Je suis donc retournée dans ma chambre ; je me suis mise en pyjama, j'ai réglé mon réveil sur deux heures et j'ai essayé de dormir. Mais je n'y arrivais pas. J'ai donc attendu là sans bouger ; deux heures disons. Quand le réveil a sonné, je me suis aussitôt levée.

« Il était deux heures passées de quelques minutes lorsque je suis revenue ici. La porte au fond du couloir était toujours grande ouverte, avec toujours le même grand carré de lumière qui en sortait. Je suis entrée. La première chose que j'ai vue a été le grand lustre qui pend du plafond, au milieu de la grande pièce. Il a des centaines d'ampoules minuscules qui toutes brillaient dans de petites perles de cristal. Je me rappelle avoir pensé qu'elles dessinaient un joli motif sur le plafond. Quand je suis entrée, après la pénombre du corridor, l'éclat de la lumière m'a fait mal au yeux. J'avais l'impression que mes pieds effleuraient à peine le sol, je me sentais légère, comme si je flottais, et j'entendais un curieux bourdonnement dans ma tête. J'en avais les oreilles qui tintaient.

« Je n'arrêtais pas de me dire que j'étais sur le point d'accomplir quelque chose. Quelque chose de grand. Quelque chose d'important. Pourtant, je n'étais pas tout à fait sûre de ce que j'allais faire. J'avais la fléchette, ça faisait plusieurs jours que je l'avais prise dans la salle de jeux et mise dans ma poche. J'ignore pour quelle raison je l'ai gardée si longtemps sur moi ; une ou deux fois, je l'ai tâtée du bout des doigts. Je refusais de la voir, de la regarder. Je me contentais de la conserver dans ma poche et de la toucher, de la serrer, de la rouler entre mes doigts.

« Puis j'ai vu la chambre à coucher, vous savez, la curieuse petite pièce, à droite. Elle avait un plafond bas, et une sorte de lampe de chevet qui ne l'éclairait que faiblement. Je me souviens d'avoir remarqué à quel point cette chambre était petite. En plus, il n'y avait presque pas de meubles, mis à part le lit et la petite table de nuit. Je me rappelle aussi avoir pensé qu'il était étrange qu'un homme aussi riche et puissant que Jones dorme dans un endroit tellement... tellement minable et dépouillé. Rien que le lit, la table de chevet avec la lampe dessus et un verre d'eau... et dans l'eau...

La tête de Cassie retomba. Elle avait les yeux fermés, et je crus qu'elle allait pleurer. Mais, au lieu de cela, elle éclata bruyamment de rire, d'un rire qui n'était pas naturel. En fait, on aurait pas du tout dit son rire habituel ; tout se passait comme s'il y avait quelqu'un d'autre qui riait en elle.

— ... des fausses dents, reprit-elle en pouffant. Tout un dentier avec des gencives bien roses et marrantes qui me souriaient à travers le verre.

« Le lit était grand. (Elle avait repris son sérieux.) Il y avait une espèce de dentelle marrante accrochée aux montants du baldaquin qui le faisait ressembler à une tente. Je me suis avancée lentement jusqu'à l'endroit où il dormait. Le lit était sens dessus dessous, comme si celui qui s'y trouvait avait eu un sommeil agité et donné des coups de pied dans les draps et les couvertures.

« Il y avait aussi des tas d'oreillers... peut-être cinq ou six, éparpillés contre la tête de lit. Et, au milieu de ce fouillis de draps et d'oreillers, j'ai distingué une forme. Allongée sur le bord le plus proche de moi. Elle paraissait trop petite pour un lit de cette taille. Et puis j'ai vu un orteil. Il dépassait d'une couverture et paraissait n'être rattaché à rien. Il était blanc, d'un blanc maladif, et pointait dans ma direction ; l'ongle était noir... comme lorsqu'on se prend un doigt dans une porte.

« Je savais que je n'étais pas autorisée à le voir. Que je ne devais même pas y penser. Que c'était formellement interdit. Contre les règles du Système. Mais je m'en fichais. Plus rien n'aurait pu m'arrêter, à ce moment-là. Pour la première fois depuis bien longtemps, je me sentais heureuse. Je remarquai alors que la fléchette n'était plus dans ma poche, mais dans ma main, et qu'elle était froide et humide au toucher.

« Je me souviens d'avoir regardé ma main soulever l'oreiller et de m'être dit que ce n'était pas réellement ma main que je voyais, mais celle de quelqu'un d'autre. Et alors, j'ai attendu, me demandant ce qu'elle allait faire.

« Je l'ai vue qui soulevait le coin de l'oreiller entre le pouce et l'index, très délicatement, comme lorsqu'on attrape quelque chose qui se tortille, un lombric, par exemple. Puis je lui ai dégagé la tête.

« J'ai alors regardé pour la première fois le visage de mon père. Je ne sais pas ce que je m'attendais à voir ; je me disais que j'aurais dû éprouver quelque chose ; je désirais éprouver quelque chose, sans trop savoir quoi. J'avais cru trouver un petit vieillard chauve avec un reste de cheveux blancs lui encerclant le crâne, comme une auréole. Mais le dormeur ne paraissait nullement âgé. Pas du tout comme aurait dû paraître un père. Je ne voyais qu'une personne ordinaire, qui ne manquait pas d'une certaine allure. Le visage était tourné vers le mur, et je ne le voyais qu'en profil perdu. Je n'avais qu'à faire le tour du lit pour le voir en face. Mais, pour une raison que je ne m'expliquais pas, je n'en avais plus envie. Et je me rappelle m'être dit : “ Est-ce possible ? Cette personne qui ressemble à Monsieur Tout-le-Monde peut-elle être mon père ? ” Un instant, j'ai cru que j'allais vomir.

« Son cou s'étirait sous l'oreiller et il avait une veine bleue qui saillait à sa gorge. Je la regardais se soulever et s'affaisser. C'était comme une corde caoutchouteuse bleue… et tellement laide que je ne pouvais en détacher le regard.

« Et tout d'un coup la fléchette n'était plus dans ma main. Je me souviens d'avoir regardé ma paume vide et de m'être demandé où elle était passée. Un instant, j'ai cru l'avoir laissé tomber quelque part sur le lit et je me suis dit : " Oh crotte ! Il va falloir que je cherche au milieu de tout ce fouillis, et je ne veux toucher ni la personne couchée ici, ni les draps, ni rien. "

« Et alors, du coin de l'œil, voilà que, de nouveau, je regardais cette veine bleue qui me paraissait différente. Oui, elle avait quelque chose de différent. Quelque chose de marrant. Il avait des plumes à la gorge. Elles paraissaient humides, quelque chose les faisait briller, et j'ai pensé que c'était joli, ce bleu et ces éclaboussures de rouge, comme une fleur qui vient de s'épanouir et tout le bazar.

21

— Ridicule !

— Elle ne sait pas ce qu'elle raconte !

Oncle Toby se leva et fit rapidement le tour de la table.

— Emmenez-la. Elle n'a rien à faire ici.

Signor Parelli fut aussitôt à ses côtés et voulut la prendre par les épaules pour l'entraîner.

Mais, en deux pas vifs, Porphyre était passé derrière Cassie et l'avait lui-même encerclée de ses bras, l'adossant contre lui.

— Si vous n'y voyez pas d'inconvénient, Signor, Mlle Cassie restera ici encore un peu.

— Elle ne se rend pas compte de ce qu'elle dit, répéta Toby. Elle est épuisée.

— C'est bien possible, reconnut le colonel, mais, maintenant qu'elle a parlé, elle a acquis le droit d'entendre la suite.

— La suite ? dit Toby, l'air hébété. Il n'y a pas de suite. Rien de tout cela n'est vrai.

Le colonel Porphyre eut un hochement de tête fatigué.

— Votre neveu prétend avoir été le témoin de ces actes. Il nous serait utile à tous d'entendre sa version des faits.

— Les deux versions sont totalement fausses ! tonna Toby.

— Cette enfant a toujours aimé inventer des histoires, ajouta Parelli, volant au secours de son maître.

— Sauf que, cette fois-ci, l'histoire est absolument

vraie, dis-je à mon tour avec encore plus de force et de conviction que la première fois. Je peux bien l'affirmer, puisque j'étais présent...

— C'est faux ! cracha Cassie. Il ment.

Le colonel se tourna vers Oncle Toby, qui secoua la tête d'un air désespéré.

— Vous voyez bien, monsieur Jones, dit Porphyre. Deux versions différentes d'un même événement.

Sofi rejeta la tête en arrière et se mit à rire joyeusement, comme si tout ça l'amusait énormément.

— Ne prenez pas tout ce que raconte Jonathan trop au sérieux, colonel. Lui aussi est un bonimenteur, dans son genre.

Sans s'occuper d'elle, Porphyre griffonna quelque chose dans un petit carnet, puis regarda de nouveau Oncle Toby.

— J'ai cru comprendre qu'il était interdit aux jeunes gens de la maison de se rendre à l'étage supérieur. Est-ce exact ?

— Absolument, répondit Oncle Toby en se hérissant.

— Sans aucune exception ?

— Aucune.

— Et pourtant, hier soir, il semble que plusieurs d'entre eux soient allés et venus à leur gré entre les deux étages.

Un sourire malicieux souleva le coin des lèvres de Sofi.

— Rien ne fascine plus que ce qui est interdit.

— Oui, oui, dit Porphyre avec un geste de la main pour la faire taire. J'ai moi-même élevé quatre enfants et je suis très versé dans les ruses qu'emploie la jeunesse. (Les sourcils soulevés, il regarda autour de lui.) C'est pourquoi il me semble permis de conclure que certains d'entre vous, voire tous, avez rendu visite au dernier étage, un jour ou l'autre. Est-ce exact ?

Ses yeux passèrent de l'un à l'autre et chacun de nous, à contrecœur, hocha affirmativement la tête.

— Une fois ? Deux fois ? demanda-t-il. Mademoiselle Sofi ?

Sofi se mordit la lèvre inférieure et prit son air ensorceleur.

— Disons simplement plus d'une fois.

Oncle Toby faisait la grimace.

— Je vois, dit Porphyre. Et Mlle Letitia ?

Lettie avait gardé le silence. Ainsi interrogée par le colonel, elle perdit ses couleurs.

— Plus d'une fois, répondit-elle dans un souffle comme si elle avouait quelque crime abominable.

— Une raison spéciale ?

— Une raison...

— Oui, oui. Pourquoi monter là-haut ?

La grande silhouette efflanqué de Signor Parelli s'agita dans la pénombre.

— Quelquefois... (Letitia ne put répondre, malgré ses efforts, que par un bredouillis inarticulé.) Je suis désolée. Je n'ai pas très bien compris... (Elle regarda le sol, l'air contrit.) Quelquefois... simplement pour ne plus être ici.

Le colonel Porphyre l'observa attentivement. Il parut sur le point de continuer à l'interroger, mais changea d'avis et se tourna vers Ogden.

— Et vous ?

Ogden se raidit, prenant l'air froissé.

— Je respecte le règlement de la maison. J'obéis, moi, même si d'autres ne le font pas.

Le front du colonel se plissa. Son regard tomba enfin sur moi.

— Quant à vous, monsieur Jonathan, je suis déjà au courant. Vous m'en avez parlé.

— Oui, je suis déjà monté.

— Plus d'une fois ?

— Plus d'une fois.

Porphyre fronça les sourcils.

— Écoutez, dit Oncle Toby en cherchant à impressionner le policier par son regard, je pense que vous pouvez rejeter sans hésiter tout ce que vous venez d'entendre ici ce soir.

Le colonel Porphyre eut un sourire ambigu.

— La chose est peut-être un peu plus problématique

que vous avez l'air de le croire, monsieur Jones. Votre nièce Cassie affirme avoir enfoncé une fléchette dans la gorge de votre frère. Et votre neveu Jonathan le confirme.

— Vous n'allez pas me dire que vous prenez cela au sérieux ?

— Ce que je prends ou ne prends pas au sérieux est sans importance pour le moment. J'aimerais, cependant, revenir à monsieur Jonathan... (Il me fit signe de me rasseoir sur mon siège.) Vous vous êtes aussi débrouillé pour gagner la chambre de votre père...

— Je vous l'ai déjà dit.

Le colonel feuilleta son petit carnet.

— Et c'était approximativement à ...

— Une heure vingt du matin. Je le sais, parce que j'ai regardé ma montre à ce moment-là.

— C'est alors que Mlle Cassie a fait son apparition à l'étage. Pour la deuxième fois et, d'après ses propres dires, un peu après deux heures.

— Deux heures dix, précisa Cassie d'un ton maussade.

Le colonel Porphyre écrivit quelque chose dans son carnet, puis releva les yeux.

— Ce qui signifie, monsieur Jonathan, que vous vous êtes trouvé au troisième un peu plus de cinquante minutes avant l'arrivée de votre sœur. Qu'avez-vous fait pendant tout ce temps ?

— J'en ai passé l'essentiel à chercher la chambre.

— Et vous l'avez trouvée ?

— Oui, après un certain nombre d'essais infructueux. J'ai parcouru plusieurs corridors dans les deux sens et me suis bel et bien perdu, à un moment donné.

— N'empêche, me fit observer Porphyre en hochant la tête, vous avez fini par trouver la chambre.

— Oui. Exactement comme Cassie vous l'a dit. La porte était grande ouverte et un carré d'une lumière très vive provenait de la grande salle. Dans la chambre, quand j'y suis entré, il n'y avait qu'une petite lampe de chevet éclairant faiblement la pièce.

La langue de Porphyre pointe entre ses lèvres, le

faisant un instant ressembler à un lézard assoiffé dans le désert.

— Et qu'avez-vous fait entre le moment où vous avez découvert la chambre de votre père et celui où est arrivée votre sœur ?

Il y eut un silence mortel. Je sentais tout le monde suspendu à mes lèvres.

— Je suis resté pratiquement tout le temps debout à côté du lit, répondis-je. Je sais que ça peut paraître bizarre...

— Combien de temps ?

— Disons un quart d'heure.

— Et que faisait votre père ?

— Il dormait. C'est du moins ce que je pensais.

— Vous voulez dire que vous n'en êtes pas certain ?

— Il me donnait l'impression de dormir.

— Dans quelle position se tenait-il ? Vous en souvenez-vous ?

— Sur le côté, dis-je. Les couvertures tirées jusqu'au menton.

Porphyre réfléchit un instant.

— Sur quel côté ?

— Le gauche.

— Et vous êtes resté là sans bouger ?

— Oui.

— Vous n'avez jamais fait le tour du lit ?

— Non. Depuis le temps que je me demandais à quoi ressemblait mon père, qui il était, j'avais peur de le regarder. Au moins en face, répondis-je, non sans amertume.

Le colonel ferma les yeux d'une manière qui laissait penser qu'il jouait avec une hypothèse dont il n'était pas tout à fait sûr.

— A quoi songiez-vous pendant tout ce temps ? Vous en souvenez-vous ?

— Je pensais que maintenant que je l'avais trouvé, je pouvais lui faire ce que je rêvais de lui faire depuis si longtemps.

— Le tuer, vous voulez dire ?

— Oui. Et je l'ai fait.

— Dieux du ciel ! s'exclama Toby, me fusillant du regard.

Mme Lobkova poussa un gémissement.

— Voilà qui suffit, dit Oncle Toby en se levant. Je regrette presque d'avoir sollicité votre aide, colonel.

— C'est pourtant ce que vous avez fait, lui répondit Porphyre avec un sourire indulgent. Et, à un moment ou un autre, la police aurait de toute façon été informée.

Oncle Toby donna l'impression de gonfler dans ses vêtements.

— Nous ne répondrons à aucune autre question avant d'avoir consulté un avocat.

— C'est bien entendu votre droit, répondit Porphyre, qui se tourna vers moi. Vous avez entendu ce que vient de déclarer votre oncle, monsieur Jonathan. Vous n'êtes pas obligé de répondre à d'autres questions en dehors de la présence d'un avocat.

— Mais je souhaite répondre à vos questions, moi, protestai-je. J'ai bien l'intention de...

La mâchoire d'Oncle Toby se contractait spasmodiquement. Ainsi contré, il ne savait trop quoi faire.

— Où en étions-nous, colonel ? demandai-je, impatient d'en finir avant de perdre mon sang-froid.

Porphyre jeta un coup d'œil à son carnet de notes.

— Vous disiez observer votre sœur d'un endroit situé à l'extérieur de la chambre.

— C'est exact. Lorsque je l'ai entendue arriver, je me suis caché dans la grande garde-robe. J'ai laissé la porte légèrement entrouverte et j'ai vu Cassie s'approcher du lit.

— Et c'est comme ça que vous l'avez vue tuer votre père ?

L'attention générale se reporta sur moi, presque palpable tellement elle était intense.

— Ce n'est pas tout à fait ce que j'ai dit, répondis-je au bout d'un instant de réflexion. Seulement qu'elle a fait exactement ce qu'elle a dit avoir fait il y a de cela quelques minutes.

La tête du colonel hocha légèrement sur son cou épais.

— Bref, vous êtes en train de me dire que...

— Exactement. Cassie a cru le tuer. Mais, à ce moment-là, Jones était déjà mort.

— Je l'ai tué, hurla Cassie. Je l'ai fait, je sais que je l'ai fait !

Porphyre ne tint pas compte de sa protestation et ne me lâcha pas du regard.

— Voyons si je vous suis bien. Vous déclarez maintenant que dans le court intervalle de temps qui s'est écoulé entre le moment où vous êtes arrivé près du lit de votre père et celui où Mlle Cassie a fait son apparition, c'est vous qui avez tué M. Jones ?

— Nullement. (Le colonel redressa vivement la tête.) J'ai dit que j'avais tout à fait l'intention de tuer mon père à ce moment-là, en effet. Et j'avais très certainement pris toutes mes dispositions pour cela. Mais ce que j'avoue, c'est simplement d'avoir commis la même erreur que ma sœur.

— A savoir que vous avez, vous aussi, tué quelqu'un qui était déjà mort ?

— Exactement.

Ogden renifla, me foudroya du regard et se mit à trépigner sur le tapis comme un taureau prêt à charger.

— Oh, pour ça, tu es très fort ! Fichtrement fort !

Porphyre lui jeta un coup d'œil ennuyé, puis revint à moi.

— Pouvez-vous avoir l'amabilité de poursuivre, monsieur Jonathan, et de nous dire comment vous en êtes arrivé à... passer à l'acte... et à penser que vous aviez tué votre père ?

— Ce n'est pas bien compliqué, dis-je en souriant de sa confusion. Je l'ai étouffé avec un oreiller.

— Mais, d'après vous, il était déjà mort...

— Oui. Cependant, je ne m'en suis pas rendu compte avant de lui appuyer l'oreiller sur la figure...

— Combien de temps vous a-t-il fallu pour le comprendre ?

— Plusieurs minutes.

— Pourriez-vous être plus précis ? C'est important.

— Deux, peut-être trois minutes jusqu'à ce que...

— Oui, oui, dit Porphyre en hochant la tête avec impatience. Dites-le, jusqu'à ce que vous sentiez…

— Qu'il ne se débattait pas du tout. Il n'offrait pas la moindre résistance. Il ne s'était même pas réveillé. Et son corps était raide.

— Qu'avez-vous fait, alors ? insista le colonel.

— J'ai ôté l'oreiller de son visage.

— Et vous avez vu… ?

— Il était toujours tourné vers le mur. Il n'avait pas bougé. Il était légèrement bleuâtre et gardait la bouche ouverte.

Porphyre griffonnait rapidement dans son carnet.

— Oui, oui, continuez.

— C'est alors que j'ai remarqué l'angle bizarre que faisait sa tête par rapport au reste de son corps. C'était anormal.

— Comme s'il avait eu la nuque brisée ? Et qui la lui aurait brisée, d'après vous ?

— Moi ! lança Ogden dans ce qui était presque un hululement. Vous allez voir… il va bientôt dire que c'est moi !

— Je n'ai pas remarqué qu'il ait suggéré quoi que ce soit dans ce sens, protesta Porphyre.

— En plus, Oggie, ajoutai-je, c'est quelque chose que tu n'aurais pas eu le courage de faire.

— Et si on arrêtait ça, maintenant ? dit Mme Lobkova.

— Nous n'allons pas tarder à en finir, madame, l'assura Porphyre. Il ne me reste qu'une ou deux questions à poser. (Il se tourna et me scruta du regard). Et c'est alors, si j'ai bien compris, qu'est arrivée votre sœur Cassandra ?

— Oui, quelques instants après.

La grande horloge à poids, dans son coin poussiéreux, sonna les douze coups de minuit.

Le colonel Porphyre se donna une claque sur les genoux et se leva.

— Ainsi donc, nous avons maintenant deux personnes qui avouent avoir commis le meurtre d'un homme qui, apparemment, était déjà mort. Assassiné, sans aucun doute, par un tiers.

Un petit sourire madré tordit un instant la bouche du policier. Il parcourut notre groupe des yeux avec une expression qui était presque de l'affection.

— Avant de nous retirer pour la nuit, j'aimerais savoir s'il n'y a pas encore quelqu'un pour prétendre à l'honneur d'avoir assassiné M. Jones.

Letitia se leva et s'avança du pas maladroit et légèrement frénétique qui est le sien.

— Oh Lettie ! Pas toi, maintenant ! grogna Sofi en se laissant choir sur son siège.

— Vous n'allez pas laisser faire ça, Tobias ! supplia Mme Lobkova. Il faut toujours qu'elle avoue quelque chose.

— Je vous en prie, cria Letitia pour couvrir le tumulte, je veux vous dire... il faut que je dise à quelqu'un ce que j'ai fait... (Elle ne cessait de tortiller un mouchoir entre ses mains, et de pousser des gémissements sourds.) Je l'ai tué... je veux dire, je voulais sa mort.

— Ce n'est pas tout à fait la même chose, lui fit remarquer Porphyre.

— Permettez-moi de terminer, je vous en prie ! (Elle laissa tomber son visage entre ses mains, tandis que ses épaules s'agitaient spasmodiquement.) L'autre jour (étouffée, sa voix nous parvenait entre ses mains), j'ai été appelée pour mon entretien avec Jones et il a commencé par me dire que j'avais bien travaillé, que j'étais devenue très jolie et que j'avais accompli de grands progrès au cours de l'année écoulée. Il a alors fait quelque chose de très bizarre. Quelque chose d'inouï. Il m'a touchée.

— Il vous a touchée ? demanda le colonel, de plus en plus intrigué.

— Oui, ici, reprit Lettie. Sur la joue. Très tendrement. Juste ici. J'ai compris que je devais m'attendre à quelque chose d'horrible.

Porphyre haussa un sourcil.

— Horrible ? répéta-t-il.

— C'est comme ça qu'ils font quand ils sont sur le point de vous faire disparaître, expliqua Sofi. Ils deviennent très gentils.

Le colonel afficha une expression étrange.

— Que voulez-vous dire, « vous faire disparaître » ?

Oncle Toby se leva de sa chaise et Signor Parelli sortit de la pénombre.

Du plus profond de la poitrine de Letitia monta un gémissement bas et sourd.

— Quand ils vous envoient ailleurs...

— Où ça, « ailleurs » ?

— Elle veut dire lorsqu'ils quittent l'Institut pour rejoindre M. Jones dans le Service, se hâta d'expliquer Parelli. C'est un grand honneur.

Le regard de chien battu de Letitia ne cessait d'aller du colonel à Signor Parelli.

Porphyre réfléchit à tout ce qui venait de lui être révélé. Debout au milieu de nous, il fronça les sourcils en nous examinant les uns après les autres. Il semblait trembler légèrement. Puis, l'instant suivant, il haussa les épaules et partit d'un étrange petit rire.

— Bon. Très bien. Je vois comment fonctionnent les choses, ici. Nous allons sans aucun doute passer d'intéressants moments, tous ensemble.

Plus tard, allongé dans mon lit, je revins sur les événements qui nous avaient conduits au point où nous en étions. En effet, tout ce qui s'était passé pendant les derniers jours semblait avoir été précipité par la disparition soudaine de Leander : la mort de Jones, l'apparition des Hommes des Bois. Ces faits paraissaient directement liés entre eux, mais d'une manière qui ne m'était pas encore claire. Entre nous et le continent, il fallait compter environ cent cinquante kilomètres d'étendues sauvages et sans route. Sans la piste d'atterrissage de l'hélicoptère, nous aurions été complètement coupés de la civilisation.

Notre situation, en particulier lorsque la tempête faisait rage, était extrêmement précaire. Si ce point était clair pour moi, il devait l'être aussi pour les Hommes des Bois. Pourquoi, me demandai-je, après des années de coexistence relativement pacifique, avoir choisi ce moment pour se montrer menaçants ? Certes, leur comportement, dans le passé, avait toujours été imprévisible, mais dans des limites où il restait néanmoins contrôlable. Quelque chose s'était produit qui avait tout changé. Et ce *quelque chose* semblait directement découler de la mort de Jones.

Et Leander ? Si tous les autres donnaient l'impression de l'avoir oublié, ce n'était pas le cas pour Cassie et pour moi. J'étais obsédé par son sort ; où se trouvait-il donc ? Je n'arrivais pas à oublier le triste petit tas de vêtements dans le cachot de la tour. Leander était-il encore dans le château ? Sinon, où ? Plus grave encore, était-il toujours vivant ?

A plusieurs reprises, au cours des dernières quarante-huit heures, j'avais examiné le bouton que m'avait donné Cornie et le fragment de peau de chèvre que j'avais découvert au pied du château ; j'avais manipulé et frotté ces objets, comme s'il s'agissait de talismans auxquels j'aurais pu arracher des secrets que personne d'autre ne semblait à même de révéler.

Il y avait aussi ce curieux bonhomme de policier du continent, le colonel Porphyre, avec son regard parfois joyeux, parfois inquiétant. Cela faisait quelque sept heures qu'il nous avait dispensé des paroles rassurantes sur les Hommes des Bois et la nature certainement pacifique de leur visite. Après tout ce temps, rien ne paraissait cependant indiquer, comme il l'avait suggéré, que leur présence ici en nombre toujours croissant fût le geste pieux de gens simples exprimant leur chagrin. Il me semblait au contraire (et aux autres aussi sans doute) que les Hommes des Bois avaient autre chose en tête. Quelque chose de bien différent. Le colonel n'était peut-être pas aussi franc avec nous qu'il voulait nous le faire croire. Ou alors, il ne connaissait pas les chevriers comme nous les connaissions.

Dans mon lit, j'écoutai la tempête qui se déchaînait dehors. La pluie martelait ma fenêtre et s'écoulait en rigoles sinueuses sur les vitres, diffractant la lumière blafarde des torches de résine qui venait danser en motifs changeants sur les murs de ma chambre. J'eus l'impression de rester ainsi des heures entières sans dormir, à prier, à espérer contre tout espoir un signe m'indiquant que mon frère Leander était encore en vie – caché, peut-être, mais en sécurité quelque part dans le château. Lorsque enfin je m'endormis, je n'avais toujours pas cette assurance.

22

Le colonel Porphyre était installé dans une pièce minuscule et sans fenêtre donnant dans le fond du bureau d'Oncle Toby. On avait arrêté le chauffage pour la nuit, et il avait gardé son ciré jaune boutonné jusqu'au cou, autour duquel était enroulée une longue écharpe de laine ; il passait au crible une montagne de papiers.

Pour un homme qui avait la réputation d'être un enquêteur en affaires criminelles particulièrement efficace, il était fort peu soupçonneux de tempérament. Il préférait laisser les choses se révéler elles-mêmes pendant le cours normal de ses investigations ; dans le même esprit, il n'avait pas d'idées préconçues sur la façon dont certains événements avaient pu se produire.

Tel était le cas aujourd'hui ; grâce à un mandat dans les formes, il s'était fait ouvrir les dossiers administratifs et financiers de l'Institut sans avoir la moindre idée de ce que ces archives pouvaient contenir. Elles remontaient au tout début de l'organisation et, à elles seules, comprenaient des milliers de documents différents.

En plus de ces derniers, il s'était fait remettre tous les dossiers de fonctionnement, budgets, fiches de salaires et liste des dépenses philanthropiques annuelles y compris – informations qu'Oncle Toby aurait préféré garder pour lui.

Mais celui-ci n'avait eu aucun moyen de s'opposer à la communication de ces dossiers. La procédure était tout à fait officielle, et un refus de sa part n'aurait fait qu'engendrer davantage de soupçons. Pour finir, Oncle

Toby ravala sa colère et assura le colonel de sa totale collaboration.

Tout au long de la journée, on transporta des caisses de documents dans le bureau, où elles furent rangées en bon ordre, numérotées et placées juste à la porte du cabinet assigné au colonel Porphyre pour la durée de son séjour. Leur dépouillement aurait pris des années et exigé le savoir-faire d'une demi-douzaine d'experts sachant exactement ce qu'ils recherchaient. C'est dire si Porphyre volait de nuit et sans instruments ; mais, curieusement, c'était ainsi qu'il préférait voyager.

Son épreuve débuta un peu après minuit, après que tout le monde se fut séparé pour la nuit. Insomniaque incurable, Porphyre n'était nullement fatigué, en dépit du bon repas qu'il avait pris. Il se sentait même tout joyeux, l'esprit encore sous l'effet du festival de révélations auquel il avait eu droit dans le bureau de Toby, après le dîner.

Au bout de peu de temps, il commença néanmoins à perdre son enthousiasme. Il avait affaire à des documents officiels secs et rébarbatifs, et l'ennui le gagna au bout d'une heure. Encore une heure, et il en avait par-dessus la tête ; au début de la troisième, il devait faire des efforts pour ne pas s'endormir.

Il s'était d'abord attaqué aux dossiers de la Fondation et y avait trouvé beaucoup de documents scientifiques : des propositions de bourses pour l'étude de sujets ésotériques en des endroits lointains, des centaines de pages de correspondance entre Tobias Jones et des universitaires l'importunant pour échapper un an ou deux à la monotonie de leur enseignement et « apporter une contribution significative à la marche de la civilisation ».

Les paupières lourdes, Porphyre se plongea ensuite dans les dossiers administratifs. Il se fit plus sélectif, redoutant d'être trahi par ses yeux avant d'avoir seulement écorné l'énorme masse de papiers.

Ce fut une tornade de bons, de récépissés, d'inventaires et de factures qui défila sous son regard de plus en plus vague. Il se retrouva en train d'éplucher des commandes en blanc pour toute une gamme de matériels techniques — spectroscopes, radioscopes, IRM, autoclaves, composés chimiques des plus divers, sans compter une véritable pharmacie de drogues.

Ce n'était que la pointe de l'iceberg. Suivit une volumineuse liste de salariés, où figuraient toutes les catégories de personnel, avec grades et échelons, depuis les jardiniers et les cuisiniers jusqu'aux chercheurs les plus ésotériques du laboratoire.

Le niveau des salaires attribués à ces derniers lui parut princier, sinon carrément extravagant. Il décida d'interroger « les types en blouse blanche » dès qu'il en aurait terminé avec la famille.

Entre minuit et trois heures du matin, après avoir laissé tomber les dossiers administratifs, écœuré, Porphyre s'attaqua aux archives de l'Institut. Elles commençaient par un historique très détaillé de sa création, rédigé d'une écriture pointue sur du papier format ministre jauni par le temps. Il s'agissait de l'œuvre, le colonel Porphyre en était certain, de feu M. Orville Jones lui-même.

Intitulé *De rerum institutio*, le document présentait des taches et s'effritait sur les bords ; il était écrit dans une langue recherchée et quelque peu ampoulée. Porphyre dut relire le premier paragraphe à plusieurs reprises pour en comprendre le sens. Mais il s'habitua peu à peu à ces idiosyncrasies stylistiques saupoudrées de phrases latines de niveau scolaire et frappées aux coins d'une syntaxe vieillie et surannée ; la lecture en devint plus facile, même si elle restait irritante.

Convaincu de ne rien trouver dans le *De rerum institutio*, il allait refermer le volume lorsque ses yeux tombèrent par hasard sur la date de sa rédaction, en haut de la page de titre : *27 juillet 1991*.

Ce fut moins cette date qui le frappa que le fait qu'elle paraissait n'avoir été inscrite que récemment. Qui plus est, la partie de la feuille sur laquelle elle figurait était plus claire que le reste du papier, donnant l'impression qu'on avait utilisé un produit effaceur. L'encre était plus sombre que dans le manuscrit original, la main qui avait tracé lettres et chiffres ayant aussi tenté de modifier maladroitement l'original.

Sur le coup, cette observation ne piqua guère sa curiosité. Néanmoins, il fut assez intrigué pour se mettre à feuilleter les documents qui suivaient l'historique en ordre chronologique.

Tous, sans exception, avaient subi une modification conforme à celle de la page de titre. Invariablement, l'endroit où figurait la date originale présentait un aspect légèrement décoloré, suggérant nettement l'emploi d'un effaceur d'encre ; une nouvelle date avait été ensuite apposée.

Ces changements concernaient à peu près tout le premier tiers du dossier et portaient sur des dates s'échelonnant dans les dernières décennies du vingtième siècle. Les deux derniers tiers du dossier n'avaient pas été modifiés.

Cette manipulation ne paraissait cependant pas assez extraordinaire en soi pour solliciter davantage la curiosité du colonel ; mais elle suffit à le pousser à revenir aux documents administratifs.

Il commença cette fois-ci non point en respectant l'ordre chronologique, mais en effectuant des sondages au hasard et en remontant le temps. Au début, il ne trouva rien d'anormal ; puis, dans le premier tiers du dossier, il découvrit nombre de changements. Comme dans les documents de l'Institut, de nouvelles dates figuraient sur les récépissés, factures et autres papiers, tous situés au siècle précédent.

Là aussi, les modifications étaient récentes et rédigées de l'écriture pointue et maladroitement contrefaite qui relatait l'historique de l'Institut. Que le colonel n'ait pas remarqué ces altérations la première fois tenait à ce que la décoloration du papier était moins nette sur ces documents que sur le papier ministre, où l'encre avait coulé et bavé, ce qui suffisait à attirer l'attention.

Sur le bureau où il travaillait, était fixé un taille-crayon électrique avec un petit tiroir pour récupérer les résidus.

Il prit une pincée de ces débris et les éparpilla au dos

de l'un des documents trafiqués, puis, d'un mouvement circulaire du doigt, frotta légèrement l'emplacement altéré.

Il ne fallut que quelques instants pour qu'apparût ce qu'il cherchait. Les déchets de mine de plomb, en s'accrochant sur le relief laissé par le tracé original de la plume, lui permirent de voir la date originale qui avait été effacée. Et celle que le colonel Porphyre avait maintenant sous les yeux, à peine visible mais parfaitement déchiffrable pour peu qu'on sût lire à l'envers, était le 9 septembre 1947, la date nouvellement apposée de l'autre côté étant, elle, celle du 9 septembre 1997.

A ce moment-là, il leva les yeux : il avait cru entendre un pleur de bébé en provenance de l'étage au-dessus. Il tendit l'oreille, mais, aucun son nouveau ne lui parvenant, pensa qu'il avait été le jouet de son imagination.

L'aube ne pointait pas encore tout à fait lorsque le colonel Porphyre fit son apparition sur les remparts ; l'œil rougi, emmitouflé dans son ciré trop grand, le chapeau imperméable aux rebords avachis tiré bas sur les sourcils, il paraissait légèrement ivre.

La pluie avait quelque peu diminué, mais le vent hurlait toujours. Penché en avant pour résister aux rafales, le policier s'approcha de ses hommes de garde. Les efforts qu'il déployait lui donnaient la démarche chaloupée du marin qui avance sur le pont mouvant d'un bateau.

— Eh bien, les gars, comment ça se passe ? demanda-t-il au petit groupe.

Ils lui firent de la place. L'un d'eux – personnage imposant, il avait pour nom Magnus et descendait des marins nordiques – lui montra le fond du jardin. Le visage cinglé par la pluie, Porphyre plissa les paupières et se tourna vers les flambeaux résineux qui brasillaient dans les ombres grises du point du jour.

— On dirait qu'il y a moins de torches, fit-il observer avec espoir.

— Oui, chef, lui répondit Magnus. Quelques-uns de nos petits bonshommes sont partis. On les a vus s'enfoncer dans la forêt, il y a environ une heure de ça.

Porphyre acquiesça, sans toutefois sentir de raisons objectives d'être soulagé. Le fait que quelques-uns d'entre eux aient abandonné leur poste ne prouvait pas nécessairement qu'ils n'allaient pas revenir dans quelques heures. Après avoir mangé et mis des vêtements secs, ils seraient prêts à reprendre leur faction de plus en plus inquiétante.

— Croyez-vous qu'ils vont revenir, colonel ? demanda Magnus.

Porphyre continuait de scruter un endroit où plusieurs torches dansaient sauvagement dans le vent. Il se rendit compte que songer aux Hommes des Bois qu'il ne voyait pas le rendait plus nerveux qu'observer ceux qui se trouvaient sur place. D'après tout ce qu'il avait lu sur eux à la bibliothèque du quartier général, sur le continent, c'était d'habiles traqueurs de gibier et d'intrépides tacticiens. Il leur aurait tout à fait ressemblé de chercher à inspirer un faux sentiment de sécurité à leur ennemi, puis de frapper.

Le policier s'accouda sur la muraille, la fatigue lui faisant baisser la tête.

— Je crois qu'il faut y compter, répondit-il, en redressant le menton dans le vent furieux, comme pour le défier.

SIXIÈME PARTIE

Cornie

Un d'eux me demanda un jour si j'avais vu quelques-uns de leurs struldbruggs, *ou immortels. Je lui répondis que non, et que j'étais fort curieux de savoir comment on avait pu donner ce nom à des humains ; il me dit que quelquefois (rarement, à la vérité) il naissait dans une famille un enfant avec une tache rouge et ronde placée directement au-dessus du sourcil gauche, et qu'on reconnaissait à cette marque qu'il ne devait jamais mourir.*

Jonathan Swift, *Voyages en diverses lointaines nations de l'univers*

23

Il était près de minuit, ce même jour où l'on avait découvert le corps de Jones. Cornelius se déplaçait d'un pas vif dans le réseau complexe de tunnels et de catacombes qui serpentent sous le château ; on aurait dit qu'il savait où il allait et avait l'intention d'y arriver rapidement.

Son chemin le fit passer par des grottes creusées dans le calcaire, d'où tombaient des gouttes d'eau. Le plafond était si bas qu'il l'effleurait de son crâne. Quelque chose le poussait si fort qu'il paraissait habité d'une volonté absolue, unique.

Il prit soudain le pas de course, fonçant dans les tunnels, impatient d'arriver à destination avant l'aube, et déboucha bientôt dans une espèce d'alcôve peu profonde donnant sur l'un des tunnels secondaires. Il ne s'agissait que d'un modeste creux, faisant tout au plus un mètre cinquante en largeur et moins d'un mètre en profondeur. Il eut l'impression de pénétrer dans une boîte rectangulaire dressée debout. Appuyant fortement la poitrine contre la paroi, sa joue frottant la pierre froide et humide, il fit courir une main le long du mur intérieur.

Il trouva enfin ce qu'il cherchait. Sous ses pieds, presque aussitôt, monta un grondement bas et sourd ; bruit d'un poids énorme qui se déplace, grincement de la pierre frottant contre la pierre.

Le mur contre lequel il pesait parut frissonner, puis céder légèrement avant de commencer à se soulever avec des craquements. Une ouverture se découvrit à la base tandis qu'il continuait à monter ; il atteignit la hauteur de ses genoux, puis de sa taille et de ses épaules ; une fois qu'il fut au-dessus de sa tête, Cornie en vit le bas disparaître complètement dans le plafond de calcaire.

L'espace s'étendait devant lui. L'air était doux. Une odeur d'herbe et de terre mouillée lui emplit les narines, accompagnée de la senteur puissante de la résine de pins. Le chant des grillons enflait dans les ténèbres, des lucioles passant comme de minuscules météores devant ses yeux.

Une fois dehors, Cornie fonça tête la première, le long de la légère pente herbeuse qui descendait jusqu'à la lisière de la forêt, à une trentaine de mètres de là. Il avait souvent emprunté ce chemin. Quelques instants plus tard, il atteignit un point où s'ouvrait un étroit passage dans un fourré absolument impénétrable. Il jeta un rapide coup d'œil par-dessus son épaule et aperçut la silhouette sombre et altière du château se détachant sur le ciel nocturne. Alors, il poussa un étrange cri d'exultation et s'engagea dans le sous-bois.

Cornie adorait la forêt. Il semblait être né pour y vivre, en particulier la nuit, juste après le coucher du soleil, lorsque la température baissait de plusieurs degrés par rapport aux parties dégagées qu'il venait de quitter. Il aimait la canopée au-dessus de lui, et la sensation du sous-bois l'encerclant progressivement. Il ressentait une profonde affinité avec tous les êtres qui rôdaient alentour. Avec le premier hululement de la chouette, lorsque, bien plus tard, le disque pâle de la lune était encore visible dans le ciel d'avant le point du jour, il se sentait en paix.

Le sentier qu'il suivait s'élargissait un peu par rapport à l'endroit où il l'avait pris, en lisière. Il restait cependant étroit, ne permettant que le passage d'une seule personne à la fois, mais, nettement battu, était de toute évidence bien entretenu. On voyait les endroits d'où avaient été cruellement arrachés buissons et arbrisseaux qui avaient tenté de l'envahir.

Zigzaguant au milieu d'un secteur parsemé de gros

rochers, le sentier se mit à descendre et alla contourner un petit lac rond et sombre, à la surface ondulée duquel se reflétaient encore les derniers rayons de la lune.

Le chemin dévalait sur une centaine de mètres, encombré de cailloux qui auraient endolori les pieds de toute personne tentant l'aventure sans chaussures à semelles épaisses. Le sous-bois s'éclaircissait, les arbres se faisaient plus rares ; on avait abattu l'essentiel des plus anciens, et ceux qui restaient, dénudés et squelettiques, paraissaient frappés de maladie.

Il régnait dans l'air une odeur de brûlé, qui fut bientôt concurrencée par une puanteur de décomposition, comme des gaz des marais. Cela faisait penser à des eaux stagnantes et saumâtres, à de la végétation pourrissante. Le sol devint mou sous ses pieds, puis spongieux, produisant des bruits de succion à chaque pas.

En apercevant les feux du campement, Cornie accéléra. Arrivé plus près, il découvrit un fouillis d'enclos à bétail entassés les uns contre les autres et, juste au-delà, la silhouette de constructions basses faites de boue et de roseaux. Des gerbes d'étincelles montaient des cheminées en argile courtaudes installées tout en haut des toits.

Tomber aussi soudainement sur une telle agglomération en pleine forêt faisait un curieux effet. Construit à flanc de colline, le village avait tout d'une miniature. Une épaisse brume planait au-dessus, et il en montait une puanteur étouffante de chair rôtie et d'eaux usées. A l'entrée, s'élevait une série de pieux grossiers taillés en pointe, chacun surmonté de ce qui paraissait être un crâne d'animal.

Cornie accéléra encore le pas. Il sentit une bouffée d'excitation le gagner comme, une fois de plus, il pénétrait dans le camp des Hommes des Bois.

24

La pluie s'arrêta peu après le lever du jour. Le vent tomba et, à l'est, où le soleil se levait déjà, les nuages se teintèrent de rose.

Chose des plus encourageantes, les Hommes des Bois étaient partis. Alors que quelques heures auparavant ils entouraient le château sur trois ou quatre rangées de profondeur, les seuls mouvements animant maintenant la lisière de la forêt étaient ceux des broussailles isolées qu'agitait un reste de vent.

Oncle Toby s'était levé avant tout le monde. Il arriva dans la cuisine, affairé et plein d'énergie. Rasé de près, habillé d'un strict costume sombre, il allait et venait, aboyant ses ordres au personnel.

Aux premières lueurs de l'aube, il avait réveillé Signor Parelli et lui avait demandé de faire procéder aux funérailles. Des coups secs frappés à nos portes nous réveillèrent. Une voix nous somma d'aller prendre rapidement notre petit déjeuner et de nous préparer pour la longue marche qui nous conduirait à l'ancien cimetière indien.

Nous nous regroupâmes juste derrière l'arrière-cuisine ; une douzaine de solides porteurs s'y trouvaient déjà. Ils avaient revêtu un costume sombre et portaient des gants ; dix hommes pris dans les services de sécurité de la maison entouraient le cercueil.

Le groupe comprenait mes frères et sœurs, Signor Parelli, Mme Lobkova et Oncle Toby qui, je le remarquai, s'était armé d'un revolver que sa veste dissimulait assez mal. Porteurs et membres du service de sécurité s'étaient tous dotés d'une arme de poing. Le colonel Porphyre et ses hommes nous accompagnaient en renfort.

A travers la grille en fer forgé de l'immense herse, nous regardâmes tous ces gens qui nous attendaient. Je suis incapable de décrire les émotions conflictuelles qui se bousculèrent en moi au cours de ces derniers moments. Plusieurs jours auparavant, et pour la première fois de ma vie, je m'étais aventuré de quelques pas à l'extérieur, événement d'une telle brièveté qu'il méritait à peine le titre de sortie authentique. Pour mes sœurs, mes frères et moi-même, c'était notre première véritable incursion dans le monde extérieur.

Manifestement terrifiée, Letitia ouvrait de grands yeux. Cassie me tournait autour, sa petite main humide toute molle dans la mienne. Jouant l'irritation, Ogden paraissait réellement abasourdi par le sens de ce qu'il découvrait. Même Sofi, qui avait pourtant poussé très loin un art de simuler l'ennui, était bouleversée à l'idée de faire ses premiers pas au-delà de l'enceinte de Frazé.

La lourde herse s'éleva avec des grincements, provoquant un murmure excité parmi nous. Le disque pâle du soleil fit à ce moment-là une apparition entre des traînées de nuages sombres. Par l'entrée ouverte, une brise légère, encore toute imprégnée d'odeur de pluie, de terre humide et de pin, vint emplir l'antichambre en pierre de taille dans laquelle nous attendions. La herse une fois immobilisée, un silence étrange s'empara de nous tandis que nous contemplions longuement la voie large et dégagée qui s'ouvrait devant nous.

— Très bien, dit Oncle Toby en claquant des mains, le cercueil et les porteurs du cordon du poêle d'abord. Je veux que les jeunes se tiennent en rang par deux, juste derrière. Umberto et Wanda ensuite ; je fermerai la marche.

— Où voulez-vous que nous nous tenions ? lui demanda le colonel Porphyre.

— Juste derrière nous, à l'arrière, si vous voulez bien, colonel.

Porphyre acquiesça et je crus voir une expression légèrement peinée se marquer sur son visage.

Oncle Toby passa rapidement en revue les questions de sécurité.

— J'aimerais que la garde du château se place ainsi : un homme à l'avant, un autre à l'arrière, et une file de cinq de chaque côté de la procession. Je ne prévois pas de difficultés, mais, si jamais il s'en produisait, j'attends de chacun qu'il remplisse son devoir. Agissez de manière responsable. Pas de panique. Restez ensemble et, s'il y a un problème, que personne ne se sépare du groupe pour s'enfuir seul. Est-ce bien compris ?

Il parcourut nos rangs des yeux, l'air lugubre, comme s'il évaluait ce qu'on pouvait attendre de chacun.

— Le cimetière est à environ trois kilomètres d'ici. C'est une rude marche, car le chemin monte presque tout le temps. A cette époque de l'année, il ne devrait pas être trop encombré de végétation ; mais le cercueil est lourd et nous n'avancerons que lentement. Une fois dans la forêt, nous devons rester proches les uns des autres. Je ne veux pas de traînards. Gardez l'œil bien ouvert. Soyez sur le qui-vive. Vigilants. Des questions ?

Il nous regarda encore, comme s'il nous mettait au défi d'en poser une. Personne ne le fit.

— Très bien. Alors, en avant.

J'aurais eu bien du mal à décrire le sentiment d'étrangeté que je ressentais cinq ou dix minutes après avoir quitté Frazé. Plus de pierre, plus de mortier, plus de fer ou de verre entre le ciel et moi. Notre procession serpentait sur une colline peu élevée, avançant péniblement. Certains membres de la famille prenaient du retard parmi les genêts mouillés. Les porteurs se penchaient en avant, tout à l'effort de résister au poids du cercueil. On les entendait grogner et soupirer tandis qu'ils escaladaient la colline.

Les anciens, dit-on, considéraient le cimetière des Indiens comme un sol sacré. Les gens enterrés là, croyaient les premiers vrais habitants de l'île, n'étaient pas morts, mais simplement en état d'existence interrompue. Un jour, leur âme s'éveillerait et ils reviendraient à la vie pour retrouver ceux qu'ils aimaient. Périodiquement, les aborigènes exhumaient les restes de leurs disparus et leur rendaient visite lors d'occasions spéciales ; ils faisaient même des pique-niques ensemble, puis les enterraient de nouveau.

Pour une raison que j'ignore, ce cimetière est un endroit redouté et détesté par les Hommes des Bois. Jones, néanmoins, avait tenu à y être enterré, avec ses parents et amis. Oncle Toby paraissait déterminé — à moins que, même mort, son frère aîné l'intimidât encore — à respecter à la lettre ces dernières volontés. Tout en montant, je ne pouvais m'empêcher de me demander pourquoi.

Le chemin que nous empruntions n'était qu'une allée étroite ouverte dans la forêt, bordée de part et d'autre par un mur de sapins de haute taille. Les mauvaises herbes y foisonnaient et les chardons s'accrochaient à nos pantalons, mais sans nous bloquer le passage.

Au bout d'environ vingt minutes, la pente devint plus raide et Oncle Toby proposa une pause. Les porteurs, visiblement essoufflés, déposèrent leur chargement. Le visage de Mme Lobkova avait pris une nuance violacée et ses vastes jupons étaient surchargés de têtes de chardon ; Signor Parelli était hérissé par la désapprobation et courait en tous sens en donnant des ordres de sa voix nasale et haut perchée.

Le colonel Porphyre et ses hommes attendaient, regroupés à l'arrière. Ils fumaient, bavardaient et paraissaient tout à fait apprécier la venue du soleil et la promenade en forêt.

A l'instant où nous devions repartir, je crus entendre un bruit, sur ma droite. Un bruit quelconque, de ceux qui n'incitent même pas à tourner la tête.

Puis il y eut un coup sourd, tout à côté de moi, et l'un des gardes tomba soudain à la renverse. Il s'affaissa sans bruit, portant simplement la main à son front, comme s'il essayait de se souvenir de quelque chose.

Toute la forêt, alors, parut s'animer. Il y eut des cris et des hurlements ; je ne distinguais rien sinon une grande agitation et des formes qui nous passaient devant à toute vitesse.

Enfin, je vis le premier ; petit, la poitrine en tonneau, une longue barbe broussailleuse au menton, il portait le chapeau pointu qui les faisait tous ressembler à des personnages de dessin animé. Seul, il aurait pu paraître amusant, mais l'était beaucoup moins maintenant que des centaines d'autres gnomes l'entouraient. Fasciné, je le regardai brandir son bras courtaud comme un piston. Il en pendait un objet long et, je crois, élastique. L'instant d'après, quelque chose me frappait dans le dos. J'en eus le souffle coupé et m'écroulai.

– Tous à terre, tous à terre !

Le colonel Porphyre s'était couché sur moi et me protégeait la tête de son corps. A l'endroit où je m'étais trouvé un instant auparavant, un rocher gros comme un ballon de volley vint s'écraser et s'enfonça à moitié, faisant gicler de la boue sur le bas de mon pantalon.

Soudain, ils nous entourèrent de toutes parts, dans un tapage incessant de cris. Il y eut des coups de feu. A un moment donné, deux d'entre eux s'approchèrent si près de moi que je pus distinguer leurs yeux au regard vide ; rien n'y disait l'humain. Profondément enfoncés dans leurs énormes têtes, ils se réduisaient à deux fentes anormalement écartées. Vides, grisâtres et morts, ils terrifiaient.

Je pus enfin identifier les objets que tenaient nos assaillants : c'étaient des frondes. Non pas la petite fronde inoffensive avec laquelle les garçons tirent sur les oiseaux ; mais une arme de grande taille, fabriquée dans un bois résistant et souple et équipée de lanières solides, probablement en intestins d'animal. Salve après salve de cailloux, un groupe tirait sur nous, tandis qu'un autre paraissait vouloir s'emparer du cercueil. Ils se précipitaient au pas de course, le touchaient et s'enfuyaient.

Derrière, le colonel Porphyre hurla quelque chose. Son ordre, lancé d'une voix rauque, fut suivi d'un tir de barrage. Allongé sur le sol, j'avais l'impression que toute la forêt s'inclinait et tourbillonnait autour de moi. C'est alors qu'ils s'évanouirent, aussi soudainement qu'ils étaient apparus. Cris, hurlements, coups de feu, vacarme de silhouettes s'enfonçant dans la forêt, tout s'arrêta en quelques secondes. Il y eut un moment de silence, chargé de crainte et d'expectative, comme si, hommes et animaux, tous les êtres rassemblés dans ces bois profonds attendaient un signal définitif. Tout d'un coup, les oiseaux reprirent leur chant et leur babil.

L'échauffourée n'avait pas duré plus d'une minute. Les Hommes des Bois avaient disparu dans la forêt. Pris de panique, plusieurs hommes du service de sécurité avaient fui, en dépit des ordres. Celui que j'avais vu tomber était en piteux état. Le colonel Porphyre, à genoux, dispensait des soins à un homme couché à plat ventre et qui crachait du sang. Un gros galet rond gisait sur le sol herbeux, tout à côté de lui. Sans Porphyre et ses hommes, nous aurions péri. Les prétendus « gardes » du château avaient fait la preuve de leur bêtise et de leur incapacité. Ce qui n'avait rien de rassurant pour notre petite communauté qui, semblait-il, avait plus que jamais besoin d'être protégée.

Faut-il le préciser, il ne fut pas question de poursuivre jusqu'au cimetière. Le plus grand désordre régnait ; le cercueil gisait de côté, une moitié sur le chemin, l'autre dans les buissons, couvercle légèrement déplacé. L'un des porteurs s'efforçait de le redresser avant qu'il ne s'ouvrît davantage. Nous fûmes plusieurs à nous précipiter pour l'aider. Fort heureusement, aucun des porteurs n'était blessé.

Ereintée et bouleversée, la procession se reconstitua et ne tarda pas à battre en retraite en désordre, aussi vite qu'elle le pouvait, afin de regagner la sécurité du château.

Difficile de dire combien de temps nous prit le retour ; nous n'avions mis que vingt minutes pour atteindre le lieu de l'attaque, mais le trajet inverse nous parut durer une éternité, alors que nous descendions presque tout le temps.

Notre petite garde, au départ, était forte de douze hommes ; elle n'en comptait maintenant plus que huit. Trois avaient pris la fuite pendant l'attaque et il fallait porter le quatrième, gravement blessé, sur une civière improvisée. Ils marchaient en double file de part et d'autre de notre convoi, démoralisés, traînant leurs fusils et n'arborant plus leur mine avantageuse de fiers et courageux protecteurs.

L'ambiance était devenue sinistre. Nous ne parlions guère et ne cessions de nous retourner pour jeter des coups d'œil angoissés derrière nous ; nous trébuchions sous le poids de notre faix, avions le cœur encore plus lourd qu'avant, et désirions arriver le plus vite possible.

Le soleil se trouvait maintenant haut dans le ciel. Le vent était tombé, il faisait chaud. Oncle Toby paraissait bouillir dans son costume de deuil bleu foncé, tout taché de boue. Il ne fit cependant pas la moindre concession à la chaleur et ne desserra même pas sa cravate.

C'étaient les porteurs qui souffraient le plus. Ecrasés par le poids du cercueil, ils grommelaient entre eux. Peu à peu, je pris conscience d'une odeur que je ne pus identifier ; je pensai tout d'abord qu'elle provenait de la terre humide et de la végétation en décomposition. Elle était douceâtre et vaguement déplaisante. Je n'y fis guère attention.

Mais, tandis que nous avancions péniblement, elle se fit plus insistante. Les porteurs grommelaient de plus en plus agressivement entre eux. Je me rendis alors compte que tout le monde était incommodé par l'odeur.

Cassie, qui marchait à mes côtés, me regarda avec l'air de quelqu'un qui va se trouver mal et se pinça délicatement le nez entre le pouce et l'index. Ravissante, même dans son désarroi, Sofi ouvrait la marche, pressant un mouchoir de dentelle sur sa bouche.

A la vue de Frazé, en lisière de forêt, nous accélérâmes le pas. Dans leur hâte à retrouver la sécurité de ses murs, plusieurs d'entre nous commencèrent à courir, se bousculant les uns les autres. Ralentie par son obésité et ses multiples jupons, Mme Lobkova avait du mal à suivre.

La lourde herse s'éleva lentement à notre approche, dans un grand tapage de chaînes et de planches ; dès que nous l'eûmes franchie, presque au pas de course, le cercueil oscillant dangereusement sur les épaules des porteurs, elle retomba en grondant derrière nous.

Hors d'haleine, cramoisis, les hommes déposèrent leur fardeau. Dans l'espace étroit à l'intérieur duquel nous nous trouvions maintenant confinés, l'odeur était devenue insupportable.

Oncle Toby affichait la mine sombre et ulcérée d'un homme dont le souhait le plus vif vient d'être contrecarré. Quelque chose avait terriblement mal tourné, et il avait bien l'intention d'en trouver les responsables. Il aboya un ordre aux porteurs. Je crois qu'il leur demanda de rapporter le cercueil dans la chapelle. Ils étaient sur le point d'obéir lorsque Signor Parelli chuchota quelques mots à l'oreille d'Oncle Toby. Les deux hommes s'entretinrent un instant à voix basse. L'air fortement contrarié, Toby fit signe au colonel Porphyre de se joindre à eux.

Le conciliabule se poursuivit à trois, toujours à voix basse. Parelli accentuait de mouvements de tête exagérés les propos qu'il tenait ; Oncle Toby paraissait exaspéré ; donnant l'impression de jouer le rôle de modérateur entre eux, Porphyre semblait plutôt mal à l'aise.

Oncle Toby finit par céder et ordonna aux porteurs d'aller déposer le cercueil dans l'une des innombrables grottes taillées dans le calcaire, sous le château.

Nous fûmes congédiés et invités à rejoindre nos chambres respectives. La sortie avait tourné au désastre ; elle n'aurait pas pu se passer plus mal. Il fallait enterrer le corps de Jones aussi vite que possible ; il aurait sans doute été inconvenant d'en parler, et d'ailleurs personne n'osa s'y risquer, mais son corps avait commencé à se décomposer.

Par le passé, lorsque des gens décédaient au château, on les enterrait aussi rapidement que possible, sans passer par un embaumeur. Dans le cas de Jones, c'était difficilement faisable. Entre les pluies torrentielles et l'hostilité des Hommes des Bois qui, pour une raison mystérieuse, semblaient bien décidés à interdire l'inhumation, une telle entreprise était risquée, voire carrément périlleuse.

On avait toujours su que les Hommes des Bois étaient imprévisibles et qu'ils représentaient un certain danger. Néanmoins, jamais on n'avait eu, jusqu'alors, l'occasion d'en mesurer la réalité. Ce qui s'était passé nous avait ouvert les yeux.

Peu après midi, le soleil disparut à nouveau. Le ciel, lorsque je l'aperçus pour la dernière fois, avait pris une teinte verdâtre de mauvais augure. Le plafond était bas, et les cumulus que nous avions cru dispersés se rassemblaient de nouveau et se faisaient plus menaçants que jamais. A l'ouest, la lumière déclina, le vent se levant aussitôt. A travers les lourds vitraux sertis de plomb du conservatoire, nous vîmes, au fond du jardin, la cime des arbres s'agiter tumultueusement. De grosses gouttes de pluie, poussées par les rafales, vinrent heurter les vitres avec des crépitements agressifs. Bientôt, l'averse se transforma en canonnade sur le toit ; à quatorze heures, le ciel s'était tellement refermé qu'on se serait cru au crépuscule.

— Je ne saurais vous dire à quel point vous m'avez impressionné.

— Oh, voyons !

— Etre capable, au milieu d'un tel chaos, de se conduire avec autant... (le colonel Porphyre, assis bien droit, cherchait un mot assez fort)... d'aplomb !

— Vraiment, colonel, vous exagérez !

— Non, non, chère madame. Je vous assure, je suis bien en deçà de la vérité.

S'efforçant de prendre un air ennuyé, Mme Lobkova fronça les sourcils. Mais elle avait les joues empourprées, et la pièce, soudain, parut surchauffée et trop petite pour contenir un être aussi imposant qu'elle.

Ils se tenaient dans la bibliothèque de son agréable et vaste appartement de l'aile ouest. Grandes, les fenêtres donnaient sur le petit lac noir ; au-delà des arbres qui le cernaient, on apercevait, par beau temps, une lointaine chaîne de montagnes.

Comme son locataire principal, la bibliothèque était un exercice dans l'art de l'excessif. Trop de mobilier ; trop de brocarts ; trop de bibelots éparpillés sur la moindre surface plane. D'épais tapis d'Orient paraissaient absorber tout l'air disponible, Mme Lobkova, assise sur un récamier bas, semblant remplir le peu d'espace qui restait.

L'insolite était également présent, sous la forme de signes cabalistiques et d'une planchette « Oui-ja » posée sur une table à jeu usagée, à côté de l'âtre qui paraissait avoir servi récemment. Les étagères, qui montaient du plancher au plafond, débordaient de livres dont les titres révélaient un intérêt marqué pour la nécromancie et la magie noire. La touche finale provenait d'une tête réduite, en provenance des îles Marquises. Accrochée à une console, elle pendait au-dessus du manteau de la cheminée.

— Héroïque, votre comportement, continua le colonel qui s'échauffait au fur et à mesure qu'il parlait. J'ai bien vu le petit bonhomme qui s'approchait de vous en brandissant une hachette. Une hachette, vous vous rendez compte ! J'ai vraiment craint pour votre vie un instant. Mais j'ai tout de suite vu que c'était inutile. Absolument inutile. Vous lui avez tenu tête sans même un battement de sourcil. (Porphyre éclata de rire et se frappa la cuisse.) Ah ! le pauvre petit bonhomme, démonté, qu'il était ! Il ne savait plus que faire de vous. Non, madame ! Plus du tout !

Mme Lobkova ne semblait pas impressionnée par ce déballage de compliments. Soupçonnait-elle qu'ils n'étaient pas désintéressés ? Néanmoins, elle se gardait bien de couper la parole au colonel.

— Vous êtes trop bon, roucoula-t-elle enfin en détournant les yeux.

— Non, non, je vous assure ! Je ne vous ferais pas l'insulte de basses flatteries. Il s'agit de l'admiration authentique d'un homme qui en a vu d'autres. Vous avez parlé à l'un d'eux, n'est-ce pas ? ajouta-t-il.

— Parlé ? Je lui ai hurlé après, oui !

— C’est exact. Vous avez crié quelque chose, et il s’est enfui.

Bondissant de sa chaise, Porphyre se mit à imiter un Homme des Bois se dandinant sur ses petites pattes. Cela acheva de faire fondre Mme Lobkova, et elle ne put retenir un petit rire embarrassé.

— Je... je parle leur langue, vous savez.

— C’est ce qu’on m’a dit. (Porphyre s’essuya les yeux, tant il avait ri.) Et que lui avez-vous donc dit ?

Elle commençait à rayonner. En cet instant, et en dépit de ses proportions généreuses, elle parut même délicate. Ravissante. Le colonel songea à un chien de manchon. Un loulou de Poméranie, peut-être, tout propret et pomponné. Avec sa frange et ses lèvres peintes en vermillon, elle était digne d’une carte de la Saint-Valentin.

— Je lui ai dit : *Trug gron buj dodan*, reprit-elle à toute vitesse.

— Voilà qui paraît on ne peut plus authentique.

— Ça signifie : « Petit cochon, retourne à ta bauge ou je te massacre. »

Les yeux de Porphyre s’ouvrirent tout grands.

— Mais où avez-vous appris à parler leur langue ?

— Avec eux. Il y a bien des années de ça. Au moment où nous avons négocié le bail du terrain.

— Des négociations avec les Hommes des Bois ?

— Bien entendu. Un jour, Jones et Toby m’ont conduite à leur camp. Nous y sommes retournés à plusieurs reprises pour mettre au point divers détails. Comme j’ai des facilités pour les langues, Jones m’avait demandé de les accompagner. Il fallait bien un interprète, voyez-vous, quelqu’un qui puisse faire office d’intermédiaire. Il y avait un Homme des Bois... un vieux démon du nom d’Edwig... je me demande s’il est toujours en vie... (Sa voix mourut, tandis qu’elle évoquait les images du passé.) Il était très malin... en tout cas, très malin pour l’un d’eux. Ce n’est pas si courant, vous savez. Bref, cet Edwig a compris mon problème et a commencé à me faire un certain nombre de gestes. Il touchait un objet, par exemple, et émettait les sons qui s'y rapportaient.

— Je vois, dit Porphyre en acquiesçant d'un air songeur. Et, d'après vous, qu'est-ce qu'ils voulaient, aujourd'hui ? Qu'est-ce qui a pu provoquer un tel... débordement ?

— Nous avons déjà eu des incidents de ce genre auparavant, lui fit observer Mme Lobkova d'un ton solennel. Mais jamais aussi violents.

Le colonel se leva et se mit à faire les cent pas dans la pièce.

— D'où viennent-ils ? demanda-t-elle tout à coup.

Porphyre tira longuement sur le cigarillo qu'il avait allumé.

— En réalité, personne ne le sait vraiment. Il y a plusieurs siècles, ils vivaient sur le continent. Ils étaient méprisés par le reste de la population et mal accueillis partout. Ils étaient obligés de pratiquer le pillage et la rapine pour survivre. Les gens les redoutaient tellement qu'il fallut les chasser des villes et agglomérations où ils avaient semé la panique, les regrouper, et les transborder sur cette île. Ils y ont débarqué avec leurs chèvres et guère plus et, au bout de plusieurs siècles de consanguinité, ont donné naissance à une race de créatures naines et féroces...

Le colonel s'interrompit soudain et sourit en voyant Mme Lobkova suspendue à ses lèvres. Puis il reprit :

— Ils possèdent la terre sur laquelle s'élève Frazé. Elle leur a été donnée à perpétuité par le gouvernement qui entendait les chasser à jamais du continent. L'accord, si j'ai bien compris, a été satisfaisant ?

— Satisfaisant, mon cher colonel, n'est sûrement pas le mot que j'emploierais. A plusieurs reprises, M. Jones a essayé de leur acheter la terre ; il leur en a offert une fortune, mais ils ont toujours refusé.

— Pour quelle raison ? En avez-vous une idée ?

Mme Lobkova leva les mains et haussa les épaules.

— Non. Ils n'acceptaient que les termes d'un bail ;

je les soupçonne d'avoir projeté de récupérer la terre et, par la même occasion, le château.

— Et pourquoi, d'après vous, avoir choisi ce jour, celui des funérailles de Jones, pour agir ?

Jusqu'alors, Mme Lobkova avait bien accueilli les questions du colonel ; son habileté l'amusait, ses discrètes tentatives de séduction la flattaient. Son expression changea et elle parut soudain sur ses gardes.

— Cela fait longtemps que vous êtes ici, n'est-ce pas, madame ?

— Depuis le tout début, lui répondit-elle avec une légère note de triomphe dans la voix.

— Vous devez bien connaître l'histoire de cette maison ?

— En partie, oui, mais certainement pas tout.

— Existe-t-il quelque chose, dans le pacte conclu entre les Hommes des Bois et M. Jones, qui pourrait être à l'origine de cette attaque ?

Elle haussa les sourcils.

— Qui vous en a parlé ?

Ce fut au tour de Porphyre de paraître surpris.

— De quoi donc ? Du pacte ? Oh, il est mentionné dans les documents de la Fondation que j'ai étudiés ces jours derniers.

— Oui, bien sûr, c'est tout à fait normal.

— Une clause n'aurait-elle pas été respectée ? Un paiement n'aurait-il pas été effectué ?

— Je crains de ne pouvoir vous être utile là-dessus.

— Vous l'avez cependant vu ?

— Le pacte ? Certainement.

Quelque chose comme du déplaisir s'afficha un instant sur les traits de Porphyre. Puis celui-ci partit d'un grand éclat de rire.

— D'après vous, est-ce que j'ai une chance de pouvoir jeter un coup d'œil dessus ? (De nouveau, les sourcils bien dessinés de Mme Lobkova s'arquèrent.) J'ai le goût des antiquités, voyez-vous ; j'éprouve une véritable passion pour les documents anciens, et celui-ci pourrait peut-être nous aider...

— Je ne vois pas en quoi le contenu du pacte

pourrait jeter la moindre lumière sur les assassinats de M. Jones.

— Probablement, dit Porphyre en souriant. Néanmoins, il risque de nous révéler quelque chose. Un petit détail qui me permettrait de pousser un peu plus loin, si vous voyez ce que je veux dire.

Si elle le vit, elle n'éprouva pas le besoin de le confirmer.

Le colonel Porphyre arborait un sourire badin, mais le fond de ses questions était bien loin de la badinerie.

— Je me suis déjà entretenu avec les jeunes de la maison et certains membres du personnel. J'ai un peu plus de mal avec MM. Toby et Parelli. Quelque chose me dit qu'ils m'évitent. Et, sans vouloir vous choquer, je dois avouer que la tâche n'est guère plus commode avec vous, ajouta-t-il.

Elle eut un air étrange.

— C'est simplement, pour être tout à fait franche, que je ne suis plus tout à fait sûre de savoir pour quelle raison vous êtes ici, expliqua-t-elle. Est-ce pour élucider la mort de Jones ou pour étudier l'histoire du château ?

— Ceci pourrait peut-être expliquer cela, tout simplement. Vous avez employé, il y a un instant, l'expression « les assassinats ». Croyez-vous donc qu'il y en ait eu plusieurs ?

Mme Lobkova parut elle-même surprise d'avoir utilisé le pluriel.

— Je suppose que c'est parce qu'ils ont été plusieurs à avouer l'avoir tué. Mais vous, pensez-vous qu'il n'y ait qu'un seul coupable ?

— Pour le moment, je n'en ai aucune idée. J'estime en revanche qu'il pourrait être utile de consulter ce pacte.

Mme Lobkova fit la moue et répondit d'un ton plus sec :

— Dans ce cas précis, il aurait fallu avoir l'autorisation de M. Jones ; et pour le moment, comme vous pouvez l'imaginer, je ne suis pas dans un état d'esprit tel que je...

Elle se leva soudain et, avec toute sa considérable dignité, avança jusqu'à une fenêtre.

Le colonel Porphyre refusa de se laisser éconduire.

— Je devrais peut-être demander à M. Tobias, suggéra-t-il doucement.

— Pour le pacte ? (Elle haussa les épaules.) Comme vous voudrez. Je doute cependant qu'il vous y encourage.

Le colonel aussi haussa les épaules. Puis il se leva, s'inclina avec raideur et fit demi-tour pour partir. Mais, avant de sortir, il s'arrêta, sourit et parla par-dessus son épaule :

— Savez-vous ce que voulaient ces gens, ce matin, à mon avis ? (Elle le regarda, mais ne dit rien.) Veuillez m'excuser si vous me trouvez morbide, mais je pense que c'était le cercueil de M. Jones. Ou, pour être plus précis, son corps. Je crois que vous le savez, vous aussi, et vous avez été admirable : protéger pareillement ce cercueil. La façon dont vous vous êtes interposée... Vous seriez morte plutôt que d'en laisser un seul le toucher. N'est-ce pas exact ?

Mme Lobkova en resta bouche bée. Puis, de raide qu'elle était, la dame parut s'affaisser.

— Vous êtes un petit malin, n'est-ce pas, colonel ?

— Pas autant qu'il le faudrait, j'en ai peur, madame.

Il lui fit un clin d'œil et, reprenant son ton jovial, ajouta :

— Vous formaliseriez-vous beaucoup si je vous appelais Wanda ?

25

Tout en haut du dernier étage du château, la vaste aile nord se divisait en quatre grandes salles. Celles-ci étaient efficacement séparées des quartiers d'habitation du troisième étage par une lourde porte en acier, et reliées entre elles par un étroit passage. C'était là que se trouvaient les laboratoires et les ateliers, tous encombrés de la technologie la plus moderne. Dans la première de ces salles étaient disposées des rangées d'unités de travail équipées de paillasses, de brûleurs, de balances, de flacons, de cylindres, de bouteilles à faire le vide, d'autoclaves et de microscopes électroniques à balayage dernier cri.

Toutes les fenêtres de la deuxième salle disparaissaient derrière d'épaisses draperies noires. Il s'agissait d'y permettre l'emploi de toute une gamme de matériel radiologique, radioscopes, spectroscopes, appareils à chromatophotographie, tomographes et systèmes d'imagerie à résonance magnétique.

La troisième semblait destinée aux dissections. Là s'alignaient de longues tables d'acier équipées de rigoles pour recevoir les fluides corporels. Le matériel d'anesthésie et de réanimation le plus complet attendait à côté.

De hauts cylindres de gaz étaient alignés le long des murs, avec tout un fouillis de tubes à oxygène, d'incubateurs, de moniteurs cardiaques, de machines à succion et autres systèmes d'assistance corporelle.

La quatrième et dernière salle était de loin la plus vaste. Elle ne comportait pas de fenêtres. Tout l'espace, du sol au plafond, avait été converti en un réseau hallucinant d'allées et de passages s'entrecroisant autour de cages d'acier. Celles-ci étaient de tailles diverses, les plus petites contenant des hamsters et des souris, des cobayes, des chiens et des chats. Les autres, au centre du réseau, étaient occupées par des primates de différentes espèces. Il s'agissait surtout de singes rhésus, de chimpanzés et de babouins.

Durant la journée, ces quatre salles bourdonnaient d'activité. Des hommes et des femmes en blouse blanche impeccable allaient et venaient avec la solennité de druides se livrant à quelque ancien rituel.

La pièce réservée aux animaux était envahie par une forte odeur de zoo ; moisissure, paille, nourriture en décomposition et déchets organiques s'accumulaient partout. Des ventilateurs tournaient vingt-quatre heures sur vingt-quatre pour assainir l'atmosphère.

Pendant la journée, le bruit y était effrayant : piaulements, hurlements suraigus, aboiements, cris surexcités, tapage des gamelles métalliques contre les barreaux. Plafond, sol et mur avaient été insonorisés pour amortir le tintamarre. Entre le bruit et l'odeur, il était impossible de rester là bien longtemps.

Mais, au crépuscule, un calme étrange s'abattait sur la salle, comme si les animaux, un par un, s'installaient pour la nuit. Le seul éclairage provenait d'une série d'ampoules bleutées de faible puissance qui pendaient du plafond à intervalles réguliers, au bout d'un simple fil.

C'est dans cette animalerie que se retrouva le colonel Porphyre peu après une heure du matin, à un moment où le reste du château dormait depuis longtemps. Il n'avait pas eu de mal à franchir la lourde porte d'acier donnant sur la suite de laboratoires ; les serrures n'avaient pas de secret pour lui, même les plus compliquées. Il avait trouvé celle-ci, avec son système de barres rétractables, particulièrement enfantine.

Cela faisait environ trois quarts d'heure qu'il errait au dernier étage. Pour l'heure, il fouillait la quatrième salle, se servant d'une lampe-stylo pour inspecter les cages où dormaient les animaux. Certains ronflaient ;

d'autres tressaillaient ; d'autres affichaient encore des expressions pétrifiées de terreur ; beaucoup, en particulier les petites créatures comme les hamsters et les souris, s'étaient massés dans le coin le plus reculé de leur cage et tournaient vers lui un petit œil rose inquiet quand le pinceau de lumière les frappait.

Dans un angle de la salle, séparé du reste par un écran, le colonel découvrit ce qui lui parut être une zone de récupération. Là se trouvaient les animaux en cours d'expérimentation ou se remettant d'une intervention. Plusieurs singes étaient sanglés sur des tables chirurgicales ; certains portaient un bandeau sur les yeux ; d'autres avaient la tête entièrement couverte de pansements, ou des cathodes enfoncées dans le crâne ou à la base du cou, quand ce n'était pas des aiguilles plantées dans le bras et rattachées à des tuyaux de plastique, pour recevoir un goutte-à-goutte.

Porphyre entendait le vent hurler. La pluie s'abattait sur la verrière du plafond. Un gros mandrille, qui venait de subir une intervention, tressaillait à chaque coup de tonnerre, comme s'il les comptait sur ses doigts.

Le colonel n'avait aucune envie de s'attarder. Tomber sur un tel endroit dans l'enceinte d'un château médiéval avait quelque chose d'aberrant ; mais rien ne semblait trop extraordinaire pour cette organisation connue pour le vaste (et parfois aussi bizarre) éventail d'investigations scientifiques auxquelles elle se livrait. Une chose, néanmoins, avait éveillé sa curiosité : un certain nombre de caisses de bois, nouvellement arrivées, s'empilaient près de l'entrée, portant encore, pour beaucoup d'entre elles, leurs bordereaux et documents de connaissement.

C'était manifestement des animaux vivants qu'avaient contenus ces caisses. Curieuse coïncidence, chacune portait l'adresse d'un entrepôt situé dans Great Jones Street, quai sans issue d'un petit port du continent. Le colonel connaissait bien la rue : c'était dans Great Jones Street qu'il achetait son thé en vrac, chez un commerçant chinois.

Chaque bordereau s'ornait d'un coup de tampon indiquant que les caisses provenaient de Genève, d'une entreprise appelée « institut Humanus » ; tous étaient contre-signés par un certain Dr Felix Fabian.

Une cinquième salle semblait donner sur l'animalerie ; mais son entrée était condamnée par une serrure dont même Porphyre, en dépit de tout son talent, ne put venir à bout. Exaspéré, il colla une oreille à la porte et écouta un moment. Mais seul un silence de mort régnait. Finalement il haussa les épaules et s'éloigna.

Quelque temps après, sur les remparts, il procéda à sa dernière tournée d'inspection avant de se retirer pour la nuit.

— Quelque chose à signaler ? demanda-t-il aux deux malheureuses sentinelles qui ruisselaient de pluie.

L'eau s'écoulait des larges rebords de leur chapeau, dévalait sur leur ciré et gouttait dans leurs bottes. Cela faisait quatre heures que les hommes montaient la garde et ils paraissaient réellement au bout du rouleau.

— Non, rien de spécial, dit l'un.

— Sauf, peut-être... ajouta Magnus (le colonel haussa un sourcil) ... mais ce n'est pas quelque chose qu'on pourrait voir, chef...

— Mais que nous entendons, ajouta l'autre.

— Et vous entendez quoi ?

— Des coups. Difficile d'être plus précis. Des coups assez réguliers. Venant de la forêt.

Porphyre suivit des yeux la direction que lui montrait l'homme. Il entendit en effet quelque chose, un bruit presque inaudible, sous les gémissements du vent.

— On dirait des coups de hache, il me semble. Quelqu'un qui abattrait un arbre.

— Oui, monsieur. C'est ce que nous pensions.

Les trois hommes gardèrent quelques instants le silence, se regardant, perplexes, tandis que le vent agitait leur ciré mouillé.

— Bon, très bien, dit Porphyre. Descendez donc prendre quelque chose de chaud. Je peux tout à fait rester ici en attendant la prochaine relève.

Il n'eut pas besoin de le leur dire deux fois. Comme ils se précipitaient, Porphyre les rappela.

— Au fait, pendant que vous serez en bas… dites au lieutenant Englund de téléphoner au centre. Demande de renseignements sur un certain Fabian. Le Dr Felix Fabian. Et aussi tout ce qu'on a sur l'institut Humanus de Genève.

Resté seul en haut de la tour, le colonel parcourut les remparts et s'accouda sur un merlon, entre deux créneaux, les yeux tournés vers l'endroit d'où les coups de hache semblaient provenir.

Le bruit était tellement imperceptible qu'il aurait pu tout aussi bien ne pas y prêter attention si ses hommes ne le lui avaient pas signalé. Maintenant, néanmoins, il avait l'impression de n'entendre que ça. Il plissa les paupières. Un mur de brouillard, humide et glacé, était venu rouler jusque sur le glacis d'herbes qui entourait le château, réduisant la visibilité pratiquement à zéro. Les projecteurs placés le long du chemin de ronde n'éclairaient qu'à quelques mètres devant eux. A l'endroit où leur lumière se dissipait, dansait en l'air, dans les volutes de brouillard, une image spectrale étrangement brouillée.

Porphyre cilla, puis se frotta les yeux, qu'il avait rouges faute de n'avoir pas dormi. Il tendit encore l'oreille au bruit des coups de hache, en espérant qu'il s'agissait d'une illusion tout aussi peu consistante que la chimère qui dansait dans le brouillard. Mais non : les coups sourds retentissaient toujours, à peine audibles dans les rafales, mais non moins réels. Il ne pouvait plus douter : c'était le son rond et sec d'une hache attaquant un tronc d'arbre. Dans quel but, il n'avait aucun moyen de le savoir. Le colonel avait toujours été un intéressant mélange de romantisme et de réalisme ; ce qu'il imaginait en ce moment venait de son côté romantique, celui qui laissait libre cours à son imagination. Il était toutefois suffisamment réaliste pour se méfier de ses propres élucubrations, mais pas borné au point de tout rejeter en bloc.

Au matin, la tempête ne donnait guère de signe de vouloir s'apaiser. Sa fureur, au contraire, semblait s'être renouvelée. La température ayant baissé durant la nuit, un manteau de verglas saupoudrait les branches des arbres. Les grands conifères étaient comme couverts de cristaux ; certains étaient pliés en deux, et leurs branches émettaient des craquements de vieux os tandis que le vent les faisait vibrer comme des harpes.

Un silence peu rassurant avait envahi la forêt. Comme si tous les êtres vivants qui s'y trouvaient tapis, épuisés par l'effort de survivre, retenaient leur souffle en attendant la prochaine alerte.

Après avoir fermé les yeux pendant une petite heure dans son lit, le colonel se leva, prit une douche et se rasa. Puis, le jour à peine levé, il chercha à obtenir un entretien avec Tobias Jones. On lui répondit que ça n'était pas possible pour le moment ; il demanda alors à voir Signor Parelli, et on lui fit la même réponse.

Une crise avait dû se produire pendant la nuit et les deux hommes tentaient sans doute de la résoudre. Ils étaient bien dans le château, mais impossibles à joindre. Ils devaient revenir plus tard dans la matinée.

Le colonel Porphyre supposa que la crise avait un rapport avec l'enterrement avorté de Jones et le fait, bien désagréable, que, n'ayant pas été embaumé, le cadavre, au bout de soixante-douze heures, était toujours sans sépulture. La cérémonie sans anicroche que Tobias Jones avait prévue s'était transformée en un problème majeur. Sans même parler de la gêne que tout le monde en avait ressentie.

Porphyre descendait pour le petit déjeuner, son nez particulièrement sensible tressaillant à une écœurante odeur de putréfaction. Les émanations s'étaient infiltrées par les escaliers et devenaient de plus en plus prononcées au fur et à mesure qu'il s'enfonçait dans les profondeurs du château. D'autres avaient dû les percevoir, car un ventilateur ronronnait discrètement dans un coin de la salle à manger.

Après le petit déjeuner, qu'il prit seul, Porphyre remonta à la tour de guet, équipé d'une paire de jumelles.

— Ça continue ? demanda-t-il à l'homme de garde en

se calant dans un créneau pour observer la lisière de la forêt.

— J'en ai bien peur.

Il entendait au loin, dans l'air glacial, les coups de hache contre le bois.

— Entreprenants, ces petits clodos, non ?

— Et comment ! Et tout aussi occupés de l'autre côté du château.

Porphyre abaissa les jumelles et se retourna.

— Qu'avez-vous dit ? (Surpris, le garde répéta.) Quand l'avez-vous appris ?

— Seulement ce matin, monsieur. C'est Morgan qui me l'a signalé au petit déjeuner. Il se trouvait sur la tour opposée.

Le policier aurait eu d'autres informations à lui fournir, mais Porphyre était déjà parti. Quelques minutes plus tard, le colonel grimpait quatre à quatre l'étroit escalier en colimaçon de l'autre tour ronde. A sa brusque apparition, Morgan, un autre de ses subalternes, se retourna vivement et le coucha en joue.

— Oh, je vous demande pardon. Vous m'avez surpris.

Pareille nervosité agaça Porphyre, qui dit d'un ton sec :

— Vous avez entendu des bruits de ce côté-ci de la forêt ?

— Oui, monsieur.

— Pourquoi diable ne pas l'avoir signalé ?

— Je l'ai fait... je veux dire, vous étiez déjà reparti et je l'ai donc consigné dans la main courante.

— Oui, bon... dit Porphyre, pris de court et aussitôt contrit.

L'homme avait agi comme il fallait dans ce genre de circonstances. Le colonel n'avait aucune raison de se fâcher.

La pluie rebondissait sur le toit de cuivre avec un bruit assourdissant ; on aurait dit qu'elle mitraillait des fûts métalliques vides. Les pierres de la tour étaient glissantes et noirâtres. Poussées par le vent entre les créneaux, de larges flaques d'eau dessinaient comme des plaques de plomb fondu qui ondulaient sur les dalles de pierre.

En grommelant, Porphyre passa d'un pas furieux au milieu de l'une d'elles ; l'eau gicla sur ses chaussures, mais il n'y fit pas attention et alla tout droit devant lui prendre position sur le rempart, d'où il se mit à scruter la forêt d'un œil noir.

Le plafond des nuages restait extrêmement bas ; des volutes de brouillard s'étaient empalées sur les tourelles les plus hautes. Elles se dispersaient, déchiquetées en rubans, pour être bientôt remplacées par d'autres. Le colonel eut néanmoins l'impression de voir une silhouette se matérialiser à la lisière de la forêt. Il scruta longuement l'endroit, bouche ouverte, se demandant si ses yeux ne lui jouaient pas des tours.

La chose qu'il croyait voir semblait flotter juste au-dessus des arbres ; il ne s'agissait pas d'un objet naturel, mais fabriqué de main d'homme. Cependant, dans la lumière incertaine, Porphyre ne pouvait être sûr de rien. Il avait bien son idée, mais il espérait se tromper.

— Pourquoi n'avoir rien dit avant ?

— Je voulais...

— Pourquoi personne, d'ailleurs, ne m'a rien dit? Votre oncle ou ce Signor Parelli, certainement...

— C'est difficile à expliquer.

— Essayez toujours, monsieur Jonathan. Vous allez avoir en moi un auditeur très attentif.

Le colonel Porphyre, qui revenait tout juste de la tour, se tourna pour accepter une tasse de thé du maître d'hôtel. Encore vêtu de son ciré mouillé, il s'était assis derrière le bureau de la pièce minuscule qu'on lui avait assignée pour son séjour. Devant lui, trois piles impressionnantes de documents attendaient qu'il les consulte.

— Par où dois-je commencer ? demanda Jonathan, la mine sombre.

— Par le sujet que vous, votre oncle et vos frères et sœurs avez si consciencieusement évité d'évoquer depuis trois jours. Votre frère... quel est son nom, déjà ?

— Leander ?

— Oui, Leander. Votre frère Leander a disparu vingt-quatre heures avant l'assassinat de votre père... et, d'après vous, il n'y aurait aucun rapport ?

— Ce n'est pas si simple que vous semblez le croire, répliqua Jonathan.

— Veuillez avoir l'amabilité de m'éclairer, alors. Vous avez quelque chose à me dire, si je ne me trompe ?

Jonathan leva les yeux au plafond, le colonel suivant le cheminement de son regard.

— Vous pensez qu'on nous écoute ?

Jonathan acquiesça.

Porphyre se leva et, prenant Jonathan par le bras, l'entraîna dans le hall après avoir traversé la bibliothèque ; les deux hommes bavardaient à voix basse, comme de vieux amis en promenade sur un boulevard.

— Je sais que ça paraît dément, admit Jonathan, qui gardait lcs yeux baissés.

— Vous voulez parler du fait que votre frère se soit évanoui ainsi... comme sur un coup de baguette magique ?

— Oui, comme ça. Pouf ! Pendant une représentation des *Contes d'Hoffmann.* Parfaitement dément.

Le colonel haussa les épaules.

— Nullement. Ce sont des tours que les magiciens un peu doués font couramment. Avec des pigeons ou des lapins, mais même avec des personnes adultes ; je les ai vus faire de mes propres yeux.

— Moi aussi, j'en ai vu. Ce n'était pourtant pas tout à fait la même chose.

— Vous m'avez cependant dit que votre oncle avait du goût pour la magie.

— Certes, mais c'est absurde, protesta Jonathan. Pourquoi vouloir...

— Je l'ignore, mais, si nous cherchons une explication mécanique simple à la disparition de votre frère, un escamotage exécuté par un bon magicien fait très bien l'attaire.

— Vous croyez que Leander pourrait être encore en vie ?

Le colonel étudia le bouton de cuivre que Jonathan avait glissé dans sa paume.

— Tant que nous n'aurons pas de cadavre, je ne vois pas de raison de croire autre chose.

Jonathan accepta ces mots d'espoir avec gratitude, même si, au fond de lui-même, il restait sceptique.

Les deux hommes continuèrent leur promenade dans les corridors obscurs.

— Il est essentiel que votre père soit enterré décemment, et vite, reprit Porphyre.

Jonathan acquiesça, la mine toujours aussi sombre.

— Tout le rez-de-chaussée empeste… (Il eut un coup d'œil gêné vers le colonel.) Que puis-je faire pour vous aider ? demanda-t-il soudain, d'un ton suppliant.

— Vous pouvez commencer tout de suite, en me confiant tout ce que vous savez.

— Tout ?

— Oui, tout. Par exemple, qu'est-ce qui fait tellement peur à tout le monde, ici ?

SEPTIÈME PARTIE

Le Roi des Bois

Quand nous appelons le blé Cérès et le vin Bacchus, nous employons une figure de style très courante, mais croyez-vous qu'il y ait quelqu'un d'assez fou pour s'imaginer que ce qu'il mange est un dieu ?

Sir James Frazer, *Le Rameau d'Or*

26

Jonathan,

Quelque chose se trame. Peux pas m'expliquer maintenant. Je dois aller au camp des Hommes des Bois. Ne dis rien à personne.

Je t'en prie, arrive au plus vite. Te dirai tout plus tard. Je t'en supplie !

Cass.

Le mot était posé sur ma commode, coincé entre une brosse à cheveux et une bouteille d'eau de Cologne. Il était de sa main, aucun doute là-dessus. Grandes lettres sinueuses et incertaines d'une adolescente dont l'écriture et la personnalité ne sont pas encore entièrement formées.

Rien ne pouvait être plus alarmant que ce message. Il avait quelque chose à voir avec Leander. Celui-ci était peut-être vivant, et on l'avait fait savoir à Cassie.

Je ne savais plus, du coup, si je m'inquiétais davantage pour elle que pour lui. Cassie avait manifestement réussi à découvrir quelque chose. Leander devait se trouver chez les Hommes des Bois. Le savoir vivant était en soi un soulagement. Mais c'était également terrifiant.

Encore plus terrifiante était l'idée d'une Cassie s'aventurant seule dans cette forêt illimitée, sans repères alors qu'y rôdaient les chevriers dissimulés dans la pénombre.

Comme nous tous, l'expérience que Cassie avait des bois était virtuellement nulle. Elle n'avait aucune idée de la direction qu'il fallait prendre pour trouver le camp des Hommes des Bois, ni du genre de terrain qu'elle aurait à traverser pour y parvenir.

Cela faisait trois heures que j'étais en possession du message de Cassie et je n'avais toujours rien fait. Où était-elle, maintenant ? Perdue dans la forêt, à y tourner en rond ? Ou bien tombée aux mains des chevriers...

La pluie paraissait vouloir enfin s'arrêter. La météo annonçait une amélioration et Oncle Toby était bien décidé à organiser une nouvelle tentative d'enterrement le lendemain matin. Il fallait de toute évidence faire quelque chose, et vite. Bien que personne n'en parlât, l'odeur avait fini par pénétrer partout, et la situation devenait intolérable. Les ventilateurs tournaient en permanence, même si la température du château demeurait fraîche, presque froide.

Réfugié dans ma chambre, je ne cessais de lire et de relire le mot de Cassie. *Quelque chose se trame... Peux pas m'expliquer maintenant... Arrive au plus vite...* Et, finalement, cet appel désespéré : *Je t'en supplie !* J'entendais presque sa voix se briser dans sa gorge.

Il n'y eut pas moyen de dormir, cette nuit-là. J'avais des visions effrayantes de Leander et de Cassie ; ils se trouvaient dans un lieu sombre, me suppliant, le visage tordu par la peur et la douleur. Je voyais aussi, grouillant autour d'eux, des nabots à tête en pain de sucre, à la peau tannée et aux fentes sans vie en guise d'yeux.

Il restait encore six bonnes heures avant le lever du soleil. Bien des choses pouvaient arriver à de jeunes personnes en six heures, de nuit, dans la forêt. Je m'imaginai à plusieurs reprises entendre des cris, à l'extérieur, avant de me rendre compte qu'il s'agissait simplement des gémissements du vent, et non de ceux de mon frère ou de ma sœur.

Il se passa quelque chose d'étrange un peu plus tard. Je ne sais comment l'expliquer et le souvenir que j'en ai reste confus ; toujours est-il qu'à un moment donné, contre tout bon sens, je me levai et m'habillai. Je n'ai aucune idée de ce qui m'était passé par l'esprit ni de ce que j'avais l'intention de faire. Je gagnai le bas de la tour ronde et retrouvai la petite porte ogivale que j'avais franchie l'avant-veille. Elle était encore ouverte. Un croissant de lune montait dans le ciel dégagé. Je pris une profonde inspiration et me penchai pour passer sous l'arc brisé de la porte.

En quittant Frazé, j'ignorais où j'allais ; je m'abandonnais simplement à une force qui paraissait me pousser. Conscience, culpabilité, qu'on l'appelle comme on voudra, cette force m'avait conduit jusqu'ici et me mènerait, sans aucun doute, au destin de son choix.

Je parcourus d'un pas vif la longue pente gazonnée qui descendait jusqu'à la lisière de la forêt. Précisément à l'endroit où, l'avant-veille, Cassie et moi avions regardé les Hommes des Bois se regrouper. Sans un regard en arrière, je me glissai en silence dans la forêt, entraîné comme une brindille dans le courant. Sans rien savoir, j'avais la certitude que je me dirigeais droit sur le camp des chevriers. Il faisait noir comme dans un puits, mais j'avançais très vite, presque au pas de course. Je ne distinguais pas ma propre main quand je la levais, et pourtant à aucun moment je ne trébuchai ni ne heurtai quoi que ce soit. La pluie s'était presque complètement arrêtée, et je n'entendais que les plic-ploc réguliers de l'eau s'égouttant entre les feuilles. Je ne tardai pas à être entièrement trempé.

Ce n'était qu'un inconvénient mineur. Je n'avais alors qu'une pensée : Cassie et Leander. Allaient-ils bien ? Je n'avais pas le moindre plan pour leur porter secours, pas de stratégie, rien que l'espoir, aussi pitoyable que débile, qu'une fois confronté au problème la solution se présenterait d'elle-même. Néanmoins, face à des centaines d'Hommes des Bois qui avaient manifestement d'autres intentions concernant mon frère et ma sœur, tout laissait à penser que je ne pourrais rien faire d'utile.

Dans l'obscurité totale, on ne sait jamais si l'on monte ou si l'on descend ; le seul indice est la pression que l'on ressent dans les jarrets. Il me semblait, en ce sens, que je descendais la plupart du temps.

En dépit du peu de clarté diffusée par une lune

réduite à une faucille, j'étais sûr que la pente devenait de plus en plus raide ; je devais enfoncer les talons dans la terre meuble pour ne pas tomber la tête la première en avant.

Un vent encore vif ne cessait de soupirer dans les branches, apportant avec lui une odeur d'eaux stagnantes et saumâtres. De loin me parvenait un grondement sourd et étouffé, qui n'était pas sans rappeler l'orage ; mais il s'agissait d'autre chose. Quoi, je l'ignorais. Le son était néanmoins très agaçant et provenait exactement de la direction que je suivais.

Au bout d'une demi-heure de progression difficile, hors d'haleine, les jambes et le dos endoloris, je finis par distinguer des lumières et sentir de la fumée. Plus je me rapprochais des unes, plus l'odeur de l'autre devenait âcre. Bientôt, je découvris une clairière violemment illuminée par des sortes de feux de joie entourés d'innombrables petits carrés orange. Je me dis qu'il s'agissait sans doute des fenêtres d'un bâtiment quelconque.

Debout à flanc de colline, je contemplais ces installations et ressentis une puissante bouffée de peur, la résolution qui m'avait conduit jusqu'ici commençant à s'effriter. Je me dis qu'il était encore temps de faire demi-tour et de m'enfuir, mais quelque chose me clouait sur place et je n'arrivais pas à me dégager de l'anneau de feu qui paraissait flotter dans les ténèbres.

Je commençai à avancer lentement à quatre pattes. D'innombrables petits points noirs s'agitaient en tous sens dans ma ligne de vision. L'odeur de la fumée devenait déplaisante au possible, faisant penser à des poils qu'on brûle. De temps en temps, s'élevaient des bêlements de panique, aussitôt suivis d'un jaillissement d'étincelles.

Une intense activité régnait dans le camp et plus je m'en approchais, plus mes jambes refusaient d'avancer et ma résolution s'affaiblissait. J'aperçus un certain nombre de petits animaux. Attachés à des arbres, non loin des feux, ils tiraient sur leurs liens. On aurait dit des chèvres. De temps en temps, un Homme des Bois en poussait une en l'aiguillonnant de la pointe d'une pique. Certaines se dirigeaient docilement vers les flammes ; d'autres se débattaient et lançaient des ruades. C'est à ce moment-là que s'élevaient les bêlements frénétiques, suivis très peu après d'une explosion d'étincelles montant vers le ciel.

Je n'avais toujours aucune idée de la taille ou de la disposition de l'agglomération, pas plus que du nombre de ses habitants. Mais, rien qu'aux lumières et aux feux qui brillaient partout dans la forêt, j'avais l'impression qu'elle était relativement étendue.

Arrivé plus près des feux, je découvris, à travers le fouillis des buissons et des branches, un amas désordonné de huttes serrées les unes contre les autres. Elles étaient de tailles variables, la plupart se réduisant à de simples rectangles souvent très petits, à de modestes appentis à toit à pente unique. Au-delà, se profilaient des silhouettes sombres. Elles étaient plus hautes et de forme oblongue, semblaient plus imposantes et conçues pour faire plus que d'abriter des gens.

Quelque part sur ma gauche, une chouette hulula dans la forêt ; une branche craqua.

Je repris ma reptation sur la terre détrempée, me rapprochant des feux. Je me sentais suffisamment dissimulé là où je me trouvais ; j'avais l'intention d'y demeurer jusqu'au point du jour, dans l'espoir d'y voir plus clair et de mieux comprendre la disposition des lieux.

Cela faisait près d'une heure que j'étais ainsi à plat ventre, jambes allongées, posé sur les coudes, observant le camp à travers une étroite trouée de la végétation. J'éprouvais une nostalgie certaine pour ma chambre de Frazé, avec son lit chaud et sec, son gros édredon.

Ce qui arriva ensuite se passa tellement vite que je ne peux en faire qu'une description approximative. Je me souviens d'un coup violent à la nuque et, mes poumons se vidant brusquement, d'un tintement dans mes oreilles. Puis, je tombai dans les ténèbres totales de l'inconscience.

Lorsque je m'éveillai, je gisais sur le sol nu d'un lieu

confiné qui empestait et s'avéra n'être qu'une hutte. On m'avait complètement déshabillé et mes chevilles et mes poignets étaient pris dans des fers.

La hutte n'avait aucun mobilier et il y faisait sombre, seul un rayon de soleil y filtrait par une fenêtre unique et dépourvue de tout vitrage. Celle-ci s'ouvrait sur l'extérieur. Elle permettait à l'air de circuler un peu, mais était trop étroite pour que je puisse la franchir.

De l'extérieur me parvenait un vacarme incessant de gens qui jacassent, les allées et venues étaient nombreuses, comme si on ne cessait de passer sous ma fenêtre en se livrant à quelque activité bruyante.

J'étais attaché au mur au moyen de lourdes chaînes, juste en dessous de la fenêtre ; il me fallut me tenir sur la pointe des pieds pour entrevoir quelque chose, et le peu que je découvris me glaça le sang.

Je me trouvais au centre d'un vaste camp, au fond d'une forêt très sombre. Des arbres à feuilles persistantes l'encerclaient, bloquant une bonne partie de la lumière du soleil et créant une impression de crépuscule permanent.

La hutte dans laquelle j'étais emprisonné se dressait au milieu d'autres qui lui étaient semblables, certaines plus petites ou plus grandes que la moyenne. Disposées sans ordre ni plan, au hasard, comme des débris éparpillés, ces habitations rudimentaires étaient faites de planches brutes, avec de la boue séchée comme mortier de jointoiement ou pour boucher les trous.

Chaque hutte comptait trois ou quatre murs et une seule fenêtre, située à presque deux mètres de hauteur. Curieux emplacement, songeai-je, pour des gens aussi petits. Les toits étaient recouverts d'un chaume de plantes grimpantes et de roseaux en pente légère afin, sans doute, de favoriser l'écoulement de l'eau. Mais il n'y avait là ni gouttière ni conduit, des fossés pleins de boue couraient le long des murs, endommageant souvent la base où le bois pourrissait.

Les huttes à trois murs étaient de simples appentis, d'une construction des plus primitives, et sans doute réservées à la classe la plus basse des Hommes des Bois.

Bien médiocres charpentiers, les chevriers étaient en revanche d'excellents éleveurs. Mais c'est la dimension phénoménale de leur population qui me frappa le plus : à tout moment, c'étaient de véritables foules qui allaient et venaient sous ma fenêtre. On aurait dit qu'ils vociféraient tous en même temps de leur voix haut perchée, criarde, à l'élocution hachée. Il régnait là un bourdonnement rude et constant, comme celui d'insectes fourmillant dans une ruche.

Les chèvres n'étaient pas moins prolifiques. Eparpillés au milieu des huttes, je voyais de grands enclos où ces créatures étaient rassemblées par centaines. D'autres, presque aussi nombreuses, vaguaient librement dans les allées et les passages étroits du camp, au milieu de la foule. D'énormes feux brûlaient devant chaque hutte, feux qu'on ne laissait apparemment jamais s'éteindre. Des légions de nains affairés arrivaient régulièrement pour les alimenter en bois. En outre, un certain nombre de forges lançaient de grosses bouffées de fumée noire vers le ciel.

A quoi servaient ces forges, je n'en avais aucune idée. Je supposai que c'était de là que sortaient les armes en métal et le matériel de cuisine que l'on voyait partout. En ces temps de merveilles technologiques, les Hommes des Bois s'en tenaient encore à des techniques héritées de l'âge du fer.

Un peu plus tôt, j'avais espéré qu'une équipe de secours viendrait peut-être de Frazé. Maintenant, à la froide lumière du jour, en voyant les barricades élevées et ces petits êtres féroces et si bien armés, je comprenais que cet espoir était absurde. Aucune équipe de secours ne pourrait être assez forte en hommes pour avoir la témérité de pénétrer en ce lieu.

J'ignore combien de temps je restai ainsi allongé, enchaîné au mur, à suivre sur le sol le maigre rayon de soleil qui se coulait par ma fenêtre ; quand ce dernier fut proche de son zénith et que sa lumière tomba directement sur mon toit de chaume, la chaleur fut telle que j'étouffai presque.

Personne ne s'était encore soucié de me rendre visite.

Pas d'eau, pas de nourriture à ma portée et rien n'indiquait qu'on eût l'intention de m'en apporter dans un avenir proche. Rien n'indiquait non plus qu'il y eût un garde à ma porte, garde que j'aurais pu appeler en cas de besoin. On me laissait me débrouiller tout seul.

Quelques heures plus tard, au milieu de l'après-midi, alors que ma hutte s'était transformée en une fournaise suffocante et que le soleil commençait à s'incliner vers l'ouest, un bruit violent me tira de ma somnolence et la porte s'ouvrit brusquement.

Encore hébété de sommeil, les muscles raidis d'être resté allongé, nu, sur le sol humide, je clignai des yeux devant les trois petites brutes féroces qui venaient de faire irruption. Sans cesser d'aboyer et de piauler, elles se dirigèrent sur moi. Je voulus me relever précipitamment, mais ne réussis qu'à retomber, m'emmêlant les pieds dans mes fers. Ils éclatèrent de rire et se jetèrent sur moi en brandissant des sortes d'avirons grossièrement taillés. Ils rouèrent de coups mes membres sans protection et, lorsque je voulus me protéger la tête des bras, me donnèrent des coups de pied dans les côtes avec leurs lourds brodequins. L'un d'eux tenta même de me frapper l'entrejambe. Ils ne cessaient de ricaner et de gambader.

Je ne comprenais rien à cette agression. Elle n'était que pure méchanceté de leur part, plaisir de faire mal ; peut-être voulaient-ils aussi me montrer que j'étais entièrement en leur pouvoir. Quand ils me laissèrent enfin, j'avais la peau à vif et une vilaine entaille sur le front.

Si je trouvai ce châtiment injustifié, ce qui suivit fut encore plus bizarre. Une demi-heure environ après le départ des Hommes des Bois, la porte s'ouvrit de nouveau. Une minuscule silhouette s'encadra sur le seuil, où elle resta quelques instants, hésitante, me regardant. Puis elle s'avança et referma la porte.

Dans la pénombre où je restais pétrifié sur place, je la vis qui se dirigeait lentement vers moi. Je ne saurais dire ce qu'il y avait de particulier dans les gestes et l'attitude de ce chevrier qui le mettait tellement à part des autres.

Je ne sentais qu'une chose : il était différent – plus lent, plus souple, plus royal.

La différence devint pleinement apparente un moment plus tard, lorsque, en dépit de la pénombre, je pus mieux distinguer ses traits : cet Homme des Bois était en fait une *femme*.

Je ne comprends pas pourquoi cette révélation me fit un pareil choc. J'avais devant les yeux, sans le moindre doute, un représentant femelle de l'espèce. *Sans le moindre doute* paraît une expression un peu trop forte, car la créature qui se tenait devant moi ne se distinguait guère des mâles de sa race. Elle ne présentait aucune différence anatomique bien visible ; quant à ses vêtements, ils étaient exactement semblables à ceux des mâles. Comme eux, la peau de son visage évoquait le cuir tanné. Creusée de sillons profonds, elle était aussi dure qu'une vieille planche. Ses yeux se réduisaient à deux fentes longues et profondément enfoncées au-dessus de pommettes hautes et très écartées. De la même stature que les hommes, elle semblait un peu moins bedonnante. La seule concession que cette créature paraissait avoir faite à sa féminité était le parfum qu'elle portait – parfum tellement lourd, douceâtre et écœurant qu'il fallait s'en détourner.

Elle s'arrêta tout près de moi ; sa bouche ondula, raide et reptilienne, réduite à une ouverture sans lèvres. Je lui rendis son regard, incapable de proférer un mot.

Je remarquai alors qu'elle tenait une espèce de bouilloire dans une main, et plusieurs grands bols en bois dans l'autre. Quelques longueurs d'un tissu grossier étaient repliées sur son bras.

Elle continua de marmonner en faisant des gestes qui semblaient solliciter une réponse. Je ne pouvais que la regarder, l'air idiot ; ses grommellements devinrent plus forts et quelque peu menaçants. Elle perdait manifestement patience et, un instant, je me crus bon pour une nouvelle correction. Au lieu de cela, cependant, elle s'agenouilla à côté de moi, posant sa bouilloire et ses bols sur le sol.

C'est à ce moment-là que j'eus droit à une première

grande bouffée intégrale de son parfum suffocant. Celui-ci rappelait le patchouli et la vanille, mais en cent fois plus intense ; en outre, sous son écœurante douceur, on décelait une odeur de pourriture.

Elle prit un des morceaux de tissu posés sur son bras et me le tendit. Puis, en poussant une série de sons hachés et gutturaux, elle mima le geste de quelqu'un qui se débarbouille.

Je compris ; elle était venue me laver. La bouilloire contenait de l'eau chaude qu'elle devait verser dans les bols. L'un des morceaux de tissu devait servir à me laver, l'autre à me sécher.

Vu l'état de ma peau après les coups de bâton que j'avais reçus, l'idée de l'eau chaude me souriait ; je me laissai donc faire lorsqu'elle commença. Je l'aidai même en bougeant pour lui simplifier la tâche.

Elle avait les doigts courts, de vrais chicots à la peau aussi épaisse et peu ragoûtante que celle de son visage. Mais ses mains étaient fortes et, pendant qu'elle me frottait le corps, je crus qu'elle me pétrissait plus qu'elle ne me massait ; néanmoins, ce contact n'était pas désagréable.

Tout en s'activant autour de moi, elle semblait se rapprocher et ne cessait de pousser des petits gémissements. Les effluves de son parfum devenaient de plus en plus entêtants ; il était inutile de détourner le visage, je ne résistai plus.

Je me retrouvai allongé sur le dos, son visage proche du mien. Ses murmures s'étaient transformés en une sorte de gargouillis doux et bas. Les traits de ces gens étant pour l'essentiel dénués d'expression, je supposai qu'elle souriait. Pendant ce temps, ses mains continuaient à aller et venir sur mes membres, s'arrêtant ici et là d'une manière qu'on aurait pu croire provocante.

Si ses gestes me mettaient mal à l'aise, je dois reconnaître qu'ils m'excitaient aussi de plus en plus. Ma conception du désir sexuel se fonde sur la croyance courante que celui-ci part de la vue d'un objet attirant et se propage à tous nos sens. Mais ce principe n'avait pas joué dans le cas présent et bientôt la Femme des Bois me prenait l'entrejambe à pleines mains et serrait.

La surprise fut plus forte que la douleur. La joue brûlante de la Femme des Bois s'écrasait contre la mienne ; elle était aussi piquante qu'un cactus et l'odeur était suffocante. La main qui enserrait mon sexe se mit à le manipuler rythmiquement, tandis qu'un son bas, rauque, presque fauve et assez voisin d'un grondement de chien continuait de monter de sa gorge.

Les fers dans lesquels j'étais emprisonné limitaient grandement ma liberté de mouvement. Je me mis cependant à me tortiller, sans trop savoir si j'éprouvais du dégoût ou du plaisir. Si j'éprouvais des doutes sur mes mouvements, ma partenaire n'en avait aucun, pour sa part. Sa bouche de lézard s'ouvrait et se refermait lentement et, du coin de l'œil, je vis sa langue pointer en saccades entre son absence de lèvres.

Puis elle se redressa et défit prestement les boutons de sa veste de cuir. En dessous, elle portait une sorte de camisole grossière en coton, qu'elle souleva sans la moindre pudeur au-dessus de ses cuisses. Une paire de mamelles, molles et informes, se libérèrent. Me chevauchant, elle se pencha en avant, si bien que ses seins vinrent peser contre ma figure, une vague odeur de terre et de moisissure m'envahissant aussitôt.

Sa respiration haletante dégageait une haleine chaude. Ses gémissements étaient devenus vaguement musicaux, série de trilles chevrotants qu'on aurait pu prendre pour un fredonnement ou un rire étouffé. Finalement, elle se dégagea de son pantalon. Elle avait les hanches larges et un derrière énorme, complètement disproportionné avec le reste de son corps. Son ventre n'était qu'un sac affaissé pendant au-dessus du triangle poilu et noir de son entrecuisse.

A califourchon sur moi, elle s'abaissa jusqu'à ce que nos pelvis entrent en contact.

Ce contact, sur le coup, me répugna. Je me tortillai pour me débarrasser d'elle, mais elle me coinça entre ses cuisses jusqu'à ce que je me retrouve cloué contre le mur. Avant d'avoir pu faire un autre mouvement, je sentis que je me glissais en elle. L'intérieur de son corps était frais et extrêmement humide et il montait maintenant d'elle des effluves vaguement salés. Tandis que ses hanches commençaient à se mouvoir lentement, sa voix s'étrangla dans sa gorge, puis elle se mit à émettre des sons étouffés qui durèrent plusieurs minutes.

Le mouvement de ses hanches s'accéléra peu à peu, se transforma en coups de boutoir d'une chaleur de plus en plus violente, pour atteindre un paroxysme pendant lequel je connus l'orgasme le plus exquis et prolongé de toute ma vie.

Tant que je gardais les yeux fermés, c'était merveilleux. Je n'avais jamais soupçonné que l'activité que nous appelons « faire l'amour » pût procurer un plaisir aussi profond. Avec mes sœurs, il s'était toujours agi de quelque chose de mécanique, d'aussi prophylactique que l'acte de se brosser les dents. Agréable, certes, mais oublié aussitôt après.

Et maintenant, ça. Pendant tout le temps que cela dura, je gardai les yeux bien fermés et pensai à Sofi. A tout ce que j'aurais aimé faire à ma sœur, aux indignités les plus inimaginables auxquelles il m'aurait plu de la soumettre afin de me venger des avances, maladroites et toutes repoussées, que je lui avais faites. Et lorsque, allongé sur le sol de terre battu, chevauché par la Femme des Bois, je connus enfin l'orgasme, celui-ci me déchira comme un aiguille brûlante, extase qui mêlait douleur et joie d'une manière tellement exquise que je reste sans mots pour la décrire.

Lorsque mes yeux s'ouvrirent, la femme était encore à califourchon sur moi, me regardant tandis que sa bouche sans lèvres était prise d'un étrange sourire reptilien. Elle prononça quelques mots de sa voix couinante. Des mots que je ne pouvais identifier mais qui me parurent formés de sons plus articulés que les gargouillis et gémissements dépourvus de sens qu'elle avait émis quelques instants auparavant. Elle continua de les répéter jusqu'au moment où, à leurs seules inflexions, je crus comprendre qu'il s'agissait d'une question dont la teneur m'échappait complètement.

— *Ayoub dab dabaï eni be'ena*, paraissait-elle dire.

A force de l'entendre répéter ces mots, je fus pris de l'envie de lui répondre quelque chose ; mais rien ne me venait à l'esprit et je ne pouvais moi-même la questionner.

Finalement, elle se leva, remonta son pantalon et boutonna sa veste. Ensuite, sans me quitter des yeux, elle remplit de nouveau un de ses bols et entreprit de me laver, puis de me sécher. Le contact de ses mains était si doux que je faillis m'endormir.

Aussi bizarre qu'eût été cette expérience, je me sentais détendu, si complètement et profondément détendu même que j'en éprouvais une sorte de paix. Et, tandis qu'un crépuscule précoce épaississait la pénombre de la hutte, elle me prit dans ses bras solides et me berça doucement, comme si j'étais un enfant.

Je dus dormir un certain temps, car il faisait déjà noir lorsque je rouvris les yeux. La Femme des Bois était toujours là et ne m'avait pas lâché. J'avais cru entendre des bruits, juste derrière la porte ; des bruits métalliques, au milieu de claquements de morceaux de bois.

La femme les avait également entendus, car elle se leva et se dirigea vers la porte. Me tournant le dos, elle s'agenouilla et parut ramasser un certain nombre d'objets qui avaient été déposés sur le seuil pendant mon sommeil. Elle revint en portant divers pots et écuelles de nourriture qu'elle se mit aussitôt à détailler sur des planches fines qui servaient d'assiette.

Le premier plat consistait en une espèce de concombre sauvage mariné dans un liquide fort et légèrement amer. Cela faisait plus de vingt heures que je n'avais rien avalé. J'étais affamé et le mangeai donc, mais son goût piquant me fit monter les larmes aux yeux. Après vint une sorte de racine broyée, apparemment relevée avec les mêmes épices fortes et amères que le concombre.

J'eus ensuite droit à un plat de viande en terrine, tendineuse et coriace. Son goût me parut étrange et je supposai qu'il s'agissait de la chair d'une des chèvres que j'avais vu embrocher vives et rôtir près des enclos la nuit d'avant. Les morceaux en étaient roulés dans des feuilles d'oseille en forme de tricorne. Le goût était prononcé et fortement épicé, mais je n'en consommai pas beaucoup. Fredonnant, babillant et faisant des manières, la Femme des Bois me servait un plat après l'autre et me versait dans un gobelet un breuvage qui n'était pas sans rappeler la bière. Elle paraissait ravie d'assurer ainsi le service.

Lorsque j'eus terminé, elle m'essuya la bouche avec le même morceau de tissu dont elle s'était servie pour me sécher. Puis elle débarrassa et alla poser les plats sur le seuil de la porte. Elle revint chargée d'un gros paquet enveloppé dans du papier brun grossier et attaché avec une corde épaisse. Sans cesser d'émettre des gargouillis de bulles qui crèvent, elle entreprit d'ouvrir son colis en surveillant ma réaction.

Il contenait un morceau de tissu blanc, qui, plié en carré, ressemblait à un vêtement ; d'autres articles l'accompagnaient. On allait manifestement m'habiller. Je ne m'étais pas trompé. Le vêtement blanc s'avéra être une sorte de tunique qu'on enfilait par la tête et qui descendait bien au-dessous des genoux. De toute évidence, vue sa longueur, elle avait été taillée spécialement pour moi ; elle comportait des manches courtes et larges, mais pas de ceinture.

En réalité, mes mains, toujours enchaînées, restaient prisonnières sous la tunique. J'avais encore les chevilles entravées, et la Femme des Bois dut s'agenouiller pour me passer aux pieds une paire de brodequins de cuir brut, dont les semelles étaient taillées dans de l'écorce d'arbre. Elle me les attacha aux mollets à l'aide de lanières faites, j'en étais sûr, de boyaux de chèvre.

A ce stade, la Femme des Bois fit quelque chose de très étrange. Elle m'obligea à me mettre à genoux, à baisser la tête et à prendre une attitude de suppliant. Sur quoi, elle plaça sur mon front, avec le plus grand soin, une couronne de gui dans laquelle avaient été tressées des tiges portant des feuilles jaunâtres et des baies blanches et cireuses.

Après m'avoir longuement bichonné, elle me fit enfin signe de me relever. Lorsque je fus debout, elle me tourna plusieurs fois autour, l'œil critique, et procéda à quelques derniers ajustements dans ma tenue.

Je songeai qu'on me préparait à quelque chose, mais n'avais aucune idée de ce dont il pouvait s'agir. La couronne de gui, posée sur ma tête, était particulièrement inquiétante. Je n'avais souhaité qu'une chose, en venant ici : retrouver Leander et Cassie et regagner le château aussi vite que possible. Je ne m'étais pas fait d'illusions, sachant bien que ce ne serait pas facile et que les Hommes des Bois se montreraient rien moins que coopératifs. J'ignorais toujours si Cassie et Leander étaient en vie, et même s'ils se trouvaient ici ; mais, s'ils y étaient, les Hommes des Bois devaient avoir l'intention de les garder. Les raisons de ma détention restaient, elles, toujours aussi mystérieuses.

Mes pensées furent interrompues par un coup bruyant frappé à la porte, suivi par l'irruption tapageuse de cinq Hommes des Bois qui se mirent à gesticuler autour de moi, m'aiguillonnant à l'aide de courtes cannes à la pointe redoutablement effilée. Ils poussaient des cris et des grognements joyeux en me piquant d'un côté et de l'autre ; quand je ne réagissais pas assez vite, ils m'administraient un nouveau coup.

Tout ce cirque s'accompagnait de ricanements qui, je suppose, devaient être des rires. Mes assaillants auraient sans doute continué ainsi longtemps si ma Femme des Bois ne s'était pas interposée. Agitant les bras et criant, elle parut les réprimander dans leur étrange langue gutturale ; enfin, ils allèrent s'accroupir, boudeurs, dans un coin de la hutte.

La Femme des Bois se campa alors devant moi dans une attitude protectrice et, après avoir détaché la chaîne qui me retenait au mur, commença à leur lancer des ordres. Ils se précipitèrent pour lui obéir. Elle les contrôlait de façon remarquable.

Lorsqu'ils se furent rangés autour de moi, en une manière de formation en coin, elle vint se placer dans mon dos et souleva la partie de ma tunique qui touchait le sol ; puis elle aboya un ordre sec. Aussitôt, le premier chevrier ouvrit la porte et notre groupe sortit dans la lumière du soleil couchant que filtraient les arbres.

Avec le crépuscule, on avait commencé à rallumer des feux devant les huttes. Innombrables, les Hommes des Bois et leurs familles allaient et venaient dans les sentiers boueux et troués de nids de poule. L'air du soir retentissait d'un bourdonnement régulier de voix, que ponctuaient des bêlements de chèvres. Sur toute la scène planait l'épaisse et étouffante fumée dégagée par les animaux rôtis vifs dans leur peau. Les petites allées étroites et sales battaient au rythme des grincements violents d'une sorte d'instrument à cordes, une petite harpe que je n'avais jamais vue jusqu'alors.

A peine étions-nous sortis de la hutte qu'un grand cri monta dans le ciel ; par centaines, les silhouettes trollesques se dirigèrent vers nous, surgissant de partout, hurlant, se bousculant pour approcher.

Je restai au milieu de mes gardes, terrifié et frissonnant sous ma tunique. Je ne portais rien en dessous, et la fraîcheur du soir succédait déjà à la chaleur du jour. Un nouveau tonnerre de hurlements et de cris s'éleva lorsque notre groupe se mit en marche. Cette manifestation était nettement inamicale ; des poings se levaient et s'agitaient dans la foule. Des braillements déchiraient l'air. La vue de ces gnomes surexcités suffisait à faire cailler le sang.

Nous nous engageâmes dans un large chemin bordé de huttes serrées les unes contre les autres ; la voie, littéralement jonchée de détritus et crevée de flaques boueuses, semblait pourtant être une artère principale. Nous la suivîmes jusqu'au centre du village avant de descendre vers un espace dégagé, d'où l'on découvrait une vaste portion de ciel violet.

A peine avions-nous franchi la lisière des arbres que les Hommes des Bois se mettaient en rangs derrière nous. En chantant, ils nous suivirent jusqu'à la clairière qui s'étendait au bas de la pente ; ensuite, le chemin reprenait jusqu'à la berge d'une rivière large et rapide. Les premières étoiles se reflétaient à la surface de ses eaux agitées, le croissant laiteux de la lune s'élevant, frissonnant comme un linceul, sur la noirceur des flots.

A la lumière qui déclinait rapidement, j'aperçus plusieurs silhouettes sombres qui semblaient sautiller comme des bouchons dans la rivière. Une fois plus près, je reconnus des bateaux — objets que je n'avais vus qu'en illustration. C'étaient des embarcations dépourvues de quilles, plates et sans grâce, mais dotées d'une haute proue et d'une haute superstructure de forme oblongue située en leur milieu. On aurait dit certaines maisons flottantes que j'avais vues dans des livres ou des revues. Elles paraissaient plus vastes, mais nettement moins accueillantes. De fait, toutes ces embarcations avaient quelque chose de menaçant, avec leurs proues noires et relevées sur lesquelles étaient peintes des créatures ailées rappelant des rapaces.

Alors que nous nous dirigions vers ces bateaux que je prenais pour notre destination finale, une violente traction sur la traîne de ma tunique m'obligea à tourner à droite, comme un cheval dirigé par des guides. L'instant suivant, les Hommes des Bois qui m'encadraient exécutèrent un brusque mouvement latéral abrupt qui m'expédia, trébuchant et chancelant dans mes entraves de fer, vers une imposante structure toute en hauteur, la plus grande que j'avais vue jusqu'alors.

Nous nous retrouvâmes au centre d'un épais bosquet d'arbres qu'illuminaient des centaines de torches en résine de pin plantées un peu partout dans le sol meuble. L'endroit présentait un aspect officiel, siège de conseil ou temple destiné à abriter des cérémonies.

Aussi long qu'un terrain de football et haut de deux étages, il se terminait par un pignon élancé ; si elle n'était pas particulièrement jolie, cette construction de bois avait au moins des proportions impressionnantes.

Par centaines, les Hommes des Bois se pressaient déjà devant, sur une vaste esplanade, se bousculant pour mieux nous voir arriver. Il régnait une atmosphère de fête tapageuse, comme si on était venu assister au moment fort d'une célébration. Un formidable rugissement retentit à notre approche. Il y eut des poings brandis, des jappements et des sifflements ; des bagarres éclatèrent entre des personnes qui s'étaient coudoyées un peu trop brutalement.

J'avais, pendant tout ce temps, eu vaguement conscience des hauts conifères qui entouraient l'esplanade. Des objets sombres et sans forme étaient suspendus à leurs branches les plus hautes et se balançaient lentement, languides, au gré de la légère brise qui soufflait.

Ce n'est qu'en arrivant près du bâtiment que je compris la véritable nature de ces décorations. Par douzaines, des chèvres avaient été abattues avant d'être débitées en morceaux, et c'était ces morceaux qui pendaient aux branches. Plusieurs carcasses avaient été accrochées entières, tête en bas, du sang dégoulinant encore de leur cou sectionné. Fixées à la pointe de certains arbres, des têtes de chèvre paraissaient nous regarder en ricanant, la langue pendante dans leur museau ouvert. Dire que je fus sur le point de perdre mon sang-froid serait une litote ; c'est un vent de panique que je sentis monter en moi.

Conduit au milieu de la foule de plus en plus dense qu'éclairaient des centaines de torches, je compris que j'étais l'objet de toute cette frénésie. Quelque chose était sur le point de se produire, quelque chose qui ne serait pas forcément agréable, et c'est à moi que cette chose allait arriver.

Au moment où nous escaladions les marches qui conduisaient au bâtiment, il y eut un mouvement dans la foule qui voulait nous suivre ; des douzaines d'Hommes des Bois, armés de massues et de piques, durent batailler pour la contenir. Dès que nous fûmes à l'intérieur, de lourdes portes de chêne se refermèrent sans bruit derrière nous ; nous nous retrouvâmes soudain dans l'obscurité et le silence.

Mon cœur cognait dans ma poitrine et j'avais la bouche sèche comme de l'amadou, tandis que mes yeux s'efforçaient de s'ajuster à la faible lumière. Il régnait une odeur oppressante d'encens et de cire fondue. Le calme solennel évoquait celui d'un sanctuaire ou d'un lieu de culte.

Nous nous tenions dans une vaste antichambre sans mobilier, attendant que deux Hommes des Bois habillés d'une robe d'apparat décorée de perles nous précèdent à l'intérieur du temple. Lorsqu'ils eurent finalement pris place à la tête de notre petite procession, l'effet général dut être imposant. Après être passée devant moi en se dandinant, la Femme des Bois tira sur le pan de ma tunique et nous nous avançâmes dans la salle principale.

Sur le moment, celle-ci me parut être semi-circulaire ; mais, dans cet éclairage incertain, je ne pouvais en être sûr. Toujours est-il que, très vaste, elle comportait un plafond élevé dont les nervures et les arcs convergeaient à une hauteur impressionnante. Juste au-dessous de la clef de voûte, se consumait, avec un rougeoiement vif, un lit de charbon dans un énorme brasier. Il semblait que ce fût le seul éclairage de la pièce ; mais, au bout d'un moment, j'aperçus de minuscules points lumineux qui brillaient dans l'obscurité alentour. L'odeur d'encens était ici multipliée par cent. La salle ne disposait d'aucune fenêtre et l'air en était saturé. On avait les yeux qui brûlaient et on s'étouffait quand on respirait trop fort.

La source de cette fumée asphyxiante ? A n'en pas douter, les innombrables petits points lumineux que j'avais observés. De fait, il s'agissait de longues hampes effilées, faites à l'aide de champignons inconnus. Mesurant chacune environ trente centimètres, elles étaient roulées en cylindre et, en brûlant, dégageaient une odeur de bois pourri.

Notre procession s'avança au milieu de la salle avec une lenteur majestueuse, quasi auguste. Le brasier rougeoyait en sifflant lorsque nous passâmes à côté. Les vagues de chaleur suffocantes qui en provenaient me firent presque perdre connaissance. Arrivés à l'autre extrémité de la salle, nous nous arrêtâmes.

Alors, une voix grave et tonnante monta de l'ombre. Je reconnus la langue gutturale, faite de grognements et d'aboiements, des Hommes des Bois, mais notais des différences. La voix n'avait pas la précipitation de mitraillette qui m'avait tant frappé ; au contraire, elle s'exprimait d'un ton mesuré et solennel, les mots étant articulés selon une cadence lente, presque incantatoire.

Cette mélopée était, en sourdine, doublée d'un étrange bourdonnement. Celui-ci devait nous avoir accompagnés depuis le début, mais si faiblement que les pétillements du charbon incandescent avaient suffi à me le masquer. Je me rendis alors compte qu'il jouait le rôle d'une sorte de contrepoint liturgique au chant qui montait. On aurait dit qu'un chœur fredonnait une seule et même note, bouche fermée.

Le bourdonnement se mit à grossir et ne tarda pas à emplir tout l'espace. J'en ressentais la vibration jusque dans mon estomac. Alors, derrière le brasier, surgit un personnage affublé de robes longues et flottantes, sur lesquelles étaient dessinées des runes. Un peu plus grand que les autres, il faisait indubitablement partie des Homme des Bois, mais devait appartenir à une caste plus élevée. L'impression de noblesse qu'il dégageait était renforcée par sa longue barbe blanche et par la haute mitre qu'il portait. Ses robes étaient d'une meilleure qualité et les runes qu'elles comportaient se réduisaient essentiellement à un signe vertical en forme de canne. J'eus le sentiment de me trouver devant un prêtre ou un chaman, cette évidence s'ancrant encore plus en moi lorsque le personnage s'avança lentement vers nous en balançant un encensoir et en continuant à chanter sa mélopée hypnotique. Les yeux fermés, la fumée de l'encens s'élevant en paisibles volutes autour de lui, il s'approcha de notre groupe et passa au milieu de nous sans paraître nous voir.

Nous lui emboîtâmes le pas et parcourûmes ainsi tout le périmètre du temple. Je dis « temple », parce que, à ce moment-là, cela ne faisait plus de doute dans mon esprit. Il ne s'agissait pas d'un lieu de culte semblable à ceux que j'avais vus dans mes livres : il n'y avait là ni statues, ni icônes, ni peintures ou tapisseries précieuses à caractère religieux. L'endroit était bien différent :

grossier, primitif, quasiment préhistorique. Les seuls objets à orner les murs étaient des peaux de chèvre et des épis de maïs séchés. Il y avait certes ici et là quelques effigies brutes taillées dans du bois, mais en matière d'art tout semblait se limiter à des pictogrammes gravés sur de gros rochers, sortes de personnages filiformes se livrant à quelque rite mystique.

L'un de ces rochers devait tenir lieu d'autel, car notre groupe, y compris le prêtre en robe blanche, vint s'arrêter devant. Le bloc n'était pas taillé, mais présentait un dessus plat ; sur la partie qui nous faisait face était peinte l'espèce de canne que, j'en pris soudain conscience, j'avais vue un peu partout dans le camp, sur les huttes, les cheminées, toutes les surfaces planes disponibles.

Plusieurs chandelles étaient allumées sur l'autel, leur brasillement n'éclairant que faiblement l'endroit. Une sorte de calice en pierre trônait devant elles.

De l'autre côté, on voyait une estrade, haute d'environ un mètre et disposée de manière à s'inscrire dans la courbe du bâtiment.

Peu à peu, mes yeux furent capables de distinguer un certain nombre de personnages qui y avaient pris place, une douzaine, environ, emmitouflés dans de grandes robes à capuchon. Ils siégeaient sur un banc placé au pied d'un objet qui se dressait au-dessus de leurs têtes. Je crus tout d'abord qu'il s'agissait d'un autre rocher, mais il fut soudain illuminé par deux feux de bengale qui, plantés dans le sol à côté de nous, s'enflammèrent à ce moment-là.

Ce que je découvris alors me coupa le souffle : devant moi se tenait un gigantesque personnage de paille assis sur un trône de pierre. Haut d'au moins cinq mètres et large de près de trois, il s'élevait jusqu'au-dessus du temple. Son visage se réduisait à un épi de maïs en guise de nez, le tout surmonté par une sorte de chapeau pointu rappelant tout à fait ceux des Hommes des Bois. Bien que dépourvu d'yeux, ce personnage de paille semblait nous regarder avec sévérité. Une représentation de la silhouette filiforme était cousue sur sa poitrine.

Le prêtre éleva la voix en s'agenouillant devant l'autel. Aussitôt, tous ceux qui m'entouraient l'imitèrent. N'ayant aucune idée de ce que l'on attendait de moi, je restai debout ; je sentis la main puissante de la Femme des Bois peser sur mon épaule et me laissai à mon tour tomber à genoux.

Puis le prêtre se releva et, passant auprès des Hommes des Bois de mon escorte, les toucha tous au front. J'étais le dernier, mais il ne me toucha pas ; au lieu de cela, il me prit brutalement sous les bras et me remit sur mes pieds. Même avec sa mitre, il faisait à peine la moitié de ma taille. Sans me regarder une seule fois, il se retourna et repartit de son pas solennel vers l'autel, en m'intimant l'ordre de le suivre.

Mon cœur cognait à tout rompre, mon esprit battait la campagne ; je le suivis d'un pas incertain, me demandant ce qui m'attendait.

Arrivé auprès de l'autel, le prêtre me fit signe de m'arrêter puis, dès que je lui eus obéi, souleva le calice de pierre en direction de ma tête et reprit sa mélopée. Lentement, il me conduisit alors jusqu'à l'estrade où étaient toujours assis les douze petits personnages encapuchonnés, tribunal silencieux qui ne me quittait pas des yeux, même si, à cause des capuchons qu'ils portaient, je ne distinguais pratiquement pas leurs traits. A leur stature, c'étaient évidemment des Hommes des Bois. L'un d'eux, néanmoins, tout au bout de l'estrade, n'en était manifestement pas un ; même dissimulé dans les plis de sa robe et sous son capuchon, on voyait bien qu'il avait une taille normale, sinon légèrement supérieure à la moyenne. Il dépassait les autres de deux bonnes têtes : s'il se trouvait bien parmi eux, il n'était cependant pas des leurs.

C'est, bien entendu, ce personnage qui attira le plus mon regard. J'eus la certitude de l'avoir déjà vu, mais tout se déroulait si rapidement que je renonçai à me rappeler où. Parvenu au pied de l'estrade, le prêtre, sans cesser de balancer son encensoir et de chanter, s'approcha du grand personnage de paille qui, juché sur son trône et malgré son absence d'yeux, paraissait me dévisager impitoyablement. Je ne pouvais en détourner mon regard et n'aurais pas été surpris de le voir lever son énorme bras de paille pour m'écraser.

Il ne se produisit évidemment rien de tel. Ce qui arriva fut bien pire. Je crois que j'aurais préféré mourir écrasé, sous le poids de ce robot de paille, plutôt que d'affronter le cauchemar auquel je fus soumis pendant les six heures suivantes. Le prêtre me força à m'agenouiller en me tirant brutalement par ma tunique.

Mes réflexions furent interrompues par un mouvement dans mon dos. Le personnage de grande taille assis sur l'estrade venait de nous rejoindre, poussant devant lui un objet monté sur roues et que je regardai avancer avec une fascination hébétée.

Soudain, je me souvins de l'endroit où j'avais vu cet homme encapuchonné. C'était le moine de Cassie, celui que j'avais vu pendant le bal masqué, la nuit où Jones était mort. Bien que ne l'ayant aperçu qu'en fin de soirée et alors que j'avais passablement bu, je reconnus sa robe et son capuchon, et fus pris du même frisson que la première fois que je l'avais remarqué.

Mais déjà il se rapprochait de moi, et je pus distinguer l'objet qu'il poussait devant lui quand il sortit de l'ombre. Grinçant et oscillant sur ses petites roues, c'était le chariot dont s'était servi Oncle Toby le soir de la séance de magie. On y avait posé un cercueil identique à celui que Toby avait fait flotter en l'air ce jour-là.

Etait-ce le même ou une copie parfaite, je n'aurais pu le dire. Le visage de bronze gravé sur le couvercle était, avec ses traits ascétiques et ses yeux fermés d'un sommeil éternel, celui du même saint personnage. Le cercueil que nous avions tenté d'aller enterrer dans l'ancien cimetière indien fit halte devant moi.

Le prêtre interrompit son chant. Le bourdonnement cessa et un grand silence s'établit. L'homme encapuchonné se tenait immobile à côté du cercueil. On n'entendait plus que le chuintement des charbons qui brûlaient dans le brasier.

Si je n'avais pas su que mon père était mort et ne l'avais pas vu de mes yeux, j'aurais été convaincu que cette silhouette qui se perdait dans de grands pans de tissu était Jones. Mais, à supposer qu'il fût en vie, dans quel but inconcevable se serait-il trouvé dans un lieu aussi sinistre ?

Tout autour de moi, les Hommes des Bois avaient pris place et entouraient maintenant le cercueil. Ils se tenaient tête baissée et marmonnaient de vagues prières. Non, il ne pouvait s'agir du cercueil que j'avais vu lors de la soirée de magie ! Comment serait-il parvenu jusqu'ici ? Qui l'aurait transporté à travers bois ? La dernière fois que je l'avais vu, il contenait le corps de Jones. Jamais Oncle Toby ne l'aurait donné aux Hommes des Bois ! Pas volontairement ! Pas sans combattre. Et pourtant, il se trouvait bel et bien devant moi : il ne pouvait exister un deuxième cercueil identique à celui-ci.

Le prêtre avait commencé à s'adresser à l'assemblée. Il parlait d'un ton saccadé, comme en aboyant. Plusieurs Hommes des Bois posèrent le cercueil sur le sol, puis se dirigèrent vers moi de leur démarche étrangement dandinante.

L'un d'eux passa à ma droite, me prit par le bras et m'entraîna vers le cercueil ; je le suivis en trébuchant pendant que le prêtre prenait position derrière nous ; l'homme encapuchonné nous attendait, immobile.

Je reçus une violente poussée dans le dos, et dus me pencher sur le cercueil. Il était vide. Capitonné de satin violet foncé, l'intérieur en était rehaussé de fils d'argent et d'or et le fond et les parois moelleusement rembourrés. Il rappelait plutôt un lit confortable que la boîte où l'on doit dormir du sommeil éternel.

J'avais le gosier complètement desséché, n'arrivais plus à respirer et me sentais à deux doigts de vomir. Je savais ce qui m'attendait, mais mon esprit avait du mal à l'admettre.

Le prêtre me poussa encore et murmura quelque chose à mon oreille. J'avais compris ce qu'il voulait de moi, mais ne pouvais m'y résoudre. Nouvelle bourrade, plus impatiente ; le personnage encapuchonné m'observait tandis que se refermait le cercle des féroces petits trolls, tous de plus en plus menaçants.

La situation devenait désespérée. J'étais impuissant et ne souhaitais pas prolonger l'horreur de ce moment. Je levai donc une jambe et montai dans le cercueil ; plusieurs mains vinrent peser sur moi pour m'enfoncer plus rapidement dans le capitonnage soyeux. Je les chassai et, à ma surprise, elles me lâchèrent, comme prises soudain d'un sentiment de respect religieux. Bien décidé à ne pas montrer ma peur, je m'allongeai dans la boîte et croisai les mains sur ma poitrine.

Quand l'homme encapuchonné se baissa pour ajuster le couvercle, je vis son nez dépasser, un bref instant, du tissu. Puis un sombre rideau de velours s'abaissa lentement sur moi, ne s'arrêtant qu'à quelques centimètres de mon front.

Le couvercle à peine refermé, j'entendis les vis qu'on y enfonçait. Le prêtre reprit sa lente et solennelle mélopée, accompagnée par un bourdonnement bas et un frottement de sandales traînant sur le sol. Je tendis l'oreille pour saisir les sons qui allaient en diminuant ; bientôt le silence fut total, et je sus que j'étais seul.

C'est au début que ce fut le pire : les ténèbres, le silence, l'impression de suffoquer. Jusqu'à ce jour, l'obscurité s'était réduite à celle de ma chambre au moment où je m'endormais. Jamais elle n'avait été totale, un peu de lumière filtrant toujours par la fenêtre. Je m'imaginais que, même dans la cécité, on avait conscience d'une certaine clarté grisâtre en rapport avec le monde extérieur. Mais, ici, il n'y avait rien de tout cela. L'absence de lumière était absolue, les ténèbres totales, quasiment palpables. On aurait dit qu'elles avaient un poids, comme un tissu épais et sombre qui m'aurait écrasé le visage. J'en perdais le sentiment de mon propre corps, j'en avais la respiration coupée.

Et le silence ! si intégral qu'on en avait les oreilles qui tintaient. Au bout d'un certain temps, il devint tellement fort que je dus me concentrer sur l'idée de *ne pas l'écouter* afin de ne pas sombrer dans la folie. A un moment donné, je me pris même à pousser des cris pour en assourdir le vacarme.

Je dus hurler ainsi pendant plus d'une heure. J'implorai pitié, je suppliai qu'on me délivre. Personne ne vint. Je n'y croyais d'ailleurs pas vraiment. J'étais convaincu d'avoir été enterré vivant et abandonné à une mort lente.

Je pensai au saint en bronze sous l'effigie duquel je gisais. L'idée me terrifiant, je me mis à donner des coups de pied et de poing dans le couvercle. Mais celui-ci ne bougea pas d'un pouce. Il n'y avait pas le moindre jeu entre lui et les rebords du cercueil, tout espoir de sortir de là m'était interdit. Et personne n'allait venir me sauver ; là-dessus, j'étais sans illusion. J'imaginai Oncle Toby poussant un gros soupir de soulagement à l'idée que je n'étais plus à Frazé. Débarrassé de moi sans effort !

Finalement, je me calmai et attendis, immobile, me demandant combien de temps il me restait avant d'être à court d'oxygène et de mourir d'asphyxie. Allais-je souffrir ? Allais-je mourir de soif avant de mourir de suffocation ? Ces questions prenaient une importance immense pour moi.

Dans ces impitoyables ténèbres et ce silence absolu, la résignation finit par prendre le dessus et je me sentis gagné par une certaine paix. Pour me distraire, j'évoquai mon existence au château. Superficiellement, celle-ci pouvait paraître privilégiée. En vérité, et en dépit de toute sa splendeur, Frazé avait été plus une prison qu'un foyer, et la vie que j'y avais menée ne m'avait apporté aucune satisfaction véritable.

Il me vint à l'esprit que s'il y avait bien une chose que j'avais ardemment désirée dès l'âge de raison, ç'avait été de quitter Frazé. De le laisser loin derrière moi. Quels que fussent les Hommes des Bois, aussi odieux et sournois que fût ce peuple, au moins la vie, chez eux, était-elle réelle. On savait exactement ce qu'il fallait attendre d'eux, et, même si ce n'était rien de bon, cela au moins méritait reconnaissance.

Etre ainsi confiné dans l'air stagnant et chaud du cercueil me parut soudain moins grave. J'étais fatigué. Mon immobilité prolongée me donnait des crampes, et j'avais les membres lourds. Ce lit étroit, dans son tombeau de pierre, me laissait une impression de chaleur et de sécurité. Je m'enfonçai doucement dans le sommeil. Je me pelotonnai dans le silence et l'obscurité. Le manque d'oxygène commençait à faire effet. J'allais m'endormir pour l'éternité, comme ce saint dont l'image me surplombait.

Finalement, mes yeux se fermèrent et je sombrai dans le sommeil. Lorsque je les rouvris, je fus immédiatement réveillé, la tête douloureuse, ne sachant ni où ni combien de temps j'avais dormi. L'intérieur du cercueil était entre-temps devenu glacial, alors qu'il était désagréablement chaud au moment où le sommeil m'avait gagné. Pas mal de temps devait avoir passé. Avais-je donc dormi si profondément, ou bien étais-je mort ? Ce froid que je ressentais était-il celui de la mort ? Ou simplement celui qu'on ressent en mourant ?

Gisant ainsi dans l'obscurité totale, j'étais désorienté au point de ne plus savoir où se trouvaient le haut et le bas. J'ignorais où était ma tête par rapport à mes pieds. je n'avais plus l'impression de faire partie d'un corps, j'étais dissocié du mien.

Je crus sincèrement que j'étais mort ou sur le point de trépasser jusqu'au moment où un bruit s'éleva. Des cris et le tapage d'une foule agitée me parvenaient de l'extérieur du temple ; il y avait de l'excitation dans l'air. Peu après, j'entendis des voix à l'intérieur de l'édifice, suivies de frottements de pieds sur le sol.

On faisait maintenant un grand vacarme autour du cercueil. J'entendais les Hommes des Bois s'interpeller de leurs voix gutturales, sur un ton excité. Soudain, le cercueil se mit à bouger, comme si plusieurs mains le soulevaient ensemble ; il faillit même se renverser sur le côté. Je sentis que je m'élevais. Puis que j'étais emporté en grande hâte et sans ménagements dans le brouhaha général.

Violemment secoué dans mon étroit habitacle, je glissais d'un bord à l'autre ; à un moment donné, je me cognai le bras à un ornement de cuivre. Je me mis à crier, suppliant qu'on me délivre, donnant des coups contre le couvercle.

Mes cris n'impressionnèrent personne. Les Hommes des Bois continuaient de foncer à toute vitesse (telle était du moins mon impression) sans cesser de pousser des hurlements frénétiques.

Dans cette course éperdue, mon corps ne cessait d'aller d'avant en arrière ; à un moment, à la manière dont mes pieds vinrent toucher le fond, je compris que nous descendions une pente. Au bout de plusieurs minutes de ce traitement brutal, je sentis qu'on abaissait le cercueil et qu'on le posait par terre, sans trop de ménagements. En dépit du tapage, j'entendis les vis tourner dans leurs logements, les barrettes s'ouvrir. Une bouffée d'air froid me parvint, un rai de lumière passa sous le couvercle. Il y eut un craquement bruyant, juste derrière ma tête, accompagné d'une secousse de la boîte. Une dernière barrette fut repoussée et le couvercle se souleva en grinçant.

L'instant suivant, de nombreuses mains me saisirent et me mirent brutalement debout. Je faillis tomber, étourdi par le brusque reflux du sang dans ma tête. Trois ou quatre Hommes des Bois durent me soutenir.

Aveuglé par le soleil, j'avais des papillons qui tournoyaient devant les yeux tandis que je cillais et m'efforçais d'accommoder ma vue. Nous étions de nouveau près de la rivière. Autour de moi, c'était par centaines que se comptaient les Hommes des Bois ; ils attendaient sur la berge, formant un vaste cercle, contemplant le cercueil avec effroi et impatience. Rien que leur nombre donnait le vertige – ça dépassait tout ce qu'on avait pu imaginer ; d'après le recensement annuel d'Oncle Toby, ils auraient été deux ou trois cents ; j'estimai la foule qui m'entourait à près d'un millier.

L'instant d'avant, ils couraient en tous sens et menaient grand tapage. Mais dès que j'étais sorti du cercueil, vacillant et prêt à m'effondrer, un grand silence s'était fait. Il se passa quelque chose de remarquable : l'œil fixé sur moi, ils s'agenouillèrent tous puis allèrent toucher le sol du front. Ce spectacle me surprit tellement que je me détournai à moitié, prêt à m'enfuir.

Mais le prêtre s'était relevé, bras tendus vers le ciel. S'ensuivit une sorte de prière, durant laquelle je me tournai vers la rivière. Non loin de la berge attendait la petite flottille de bateaux noirs et trapus que j'avais vus la veille. Ils étaient six, peut-être sept, à osciller au gré du courant.

En suivant leur progression lente, pesante même, j'aperçus l'homme de paille. Il était juste derrière moi, haut de plusieurs mètres et assis sur son trône, comme je l'avais vu dans le temple.

Les Hommes des Bois l'avaient évidemment transporté à l'extérieur pour la circonstance. Il nous dominait de toute sa hauteur, son visage sans yeux tourné vers moi et dépourvu de la moindre curiosité. Son attitude, la légère inclinaison de sa tête, ses épaules légèrement voûtées, tout disait une indifférence presque divine. Il tenait à la main droite une canne de sorcier en coudrier.

Les prières du lever du soleil terminées, notre attention se tourna vers le cours d'eau, où les bateaux arrivés de l'amont étaient venus s'arrêter à notre hauteur. J'étais toujours debout dans le cercueil, encore mal assuré sur mes jambes.

Le bateau de tête, le plus grand de tous, vira lentement et se présenta la proue vers la rive. Les autres l'imitèrent, tout en restant légèrement en arrière. A quelques brasses de la rive, le bateau de tête jeta l'ancre et s'arrêta, tanguant et roulant un peu ; la proue, animée d'un mouvement léger, souleva des vaguelettes qui claquèrent bruyamment contre elle en faisant un peu d'écume.

Les autres embarcations exécutèrent la même manœuvre, toujours en retrait de la première, comme si elles tenaient à garder une distance respectueuse. Deux grandes pirogues se détachèrent de la rive et se dirigèrent lentement vers le bateau de tête.

Plusieurs Hommes des Bois émergèrent de la cabine au moment où les pirogues accostaient, puis s'alignèrent le long du bastingage pour retenir ces dernières. D'où je me tenais, j'entendais leurs cris perçants, suraigus.

Ce qui se passait à ce moment-là, je l'ignore : mais cela retenait toute l'attention des centaines d'Hommes des Bois figés sur la rive, figés dans une immobilité et un silence absolus. D'autres Hommes des Bois apparurent sur le pont du bateau de tête et sortirent avec difficulté, par la porte étroite de la cabine, un objet long et encombrant.

J'avais le soleil dans les yeux et distinguais mal ce qu'ils portaient. Mais le bateau, à un moment donné, pivota lentement autour de son ancre et, l'espace d'un instant, je vis ce qui se passait sur son flanc.

Les membres d'équipage qui venaient de sortir transportaient une manière de planche ; avec les plus grandes précautions, ils se dirigèrent vers l'endroit du bastingage où attendaient les pirogues.

Le bruit d'un nouvel échange me parvint. L'objet étant soulevé avec beaucoup de soin, pour passer par-dessus bord, des mains impatientes se tendirent pour le prendre et le guider. Alors je compris qu'il ne s'agissait pas d'une simple planche, mais d'une sorte de litière dans laquelle quelqu'un était étendu.

Quelques instants plus tard, cette litière était solidement attachée sur l'une des pirogues malgré les oscillations que le courant lui imposait. Puis les petits bras musclés des Hommes des Bois se mirent à pagayer avec vigueur, la pirogue se dirigeant vers la plage et laissant un sillage derrière elle. La deuxième embarcation la suivit aussitôt.

Dès que la proue de la pirogue de tête eut raclé le fond, des douzaines de mains s'emparèrent du plat-bord pour la tirer sur la berge. Des Hommes des Bois s'avancèrent dans l'eau jusqu'à la poitrine pour en faire autant avec la deuxième. Une fois les deux bateaux au sec, le grand prêtre, accompagné de plusieurs autres dignitaires en robe, vint se placer près d'elles. Une conversation à voix basse s'ensuivit.

Peu après, comme à un signal donné, une demi-douzaine d'Hommes des Bois bondirent de la foule et sortirent la litière de la pirogue. Tandis qu'on l'emportait, une procession se forma derrière, avec à sa tête le grand prêtre et un certain nombre d'anciens à l'air important ; le reste de la population se mit à leur remorque. Je n'avais toujours aucune idée de ce que transportait la litière. Lorsque celle-ci fut au milieu de la foule, un gémissement aigu s'éleva de toutes les poitrines. C'était un son à vous faire dresser les cheveux sur la tête, un son comme je n'en avais jamais entendu, mais, j'en étais sûr, un son qui disait un deuil sincère.

La procession se dirigeait vers moi. Je me souviens de la panique qui s'empara de moi tandis que j'essayais de dominer mon esprit qui battait la campagne. Je paraissais être au centre de l'attention générale et il ne faisait aucun doute que ce qui se passait avait un rapport avec moi. Mais lequel ? Je l'ignorais toujours. Je suis en train de rêver, ne cessais-je de me répéter comme une incantation, ce n'est qu'un rêve. Je vais m'éveiller, et je serai à Frazé, dans mon lit, m'étirant et bâillant voluptueusement sous l'édredon en duvet d'oie. Cassie n'allait pas tarder à faire irruption dans ma chambre, Leander la suivrait de près, ils se bousculeraient pour être le premier à me découvrir, riraient, comme ils le faisaient toujours à cette époque plus heureuse.

La procession n'était plus qu'à quelques pas de moi, maintenant. Arrivée à moins d'un mètre de moi, elle s'arrêta. Le vent soufflait fort de la rivière, mais ne pouvait couvrir la voix rauque du prêtre qui s'élevait, gémissante, en une mélopée funèbre. S'étant retourné, l'homme se dirigea vers moi. Puis la procession changea de direction et défila devant moi.

Ce que contenait la litière n'aurait pas dû me surprendre ; et pourtant je sursautai. Mais, en voyant ces étranges petits pieds et cet orteil à l'ongle noirci qui dépassaient de manière peu élégante d'un linceul souillé, j'eus l'impression de tout comprendre. Même avec les puissantes rafales de vent, la puanteur qui montait était insupportable. Les Hommes des Bois, au fur et à mesure que la litière passait à leur hauteur, détournaient le visage. Je la regardai à mon tour, pétrifié d'horreur ; je m'étranglai, sans savoir si c'était sur un sanglot ou un hoquet de dégoût.

Un Homme des Bois qui se pavanait en gonflant le poitrail et qui portait une sorte de chapeau pointu de sorcier sur la tête se mit soudain à caracoler et à jeter des cris vers le ciel. Aussitôt on se jeta sur moi, me souleva, et me fit sortir du cercueil pour me poser brutalement sur le sol.

Presque au même moment, un autre groupe avait soulevé le corps de Jones de la litière et l'avait déposé, avec les précautions les plus solennelles, à l'emplacement que je venais de libérer.

Une fois de plus, la mélopée du prêtre s'éleva, pendant qu'on rabaissait le couvercle et enfonçait les vis.

Comment tout cela avait-il pu se produire ? Comment avaient-ils fait pour se procurer le cercueil et le mettre dans le temple ? Car aucun doute n'était permis, il s'agissait bien de celui qu'Oncle Toby gardait dans son bureau et utilisait pour ses tours de magie les plus spectaculaires. Ce n'en était pas une copie. Et la dépouille mortelle de Jones ? Par quel miracle se retrouvait-elle ici ? Il fallait que quelqu'un l'eût donnée aux Hommes des Bois. Ou alors ils s'en étaient emparés par la force. Comment s'y étaient-ils pris ? Bénéficiaient-ils de complicités à Frazé ? S'était-il produit une bataille de proportions catastrophiques ? Bien que me sentant complètement trahi par mes proches, je craignis pour Frazé et les miens. Que s'était-il passé durant la nuit ? Etaient-ils sains et saufs ? Oncle Toby, Mme Lobkova, Signor Parelli, mes frères et mes sœurs, le colonel Porphyre... tous morts ? Cela me semblait inconcevable, mais c'était la seule explication que je pouvais donner à la présence de ce cadavre aux mains des Hommes des Bois.

Ces réflexions ne m'ayant pris que quelques secondes,

je me retrouvai en train de contempler les traits durs et délicatement ciselés du prêtre. Sa main se tendit vers moi. Elle tenait le lourd calice de pierre que j'avais vu sur l'autel. Dedans, des choses flottaient dans un liquide bourbeux. Je détournai les yeux, mais retins l'image d'objets informes et rosâtres.

Une fois de plus, le prêtre éleva le calice vers moi, le tenant au-dessus de sa tête. Puis, il le poussa sous mon nez à plusieurs reprises. Une odeur fétide me remplit les narines. J'ignorais de quoi il s'agissait, mais je n'avais aucune envie d'y toucher.

Une troisième fois, le calice se rapprocha de moi tandis que le vieux prêtre me couvrait de postillons en aboyant je ne sais quels ordres. Son impatience croissait à la mesure de mes hésitations. Trop effrayé pour provoquer davantage sa colère, je pris le calice et le tins à bout de bras entre mes mains qui tremblaient tant qu'elles pouvaient.

Je commençais à deviner ce qu'on attendait de moi. Mes soupçons furent confirmés lorsque le prêtre porta une main à sa bouche en mimant grossièrement le geste d'ingérer quelque chose. Puis il me cria quelque chose. *Sagri*, crus-je comprendre. Puis, *bandik*. *Sagri bandik*. Il cria et hurla si fort que j'eus l'impression de recevoir des coups à la tête. La coupe n'était qu'à quelques centimètres de mes lèvres, j'en sentais le froid de pierre contre mon menton.

— *Sagri, sagri*, braillait-il toujours.

Du coin de l'œil, je vis la foule qui resserrait les rangs.

Je jetai de nouveau un coup d'œil dans l'ignoble coupe où nageaient, j'en avais maintenant la conviction, des fragments de viscères. Je me rappelais les lectures que Mme Lobkova nous faisait sur les rites des anciens Egyptiens ; comment les prêtres vidaient les pharaons de leurs organes et préservaient ces derniers dans des vases canopes ; comment ces déchets passaient pour des talismans protégeant du mauvais œil. Parfois, c'est vrai, on enterrait aussi ces organes avec le corps embaumé du pharaon ; cependant, le plus souvent, c'était son successeur qui les mangeait pour acquérir les vertus du mort.

Ces temps-là étaient barbares, et nous vivions une époque de très haute civilisation.

— *Sagri !* hurla de nouveau le prêtre en frappant du pied.

Il était de plus en plus irrité. D'en haut, comme une sentinelle géante, l'homme de paille semblait me surveiller.

La foule des Hommes des Bois s'agitait ; furieux, les autres prêtres commencèrent à me crier des choses. Je dus sans doute les regarder sans comprendre, car le grand prêtre me saisit par le coude et voulut me faire avaler de force le contenu de la coupe. Je gardai les lèvres serrées. J'aurais préféré qu'ils me tuent ; une mort rapide aurait été plus facile à supporter que ce qui suivit.

— *Sagri bandik !*

Cette fois, le prêtre en blanc trépigna sur place, soulevant des nuages de poussière comme un taureau furieux sur le point de charger. Terrifié, je fermai les yeux et mordis le bord de la coupe. L'odeur putride qui en montait me remplit les narines et faillit me faire perdre connaissance. Je sentis une grosse boule monter dans ma gorge et dus lutter pour la ravaler. Un morceau de quelque chose vint frôler mes lèvres. Je sentis le liquide, froid et visqueux, glisser sur ma langue et descendre dans ma gorge. Il ne voulut pas aller plus loin et remonta, chyme amer qui s'écoula par les commissures de mes lèvres.

J'allais m'effondrer, mais d'innombrables mains se tendirent pour m'attraper sous les bras et me remettre debout. Une fois de plus, on fit peser le bord du calice contre mes lèvres. Il ne me restait plus guère de volonté pour résister. Je fermai les yeux, que j'avais tournés vers le ciel, et bus.

Des fragments de tissus entrèrent en contact avec ma langue. Je ne les mâchai pas. Aucun. Je m'efforçai seulement de les engloutir au plus vite. Je sentis les morceaux dévaler dans ma gorge et, lorsque je m'étouffai à moitié et me mis à tousser, une lave chaude et âcre me remonta, pleine de bulles qui crevaient, me faisant cracher et hoqueter. Je déployai un effort surhumain… et avalai le tout.

La coupe était vide, j'avais les yeux remplis de larmes. Parce que j'avais vraiment faillir mourir d'étouffement ? Parce que j'avais honte ? Parce que, je le savais, on m'avait forcé à manger de la chair de mon père ? Si l'on attendait de moi que j'aie cru ainsi m'approprier les plus grandes vertus de Jones, on était bien loin du compte. Je me sentais dégradé et malade à en mourir.

Il y eut un moment de silence surnaturel, un silence de mort qui se prolongea. Puis, comme sur un signal, des centaines de spectateurs poussèrent un hurlement de joie. Le grand prêtre qui, l'instant d'avant, m'avait tant maltraité tomba à genoux et baisa l'ourlet de ma tunique. Après quoi, il me dépouilla de mon vêtement en le faisant passer délicatement par-dessus ma tête. Je me retrouvai nu et tremblant devant la foule qui continuait à lancer ses hourras. Les quelques centaines d'Hommes des Bois rassemblés là me regardèrent, comme éperdus, pendant qu'on me parait de riches robes de velours et de brocart. Enfin, on plaça sur ma tête une couronne d'or sertie de pierres précieuses.

Aussitôt, un rugissement général monta de la foule qui se précipita sur moi. Tous se bousculaient, s'écrasaient et se piétinaient en essayant de s'approcher de moi et de me toucher. Jusqu'à mon dernier jour, je me souviendrai du fouillis de mains tavelées, rongées de psoriasis, couvertes de plaies infestées, de ces mains aux doigts courtauds et crochus qui se tendaient vers moi. Parfois, je m'éveille la nuit et entends les jappements sauvages et primitifs qui, joie et triomphe, montèrent alors jusqu'à moi.

27

Qualifier cet événement de « couronnement » ? Oui, on pourrait le faire : sacré roi (mais de quelle espèce ?), je l'avais été, on ne pouvait en douter. A partir de ce moment-là, je n'occupai plus la hutte rudimentaire et sans mobilier où l'on avait commencé par m'emprisonner : on m'installa dans un édifice bien plus impressionnant. Il était constitué de plusieurs pièces, avait des plafonds hauts et des meubles de pin fabriqués à la main ; mon domicile était véritablement royal comparé aux demeures les plus élaborées des Hommes des Bois.

Dès que j'eus pris possession de cette résidence, on me dépouilla de mes royales robes et je fus baigné, puis frotté d'encens par la Femme des Bois, ma gardienne. Elle était restée à mes côtés pendant toute la cérémonie, affichant sa possessivité de façon de moins en moins supportable. A la fin de mon couronnement, elle s'était placée entre moi et la foule hurlante, repoussant les plus excités et criant des ordres à la garde des dix Hommes des Bois qu'on m'avait assignée. C'étaient eux qui, au milieu du vacarme, m'avaient conduit à ma nouvelle résidence. La Femme des Bois ne me quittait pas d'une semelle et, lorsque je voulus me reposer une heure ou deux pendant l'après-midi, elle alla s'asseoir dans un coin de la pièce d'où elle ne bougea pas et, silencieuse, ne cessa de m'observer. Faisant semblant de dormir, je la regardai à un moment donné entre mes paupières. Quelque chose, dans la tension de son corps, dans son qui-vive de femme qui veille sur son bien, me donna le frisson.

Elle me rhabilla au crépuscule. J'endossai cette fois-ci un costume en peaux de bête bordé de fourrure. Il s'en dégageait une odeur d'huile rance et ma tenue s'ornait, devant et derrière, d'un certain nombre de ces personnages filiformes que l'on voyait partout dans le camp.

Ma couronne d'or sur la tête, je fus emmené dans la nuit qu'embrasaient des feux, mes gardes du corps se déplaçant devant moi comme autant de mastodontes. Mon indécollable chambrière, elle, me suivait à deux pas.

Au fur et à mesure que nous progressions dans l'avenue principale du village, la foule s'écartait et nous assourdissait de ses rugissements d'encouragement. J'aperçus bientôt une grande place sur laquelle on avait disposé des tables de banquet. Sur une estrade surélevée se trouvait un trône fait de lourdes pièces de bois reliées entre elles par des lanières en peau de chèvre.

Toute la procession avait été accompagnée par un orchestre de musiciens nains qui soufflaient dans des sortes de flûtes pendant que dansaient les femmes. Celles-ci faisaient la roue, chantaient, riaient et répandaient des fleurs sur notre passage. C'est au cours de ce déplacement que je remarquai pour la première fois, au milieu de la foule, des Hommes des Bois qui, différents des autres, se tenaient à part. Leur taille, déjà, était supérieure à la moyenne ; je ne les avais pas repérés tout de suite car ils étaient nettement minoritaires. Leurs différences physiques devenaient évidentes lorsqu'ils étaient regroupés.

Arrivé en face du trône, j'eus droit à une solide bourrade de la Femme des Bois : on m'intimait de monter sur l'estrade et d'y prendre place. Un certain nombre de prêtres et de dignitaires qui m'attendaient alentour se levèrent pour m'accueillir. Ils murmurèrent des paroles à l'unisson et s'inclinèrent très bas. Lorsque j'eus pris ma place, ils s'assirent à nouveau ; cela fit office de signal, car, à ce moment-là, hommes, femmes et enfants, tous se ruèrent sur les nombreuses tables en pin qu'on avait déposées au pied de l'estrade.

Une armée de serviteurs envahit immédiatement la

scène. Ils apportaient de la nourriture et de la boisson qu'ils jetaient sur les tables sans beaucoup de cérémonie. Les grandes chopes de bière écumeuse et les énormes pots de terre cuite contenant du ragoût de chèvre s'alignèrent bruyamment sur les planches. Les Hommes des Bois se précipitèrent aussitôt sur la nourriture, se chamaillant pour obtenir les portions les plus grosses.

En revanche, c'est avec la plus grande obséquiosité qu'une demi-douzaine d'autres serviteurs m'apportèrent de quoi manger. Je remarquai qu'ils n'étaient pas autorisés à me servir directement, mais devaient tout d'abord présenter le plat à la Femme des Bois qui faisait alors tout un numéro pour l'examiner et le goûter avant de leur permettre de me l'apporter. Elle en renvoya un certain nombre d'un geste de la main. Je lui en fus reconnaissant, car ceux qui me parvinrent ne contenaient qu'une nourriture répugnante.

La bière, que les Hommes des Bois appelaient *jum*, était amère et très forte. Elle faisait songer à du vinaigre. N'importe, elle était moins révoltante que la nourriture, malgré les insectes divers et autres débris non identifiés qui flottaient à sa surface.

Tout au long du dîner, les musiciens ne cessèrent d'aller et venir entre les tables, jouant leurs mélodies monotones sur un rythme répétitif qui devint vite obsédant.

Le banquet se poursuivit pendant des heures. Vers la fin, une grande boule orange explosa dans le ciel, en haut de l'avenue, un rugissement formidable s'éleva de la foule tandis que les flammes devenaient de plus en plus vives et paraissaient se rapprocher.

Une colonne d'Hommes des Bois ne tarda pas à se montrer à l'entrée de la place. Ils étaient attelés à une énorme plate-forme sur roues qu'ils tiraient péniblement, oscillant et tanguant sous l'effort. Comme ils se rapprochaient de l'estrade, je reconnus la chose qui brûlait sur la plate-forme : assis sur un trône, l'homme de paille n'était déjà plus qu'une colonne de feu de plusieurs mètres de haut.

Tandis que le chariot continuait d'avancer vers nous, une fabuleuse averse d'étincelles, tels des millions de météores, jaillit de la tête de l'homme de paille et se dispersa dans le ciel nocturne ; l'idole, elle, restait figée sur son trône, le bras tendu comme un dieu ivre et mourant qui donne sa bénédiction. Le temps que le chariot passe devant nous, lentement et solennellement, l'essentiel de la paille avait brûlé. Le dieu était devenu méconnaissable, dont seul le squelette en bois se voyait encore sous la paille.

Des douzaines d'Hommes des Bois se tenant par la main dansaient autour du brasier. C'était un grand moment de joie, mais j'y sentais quelque chose de terrifiant. Les vagues de chaleur qui montaient du chariot, aussi puissantes que celles d'un four, me suffoquaient presque. Les Hommes des Bois, déjà éméchés par le *jum*, se faisaient plus frénétiques et tapageurs. Beaucoup se démenaient comme des diables et s'effondraient ensuite entre les tables. Certains s'étaient déshabillés et, courant rejoindre le chariot, jetaient leurs vêtements dans les flammes pour qu'ils se consument sur les restes de l'homme de paille ; d'autres embrochaient des chiens sur des piques et les lançaient vifs dans les flammes, malgré les aboiements et gémissements des pauvres bêtes. Les individus qui s'étaient ainsi dépouillés de leurs vêtements – il y en avait des deux sexes – s'accouplaient maintenant sans vergogne sur le sol et sous les tables.

De moins en moins contrôlée, cette bacchanale effrénée empira au fur et à mesure que la nuit avançait. On servit encore de la nourriture et de la bière. La musique était de plus en plus frénétique. Quelqu'un ayant amené un ours muselé et retenu par une laisse, une demi-douzaine d'Hommes des Bois piquèrent le malheureux animal de leurs lances pour l'obliger à se dandiner.

J'avais l'estomac retourné par la nourriture et la bière, le cœur à l'envers devant tant de bestialité. Je n'avais aucune idée de ce qui se passait ou, plus précisément, de ce qui m'était ensuite réservé. Dans mon ridicule accoutrement de robes et avec ma couronne, il ne faisait pas de doute pour moi qu'il y aurait encore quelques surprises.

Le pire se produisit à la fin de cette nuit orgiaque : la vue pathétique de mon frère et de ma petite sœur. Sur le coup, je ne les reconnus pas, car ils étaient coincés au milieu d'un groupe serré d'Hommes des Bois braillards et désordonnés qui se pressaient le long de la rue pour me saluer. L'un et l'autre de petite stature et habillés des mêmes vêtements que les trolls, c'était à peine s'ils se distinguaient de la foule.

Quelque chose, j'ignore quoi – peut-être un mouvement soudain –, attira mon regard dans leur direction, et je vis tout d'abord Cassie. Elle se tenait un peu en avant des autres sur la chaussée creusée d'ornières et de flaques. Juste derrière elle se trouvait Leander. J'eus encore plus de mal à le reconnaître, tant ils l'avaient transformé en l'un des leurs. En peau de chèvre et chapeau tyrolien, il tenait la main de sa sœur et regardait droit devant lui, dans le vide, docile, sans volonté propre. Cassie paraissait beaucoup plus alerte et, pitoyable au possible, protégeait son frère, comme s'il ne restait plus qu'elle entre lui et toutes les horreurs qui les entouraient.

Ils semblaient profondément seuls et, pendant un instant, je me dis qu'étant le roi je n'avais qu'à aller jusqu'à eux et les prendre avec moi. Puis je vis leurs laisses. Le terme est d'ailleurs trop choisi, car il s'agissait plutôt d'une longueur de corde éraillée qui les emprisonnait au cou. Et je vis enfin les brutes armées, à l'autre bout de ces cordes. Je dus déployer les plus grands efforts pour ne pas rompre les rangs formés par mes gardes et me précipiter vers eux.

Je n'étais pas sûr qu'ils m'aient reconnu dans mon déguisement royal, mais je compris que tel était bien le cas lorsque, passant devant elle, je vis Cassie faire un brusque mouvement dans ma direction. Ses yeux terrorisés, désespérés, cherchèrent mon regard. Mais, aussitôt, un coup sec tiré sur la corde lui renversa brutalement la tête en arrière. Ce mouvement ayant poussé Leander en avant, souvenir impossible à oublier, je vis mon petit frère habillé de ce costume ridicule.

Il se tenait à peine à plus d'un mètre de moi. En tendant le bras, j'aurais pu le toucher. Mais, lorsque je voulus le faire, une violente claque, donnée par l'un des gardes, repoussa ma main. Telle était la limite de mon pouvoir royal. En ce bref instant, je pus cependant plonger mon regard dans les yeux de mon frère. Lui aussi paraissait m'observer, mais son œil était vide, totalement dépourvu d'expression. Rien n'indiquait qu'il m'eût reconnu. Un affreux néant régnait derrière sa pupille. Malgré la chaleur de la nuit, un frisson glacé me secoua de la tête aux pieds.

Il y eut encore autre chose, l'ultime horreur qui couronna toutes les ignominies de cette nuit. On me ramena au temple où j'avais passé la nuit précédente enfermé dans le cercueil de Jones. L'énorme bière était encore là et je ne doutai pas qu'elle contînt ce qui restait de mon père.

Accompagné de mon inséparable gardienne, je fus conduit jusqu'à l'autel, où nous attendait le grand prêtre. Et là, dans les incantations et des fumées d'encens suffocantes, devant une assistance d'Hommes des Bois bruyants et ivres, la Femme des Bois passa à mon doigt un minuscule anneau de tiges tressées. Nous étions mariés.

28

— Je suis sûr qu'elle était fermée lorsque je suis allé me coucher.

— Eh bien, elle est ouverte, maintenant.

— Rien n'indique que la porte ait été forcée. Qui d'autre possédait la clef ?

— A part moi, seul M. Jones en avait une.

Signor Parelli exhiba la sienne sous les yeux du colonel Porphyre.

— Il n'y en a vraiment pas d'autre ?

— Pas à ma connaissance.

— Vous permettez ?

— Bien sûr.

Parelli lui ayant tendu sa clef, Porphyre s'agenouilla et l'inséra délicatement dans la serrure. Puis il la fit tourner à plusieurs reprises, écoutant ses claquements nets et rassurants, et il la rendit au Corse.

— Vous êtes certain qu'elle est toujours restée en votre possession au cours des quarante-huit heures passées ?

— Absolument.

Le colonel se tourna vers Toby Jones, qui suivait la scène sans mot dire, le sourcil froncé, depuis plusieurs minutes.

— Et vous, monsieur Jones… votre clé ?

— Ici. Au bout de cette chaîne.

Il tira une longue châtelaine cliquetante d'une grande poche de sa veste. Deux douzaines de clefs au moins luisaient faiblement sur leur anneau, dans la lumière insuffisante où ils se trouvaient. Oncle Toby ouvrit sa veste pour montrer comment la chaîne était solidement fixée à sa poche.

— Cette châtelaine ne me quitte jamais. Elle est toujours attachée à ma personne.

Songeur, le colonel Porphyre se tripota le menton. Ils se tenaient dans une des grottes à plafond bas creusées sous le château. Un certain nombre de cellules souterraines s'étendaient en effet dans l'aile nord, mais, contrairement à ceux des ailes sud et ouest, les travaux de creusement n'avaient jamais été achevés. Etant donné la température invariable de ces lieux qui restaient très frais, on en avait fait un entrepôt idéal pour les denrées périssables ; c'était également là que se trouvaient les caves considérables de la communauté.

La grotte dans laquelle ils se tenaient maintenant avait fait longtemps office de réserve à blé et maïs. Plus récemment, elle avait aussi servi de chapelle ardente pour le cercueil de Jones — jusqu'au jour où on aurait enfin pu le conduire au cimetière des Indiens. Pour l'heure, la cavité était vide ; à l'emplacement où on avait déposé le cercueil, il ne restait plus qu'un carré de toile dont on s'était servi pour le protéger des gouttes de condensation que l'humidité formait en permanence. Roulé en boule, le morceau de tissu gisait dans un coin.

— Je trouve incompréhensible qu'une bande d'Hommes des Bois ait pu pénétrer dans le château, gagner cette cave fermée, l'ouvrir sans clef et repartir avec le cercueil ! Et tout cela sans être vu par personne ! s'écria le colonel Porphyre, qui commençait à perdre un peu de son affabilité habituelle.

— Pour vous, c'est le fichu service de sécurité de la maison, n'est-ce pas ? dit Signor Parelli en fronçant le sourcil. Pas très rassurant...

— Ça va nous coûter une fortune, grommela Toby Jones.

— Si l'on pense qu'en dépit de toutes les précautions supplémentaires que nous avons prises et de la soi-disant inviolabilité du château ces petits voyous ont pu entrer aussi facilement... (le colonel regarda les deux hommes tour à tour) ... on peut se demander s'il n'ont pas bénéficié d'une complicité à l'intérieur...

— Foutaises ! s'exclama Toby, furieux. Vous n'allez tout de même pas croire...

— Pourquoi pas ? Un domestique, ou un membre du personnel scientifique. Je ne fais qu'envisager des possibilités.

— Mais, protesta Toby, toutes ces personnes étaient entièrement dévouées à Jones. Pourquoi auraient-elles...

— Comment se fait-il alors que plusieurs des enfants de ce même Jones aient montré autant d'empressement à s'accuser du meurtre de leur père ? Ou au moins d'en avoir eu l'idée ? Ce n'est pas exactement ce qu'on pourrait appeler de la dévotion filiale.

Toby Jones devint tout rouge.

— Ridicule ! Vous ne croyez tout de même pas...

— Je n'ai aucune certitude sur ce que je crois, monsieur Jones, le coupa Porphyre en lui souriant cordialement. Je me demande simplement ce qui a pu les pousser à se donner tant de peine pour imaginer ces étranges confessions. Je me demande aussi quel rapport tout cela peut avoir avec la soudaine disparition de votre neveu et de votre nièce.

Le colonel se mit à réfléchir à l'énigme qu'il venait lui-même de poser, puis se contenta de hausser les épaules et de faire quelques pas dans la grotte. Ses chaussures claquèrent sur le dallage mouillé. Il s'accroupit près de l'endroit où le suaire gisait en tas et il resta là quelques instants, méditatif, une expression de tristesse et de perplexité sur le visage.

Peu de temps après, les trois hommes se retrouvaient sur les remparts.

— Je ne pense pas avoir jamais vu quelque chose de ce genre, fit observer Toby Jones, qui, morose, contemplait la curieuse structure en forme de derrick qui avait poussé pendant la nuit.

Signor Parelli tourna autour de lui tandis qu'une

demi-douzaine des hommes de Porphyre, tous armés de fusils, se déployaient en bas des remparts dans l'espoir de découvrir d'autres indices de la présence des Hommes des Bois.

— Une tour de siège, dit soudain Porphyre. Le genre de machine que les envahisseurs employaient au Moyen Age afin de forcer les murailles d'une ville.

— Elle doit bien mesurer quinze mètres de haut.

— Je dirais plutôt vingt-cinq. Il y en a une autre de l'autre côté du château.

— Stupéfiant, murmura Toby, partagé entre l'admiration et la colère. Qui aurait pu imaginer qu'ils étaient aussi habiles ?

Le colonel Porphyre sourit. La machine était astucieuse, mais grossièrement bâtie.

— C'est du génie à l'état brut, dit-il. Rien de plus que des troncs de pin ébranchés et attachés entre eux par des lanières en peau de chèvre. On y grimpe comme à une échelle. Sauf qu'avec ça on peut y monter en grand nombre.

— Et donc, ce tapage qu'on entendait venir de la forêt pendant la tempête...

— ... c'était nos petits amis en train d'abattre des arbres pour se construire des tours, compléta le colonel.

Signor Parelli s'avança prudemment au bord du rempart, redoutant manifestement le vertige.

— D'après vous, comment les ont-il amenées de la forêt ? Il y a au moins deux cents mètres à parcourir, et en pente raide en plus.

— Ils les ont posées sur des troncs et les ont fait rouler. (Le colonel lui montra une zone d'herbe écrasée, large de sept ou huit mètres.) On voit bien la piste qu'ils ont laissée en tirant leur machin.

— Et nous, pendant ce temps-là, on dormait, dit Toby en secouant la tête, écœuré.

Ils restèrent quelques instants de plus, puis retournèrent à l'escalier en colimaçon qui descendait à l'intérieur du château.

— Vous désirez sans doute organiser une mission de sauvetage pour récupérer vos neveux au camp, dit

Porphyre, tandis qu'ils s'engageaient dans un des corridors des étages inférieurs. Le temps est la clef de tout. Moins nous tarderons, plus nous aurons de chances de retrouver ces jeunes gens en bon état. Comme vous le savez (le colonel baissa discrètement la voix), ces Hommes des Bois peuvent être redoutables. Nous ignorons ce qu'ils ont dans le crâne. C'est avec plaisir que je prendrais la tête de cette expédition. En plus de mes hommes, j'aurai besoin du renfort d'un certain nombre des vôtres...

A cet instant, le colonel se rendit compte qu'il avait quelque peu distancé Toby Jones et Signor Parelli et que ceux-ci ne réagissaient pas à ses propos.

Se retournant pour regarder derrière lui, il vit à l'expression de Toby que quelque chose n'allait pas.

— Je suppose que vous allez vouloir venir, vous aussi ?

Toby Jones passa devant lui sans répondre, Parelli sur les talons. Médusé, le colonel se retrouva seul.

Il resta quelques instants sans réagir, contemplant la porte par laquelle venaient de s'engouffrer les deux hommes. Puis, clignant des yeux, il se précipita à leur suite et les rattrapa à l'entrée de la serre. Sans attendre d'y être invité, il se glissa dedans et en referma les battants derrière lui.

L'atmosphère, à l'intérieur du grand espace clos de vitrages, était chaude et saturée d'humidité. Des spécimens botaniques d'une taille démesurée occupaient tout le terrain disponible ; certains atteignaient plusieurs mètres de haut. Une forte odeur d'humus et de plantes en décomposition emplissait l'air. Toby s'approcha d'un fauteuil en rotin dans lequel il se laissa choir lourdement ; puis il fit signe à Porphyre de s'installer en face de lui, dans un siège identique. Signor Parelli vint jouer les chiens de garde à côté de son maître, une expression inquiète et défiante dans le regard.

— Bon. Ecoutez-moi, commença Toby d'un ton brusque. Vous vous faites du souci pour mon neveu et ma nièce. C'est très bien, et je vous en suis reconnaissant. Mais ce n'est pas pour cela que vous êtes ici. Vous êtes venu découvrir ce qui est arrivé à mon frère et qui en est responsable. Un point, c'est tout.

L'espace d'un instant, Porphyre resta sans voix, mais eut tôt fait de se reprendre :

— J'ai aussi appris récemment qu'une autre personne, du nom de Leander, avait également disparu.

— C'est exact.

— C'est aussi un de vos neveux ?

— En effet.

— Je suppose que c'est quelqu'un qui compte pour vous ?

— Bien sûr.

Le colonel avait le plus grand mal à contrôler la colère qui montait dans sa voix.

— Dans ce cas, pourquoi s'être donné autant de mal pour me cacher cette disparition ? C'est d'aide que j'ai besoin ici ! Pas que l'on me dissimule des choses !

Le rotin craqua sous le poids de Toby lorsque celui-ci changea de position en poussant un grand soupir. Ses traits réguliers mais avachis prirent une expression d'indulgence fatiguée.

— Je sais que ce que j'ai à vous dire va vous paraître étrange. Vous allez me croire sans cœur, insensible. Je n'ai pour le moment aucune intention d'aller récupérer mes neveux chez les Hommes des Bois... (Porphyre parut sur le point de lui couper la parole.) Laissez-moi terminer, s'il vous plaît. Avant que vous ne disiez quoi que ce soit, je dois vous rappeler que les personnes qui vivent à Frazé respectent un certain nombre de valeurs qui sont très différentes de celles du monde extérieur.

— Je m'en étais rendu compte.

— Vraiment ? demanda Toby avec un sourire impertinent. Alors dans ce cas, vous devez comprendre que, plus que tout, Frazé est un laboratoire, un endroit où l'on étudie le comportement humain, où c'est tout le potentiel de l'espèce qui est mis à l'épreuve, jusqu'à ses plus extrêmes limites...

Dit ainsi, c'était grandiose. Porphyre trouva néanmoins que M. Jones se gonflait beaucoup trop de son importance au fur et à mesure qu'il parlait.

— Ce que vous voyez ici, continua Toby, est le cœur d'un programme expérimental mis au point par mon frère il y a un demi-siècle et connu de la plupart des éducateurs et des scientifiques sous le nom de « Système ».

— Nous possédons tout un dossier là-dessus au quartier général, murmura le colonel. Ses principes de base ne sont pas très orthodoxes, si j'ai bien compris.

— Pas très orthodoxes ? répéta Toby, qui parut surpris et même offensé.

Puis il prit un air plus conciliant et éclata même de rire, avant de reprendre :

— Vous retardez, colonel. C'est ce qu'on disait il y a quelques lustres. Ces principes vont maintenant de soi.

— Oui, oui, je vois, dit Porphyre en manifestant clairement son impatience. Mais je ne saisis toujours pas le rapport entre ces « principes » et le fait d'abandonner ces jeunes gens aux mains pas forcément charitables des Hommes des Bois.

— Abandonner ? (Toby Jones parut offensé.) Qu'est-ce qui vous fait croire qu'ils ont été abandonnés ?

— Vous n'êtes tout de même pas en train de me dire que leur départ a été voulu ?

— D'une certaine manière, si. Nous avons une convention avec les Hommes des Bois. Une convention établie par mon frère et qui respecte les règles du Système.

— Et c'est cette soi-disant « convention » qui est connue sous le nom de « Pacte », n'est-ce pas ?

Toby cilla en entendant ce mot.

— Je ne puis rien dire de plus, sinon que mes neveux et nièce ne courent aucun danger.

Ces paroles eurent pour effet de couper un peu le souffle au colonel Porphyre.

— Mais dans quel but… ces gens peuvent se montrer fichtrement féroces !

— Comme je l'ai dit, colonel, vous devez me croire quand je vous affirme que la présence de ma nièce et de mes neveux parmi eux fait intégralement partie de notre programme. Voilà pourquoi, quand je vous dis d'abandonner toute idée de voler à leur secours pour le moment, je sais de quoi je parle. Concentrez plutôt vos efforts sur la recherche du meurtrier de mon frère. C'est pour remplir cette mission que vous êtes ici. Déférez l'assassin de cet homme extraordinaire devant la justice. Laissez-moi m'occuper de Jonathan, Leander et Cassandra.

Porphyre garda quelque temps le silence. Pendant tout le stupéfiant discours de Toby Jones, il était resté raide et droit sur son siège. Lorsque finalement il prit la parole, ce fut d'une voix grave, quelque peu chevrotante, comme s'il faisait un effort pour se contenir.

— Il va de soi que j'entends remplir la mission qui m'a été confiée, monsieur Jones. Je suis tout aussi impatient que vous de démasquer l'assassin de votre frère.

— Parfait, dit Toby en se frappant le genou pour accentuer son propos. Pour toute question que vous pourriez vouloir poser, toute assistance dont vous pourriez avoir besoin, n'hésitez pas... demandez à Signor Parelli. J'ai cru comprendre que Mme Lobkova avait mis nos archives à votre disposition.

— Elle s'est montrée très coopérative.

— Tout ce que vous voudrez (il agita un doigt en direction de Porphyre), et s'il est un fait ou quelque détail que Parelli ou Lobkova ne peuvent vous fournir, venez me voir directement.

— Dans ce cas, je peux commencer tout de suite en vous demandant quel était l'âge d'Orville Jones au moment de sa mort...

Toby Jones n'était pas préparé à une réaction aussi rapide à sa proposition. Il en perdit un peu de son assurance.

— Attendez... il est né... voyons... en 1980. Il aurait donc eu quatre-vingt-dix ans, n'est-ce pas ?

Porphyre contemplait le plafond.

— J'ai effectivement trouvé, dans le dossier relatif à la famille, un certificat de naissance daté du 21 mars 1980. Mais je dois vous avouer qu'en étudiant ce document de plus près j'ai eu la très nette impression qu'il avait été falsifié.

— Falsifié ?

— L'entrée était plus récente. On aurait dit que « 1980 » avait été écrit par-dessus d'autres chiffres effacés depuis peu… (Tout en parlant, Porphyre observait les diverses émotions qui se marquaient sur le visage de Toby Jones.) J'ai donc pris la liberté, enchaîna-t-il, de faire faire des vérifications par le quartier général sur le continent. (Il sortit de la poche intérieure de sa veste un télégramme froissé, sa main tremblant légèrement lorsqu'il le déplia.) Il y a, certes, un certificat de naissance établi dans le comté de Baltimore, Etat du Maryland, concernant un certain Orville Jones, fils de M. Irvine et de Mme Kathryn Locke Jones, qui serait né le 21 mars 1980, ce qui fait effectivement quatre-vingt-dix ans.

— C'est exact, acquiesça Toby, quelque peu perplexe.

— Néanmoins, continua Porphyre sans regarder le télégramme, nos services ont découvert un autre certificat de naissance beaucoup plus ancien, celui d'un Orville Jones qui serait né le 1er mars 1921, également à Baltimore… également fils d'Irvine et Kathrine. Du coup, il aurait dans les cent cinquante ans, cent quarante-neuf, exactement… (Porphyre regarda Toby à travers ses verres jaunes.) Il y a évidemment une erreur quelque part.

— Evidemment, répéta Toby en riant sans conviction.

— Jones est un nom assez courant, mais le prénom d'Orville l'est moins. Et Baltimore… avec des parents qui auraient exactement les mêmes noms, orthographe comprise… voilà qui est très curieux.

Ayant ainsi exprimé son étonnement, le colonel attendit les explications.

— Comme vous dites, il s'agit d'une erreur.

— C'est ce que j'espère. Et c'est ce que je vais signaler à l'état civil. Cent quarante-neuf ans, c'est un peu loin de la moyenne, tout de même.

Porphyre replia le télégramme et le fit disparaître dans sa poche. Lorsqu'il releva les yeux, il eut la surprise de voir les deux hommes fixer l'endroit où il avait encore la main.

— Si vous ne trouvez pas cette question trop personnelle, monsieur Jones, quel âge avez-vous ?

— Je suis plus jeune que mon frère de quatre ans.

— Ce qui vous fait quatre-vingt-six ans ! (Porphyre eut un mouvement d'étonnement.) Vous êtes dans une forme éblouissante, pour un âge pareil. Je vous en aurais donné la moitié !

Il s'ensuivit un long silence gêné, tandis que, le rouge au front, Toby Jones regardait par terre.

— Je n'ai pas quatre-vingt-six ans, comme vous pouvez le constater, dit-il brusquement. Et, en effet, il y a eu une erreur sur ces certificats de naissance.

— Sur les deux ?

— Une erreur de transcription. Mais, encore une fois, je crains de n'avoir pas la liberté d'en parler, si ce n'est pour dire que cette erreur était...

— Intentionnelle, acheva Porphyre à sa place.

Toby Jones se renfonça dans son fauteuil, perdant de son assurance sous le regard scrutateur du colonel.

— Je vous l'avais dit, que vous ne pourriez pas tout comprendre de ce que j'essaierais de vous expliquer.

Porphyre resta assis pendant quelque temps après leur départ. Le haut siège du fauteuil de rotin sur lequel il trônait le faisait paraître étrangement minuscule tandis qu'il soufflait la fumée de son cigarillo dans l'air humide et surchauffé de la serre. Dehors, le soleil avait dissipé la brume et, à part deux ou trois bouts de nuages qui stationnaient rêveusement au-dessus du château, le ciel était dégagé.

Le colonel réfléchissait à tout ce qu'il avait vu et entendu dans la matinée : les tours de siège, l'incursion des Hommes des Bois, le vol du cercueil contenant le corps d'Orville Jones, la disparition, volontaire ou forcée, de trois de ses rejetons, fait que M. Tobias Jones paraissait accepter sans états d'âme. Et maintenant, cette bizarre affaire de falsification de documents officiels, pour des raisons que ce même Toby Jones ignorait ou ne voulait pas révéler.

Très bien, songea-t-il. Je peux à la rigueur accepter ça. Mais dans quel but ?

Il se passait beaucoup de choses à Frazé, conclut-il, et souvent loin des regards indiscrets, dans les grottes et les caves du sous-sol. Néanmoins, une bonne partie du mystère touchait également l'étage le plus élevé du château.

Après avoir exploré, de nuit, les parties supérieures du bâtiment, il envisageait maintenant une excursion dans ses profondeurs. Ce qu'il avait découvert au troisième étage avait de quoi surprendre dans un édifice du douzième siècle transporté à grands frais d'Europe jusque dans un endroit reculé de l'Amérique du Nord. D'un autre côté, on pouvait s'attendre à tout dans un château transformé en centre de recherches ultra-moderne.

Porphyre sortit alors de sa poche non seulement le télégramme qu'il venait de lire à Toby, mais encore plusieurs documents qui lui avaient été transmis le matin même du quartier général.

Le premier était un bref article de l'encyclopédie Columbia :

> **Hommes des Bois**. Grand Nord canadien. Eleveurs de chèvres habitant les zones les plus désertiques de Terre-Neuve et du Labrador. Peuple sauvage et féroce. Individus de taille naine. Découverts pour la première fois par Mgr Thierry Duchesne, missionnaire des provinces canadiennes du Nord, qui décrivit la première colonie d'Hommes des Bois comme une tribu païenne d'éleveurs de chèvres, peut-être d'origine celtique, se cramponnant à des rites barbares datant de plusieurs millénaires.
>
> Afin de les évangéliser, Mgr Duchesne passa plusieurs années parmi eux. Sa correspondance hebdomadaire avec l'archevêché de Québec se poursuivit jusqu'en 1648, date à laquelle elle s'interrompit brusquement ; on ignore tout de ce que fut son sort.
>
> **Hommes des Bois**... euphémisme désignant des primitifs de type dégénéré. Expression argotique synonyme de *stupide*, *brutal*, *criminel*.

Le deuxième était la photocopie d'un article ancien pris dans un journal local canadien. Vieux d'une vingtaine d'années, il avait pour titre : *Des bûcherons découvrent des cadavres anciens dans une tourbière*.

L'article expliquait comment, dans une île déserte, les bûcherons d'une grande compagnie forestière avaient trouvé par hasard ce qui paraissait être un ancien cimetière indien situé dans une tourbière. Chaque tombe était surmontée d'un monticule de pierre ne comportant aucune indication écrite permettant d'identifier les restes.

Les bûcherons en avaient ouvert plusieurs et découvert des corps enterrés tout habillés, à même la terre. Des examens pratiqués par des spécialistes avaient révélé qu'ils étaient vieux de quatre à cinq cents ans et constituaient incontestablement les restes d'un peuple de très petite stature qui aurait habité la région à cette époque. L'analyse des débris de vêtements au carbone 14 avait confirmé les dates avancées par les experts médicaux. L'étude de ces mêmes vêtements avait fait apparaître qu'ils étaient en peau de daim ou de chèvre. Enterrés sans être embaumés, on expliquait mal que ces corps fussent dans un état presque parfait ; on avançait que la richesse en tanin de la tourbe en était peut-être la cause.

Un autre document, plus court, était joint. Il s'agissait d'un autre article, daté du jour suivant, faisant manifestement suite au premier. On y rapportait la découverte, en plus des cadavres humains, d'un certain nombre de petits primates, principalement des chimpanzés et des singes rhésus. Leur présence dans cette tourbière constituait une énigme supplémentaire, aucune de ces créatures n'ayant jamais vécu dans ces régions autrement qu'à l'état domestique. Aucune explication n'était fournie.

L'article signalait en outre que les tombes des primates paraissaient relativement plus récentes, et que les tests effectués sur les os et la dentition de ces singes montraient que beaucoup de ces derniers avaient vécu entre deux et trois fois plus longtemps que leur espérance de vie normale. Les primatologues de l'université

McGill avaient confirmé la véracité du rapport, tout en restant incapables d'expliquer le phénomène.

La dernière coupure de presse qu'on avait fait parvenir à Porphyre était un encadré pris dans les pages financières de l'édition du dimanche du *New York Times*. Il remontait à une quarantaine d'années et concernait un certain Dr Fabian, généticien suisse, spécialiste de biologie moléculaire et membre des facultés de médecine de Tübingen, Heidelberg et Uppsala. Suite à la liste imposante de ses titres, il était précisé que le Dr Fabian était le directeur d'un petit laboratoire biomédical de Genève affilié à l'institut Humanus, organisation fondée et financée par un consortium de philanthropes, qui avaient tous préféré garder l'anonymat, pour des raisons qu'on ne mentionnait pas. C'était ce même nom que Porphyre avait vu sur les documents de routage des caisses remisées dans le laboratoire du dernier étage. Quelque chose d'encore vague et incohérent commença à prendre forme dans sa tête.

« Le Dr Fabian, concluait l'article, est connu pour ses travaux de pionnier dans le domaine de l'épissage des gènes et de la recombinaison de l'ADN, en particulier pour ce qui touche à la longévité humaine. »

Lorsqu'il eut terminé sa lecture, Porphyre replia les documents, mais les garda à la main en se tapotant le genou avec. Puis il revint un instant sur sa prise de bec avec Tobias Jones et les événements qui l'avaient suscitée. L'affaire avait bien entendu un rapport évident avec la disparition de la nièce et des neveux, mais, comme Toby le lui avait déclaré sans la moindre ambiguïté, ce n'était pas pour cela que Porphyre se trouvait à Frazé. Il devait s'occuper du meurtre d'Orville Jones, c'est-à-dire de mettre sous les verrous son ou ses assassins. Le sort des enfants de Jones, comme son frère le lui avait fait observer, n'était, pour le moment, qu'un problème secondaire.

Bizarre, pour le moins, mais si c'était ainsi que Tobias Jones voyait les choses, ça le regardait. Porphyre souhaitait sincèrement attraper les assassins d'Orville

Jones. Néanmoins, il connaissait beaucoup mieux les Hommes des Bois qu'il ne l'avait laissé croire et il ne leur aurait même pas confié un chien : encore moins trois jeunes gens inexpérimentés.

Le colonel eut un petit rire sournois puis, remettant les coupures de journaux dans sa poche, se dirigea vers les grandes portes vitrées de la serre.

A peine avait-il parcouru quelques mètres qu'il entendit des pas étouffés s'approcher vivement dans son dos. Il se tourna à temps pour voir la silhouette courte et volumineuse de Mme Lobkova qui se dirigeait vers lui.

— Colonel !

— Madame ?

Le visage empourpré, la respiration haletante, elle ne s'arrêta qu'à quelques centimètres de lui, oscillant sur place.

— Qu'est-ce qu'il vous a dit ?

— Pardon ?

— De toute façon, ce sont des mensonges.

— Madame, je...

— Ne croyez pas un mot de ce que Toby Jones vous a dit de sa nièce ou de ses neveux. Il a de bonnes raisons de vouloir se débarrasser d'eux. Et cette crapule de Parelli est encore plus sournois. Retenez bien mes paroles : ils sont de mèche avec ces gens, et jusqu'au cou.

— Quels gens ?

— Ça n'a aucune importance ! s'exclama-t-elle en tapant impatiemment du pied et en repoussant Porphyre dans le corridor.

Il sentait monter comme des vagues de chaleur des vêtements de la femme.

— Cassie et les garçons ! Qu'est-ce qu'il a dit ? Sont-ils avec les Hommes des Bois, oui ou non ?

— C'est à peu près certain.

Elle étouffa un petit cri.

— J'en étais sûre, j'en étais sûre ! Et, bien entendu, il vous a dit qu'ils allaient très bien. Que tout était pour le mieux. Que vous n'aviez pas à vous en occuper. J'ai raison, non ?

— En vérité…

— Vous voyez bien, j'ai raison !

Elle se tourna et appuya un mouchoir en papier roulé en boule contre sa bouche.

Porphyre la regarda se tamponner nerveusement le menton. Des larmes avaient fait couler son rimmel. Doucement, le colonel lui prit le mouchoir des mains et lui essuya le tour des yeux.

— Vraiment, tout ça est bien malheureux.

— J'ai l'impression que vous ne mesurez pas à quel point, colonel.

— C'est tout à fait vrai. Je suis quelque peu désavantagé dans cette histoire, madame. Personne ne semble vouloir me dire quoi que ce soit.

— Moi, je vais tout vous dire. En commençant par ces deux hommes. Ils sont impitoyables. Rien ne les arrêtera… Peu importe ce qu'ils m'ont fait, à moi.

— Et que vous ont-ils fait, exactement ?

— Oh, rien… répondit-elle en se tordant les mains et en s'éloignant.

— Vous devriez faire preuve de davantage de franchise avec moi, la reprit Porphyre, qui s'était mis à la suivre. Une fois, déjà, je vous ai demandé de me parler de ce soi-disant pacte et…

La seule mention de ce nom la fit tressaillir ; on lisait la peur dans ses yeux.

— Je m'en veux beaucoup pour ça, et vous ne pouvez savoir à quel point…

— Oui, je le vois bien. Mais pourquoi ? Parlez !

— Parce que j'ai accepté. J'ai approuvé. Enfin, si l'on veut ; pas vraiment. Mais qui ne dit mot consent, n'est-ce pas ? Enfin, ce n'est pas tout à fait vrai… j'ai protesté. Mais peut-être pas assez vigoureusement. Si je m'étais montrée plus ferme… Si j'avais menacé…

Porphyre s'empara des mains agitées de Mme Lobkova, les força à s'abaisser et les retint doucement dans les siennes.

— Ma chère madame, je n'ai pas la moindre idée

de ce dont vous voulez parler. (Un long sanglot monta de la poitrine de la femme.) Parlez-moi de Leander, que je n'ai jamais rencontré.

Les sanglots de Mme Lobkova se firent encore plus angoissés.

— Il a disparu la veille du jour où vous êtes arrivé.

— Oui, c'est ce que m'a dit M. Jonathan. Pendant une séance de musique, ou quelque chose comme ça.

Elle acquiesça d'un air las.

— Vous a-t-il dit pourquoi le garçon avait disparu ? demanda-t-elle.

— Il ne m'a guère aidé. En réalité, je crois qu'il l'ignorait.

— Mais si, il le sait ! Jonathan en connaît un bon bout. Ne vous laissez pas abuser. Il a simplement peur. Mais, à sa place, qui n'aurait pas peur ? (Elle s'éclaircit la gorge et regarda autour d'elle, mal à l'aise.) Je vous dirai tout. Sur Leander, sur Cassie et sur Jonathan. Sur ce que nous faisons ici, à Frazé... (Elle eut un petit geste sec du tranchant de la main.) Mais vous devez me promettre votre aide. Nous n'avons pas beaucoup de temps. Pour ce qui est de Leander, nous n'avons plus guère de chance. En ce qui le concerne, son sort a été réglé. Oh, ces deux hommes sont vraiment mauvais ! Très mauvais ! Du vivant de Jones, nous les contrôlions un peu. Mais, maintenant qu'il n'est plus là, ils sont capables de tout. Et alors... (Sa voix s'éteignit d'un coup. Le colonel Porphyre attendait, silencieux, qu'elle reprenne la parole.) Cornie... il va falloir aussi que vous sachiez tout de Cornie. (Elle haussa les sourcils, comme si une nouvelle idée lui venait.) Attendez-moi ici. Je reviens tout de suite.

Elle se précipita dans le corridor et, comme elle l'avait promis, revint quelques instants plus tard, tenant dans ses bras une pile épaisse de documents.

— Lisez donc ça, dit-elle en les lui tendant. Vous n'avez pas besoin de les étudier en détail. Seulement les passages que j'ai soulignés.

— C'est le pacte ?

— Ça, c'est pour plus tard.

Porphyre fronça les sourcils.

– Mais alors, de quoi s'agit-il ?

– Vous le saurez bien assez vite sans que j'aie besoin de l'expliquer.

Elle fit demi-tour et s'éloigna rapidement.

Le colonel regarda la masse de papier avec un sentiment croissant d'abattement. Encore une montagne de documents à digérer. Leur seul poids le désespéra. Au moins quinze centimètres d'épaisseur. Le papier était jauni et les marges s'effritaient. Des débris lui étaient déjà tombés sur le pantalon. Tout cela sentait le moisi.

Avec la répugnance qu'on éprouve quand on est sur le point d'apprendre quelque chose qu'on préférerait ignorer, Porphyre souleva la première page. Petite écriture nette et précise, mais trois mots seulement : de toute évidence, le titre du document. Ces trois mots qui lui donnèrent l'impression de monter vers lui et proclamaient : *Journal de Fabian*.

HUITIÈME PARTIE

Journal de Fabian

Indy comprit à quoi rimait toute cette mise en scène.
– C'est pour ça que vous avez tous ces esclaves qui creusent… ces enfants…
La colère commença à bouillonner en lui.

Indiana Jones et le Temple maudit

29

12 mai 1951

Pour être tout à fait franc, je n'en ai pas cru un mot. Bien entendu, c'était un nom que je connaissais déjà, mais j'ai pris le type pour un imposteur. J'ai cru être victime d'un coup monté, d'une blague qui n'avait rien de bien drôle. L'un des hommes les plus riches du monde me conviant à déjeuner dans une lettre qui débordait tellement de louanges pour mon travail que j'en ai rougi ! Moi, rougir ! Peut-on imaginer ça ? Même enfant, je ne rougissais presque jamais. Mais cette fois...

Pourquoi ? Pour quelle raison un homme occupant de telles fonctions pouvait-il bien vouloir déjeuner avec un scientifique, brillant sans doute, mais obscur et sans le sou ? Pourquoi, puisque, en dehors de moi et de quelques rares autres scientifiques d'avant-garde, personne ne sait ce que je fais et ne se soucie de mes travaux ?

Mais sonnez, trompettes et fanfares ! Voici le personnage de légende (si c'est bien de lui qu'il s'agit), riche comme Crésus, qui vient m'implorer de rompre le pain avec lui. Moi, Felix Fabian, qui vis chichement et habite une baraque branlante derrière une brasserie, sur le mauvais côté du lac de Genève.

Je travaille seul, j'ai dû congédier mon assistant, j'ai du mal à payer mes factures et je me bats pour poursuivre mes recherches. A bout de ressources et à peine capable de subsister, j'en suis réduit à rédiger des monographies (que personne ne lira jamais) dans des journaux impécunieux, quoique parfaitement respectables. Et soudain, le destin semblant prendre fait et cause pour moi, voilà que ce potentat nord-américain m'approche comme si j'étais quelque dieu, avec la plus extrême circonspection, en s'épanchant et s'excusant beaucoup, avec force génuflexions, et veut à tout prix me donner des sommes d'argent tellement prodigieuses que c'en devient obscène !

Bon, d'accord, il est fou. C'est un imposteur. Il suffit de le regarder, cette espèce de plouc yankee dont les bottes puent encore le fumier. Au lieu et à l'heure convenus, je l'ai retrouvé à la terrasse d'un modeste *estaminet* *, dans le quartier de Byère ; l'établissement n'était pas particulièrement reluisant, pour un milliardaire. Il m'a déclaré l'avoir choisi à cause de sa tranquillité et de son éloignement. Monsieur était certain d'être surveillé. J'ai pris un air dubitatif qui, j'en suis sûr, n'est pas passé inaperçu. J'avais prévu d'arriver avec un retard soigneusement calculé de vingt minutes, assez pour lui faire comprendre que j'avais mon indépendance, mais pas trop afin de ne pas commencer du mauvais pied... si jamais ce type était bien ce qu'il prétendait être. Il sirotait un *fino*. Une soucoupe d'olives (il en avait dévoré la moitié) était posée devant lui. Il ne cessa pas de grignoter comme un rongeur pendant tout le repas. Des biscottes ! Il en avait les genoux couverts de miettes.

Je dois avouer que j'ai bien failli éclater de rire la première fois que je l'ai vu. J'avais envie de me trouver une excuse quelconque, d'invoquer un soudain malaise, n'importe quoi, pour m'esquiver au plus vite. Tout un chacun aurait réagi de cette manière en le voyant. Il a tout de l'abruti avec ses vêtements mal coupés, ses mains grossières et mal soignées, et ses manières exécrables. A tous points de vue le vrai demeuré – mis à part les yeux. Rusés, ces yeux avait une expression frappante ; hypnotique même, par moments.

Sinon, d'une absolue banalité. Taille moyenne. Poids moyen. Parfaitement rébarbatif. La seule chose qui pouvait le faire remarquer était la tache de vin violette qu'il avait sur le front. Un hémangiome en forme de patte de chat. Au début, j'ai eu du mal à ne pas la regarder constamment. Mais je dois reconnaître que j'en ai tout oublié au bout d'un moment.

Il me dit avoir entendu parler de mes travaux dans divers journaux, dont deux qu'il mentionna. Cela ne m'impressionna guère. Ces publications sont ésotériques et d'une diffusion restreinte, mais de première qualité. Puis il m'interrogea sur mes derniers travaux, et je les lui décrivis ; je n'en avais pas l'intention, mais je le fis tout de même, sans pouvoir m'expliquer exactement pourquoi. J'avais l'impression de perdre mon temps. Néanmoins, je lui parlai. En plus, cela faisait des mois que je n'avais pas mangé aussi bien. Il y avait quelque chose de si désespérément sérieux chez ce type... tout ce baratin sentimental sur les laissés-pour-compte, les parias et les exclus de ce monde. Pourquoi m'embêter avec ça ? me disais-je. Qu'est-ce que je peux y faire ? Je ne connais personne d'aussi laissé pour compte et exclu que moi.

Et, tout d'un coup, voilà qu'il se met à me poser des questions sur la gérontologie, sujet auquel je m'intéresse un peu plus qu'en passant. Et, tout aussi brusquement, il me parle d'histo-compatibilité, de l'infection bactérielle par E-coli, de réparation de l'ADN. J'ai failli m'étouffer sur un escargot. Le temps de le dire, j'étais cerné, submergé d'un tir de barrage de questions, écrasé par la seule ampleur des connaissances avec lesquelles il jonglait. Connaissances que, pour l'essentiel, je partageais. Je dois cependant avouer qu'il y avait certaines informations, nullement négligeables, dont je n'avais encore jamais entendu parler.

Je lui demandai quel était son cursus scientifique, et où il avait été formé.

« Je n'ai aucune formation académique, m'a-t-il répondu. A moins que l'on considère qu'une scolarité arrêtée à la troisième en soit une. Et je n'ai collaboré avec aucun maître si ce n'est, peut-être, avec Archie Touhy, un voisin de Baltimore, mécanicien de son état.

C'était incontestablement un bon prof, mais de là à parler de formation... »

Il parlait rapidement, d'un ton de voix haut perché, en bégayant légèrement, les yeux pétillants. Je pris ça pour de l'impertinence, pensant qu'il se payait ma tête. Pas un instant je ne le crus. Une telle modestie ! Une attitude aussi effacée ! Ça m'écœure. Pourquoi un milliardaire — si vraiment il en est un — a-t-il autant besoin de jouer les modestes ? Il faut davantage qu'une intelligence ordinaire pour acquérir son premier milliard, et il en faut encore plus pour avoir envie de le donner. Car c'était précisément ce qu'il se proposait de faire : le donner. *Me* le donner, à moi. Pas tout, bien entendu, mais une bonne moitié. Un joli paquet. Je n'avais rien contre. Mais j'ai fait des mines et des chichis, prenant l'air outragé d'une vierge à laquelle on fait des propositions malhonnêtes.

« Je suis un simple chercheur, lui ai-je répondu, presque sur le ton de l'excuse. Que devrai-je faire pour le mériter ? »

J'étais certain qu'il allait me proposer de trouver un remède à l'alopécie, ou une cure miracle pour l'oignon du gros orteil. Quelque chose de totalement prosaïque, avec quoi on gagnerait beaucoup d'argent, et vite. Les Yankees ne pensent qu'à ça, de toute façon.

« Je veux que vous continuiez à faire ce que vous faites actuellement. Ce que vous faites depuis huit ans.

— C'est tout ?

— C'est tout.

— Vous voulez parler de mes travaux sur l'hélice et les supergènes ?

— En mettant l'accent sur le facteur irradiation dans la réparation de l'ADN.

— Et vous paierez ?

— Jusqu'au dernier fichu centime », m'a-t-il répondu, dans ce style un peu grossier qui est si typiquement américain.

Un petit morceau de bœuf tomba de sa lèvre dans son assiette.

« Et pendant combien de temps ? lui demandai-je en

attendant ce qui allait maintenant me tomber dessus – les lignes écrites en tout petit dans les contrats, la clause finale.

– Aussi longtemps qu'il le faudra. »

Telle fut sa réponse ; et, pendant tout ce temps, on ne cessait pas de me regarder d'un œil sardonique. Franchement, je ne savais que faire face à cet homme. J'hésitais entre le gifler ou lui baiser la main.

« Vous êtes un mystificateur, n'est-ce pas, un imposteur ? Vous n'êtes pas le véritable M. Jones ? »

Il se mit à rire de bon cœur et commanda une autre bouteille de vin.

« A quoi vous jouez exactement ? repris-je, surpris de m'entendre parler aussi familièrement qu'un Américain.

– Au même jeu que vous. »

Tiens donc ! On commence à se comprendre, pensai-je.

« L'argent et la célébrité, voilà donc ce qui vous intéresse ?

– Non. Ce qui m'intéresse, c'est la longévité. Pour le reste, je vous invite volontiers à le partager avec moi. »

Il avait dit tout cela en gardant une expression parfaitement neutre ; puis il sortit une épaisse liasse de papiers d'une poche intérieure et la posa sur la table. Je n'avais pas besoin de regarder ; je savais qu'il s'agissait d'un contrat.

« Lisez ça ce soir, et nous en reparlerons demain matin. »

Il appela le garçon, paya l'addition et se leva.

« Quel âge avez-vous ? » lui demandai-je, sans savoir exactement pourquoi.

– Quel âge me donnez-vous ? »

J'étudiai ses cheveux, qui grisonnaient et s'éclaircissaient, les pattes d'oie qui se creusaient au coin de ses yeux.

« Je dirais la cinquantaine. Cinquante-deux, cinquante-trois ans.

– Je fête mes trente ans la semaine prochaine », me

répondit-il en continuant de me narguer de son regard pétillant de malice.

J'étais certain qu'il mentait et m'apprêtai à lui rétorquer quelque chose de bien envoyé. Il le méritait. De qui croyait-il donc se payer la tête ? Un petit rusé qui s'imagine que tous ses millions lui donnent le droit de se ficher des gens ! Mais, au lieu de cela, je me contentai de rire. Là non plus, je ne sais pas pourquoi. Peut-être parce que j'avais finalement compris la plaisanterie, ou encore parce qu'il m'était venu à l'esprit que ce type si gentiment dérangé allait peut-être me payer un confortable salaire, au moins pendant quelque temps.

Dans l'ensemble, donc, un repas agréable. Et qui s'était beaucoup mieux passé que ce que je me serais cru en droit d'attendre d'un repas d'affaires. Des escargots, un *ris de veau* *, une superbe bouteille de Montrachet, des fraises toutes fraîches cueillies et un dessert somptueux. Pas mal. Pas mal du tout comme sortie, sinon que je ne pouvais m'empêcher d'éprouver le sentiment que, quelque part, je m'étais fait avoir.

13 mai 1951

C'est un mendélien, mon petit Lorenzo de Médicis. Comme c'est charmant. Gentiment démodé. Il adhère à la vieille école et ne le sait même pas. Il pense que la vieille école *est* la bonne école. Eh bien, nous verrons. On va lui apprendre deux ou trois trucs sur les petits pois, n'est-ce pas ?

9 juillet 1951

J'ai déposé son chèque et la banque a honoré sa signature. Je l'avoue, j'ai été surpris. Je retenais ma respiration.

Me voilà installé dans mon nouveau laboratoire, avec vue sur le lac, juste en face de Chillon ; les cygnes se glissent le long de la rive pour mendier des morceaux de pain aux promeneurs. De qui sont ces vers, déjà ? « Le lac Léman vient lécher les murs de Chillon ; et, en dessous, s'enfonce de mille pieds. » Un endroit épatant, malgré tout. Du matériel flambant neuf arrive tous les jours ; je ne sais même plus où le mettre. Les labos débordent des inventions dernier cri de la technologie. Il n'y a que moi et quatre assistants, tous de l'*Institut technologique**. Et les petites souris blanches. Trois cents, de trois variétés différentes ; d'autres vont arriver. M. Jones m'a promis que nous allions bientôt avoir un labo avec des primates. Et pour couronner le tout, derrière, il y a un garage qui abrite une superbe Daimler toute neuve pour mon usage personnel. Quand je pense qu'il y a quelques mois à peine j'étais sur le point de m'inscrire au chômage...

Impossible de rêver mieux. Je dispose de tout l'argent et de toutes les ressources dont j'ai besoin ; et plus, s'il le faut. Tout ce que je veux. « Vous n'avez qu'un mot à dire », tel est le leitmotiv de mon rustaud de Yankee. Croyez-moi, je le dirai. Question d'argent, je n'ai jamais été timide. J'en ai fait l'expérience : plus on se montre cynique et plus les gens sont prêts à se plier à vos exigences.

Un seul inconvénient – le secret. Il est complètement gaga là-dessus. Et ce sigle, à l'entrée : INSTITUT HUMANUS ! Parfaitement vague. Il pourrait tout aussi bien s'agir d'une fabrique de prothèses dentaires ou de chaussures orthopédiques. Je comprends son point de vue, évidemment, mais je n'apprécie pas de devoir constamment prendre des précautions, de tout faire en catimini, de toujours vérifier qu'on ne me suit pas. Je n'ai même pas le droit d'enregistrer les données brutes du labo au dictaphone. Tout doit être rédigé à la main (la mienne, parce qu'il n'a pas confiance dans les secrétaires), puis mis sur fiches ; l'original est ensuite détruit. Chaque soir, les fiches sont classées dans un coffre-fort dont il est le seul à posséder la combinaison. Je suis maintenant convaincu que ce type est cinglé.

Nous ne sommes ici que depuis peu, mais nous avons déjà repéré deux individus qui semblaient avoir envie de fourrer le nez dans nos affaires, et ont posé des questions en ville. Des guignols des compagnies pharmaceutiques. On les sent à un kilomètre. Ether. Argyrol. Assa fœtida. Chypre bon marché. Ils empestent. Pouah ! L'un d'eux a même eu le culot de se présenter à l'entrée et de me demander s'il pouvait utiliser les toilettes. Je lui ai indiqué les pissotières, en bas de la rue.

En dépit de toutes nos différences, je crois que nous commençons à nous habituer l'un à l'autre. Il vient parfois me rendre visite à mon appartement, le soir. Nous écoutons de la musique – des enregistrements de Chaliapine et de Lola Montez. Il apprécie particulièrement ma collection de livres érotiques. Nous nous disputons un peu sur les procédures et la direction que doit prendre le travail, mais il est assez intelligent pour ne pas m'imposer sa volonté, et assez coriace pour ne pas se laisser mener par le bout du nez. C'est *son* argent, après tout, et il maîtrise une somme impressionnante de connaissances dans le domaine. On ne peut pas le noyer de paroles. Je le sais, j'ai essayé. D'un point de vue philosophique, je dirais qu'il a tout d'un biophysicien d'un bon niveau. Ce que j'apporte, c'est tout l'aspect moléculaire. Jones est un néophyte dans ce domaine. Assez brillant pour poser les bonnes questions, assez modeste pour me laisser les éléments théoriques. Je crois que nous finirons par mettre au point un *modus vivendi* satisfaisant pour tous les deux. En fin de compte, je pense cependant que c'est moi qui prévaudrai.

23 novembre 1951

La guerre en Asie. Les hordes jaunes ont franchi le 38e parallèle et couvent le sous-continent du regard. La Suisse est aussi paisible qu'un tombeau et à peu près aussi inconsciente. Ici, les gens ne se réveillent que pour compter leurs sous ou déguster du chocolat. Mais je ne me plains pas. C'est une situation idéale pour la recherche. Que les imbéciles se fassent sauter la tête. Puisse le sort faire que la guerre reste aussi loin d'ici que possible.

Jones ne me semble pas très concerné, lui non plus. Ou bien est-ce simplement du détachement ? Il se déplace à sa guise, ses sentiments patriotiques (s'il en a) ne l'empêchent d'aller nulle part : les affaires continuent. Il a l'air d'avoir un passeport diplomatique et voyage dans un avion privé qui bénéficie de l'immunité diplomatique. Même les cocos de Moscou paraissent hésiter à le contrarier.

L'institut Humanus a de nouveau grandi, pour la troisième fois en six mois. Nous lui avons ajouté une aile pour abriter les primates et le personnel, qui comprend maintenant des biologistes, des immunologistes, des biochimistes, des biophysiciens, des généticiens et des médecins spécialisés en gérontologie, sans parler des laborantins et des *garçons de salle* * chargés de nettoyer les cochonneries que nous laissons après les autopsies.

Nous disposons d'une population de souris de près d'un millier de sujets, à l'heure actuelle. Toutes les espèces concevables. Des souris noir et blanc. Des souris taillées sur mesure. Des souris programmées pour devenir diabétiques. Des souris ayant des défauts neurologiques. Des souris auto-immunes. Des souris obèses, des souris atteintes de leucémies. Montrez-moi une souris, n'importe laquelle, et je peux vous faire sa biographie, de sa conception à sa mort. La clef de cet heureux mystère tient à ce que ces chères petites bêtes sont privées de la fonction immunitaire, ce qui leur permet de tolérer n'importe quel tissu transplanté, même des plumes. Si nous voulions obtenir des souris à plumes, ce serait possible.

1er mars 1953

C'est exact, Jones a trente-deux ans, même s'il paraît avoir la cinquantaine bien sonnée. Le pauvre vieux a trop longtemps couru après le fric. Nous avons fêté son anniversaire aujourd'hui, alors qu'il rentrait tout juste d'Asie du Sud-Est avec un chargement de singes rhésus et capucins. Il s'est montré touché que nous ayons pensé à organiser une soirée.

En dépit de ses trente-deux ans, il a l'air de quelqu'un qui aurait brûlé les étapes, d'une victime de ces maladies abiotropiques monstrueuses qui, du genre progérie, vous expédient son homme dans la sénescence dès que celui-ci atteint la puberté. Tel est ce personnage : mince et noueux, il sort à peine de la jeunesse, mais a la tête en forme d'obus et presque entièrement dépourvue de cheveux. Ce qui lui en reste est grisonnant et il le repousse sur le devant de son crâne en petites mèches tristes qui ne dissimulent pas grand-chose. Et cette voix ! Haut perchée et chevrotante, comme celle d'un vieillard… Sans parler, bien entendu, de la tache de vin en forme de patte de chat qu'il a sur le front.

Son esprit, en revanche, n'est pas vieux. Tant s'en faut. Il est jeune, solide… et un peu inquiétant, je dois le dire. Il contient une vaste somme de connaissances et une faculté de mémoire phénoménale – même pour moi. Il parle rapidement et, sautant souvent du coq à l'âne, est capable d'aborder tous les sujets. Les poches de ses costumes sont toujours bourrées de quantité de bouts de papier, sur lesquels il griffonne sans cesse des notes personnelles – surtout des faits et des statistiques. (Comme la plupart des Américains, Jones manifeste un grand respect pour les statistiques et ne se méfie nullement des charlatans grassement payés qui trafiquent les résultats pour plaire à tel ou tel groupe d'intérêt.)

Il a toujours de ces bouts de papier sur lui. Du délire, ces notes. L'une d'elles peut ainsi comporter des chiffres sur la production de maïs au Guatemala, le régime des pluies en zone sub-saharienne, les ressources monétaires combinées des grandes places boursières de la planète ou le taux de change du zloty sur le marché libre : voire tout autre fait bizarre qu'il a relevé dans le *Livre mondial des records* (l'un de ses ouvrages favoris). Il prétend l'avoir lu quarante-trois fois et mémorisé à quatre-vingt-treize pour cent. Il se vante de n'avoir jamais lu un roman ; le jeu, d'après lui, n'en vaut pas la chandelle.

Tel est le genre d'âneries qui lui gonflent les poches ; elles en dégringolent comme des confettis. Il les répand sous sa chaise, les sème dans son sillage. Il ne cesse de bouger, animé de gestes vifs, même lorsqu'il se repose. Je ne supporte pas toute cette agitation ; le seul fait de le regarder se détendre m'épuise. Je suis incapable de décrire ça, sinon pour dire qu'il s'agit d'une sorte de mouvement brownien dans lequel le hasard tiendrait peu de place.

Comme tous les grands agités, Jones éprouve un besoin compulsif de parler. La plupart du temps de thèmes sérieux, ponctués d'incursions dans le genre discours scatologique propre aux adolescents boutonneux qui échangent des histoires caca-boudin en riant sous cape. A ces moments-là, il lui arrive d'être pris d'une crise d'hilarité caquetante qui finit souvent par se transformer en cris suraigus à vous faire grincer des dents et dresser les cheveux sur la tête.

Les rares fois où il n'est pas en voyage, Jones ne cesse de téléphoner. Il lit des rapports et des douzaines de journaux jusque tard dans la nuit. Il y a plusieurs semaines de ça, il a fait installer un téléscripteur au-dessus du garage. Jour et nuit, l'appareil crépite doucement, débitant son flot de nouvelles au milieu de la pénombre et des fumées d'échappement. Avec ses clignotants rouges et verts, cet engin me fait penser à une créature vivante qui ne dormirait jamais et ne demanderait jamais rien, se contentant d'occuper un coin de la pièce et d'attendre qu'on l'alimente.

27 avril 1953

On connaît trois méthodes pour prolonger la vie : la réduction de l'apport de calories, l'hypothermie et la réparation de l'ADN.

Les gens qui, dans les pays où règne la famine,

doivent se contenter de trois cents calories par jour tendent à vivre plus longtemps et à être moins malades que ceux qui en absorbent deux mille ou plus. Le fait est avéré, personne ne le conteste. Néanmoins, dans un monde où des choses comme le foie gras, l'entrecôte de bœuf, le saumon fumé, les rillettes et autres gourmandises sont disponibles à tout instant, l'idée de s'affamer pour vivre longtemps est rien moins que séduisante, pour ne pas dire totalement inacceptable.

Je me demande combien de gens se rendent compte que si la température normale du corps était abaissée ne serait-ce que de deux degrés celsius, et maintenue à ce niveau, l'espérance de vie moyenne pourrait être augmentée d'un tiers ; autrement dit, atteindre cent cinq ans. En l'abaissant d'encore deux degrés, les hommes vivraient en moyenne deux cents ans ; les femmes, légèrement plus. Cependant, la méthode présente aussi des inconvénients. Le premier est qu'à une température de 33° il est difficile de rester éveillé. On passerait son temps plongé dans une sorte de torpeur permanente, on aurait constamment froid et courrait des risques d'hémorragies cérébrales. Force est de reconnaître que l'hypothermie est donc nettement impraticable.

De ces trois méthodes envisageables, la seule qui paraisse acceptable reste la réparation de l'ADN. C'est elle que Jones et moi avons choisi d'explorer. Aujourd'hui, la plupart des chercheurs en gérontologie, du moins ceux qui sont sains d'esprit, estiment que le vieillissement de l'organisme humain commence lorsque les cellules deviennent incapables de se renouveler. Autrement dit, la clef du problème est à trouver dans une substance ou une technique qui stimule la réplication ou la réparation des cellules. Cette technique existe, et s'appelle la potentialisation des polymérases.

Jones fut l'un des premiers à s'intéresser à l'ADN, même si, je dois le dire, j'en avais envisagé les possibilités une bonne dizaine d'années avant lui. Certes, il avait bien isolé quelque chose dans son tube à essai, mais il ignorait qu'il avait affaire à l'ADN. Les généticiens connaissaient son existence, mais n'avaient aucune idée de sa structure. Les microscopes électroniques d'un pouvoir de grossissement supérieur à 2000 paraissaient à peine concevables, encore moins réalisables. Jusqu'à il y a très peu de temps, en dehors de moi-même et, peut-être, de quelques savants fous à Tübingen, personne ne savait grand-chose sur l'ADN ; Jones, pour sa part, n'avait que la plus vague idée de ce qu'était la potentialisation des polymérases. Néanmoins, il y travaillait, et avec un certain succès.

Si j'ai bien compris, tout cela fut le résultat d'un simple accident. Pour autant que je sache, les choses se seraient passées ainsi : pendant qu'il procédait à des essais pour un client de l'industrie, Jones avait, sans le savoir, synthétisé une substance qui, outre qu'elle possédait toutes les propriétés habituelles des polymérases, avait la capacité de régénérer les cellules humaines – jusques et y compris celles qui avaient été presque complètement détruites.

Un après-midi, au cours de la distillation d'un fluide hautement volatil, un incendie s'était déclenché. Il avait bien failli anéantir le centre de recherches de Jones, alors situé à Bethesda, Etat du Maryland. Au plus fort de l'incendie, alors que Jones se démenait pour sauver des notes fondamentales pour son travail, un alambic de verre contenant environ quatre litres du résidu qui s'était accumulé au cours des étapes finales du processus explosa sous l'effet de la chaleur. Jones fut aspergé par un liquide laiteux, et en essayant d'éteindre le feu, il fut gravement brûlé sur près de la moitié du corps.

Normalement, il aurait dû être couvert de cicatrices et défiguré pour le reste de ses jours ; en fait, ses blessures guérirent beaucoup plus rapidement que prévu, et sans presque laisser de traces. Ses médecins en furent les premiers étonnés mais, ravis pour leur patient (leur principal souci était de le tirer d'affaire), ils ne s'attardèrent pas sur les implications de cette guérison quasi miraculeuse.

Jones, en revanche, considéra qu'elle méritait réflexion ; pour lui, l'accident qui aurait dû le laisser handicapé à vie devint le point de départ d'une nouvelle exploration scientifique.

Dans les mois qui suivirent, Jones abandonna virtuellement toutes ses recherches précédentes pour s'engager sur cette piste. Le domaine était, à l'époque, entièrement neuf et, science balbutiante, avait nom de microbiologie. Le résultat de ses travaux fut la découverte d'une molécule qu'il baptisa TRX5. Que l'on me pardonne, mais je trouve cet acronyme tout à fait typique de sa mentalité « détective amateur » et de sa passion pour les mystères bien profonds et épais. J'en parlerai comme d'un élixir, même si ce terme sent un peu trop son charlatan. En vérité, pour une fois, le produit mérite ce nom ; croyez-en quelqu'un qui en a fait personnellement l'expérience.

Mais, pour le moment, qu'il suffise de dire que le TRX5 était, à d'infimes variations près, la substance que Jones avait synthétisée pendant l'été de 1946 et qui, il en était convaincu, aurait de vastes applications médicales. C'est ce que l'on put constater plus tard, de manière particulièrement spectaculaire, dans les maladies de Parkinson et d'Alzheimer, certains traumatismes de la colonne vertébrale et le traitement des brûlures jusqu'alors considérées comme fatales. Encore plus important, ce composé, d'une manière que personne ne comprenait très bien, était capable de faire merveille dans la régénération spontanée des cellules du tissu humain. Extraordinaires dans ces premiers traitements, les conséquences en étaient proprement révolutionnaires pour la gérontologie.

Mais nous reviendrons là-dessus plus tard. Alors qu'ils se remettait de ses blessures, toute l'énergie créatrice de Jones se mobilisait déjà sur la mise au point et la production de l'élixir miracle qu'il avait baptisé TRX5.

Il travailla avec des équipes de chercheurs et de spécialistes, tous recrutés par une fondation créée par ses soins dans ce but, et, après une douzaine d'années de travaux expérimentaux exhaustifs conduits aux quatre coins de la planète dans le plus grand secret et selon ses normes, il obtint des résultats qui ne faisaient plus aucun doute : on était en possession d'un produit qui non seulement retardait le vieillissement, mais était aussi capable de régénérer les cellules humaines. Bref, on pouvait enfin rendre la vigueur de la jeunesse à des organes et à des tissus vascularisés qui commençaient à avoir fait leur temps.

Bien entendu, il n'était pas question d'immortalité. Il n'y avait rien de vulgairement miraculeux dans cet élixir. Jones est un homme pratique et un scientifique que les délires des bandes dessinées de science-fiction ne font qu'agacer. Son objectif n'était pas de prolonger l'existence à l'infini mais, de manière plus modeste, de doubler l'espérance de vie en la faisant passer d'environ soixante-douze ans à près de cent cinquante. L'objectif était réaliste et pouvait être atteint en une décennie.

Il s'avéra que la molécule qu'il avait synthétisée dans son petit laboratoire de Bethesda était du superoxyde dismutase, enzyme que le corps produit naturellement. Il s'agit d'un anti-oxydant qui ralentit les processus d'oxydation de l'organisme, retarde la production des radicaux de superoxyde destructeurs et, ce faisant, prolonge la vie des cellules humaines. D'un grand classicisme et fort beau dans sa totale simplicité.

Sans avoir tout de suite pleinement compris l'ampleur de sa découverte (à savoir la synthèse d'une enzyme humaine à l'extérieur de l'organisme), il savait toutefois qu'il était tombé sur quelque chose d'énorme. Il était en possession d'un outil extraordinaire. Ce qui lui manquait encore était une méthodologie de ses applications cliniques. N'est-ce pas le destin qui a voulu qu'il s'adresse alors à moi, Felix Fabian, précisément à ce moment-là ? Le reste, comme on dit, relève de la légende.

25 novembre 1954

Il m'appelle d'Oulan Bator, de Paramaribo, de coins perdus dans les Andes, d'une léproserie équatoriale, six, huit, dix fois par jour. Comment vont les souris ? Comment se portent les maudites petites bestioles ? Quels sont les chiffres du jour ? Les rats en sont à presque trente-six semaines. Un record, un record ! Le lendemain, il m'appelle de Madras et me pose un million de questions. Il veut connaître la température du labo. Il faut garder les fenêtres hermétiquement fermées et la température doit être constamment maintenue à 40°. Je le sais bien ! Inutile de me téléphoner de Madras pour me le rappeler !

12 janvier 1955

Impressionnants, les chiffres auxquels nous aboutissons. Fantastiques. Absolument fantastiques. La survie moyenne des rats traités atteint maintenant trente et un mois, pour vingt-huit mois et demi dans le groupe de contrôle. Quant aux chiffres de survie maximale, ils sont stupéfiants : vingt-six sur vingt-huit des animaux traités sont encore en vie. Nous avons complètement interrompu le phénomène du vieillissement. Nous allons bientôt passer aux chimpanzés. Et après eux... eh bien, on verra.

22 septembre 1955

Si l'on me demande ce que je pense de la longévité, je vous répondrai franchement qu'à mon avis ce n'est pas un cadeau pour l'humanité. Plutôt une plaie, oui. Un cauchemar pour malthusien. La population qui se met à croître exponentiellement ; une planète dont les ressources vont en s'amenuisant rapidement et qui est incapable de se renouveler. Nous allons donc ainsi vivre cinquante ou soixante ans de plus. Cent ans, même. Mais quelle sera la qualité de la vie ? Entassés les uns sur les autres, à nous reproduire comme des mouches et à nous battre pour le moindre morceau de nourriture ? Submergés par les déchets de tous, par des déchets que la planète ne pourra plus absorber ? Tout ce tapage sur l'extension de la vie, alors qu'il ne s'agit, au fond, que d'une mesure dilatoire ; on retarde l'inévitable, on ne l'empêche pas de se produire. Le moment que nous redoutons plus que tout. Le fil qui se coupe. Nous ne sommes plus. Nous cessons d'exister. *Pour toujours*. Il y a quelque chose de terrifiant là-dedans, non ? *Pour toujours*... L'esprit peut-il saisir un tel concept ?

Mais alors, qu'est-ce que je fabrique, moi, dans cette histoire de longévité ? La partie n'est pas gagnable. Chacun de nos progrès est un coup porté à la qualité de la vie pour l'humanité. La réponse est simple : je suis ici parce que la question m'intrigue, même si elle n'a pas de réponse. En résolvant ce problème, on en crée une douzaine d'autres. Mais ce ne sont pas les miens. Je laisse à d'autres le soin de les régler – aux agronomes, aux sociologues, à tous ces gens-là. Si ce sont des avantages que l'on recherche pour l'humanité, s'adresser aux théologiens et aux faiseurs de miracles. Ils abondent, en cet âge d'escrocs parés de masques d'experts et de visionnaires. Mieux encore, parlez-en à Jones. Il est dans le business des Bienfaits & Avantages. Le biologiste moléculaire ne s'intéresse pas à ces choses. Son horizon à lui se borne aux cellules. Des cellules, encore des cellules, toujours des cellules. Le mystère de la cellule qui se divise pour en produire deux. La sublime, l'admirable, la mystérieuse, l'inexorable division mitotique. *Semper mitosis. Mitosis ad infinitum.* C'est tout ce qu'il vous faut savoir, mes jolies.

24 décembre 1961

Noël. Et quel cadeau ! J'ai localisé les antigènes d'un petit segment du chromosome six, correspondant au chromosome dix-sept de la souris – dans ce cas précis, les souris congéniques du cheptel noir 057, toutes aussi identiques que deux gouttes de lait. Soudain, ce sont de nombreuses portes qui s'ouvrent.

Largement de quoi décrocher le Nobel, ou alors je n'y

connais rien. Douce vengeance pour toutes les années où j'ai dû subir le mépris et l'indifférence ricanante de mes contemporains ! Les trois quarts des types de Tübingen vendraient père et mère pour être à ma place en ce moment. Et je n'ai pas le droit d'en souffler mot ! Pas un seul ! Je meurs d'envie de proclamer ma découverte au monde, mais Jones ne veut pas en entendre parler. Est-ce de la modestie, ou seulement son obsession du secret ? J'ai tendance à penser que c'est le goût du secret, mais alors c'est pathologique. Je reconnais qu'il a quelques bonnes raisons pour le justifier. Les pharmacow-boys grouillent comme des mouches dans la ville, et Jones affirme que c'est à cause de nous. Comme c'est flatteur ! Ils sont devenus un peu plus subtils, avec le temps ; plus diaboliques, peut-être. Un peu plus difficiles à repérer. Mais mon odorat est toujours aussi fin, et je les renifle.

Comment sont-ils au courant ? Ce n'est certainement pas par l'équipe. Personne n'a les moyens de se faire une idée d'ensemble, et ça ne leur serait d'aucune utilité. Pourtant, en dépit des précautions que nous prenons, la rumeur court. On s'attend à de grandes révélations, je suppose. On repère un adrénocorticoïde ou un interféron, et ils deviennent frénétiques. Ils écument et bavent. N'importe quoi pour être dans le coup. Poussés par leurs maîtres, ils débarquent avec des malles de voyage pleines de devises fortes. Ils m'ont évidemment approché. Mais les réserves de mon maître sont infiniment supérieures à celles des leurs, et Jones accorde ses faveurs en y mettant bien moins de conditions. N'allez cependant pas vous imaginer que c'est par amour de moi qu'il se montre aussi généreux. Il ne souhaite pas davantage faire de moi un homme riche — de toute façon, c'est déjà fait. Bien au-delà de mes rêves les plus fous. C'est un homme d'affaires extrêmement avisé, à mon avis. Il voit ce qu'il y a de bien en moi, et moi ce qu'il y a de bien en lui. Nous sommes le violon et l'archet, la balle et la raquette. Nous nous complétons à la perfection. Quel heureux hasard que nos chemins se soient croisés ! Alors, laissons tomber le comité du

Nobel et les pharmacow-boys avec leurs médailles d'or et leurs devises fortes. Pour le moment, du moins...

Jones arrive demain d'Antofagasta pour les fêtes. Il y aura un arbre de Noël, une oie rôtie et trois sortes de vins, dont un veuve-clicquot, La Grande Dame, 1923 apporté de France à grands frais. A la seule idée de tous ces vandales d'amateurs incompétents se gobergeant de ce nectar, je suis malade. Des perles jetées aux pourceaux.

Il a neigé. Le lac est gelé et Chillon scintille comme du sucre filé. Pour la première fois depuis toutes ces d'années que je le connais, il me tarde de revoir Jones. Ça a pris du temps, mais je crois que nous commençons tout juste à nous comprendre. Pas à nous aimer, je n'ai rien dit de tel. C'est quelque chose, je peux l'affirmer, qui n'arrivera jamais.

14 octobre 1962

On me demande parfois ce que je pense de Jones. Je réponds sans détour. Après douze ans de collaboration, je peux affirmer, en toute honnêteté, que je ne sais pas ce que je pense de lui. Une énigme, ce type, une énigme absolue. Il me fait penser à ces poupées russes qui s'emboîtent les unes dans les autres et sont de plus en plus petites. Un personnage parfaitement lisse, parfaitement glissant ; autant vouloir saisir du vif-argent avec les mains.

Au début, je l'ai cru fou. Bien entendu, je n'ai pas foncièrement changé d'avis. Mais, si c'est bien de la folie, elle est d'un genre qui me laisse perplexe. Jones n'est pas un idéologue, un monomaniaque qui se serait fixé des objectifs bien précis. Ce n'est pas non plus l'un de ces anarchistes qui, l'écume à la bouche, ne rêvent que de faire sauter la planète pour se venger de quelque obscur grief qu'ils ruminent pendant des années. Il chercherait plutôt à soigner le monde. C'est un scientifique et en même temps un idéaliste romantique. Débordant de ce fatiguant optimisme américain qui refuse d'admettre l'échec, de bonne grâce ou par intelligence. Il croit sincèrement à la perfectibilité de l'homme ; non pas par l'enseignement, comme le ferait un théologien, mais par la chimie. Mieux vivre grâce à la chimie, telle pourrait être sa devise. Et il est bien déterminé à la mettre en œuvre.

Au fait, je viens de dire de lui qu'il est un scientifique. C'est inexact ou, plutôt, pas tout à fait exact. Jones est en réalité une sorte de magicien-scientifique. Comme les anciens alchimistes qui cherchaient à obtenir la transmutation du plomb en or. Il est aussi à l'aise avec l'empirisme rationnel de la science moderne qu'avec la magie, la sorcellerie ou l'alchimie. Et d'ailleurs, comme les alchimistes du temps passé, il est à la recherche de l'élixir de jouvence.

Si vous trouvez que ce que je raconte est incohérent, pensez donc à Newton. Il ne s'échinait pas seulement à comprendre la nature des choses, il voulait aussi découvrir des preuves de l'activité de Dieu dans la nature. Si vous me posez la question, je vous répondrai que c'est de la folie, mais, n'empêche, Newton et Jones ont tous les deux eu assez d'envergure pour embrasser le concept alchimique d'un dieu présent dans l'esprit de toutes choses.

La première fois que j'ai entr'aperçu cet aspect de sa personnalité ? L'année qui suivit le début de notre longue association. Il avait débarqué inopinément au laboratoire, lors de l'une de ces innombrables escales qu'il faisait. Il alla regarder les souris et les singes, consulta les résultats chiffrés, puis revint avec moi dans mon bureau. Je lui parlai des avantages qu'il y aurait à se procurer un nouvel ordinateur américain fort coûteux. Nous étions submergés de résultats de tests et de données statistiques. Nous avions besoin d'emmagasiner toutes ces informations. Nous devions nous doter d'un système intégré.

Pendant que je lui donnais mes arguments, Jones regardait dans l'objectif d'un microscope électronique. Des paramécies nageaient de-ci de-là dans une goutte d'eau placée sur une lamelle. Des milliers de bestioles, agitant leur membrane ciliée, divisant des macronucleus.

Il hochait la tête et marmonnait dans sa barbe. Je croyais qu'il m'écoutait tout en s'amusant à regarder les paramécies. Au bout d'un moment, je lui demandai : « Qu'en pensez-vous, Orville ? Pouvons-nous acheter cet ordinateur ? »

Il leva les yeux sur moi, mais regarda au-delà de ma personne. Je crois qu'il ne me voyait pas. C'était comme si je n'avais pas existé. J'ai alors vu qu'il avait les larmes aux yeux.

14 juin 1963

Ça marche. Saperlipopette ! Ça marche avec les rats, ça marche avec les chimpanzés. Aucun doute. Ça marche. En particulier avec les vieux mâles chez lesquels les signes de sénescence sont manifestes. Jones est aux anges. Il n'arrête pas de s'agiter en roucoulant comme un pigeon en rut. Il a déjà lancé une nouvelle batterie de tests, et nous attendons quatre envois de chimpanzés et de rhésus pour confirmer ces résultats. J'ai supplié cet entêté de les publier, au moins sous forme de compte rendu préliminaire, afin de bien établir notre préséance dans ce domaine avant que les pharmacow-boys ne nous barbotent nos découvertes et, par la même occasion, nous volent la vedette. Cette perspective ne l'alarmant pas, il reste intraitable.

Je reconnais bien volontiers que l'idée d'exciser la glande pituitaire et de fournir les hormones remplaçables était entièrement de lui. Enfin, pas tout à fait. J'ai été le premier à introduire la notion d'excision chirurgicale, même si mon intuition concernant l'hypothalamus était fausse. J'avais quelques justifications : depuis les débuts de l'anatomie et de la physiologie, on a toujours considéré l'hypothalamus comme « l'horloge du cerveau », le système qui déclenchait les phénomènes du vieillissement chez l'homme. La chose était comme acquise. Personne n'aurait eu l'idée de remettre ça en question. Il paraissait donc évident de partir de là.

Mais, bon sang, le rajeunissement de ces vieux mâles est fantastique : augmentation des fonctions immunitaires, plus de collagène, nouvelle pousse de fourrure – une fourrure d'aspect beaucoup plus jeune –, c'est stupéfiant ! Les singes bondissent comme des fous dans leurs cages alors qu'il y a trois semaines ils restaient apathiques et hébétés dans leur coin, se curant le nez, se tripotant les parties génitales, se contentant d'attendre leur gamelle de nourriture.

Jones a émis l'idée que ces changements confondants sont la conséquence de la disparition dans le sang d'une hormone pituitaire qui reste à identifier. Pour l'instant, nous l'appelons COD, pour Consommation d'oxygène décroissante. Cette hormone, croit-il, commence à matraquer l'aptitude des cellules à réparer leur ADN dès l'âge de vingt et un ans. Son action spécifique serait d'inhiber le rôle des hormones thyroïdiennes, qu'elle empêcherait d'atteindre les cellules-cibles. Il est bien décidé à faire tout ce qu'il faut pour identifier cette mystérieuse hormone, avec l'espoir de pouvoir la synthétiser ici, au laboratoire.

En attendant, je travaille sur le système de « distribution ». Si nous sommes effectivement sur le point de découvrir le supergène et l'hormone mystère, il y aura bien un moyen de la faire parvenir jusqu'aux tissus sans qu'elle soit trop envahissante. La transfusion est peut-être la réponse ; quelle ironie, si c'était aussi simple ! Une dose de supergènes cultivés dans une solution d'E-coli, transfusée ensuite directement dans le sang, et hop ! La merveille des merveilles. *Mirabile dictu.*

Jones rayonnait ce soir, après le dîner. Il devait partir tôt le lendemain matin pour Kuala Lumpur et voulait avoir une bonne nuit de sommeil. Je voyais bien qu'il était encore tout excité, et je l'ai donc convaincu de prendre un ballon de Chartreuse sur la terrasse, pour qu'il se calme au moins un peu avant de se coucher.

Il ne tarda pas à avoir les joues en feu. Au lieu de l'apaiser, la liqueur lui délia la langue, au point qu'il se mit à caqueter sans fin sur ses projets.

« Bientôt, les souris et les singes ne suffiront plus,

Orville, lui dis-je. La prochaine étape devra prendre des humains comme sujets d'expérience. »

Il ne répondit pas tout de suite, les yeux perdus dans la nuit.

« Oui, je sais, finit-il par dire d'un ton nostalgique.

— Alors, c'est parfait. Mais où allez-vous prendre ces sujets ? Doit-on s'adresser à des condamnés à mort attendant leur exécution ? A des personnes atteintes d'une maladie au stade terminal ?

— Exactement ce qu'il nous faut, répondit Jones avec un petit rire lugubre. Pour se retrouver en première page de tous les journaux le lendemain matin. Avec tous les barjots et les maniaques des libertés civiles manifestant devant la porte.

— Mais comment espérez-vous, dans ces conditions, trouver les individus qui accepteront de se faire enlever la glande pituitaire et de garder bouche cousue sur l'expérience ? »

Il me regarda un moment, et un silence étrange s'établit entre nous. Il y avait quelque chose de sournois dans ses yeux. Je vous le dis, j'en ai eu le frisson. J'ignorais si c'était l'effet de la Chartreuse ou de l'excitation de la journée. Avec sa tête chauve, ses mèches de cheveux blancs éparses et rabattues vers l'avant, et son double menton qui tremblotait, il avait un air que je ne lui connaissais pas.

Une lueur impie brilla dans ses yeux.

« Vous ne devinez pas ? » me demanda-t-il.

15 juin 1963

Nous avons été cambriolés dans la nuit. Des souris et des chimpanzés. Presque tous partis. Ceux qui comptaient, en tout cas. Comment ils ont distingué ceux qui avaient été transfusés des autres, voilà qui me confond. A moins qu'ils n'aient bénéficié d'une complicité à l'intérieur, évidemment. Les gens de la ferme, de l'autre côté de la route, disent avoir vu une fourgonnette tard dans la soirée, phares allumés et à cul devant la rampe de chargement. Ils ont pensé que c'était une livraison. A deux heures du matin, une livraison ! Moi, je vous le dis, c'est une bonne chose que les Suisses n'aient pas participé à la guerre ! Qu'ils s'occupent de fabriquer leurs fromages et leurs coucous, c'est largement assez compliqué pour eux…

J'ai appelé Jones. Heureusement, il n'était pas à l'autre bout du monde, juste à Berlin. Il a pris le premier vol disponible. Mais, avant, il a appelé l'ambassade, ici, et a obtenu la fermeture des autoroutes et de l'aéroport. Imaginez un peu l'influence et le pouvoir dont dispose cet homme pour être capable de paralyser Genève en quelques coups de téléphone. Nous avons finalement récupéré les animaux à l'aéroport. Ils étaient dans la zone sous douane, dissimulés dans un chargement de roulements à bille à destination d'Ottawa. Pas d'air, pas d'eau pour un vol transatlantique de huit heures, sans compter les attentes. Comment auraient-ils pu survivre ? Les salopards ! Et ils auraient pu y parvenir, s'il n'y avait eu un singe plus entreprenant que les autres qui s'était mis à tambouriner sur l'intérieur de sa caisse avec un bout de bois.

La moitié d'entre eux étaient déjà morts lorsque nous les avons ramenés au labo, mais il nous en reste assez pour poursuivre les expériences. Et, grâce au ciel, ils ne sont pas tombés dans de mauvaises mains. Nous leur avons donné davantage d'eau et de nourriture, et en quelques heures ils s'étaient remis.

Nous connaissons bien entendu le responsable ; son nom figurait en toutes lettres sur le connaissement. Le préfet était livide. Un bonhomme sentimental, qui avait les larmes aux yeux rien qu'à entendre parler de nos malheureuses bestioles. Il nous a supplié de déposer plainte. Nous en avions fichtrement le droit ! Mais Jones a refusé. A cause de la publicité, pardi. Une sale affaire. Jones aurait certainement été obligé de venir témoigner. Ce qui signifiait qu'il nous aurait fallu rendre publiques des choses que nous ne sommes pas encore prêts à révéler. Nous avons donc longuement remercié le préfet de son aide, mais n'avons pas accepté sa proposition.

Mais qu'on ne s'y trompe pas. Ils sont maintenant au courant, les pharmacow-boys. Ils savent que nous savons. Les membres de certains conseils d'administration ont dû passer plusieurs nuits blanches. De vrais méthodes de mafiosi ; la technique, d'ailleurs, n'est pas très différente. Il va se passer quelque temps avant qu'ils tentent autre chose du même genre. Ils savent que, s'ils s'y frottent, nous serons peut-être moins charitables, ce coup-là.

Mais, croyez-moi, ils vont encore essayer. Un cambriolage raté ne va pas les décourager longtemps. Ils deviennent de plus en plus désespérés. Ils ont arrêté de faire des offres d'argent. Offrir de l'argent à Jones ? Autant offrir du sel aux Nubiens. Et, pendant ce temps-là, leurs scientifiques stipendiés continuent de publier article sur article dans les revues spécialisées ; je suis mort de rire de voir à quel point ils sont loin de la plaque. Nous avons des années-lumière d'avance sur eux – mais ils le savent, et c'est ça qui est dangereux. Ça les rend fous. J'ai beau trouver cela odieux, je dois dire que Jones a raison. Nous devons être prudents.

Pourtant, je me pose des questions. A quel jeu joue Jones ? Pourquoi, ne cessé-je de me demander, se donne-t-il toute cette peine, dépense-t-il tout ce temps et cet argent à mettre au point un procédé destiné à doubler notre espérance de vie, s'il n'a pas l'intention d'en tirer profit ? L'empereur de la colle à timbre, le Léonard de Vinci du sac à fermeture éclair doit certainement apprécier les douceurs du profit. Après tout, quelle différence entre fournir une colle à timbre de meilleure qualité et plus pratique à employer et donner plus d'un demi-siècle de vie supplémentaire ? Dans un cas comme dans l'autre, c'est un produit, non ? Néanmoins, le second n'est pas ordinaire ; c'est même un sacré produit ! Et qui ne serait pas prêt à payer jusqu'à son dernier sou pour mettre la main dessus ? A mendier, à emprunter, voire à voler, s'il le fallait, ou pire encore, pour se procurer un lot. Car ce produit possède ce que les mandarins du marketing appellent « un public captif ». Lorsque vous avez un rabiot de près de cent années de vie à vendre, vous êtes sûr d'avoir l'attention de votre public. Les guignols des compagnies pharmaceutiques le savent, et Jones aussi. Et il adore les faire marronner. A l'occasion, il pousse le machiavélisme jusqu'à laisser entendre que, lorsque le procédé sera parfaitement au point, il envisage de le *donner*. Gratis, pour rien. Au monde entier. C'est sa manière à lui d'affoler encore plus les pharmacow-boys. Mais, croyez-moi, tout son baratin philanthropique ne m'impressionne pas le moins du monde. Lorsque le moment viendra, Jones remplira ses coffres avec la même joyeuse rapacité que tous les autres. Et, même s'il était sincère, jamais ils ne permettront cela. Ils finiront par s'attaquer à lui, soit avec de l'argent — des monceaux d'argent, d'indécentes montagnes de fric —, soit en employant des moyens moins agréables. Ils viendront, comme la nuit dernière, et s'en empareront de force. Cette première alerte n'a été qu'un gentil coup de semonce. D'une manière ou d'une autre, Jones ne sera pas capable de résister. La pression des enjeux deviendra bientôt beaucoup trop forte.

Et lorsque le jour viendra, franchement, je ne serai pas déçu. A l'heure actuelle, mes parts dans l'institut Humanus atteignent des sommes fabuleuses. Quand les pharmacoyottes seront aux commandes, ces parts vaudront encore plus cher. Elles feront des petits, des quantités de petits. Une mitose classique. Superbe. Il n'y a que les affaires qui comptent en ce monde. C'est bon pour un crétin de Yankee de faire dans les rêves de sagesse folklo. Quand la nouvelle de l'exsitence d'un sérum de longue vie éclatera, même Jones ne sera pas capable de faire barrage devant le torrent.

9 juillet 1964

Stupéfiant. Simplement stupéfiant. Et cela, en moins d'un an. Je redoute presque de le regarder, tant je trouve son aspect dérangeant. Et cependant, je ne saurais dire exactement pourquoi. C'est miraculeux, et, si c'est vrai, les implications donnent le vertige. Il n'empêche, c'est déplaisant. Sacrilège, presque. Quel mot étrange ! Mais c'est le seul qui me vienne à l'esprit. L'homme que je vois assis devant moi n'a presque plus rien de commun avec celui qui se trouvait à la même place il y a un an. Celui-ci, l'ancien Jones, était chauve, avait le teint jaune, l'œil chassieux, le dos voûté : à quarante ans à peine passés, il filait tout droit vers le gâtisme. Celui-là, le nouveau, présente la peau ferme et sans ride d'un jeune homme de vingt ans. Ses cheveux ont repoussé presque complètement. Non pas gris, en plus, mais d'un superbe châtain foncé. Comme à vingt ans. On dirait le jeune Keats. Sa démarche est élastique et il paraît vibrer de vitalité. Il fonce partout comme un générateur à roulettes ; on sent la chaleur qu'il dégage quand il passe. La seule chose qui témoigne que j'ai bien affaire à l'homme qui m'a invité dans un restaurant de Byere il y a treize ans de cela est la tache de vin en forme de patte de chat qu'il a sur le front.

Et tout ça pour avoir délicatement ôté la pituitaire de son infundibulum. Comme on cueille une cerise, j'imagine. Et tout aussi facilement, quoique nous ne le sachions pas alors. Certes, nous avions solidement établi le fait que les primates supérieurs semblaient parfaitement s'en passer, pourvu que leur régime soit enrichi des hormones qui convenaient. Mais l'effet sur l'homme était alors *terra incognita* et, pour autant que nous le sachions, risqué. Néanmoins, ça n'a pas fait hésiter Jones. Il était bien décidé, bon sang, et rien ne l'aurait fait changer d'avis.

Sans parler du choix du vieux Herzenstubbe comme chirurgien ! J'en connais peu, au moins parmi les personnes de bon sens, qui aurait laissé les mains tremblantes du vieux Herzenstubbe les toucher. Et voilà que nous demandons à ce vieux cheval de retour de réaliser une opération chirurgicale expérimentale, pratiquement sans précédent ; à ce vieil homme qui utilise des techniques apprises il y a cinquante ans. Préhistoriques, presque ! Bizarre, non ? Pas moyen d'en dissuader Jones. Toujours sa passion du secret. Un neurochirurgien de quelque renom aurait provoqué une vague de publicité, ne serait-ce que pour avoir opéré le deuxième homme le plus riche du monde. Les fouille-merde des médias se seraient mis à grouiller instantanément, sans parler du fait que les chirurgiens, lorsque se présente un occasion de proclamer leur génie, sont rarement atteints d'une crise de modestie. Leurs revues auraient détaillé l'affaire dès le lendemain. C'est évidemment pour ces raisons que Jones a choisi Herzenstubbe, avec tous les risques que cela comportait.

Le lendemain de l'opération, nous l'avons transfusé avec de l'hémoglobine pleine de COD. Il était debout trois jours plus tard et partait pour Xiang afin d'aller y voir une espèce rare de lémuriens vivant en colonies isolées, dans une vallée de montagne, et qu'on disait endogames. Un seul mâle, à la tête d'un groupe de femelles, aurait engendré plusieurs centaines de rejetons. Et tout ça du fait de l'isolement, et de la curieuse absence d'autres mâles dans les parages. Cette ségrégation involontaire, alliée à un strict processus endogamique, se traduit par une pureté de l'histo-compatibilité dans le groupe des rejetons, la pureté congénitale augmentant avec chaque génération suivante. Je ne crois pas avoir jamais entendu parler de rien de pareil.

Jones paraît très excité. Il est parti ce matin sur les chapeaux de roue, les bagages pleins de fioles d'hormones, de mégadoses de vitamines et d'ampoules de COD exactement dosées qu'il a promis de prendre quotidiennement.

Si cette histoire de lémuriens se vérifie, c'est fabuleux. Mais je me méfie de ce que racontent nos Chinois. En règle générale, les Orientaux sont pleins de courtoisie, mais donnent des chiffres incorrects. Les calculs sur un boulier, c'est très pittoresque, mais limité. S'ils ont raison cependant, je suis à peu près sûr de ce que sera la prochaine initiative de Jones ; je dois l'avouer, même à moi elle fait peur.

9 septembre 1971

Depuis son retour de Xiang, Jones n'arrête pas de parler de ses lémuriens. Ou, en tout cas, d'y penser. Pour un bavard impénitent comme lui, voilà qu'il se plonge maintenant dans des silences interminables au cours desquels il a l'air d'être à mille lieues d'ici ! Un peu plus, en fait : il se trouve dans la chaîne du Kiangsu, près de la mer de Chine orientale.

Bien entendu, je sais à quoi il pense. Inutile de savoir lire dans le marc de café pour ça. Les souris endogames. Les lémures endogames. Pourquoi pas des humains endogames ? Une race d'hommes génétiquement trafiquée pour en éliminer les traits indésirables et ne reproduire que ce qu'il y a de mieux dans l'espèce. Comment ? Superhélicité. Supergènes. On fait disparaître les gênes des maladies héréditaires dans les spirales de l'hélice et on encode à leur place un gène d'accroissement de l'espérance de vie. Comment ? En retardant l'oxydation des tissus. En réduisant la production de radicaux libres. Comment ? Par photo-réactivation et addition de tissus contenant de la dismutase. Voyez les résultats sur Jones. Depuis l'opération, nous surveillons régulièrement son histologie. Le taux de remplacement de l'ADN dans les tissus d'un homme de cet âge est hallucinant. Sans aucun précédent. Comparable à celui d'un tout jeune adulte au meilleur de sa forme, et que je sois damné s'il n'a pas une production séminale du même acabit ! Nous avons procédé à un comptage de spermatozoïdes, l'autre soir. Deux cent soixante millions par mm^3. Plus le taux d'un adolescent de seize que celui d'un vieux machin de son âge. *Fantastische !*

Ce qui m'amène à la dernière touche du tableau. A cinquante-deux ans, Jones s'est avisé de l'existence du sexe faible. Attention, le retour de flamme. Jusqu'ici, je l'avais toujours pris pour un type que le sexe n'intéressait pas et qui s'en trouvait très bien. Comme un moine qui s'accorderait cinq minutes, le soir avant de se coucher, pour régler la question à la mode d'Onan. Mais non. Ou, en tout cas, plus maintenant qu'il ingère ses COD. C'est à un vrai satyre que nous avons affaire, aujourd'hui. Chez un jeune homme, ce genre de choses est parfaitement acceptable. C'est plus que choquant, chez quelqu'un de cinquante-deux ans.

Mais voilà : il n'a nullement l'air d'avoir cinquante-deux ans. C'est le problème. Il paraît en avoir trente, tout au plus trente et un ou trente deux. Loin de se scandaliser de ses avances, les dames semblent les apprécier. Je dois dire que cette soudaine attention dont il est l'objet m'agace un peu. Des femmes se promènent devant notre entrée (ce qu'elles ne faisaient jamais auparavant) et, languides et rêveuses, un bouquet à la main, un spray haleine fraîche dans le sac, regardent vers nos fenêtres. Trouvent des prétextes pour s'attarder. Le personnel de l'Institut comprend un certain nombre de jeunes mâles affolés qui s'imaginent que tout ce cirque est pour eux. Les imbéciles ! Quelle chose lamentable que la vanité humaine.

Tout ça, c'est pour notre nouvel étalon, le prince du COD. Il se dégage de lui quelque chose qui les met à l'envers. Comme pour les glandes sexuelles du chat, l'arôme musqué du sperme emplit l'atmosphère de l'institut Humanus dès que Jones y arrive. Il est constamment aux trousses d'une nouvelle proie, et les dames sont tout aussi excitées que lui – de vraies chattes en chaleur.

« Je retourne à Xiang, m'a-t-il annoncé l'autre soir, tandis que nous nous attardions dans la véranda dallée de pierre, derrière le labo, fumant notre Monte Cristo d'après dîner.

— Pourquoi ? lui demandai-je, bien que connaissant déjà la réponse.

— Pour revoir tout ça de plus près.

— Et si jamais ce que vous avez vu la première fois se trouvait confirmé ? »

Il eut un sourire bref et bizarre.

« D'accord. Je me doutais bien que vous aviez ça en tête, dis-je comme s'il m'avait répondu.

— C'est faisable.
— Certainement. Tout ce dont vous avez besoin, c'est d'un prototype parfaitement au point.
— Un patron génétique, en quelque sorte. »
J'acquiesçai, sachant précisément ce qui se profilait.
« Et bien entendu, ce patron, ce modèle... cet étalon, si je puis me permettre... c'est vous ? »
Son sourire s'élargit.
« Pourquoi pas ?
— Et votre partenaire ?
— *Mes* partenaires.
— Vous voulez dire qu'il y en aura plusieurs ?
— Absolument. Indispensable, étant donné nos objectifs.
— Sélectionnés selon quels principes ? Compatibilité histologique, je suppose ?
— Précisément. Tout comme les lémuriens. Avec un échantillon de cheveux, quelques rognures d'ongle. Voire quelques fragments de tissu. Très simple.
— Et hop ! Vous avez votre pariade congénitale.
— Autant que faire ce peut dans ce genre de loterie. Avec des chances de plusieurs milliards contre un, nous risquons d'avoir un échec ici ou là.
— Comme c'est embêtant...
— Pas du tout. Nous trouverons bien le moyen d'en faire quelque chose. (Il fit la moue.) Ne me dites pas que vous n'y avez pas pensé ?
— C'est l'étape suivante, en toute logique. Mais je dois avouer que je ne l'envisageais pas avant plusieurs années.
— Moi aussi. Mais c'était avant Xiang.
— Ça va être compliqué.
— D'accord. Mais je suis sûr que vous vous en sortirez.
— Moi ? (J'étais estomaqué et me mis à rire.) Je ne doute pas qu'il y ait suffisamment de femmes qui, en y mettant le prix...
— Les femmes sont un problème mineur, me répondit-il, l'air vexé. Je n'ai pas l'intention de chipoter. Je vous assure qu'elles seront largement dédommagées.

Que sont neuf mois légèrement inconfortables, comparés à une coquette rente à vie ?
— Très élégant. Et vous sélectionnerez vous-même toutes ces pouliches potentielles...
— En fonction de mes déplacements, et de mes divers intérêts. (Il haussa un sourcil narquois.) Ne prenez pas cet air désapprobateur, Felix. »
Il ne m'appelait presque jamais par mon prénom. Seulement « Docteur » ou « Herr Professor ». Cette soudaine familiarité me mit la puce à l'oreille.
« Je ne vous désapprouve nullement.
— On peut procéder aux comparaisons tissulaires absolument n'importe où.
— A condition de disposer d'un laboratoire fiable et de techniciens expérimentés, lui fis-je observer. Ce n'est pas ça qui m'inquiète ; c'est l'intendance.
— Un peu encombrante, je vous l'accorde. Cela demandera un certain suivi.
— Un archivage, plutôt. Nous allons devoir conserver des dossiers — où vous avez été, avec qui, quand... (Il acquiesça.) Et il faudra savoir quand retourner prendre livraison du colis, si je puis dire. Vous allez également avoir besoin d'un solide conseil juridique. Des gens qui règleront les querelles. Les choses doivent se faire dans un cadre légal en béton armé.
— Vous ne pensez tout de même pas que nous pourrions avoir des problèmes dans ce domaine ?
— On ne sait jamais... (Je me rendis compte que mon ton était devenu légèrement provocant.) Comment pourrez-vous empêcher que l'une ou l'autre de ces... mères professionnelles ne sorte un jour ou l'autre de son trou en prétendant que vous lui avez enlevé son enfant et n'exige réparation ?
— On laissera les avocats régler la question, répondit Jones en se frottant les mains d'un air distrait.
— Et vos rejetons ? Combien, d'après vous, va-t-il nous en falloir ?
— C'est à vous de me le dire, Felix (encore mon fichu prénom), c'est vous le chef du projet.
— Pour l'échantillonnage initial, je dirais... autant

qu'il sera possible. Plus tard, nous pourrons nous montrer plus sélectifs. Mais pour le moment, si nous voulons nous constituer le genre de banque de données dont nous avons besoin, nous allons être obligés de constamment contrôler nos spécimens humains pendant les années à venir. »

J'éprouvai l'envie soudaine d'éclater de rire, et je crois qu'il ressentit la même chose. La conversation était tellement bizarre et sérieuse à la fois !

« Qu'appelleriez-vous un bon échantillonnage statistique » ? me demanda-t-il.

— Nous ne le saurons que lorsque nous verrons combien de couples histo-compatibles vous nous donnerez.

— Cent par an ? Deux cents ? »

Je crus qu'il plaisantait.

« Vous vous vantez, Orville. Dismutase ou pas, vous avez quand même cinquante-deux ans. »

Jones leva les bras, bomba le torse et laissa échapper un hurlement de cow-boy à vous faire dresser les cheveux sur la tête.

« A la manière dont je me sens en ce moment, je pourrais vous garantir trois cent soixante-cinq inséminations par an. »

Nous éclatâmes de rire tous les deux, mais je voyais qu'il ne s'agissait pas seulement d'une plaisanterie pour lui. Il avait tout à fait l'intention d'engendrer lui-même son propre lignage de souris humaines de laboratoire.

« Avez-vous pensé à ce que vous en ferez ? lui demandai-je. Vous savez qu'il faudra les élever dans des conditions d'isolement total... dans un environnement hermétiquement clos.

— Bien entendu.

— Un environnement sans microbes. Tout devra être contrôlé. Pas de contact avec l'extérieur. Tests quotidiens. Urine. Sérologie. Cytologie. Transfusions. Ces travaux... »

Il était furieux que je lui parle de ce qui, à ses yeux, était l'évidence même.

« N'oubliez pas l'esprit, Felix. Puisque ce seront mes

enfants, j'entends qu'ils soient extraordinaires à tous points de vue.

— N'est-ce pas là l'objectif de l'expérience ?

— J'ai des idées très précises sur la façon de les élever. Certains les trouveront peut-être peu orthodoxes, mais, si je me donne la peine d'engendrer toute une race, il faudra qu'elle soit fichtrement supérieure à tous les mutants que l'on voit se déchaîner aujourd'hui dans le monde. »

J'ai beau ne pas être trop regardant en matière de déontologique lorsqu'il en va de la science, je ne m'en sentis pas moins mal à l'aise. Je me demandai s'il avait réfléchi à ce que pourraient en penser les autres... le côté Dr Frankenstein... Puis je me dis que Jones en avait tout autant conscience que moi. Bien entendu.

« Vous comprenez que je ne sois pas en mesure de traiter une situation pareille ici même. Nous n'avons pas assez de place. La technologie posera problème. Quant à l'isolement...

— Ne vous inquiétez pas pour l'isolement. L'endroit, je l'ai. »

Il eut à nouveau son petit sourire narquois. C'est alors qu'il me parla du château qu'il avait acheté en France, fait démanteler pierre par pierre et expédié en Amérique du Nord. C'était à la fin des années quarante, à l'époque où il débutait sa carrière de millionnaire. Il l'appelait le château de Frazé, mais celui-ci était manifestement plus vaste qu'aucun ancien château existant. Il contenait des centaines de pièces et était entouré par des milliers d'hectares dans les étendues désertiques du Grand Nord. De quoi élever des centaines d'enfants, une génération après l'autre. De la place pour des laboratoires, de la place pour loger les techniciens et les domestiques. A plusieurs reprises, il m'avait parlé en passant de son frère. Il paraissait maintenant avoir envie d'entrer davantage dans les détails. Ce frère s'appelle Tobias. Il est son cadet de plusieurs années. Frère Tobias serait, semble-t-il, le responsable de l'endroit ; le gérant, l'administrateur, comme on voudra. A deux, ils dirigent plusieurs organisations philanthropiques. Le quartier général de toutes les entreprises humanitaires de Jones, même les plus lointaines, en somme. De ce château de Frazé, il ne m'avait encore jamais parlé. Du Jones tout craché, avec sa manie du secret. Soudain, il débordait d'informations. Il n'y avait séjourné que peu de temps, mais avait l'intention d'y aller plus souvent.

C'était donc dans cette place forte, à des centaines de kilomètres de la pollution et du stress des grandes villes, qu'il envisageait d'élever ses descendants ; de les élever et les éduquer, à l'abri de toute contamination, aussi bien des microbes que de la culture du monde extérieur.

Cette conversation – engendrer des centaines d'enfants, les élever dans un château déménagé pierre à pierre ! – me donnait une forte impression de mégalomanie. Mais Jones était parfaitement sérieux. J'aurais cru qu'il allait faire des façons ; ratiociner pendant des heures sur les cruautés infligées aux animaux, et ainsi de suite. Faire du sentimentalisme à l'américaine. Mais non. Pas un instant. Il n'était nullement troublé à l'idée de se servir de ses propres rejetons comme sujets d'expérience de laboratoire. il semblait fier de les faire participer à son grand projet. Qui plus est, il avait l'intention de donner à ses petites « souris blanches » l'éducation la plus prestigieuse qui fût. Ce qu'il avait réellement en tête même s'il n'en prenait pas conscience ? Un monde devenant de plus en plus à son image, avec tous les avantages que cela comportait. Ses descendants se voyaient en outre gratifiés d'un supplément : une durée de vie double de la moyenne. Ils seraient physiquement et intellectuellement supérieurs, à tous les points de vue. Ils seraient *sui generis* – une race en soi – des espèces de légumes cultivés organiquement dans le jardin de leur père.

Horrifié, je finis par comprendre, pauvre crétin que je suis, que ces centaines de rejetons que Jones avait l'intention d'engendrer chaque année n'étaient que la première étape d'un projet à long terme : transformer l'humanité. Lui, Jones, le patriarche Jones, se chargeait personnellement d'arracher les êtres humains au marécage évolutionnaire dans lequel ils stagnaient encore, et de leur faire gravir un échelon supplémentaire.

Qui plus est, je me rendis aussi compte que ce plan n'était pas une révélation récente descendue sur lui comme le Saint-Esprit au cours des dernières vingt-quatre heures. Cela faisait plus de trois décennies que le projet mijotait sous son crâne : il avait de nombreuses facettes, chaque sous-projet ayant avancé indépendamment des autres avant de venir se fondre dans la grande perspective finale.

Après tout, n'avait-il pas acheté Frazé bien avant d'avoir créé l'institut Humanus, bien avant même d'avoir discuté de ce projet de « souris endogames » ? Et, bien entendu, avant que je ne vienne prendre place dans le tableau ?

« Quel âge avez-vous maintenant, Felix ? me demanda-t-il en me fixant du regard.

— Cinquante-deux ans, comme vous. Vous le savez très bien.

— Oui, mais moi, je ne les fais pas ! »

Il éclata d'un rire bruyant ; sans doute se croyait-il drôle. Mais je ne goûtai pas la plaisanterie.

« Où voulez-vous en venir ?

— Je regarde le long chemin que nous avons déjà parcouru. Cela fait des années que nous travaillons ensemble, et j'aimerais continuer. Mais un homme de plus de cinquante ans travaillant pendant des heures sur des problèmes qui exigent la plus grande concentration... »

La colère commençait à monter en moi.

« On n'est tout de même pas gâteux à cinquante-deux ans ! Si vous me disiez le fond de votre pensée, Orville ?

— Je crois, répondit-il en tirant de son gousset l'antiquité de montre qu'il y portait, qu'il est temps pour vous d'aller faire un petit tour chez ce vieil Herzenstubbe. »

9 octobre 1972

Je dois l'avouer, Jones est aussi à l'aise dans sa peau de patriarche qu'un canard dans l'eau. Il va partout, à la poursuite de ventres à féconder, plein d'un prosélytisme digne d'un missionnaire. Abraham s'est-il comporté ainsi ?

Il ne vient plus que de temps en temps à Genève, tant il est occupé à se reproduire. Le téléphone ne sonne plus que rarement. C'est aussitôt un tir de barrage de questions, ou de sous-entendus sournois insinuant que je me laisserais aller dans mes devoirs. Sa compagnie me manque ! Où sont passés les beaux jours de persiflage ? Où est ce charmant personnage assassin dont j'étais devenu tellement dépendant ? Aujourd'hui, je supporterais volontiers une sympathique volée de bois vert. Si seulement vous appeliez, Orville ! J'ai beaucoup de choses à vous confier.

Mais il n'y a plus moyen de le joindre. *Incommunicado*, le monsieur. En virée autour du monde, à semer à droit et à gauche. Et non pas par terre, à la manière d'Onan. Non : on répand sa semence dans des milliers de pondeuses qui ne sont toutes que trop heureuses de lui porter descendance : les pensions trimestrielles et autres gâteries ne sont pas négligeables !

Mon Dieu, comme il a réussi, cet homme ! Bien au-delà de mes rêves les plus fous. Au dernier décompte, notre ordinateur a relevé 198 fécondations effectives depuis le début du projet, il y a un peu plus d'un an. Sur ces 198, 148 ont été conduites à terme ; 12 ont donné lieu à des fausses-couches, et deux enfants sont morts du syndrome de la mort subite du nouveau-né. Le reste n'a rien donné. Sur l'année, cela se traduit par un taux de réussite légèrement supérieur à quarante pour cent — en supposant qu'il ait eu une relation sexuelle par jour. Deux coups au but sur cinq ! Pas mal, pour un quinquagénaire, lorsqu'on pense au problème du renouvellement des spermatozoïdes que fait naître un coït quotidien. Mais, bien entendu, Jones n'est pas satisfait. Il voit là-dedans une sorte de compétition sportive et voudrait arriver à un résultat d'au moins cinquante pour cent pour la Noël. En dépit de son côté visionnaire, cet homme a encore malheureusement des réflexes de comptable.

17 novembre 1972

Nous en sommes maintenant à 1 100 calories par jour, avec 900 comme objectif. Jones semble en pleine forme. Nous autres sommes affamés. La seule idée d'un steak nous fait saliver, et nous avons tout le temps froid, à cause de ces maudites préparations hypothermiques. A l'approche de l'hiver, j'ai l'impression d'être pris dans un bloc de glace, sans parler du fait que je suis en permanence plongé dans un état de semi-somnolence. Nous prenons des tablettes de caféine pour lutter contre la torpeur.

J'en suis à descendre voler de la nourriture dans les placards pendant la nuit. Mais le vieux renard a fait changer toutes les serrures ! Je suis bien tranquille qu'il ne suit pas ce régime quand il est en représentation officielle. Est-ce qu'il ne touche à rien quand il mange avec le Dalaï Lama ou le sultan d'Oman ? J'en doute beaucoup. Et qu'est-ce que ça peut lui faire que je consente à vivre deux mois de moins en échange d'un saucisson ? Pourquoi s'imagine-t-il qu'il doit présider à ma destinée, à notre destinée, comme un prêtre ou un patriarche ? Pourquoi ne puis-je m'enfiler un bon morceau sans me sentir coupable, sans qu'il ne soit mis au courant de mes plus légères infractions, de mes pauvres petits péchés ?

9 janvier 1973

Il y a environ un mois, il était de retour ici ; ses visites se font de plus en plus rares. Je me suis permis une remarque malheureuse sur le fait qu'on ne le voyait plus, maintenant qu'il était patriarche-reproducteur à plein temps, ou quelque chose comme ça. La température de la pièce s'est brusquement abaissée de 20° ! Il est devenu blême et m'a traité de noms que je ne rapporterai pas ici. Depuis, au moins en ce qui concerne Jones, j'évite ce genre de plaisanterie. Je ne suis pas fou. Mais les petites passes d'arme que nous avions me manquent. Depuis qu'il a endossé son habit de saint fécondateur, il a perdu son sens de l'humour, l'animal. Mortellement sérieux, maintenant. Tout remonté à bloc à coup de dismutase et d'idéaux élevés, il ne voit tout simplement plus les choses comme elles sont. Au lieu de cela, il ne cesse de se martyriser en se couchant entre les jambes d'une reproductrice soumise après l'autre. Sans avoir le temps d'en profiter un seul instant, à mon avis. Tout ça n'est pour lui qu'une tâche redoutable. L'œuvre du Seigneur. C'est en tout cas ce qu'il veut nous faire croire. Aucune ironie quand il vous assène ses vérités.

C'est sans doute comme ça avec les grands mystiques dans son genre. Je n'ai jamais rencontré un saint qui ne soit pas en même temps un peu obsédé sexuel. Au fond, comment être un saint si on n'a pas constamment les glandes qui travaillent pendant qu'on court partout à tempêter sur la faiblesse de la chair... et à succomber avec enthousiasme à ses exigences ? N'est-ce pas saint Augustin qui a dit : « Faites que je sois chaste, Seigneur, mais pas tout de suite » ?

Et voilà à quoi j'en suis réduit, à l'heure actuelle, de quoi je dois me contenter. Il ne m'est plus de la moindre utilité au laboratoire. J'ai dû engager deux nouveaux pour le remplacer dans les aspects conceptuels du programme.

Dites que je ronchonne, si vous voulez, mais il a le don de m'agacer ; moi, je suis toujours aussi sérieux qu'au premier jour en ce qui concerne l'importance de nos travaux. Si nous réussissons, il y a un Nobel qui m'attend, et que je sois pendu si je laisse ce vieux satyre faire de moi la risée de Tübingen. Une fois, au moins une fois, j'aimerais l'attraper par les revers, le secouer et lui dire en pleine figure : « Soyez un peu honnête, pour l'amour du Ciel, et reconnaissez que ça vous amuse, au moins un peu ! » Alors je lui dirais que cette idée de créer un homme amélioré dans un moule plus parfait et plus noble n'est que foutaise. En revanche, prolonger la vie est un projet réaliste et parfaitement à notre portée, à mon avis. Mais transformer de simples hommes en dieux — des hommes qui, symboliquement au moins, marchent encore à quatre pattes — voilà qui est carrément grotesque. J'aimerais bien lui balancer tout ça à la figure, mais je ne le ferai jamais.

16 novembre 1974

Il lui aura fallu près d'un quart de siècle pour faire enfin allusion à ceux qu'il appelle « les petits bonshommes ». Il l'a fait ce soir. Mais pourquoi ce soir, justement ? Jones n'agit jamais sans avoir un but précis à l'esprit. *Kleine Teufelen*, ainsi les nomme-t-il aussi dans son allemand exécrable ; il croit sans doute que j'ai plaisir à entendre ma langue d'adoption écorchée par un lourdaud de paysan illettré ! Rendez-vous compte un peu : la langue de Goethe et de Heine sodomisée par ce péquenot de Yankee ! Puis, dans la foulée ou presque, voilà qu'il me dit qu'il n'a pas acheté ce gigantesque territoire désolé du Grand Nord pour la simple beauté du paysage. Absolument pas. Derrière cette acquisition, il y a une tribu d'éleveurs de chèvres nomades qui s'avèrent également être nains ; une sorte de lignée monstrueuse, comme les dinosaures, vouée à l'extinction, mais bien décidée à semer la pagaille auparavant. Les Hommes des Bois, tel est, je crois, leur nom officiel. D'après les renseignements que j'ai pu lui soutirer, il s'agirait d'une peuplade aborigène encore à l'âge du fer et pratiquant l'endogamie depuis des millénaires. Voleurs, maraudeurs, vivant de pillages et de rapines. Facile d'imaginer les descendants de telles unions ! En trois ou quatre générations, on obtient une race entière de Yahoos ! De quadrumanes de Piltdown avec QI résolument à deux chiffres. Des brutes se traînant debout, se nourrissant à même le sol.

Et c'est au milieu de « ça » que Jones a décidé d'ouvrir boutique ! Pourquoi ? Je ne cessai de me poser la question pendant qu'il me décrivait l'endroit. Mais je connais la réponse. Intellectuellement, je sais quelle est l'explication du manuel. Mon problème est que je suis incapable de la comprendre. Si j'ai bien suivi, il y a près de trente ans, Jones est tombé sur une horde de nains, d'homoncules sociopathes tellement méchants qu'il a fallu les mettre à l'écart. Bien entendu, leur triste sort émut le croisé qui sommeillait en lui ; ils étaient la réponse à ses plus profondes prières. Il allait en faire un laboratoire humain lui permettant de conduire des expériences d'eugénisme parfaitement convenables pour son époque, tout ça sous la houlette de demeurés bien intentionnés et dont plusieurs étaient mes propres collègues. Aujourd'hui, cependant, ce genre de chose est démodé et complètement discrédité. Quel chercheur respectable, je vous le demande un peu, oserait se lancer dans un tel programme de recherches ? Pourquoi pas du vaudou ?

C'est ce que j'ai essayé de lui expliquer ce soir. Il n'a rien voulu entendre. Il est convaincu de pouvoir, grâce à ses techniques de sélection avancées, transformer ces créatures difformes et les élever au-dessus du fumier dans lequel elles se roulent avec complaisance. Il croit pouvoir les métamorphoser en dieux, et faire de notre monde un paradis que les hommes pourront saloper à leur guise.

« Non, non, Felix. Vous ne comprenez pas, m'a-t-il dit.

— Je ne comprends pas ? »

En réalité, je ne comprenais que trop bien. Il appelle cela de la science, moi, je prétends que c'est de la démence. Une abomination. Une ignominie, un acte contre nature, impie. Et c'est moi qui dis ça ! Moi qui n'ai jamais voulu mettre de limite à la recherche scientifique ! Moi dont le credo a toujours été d'aller où me poussait ma curiosité. Jones m'a montré qu'il y avait des limites. Est-ce croyable ? Ce trafiquant américain, cet escroc, ce bigot a fait de Felix Fabian un honnête homme !

Ses propres enfants, vous vous rendez compte ? C'est

l'aspect le plus monstrueux de son projet. Livrer à ces féroces petits trolls, et tous les ans, un contingent de rejetons jonesiens rutilants, à la perfection génétique absolue ! Et tout ça pour courir la chance hasardeuse, par ces croisements, de remettre sur pied cette race de bâtards ! Monstrueux. Totalement monstrueux. Et ils l'appellent « Maître » et lui doivent obéissance, ces gnomes ! Ils fabriquent des icônes et des représentations de sa personne en paille et en bois. Il m'a emmené avec lui. C'était à l'occasion d'une des rares visites qu'il me force à faire en Amérique du Nord pour superviser le projet. La puanteur et la crasse de leur camp étaient inimaginables — je n'oublierai jamais. Et toutes ces silhouettes qu'ils griffonnaient sur toutes les surfaces disponibles. Cette vermine est tellement demeurée qu'elle n'est même pas fichue de retenir un alphabet romain, qui n'est pourtant pas bien difficile ; ils ont beau essayer, ils écrivent toujours son initiale, *J*, à l'envers.

Ils ne s'en rendent même pas compte, ces poussahs qui dégagent un remugle infernal. Pour eux, c'est un bond en avant prodigieux ; ils s'imaginent que, grâce à lui, ils peuvent écrire. Et ils l'adorent pour ça ! Pitoyable, oui…

Avant l'arrivée de Jones, leur espérance de vie moyenne était d'une trentaine d'années ; après qu'on leur eut transfusé des mégadoses de COD et des inhibiteurs de radicaux libres, cette moyenne s'est brusquement élevée à plus de quarante ans, et même pour des individus ayant reçu le traitement tard dans leur vie. Est-ce si étonnant qu'ils l'adorent ? Ils sont certes stupides, ces éleveurs de chèvres, mais pas au point de ne pas se rendre compte du cadeau que leur fait Jones. Comme tout être humain, ils désirent, ardemment, l'immortalité et croient que Jones peut la leur donner. Ce dieu tout-puissant les a déjà gratifiés de plus de dix ans d'existence supplémentaire et leur en a promis bien davantage dans l'avenir. Ils n'ont qu'une chose à faire : se soumettre à lui et se montrer prêts à servir à tout moment de souris blanche dans le laboratoire magique inventé par Jones.

1er mars 1981

Anniversaire de Jones. Nous avons fêté ça, comme d'habitude. Une petite collation avec les gens de l'équipe. Et même quelques voisins. Il a soixante ans, et paraît en faire la moitié. Remarquable vitalité, tant intellectuelle que physique. Dors bien, digère comme une autruche. Pourrait manger du béton si ça lui chantait – à condition de ne pas dépasser 900 calories. En plus, il ne souffre d'aucune des calamités si courantes chez les hommes de cet âge sur le plan urologique, gastro-intestinal et ainsi de suite. Il possède toutes ses dents. Sa peau est vierge de rides comme de disgracieuses taches de cholestérol. Et, bien entendu, il jouit toujours de capacités sexuelles phénoménales.

Je me suis moi aussi fait ôter la glande pituitaire par Herzenstubbe (qui est mort l'an dernier à l'âge bien modeste de quatre-vingt-douze ans) et reçois régulièrement un complément hormonal et la thérapie appropriée. Il n'y a aucun doute que je suis plus fort et plus tonique. Je ne suis jamais malade. Le degré de concentration auquel je parviens m'étonne moi-même. Chaque jour, au petit déjeuner, je parcours le *Sweissischer Zeitung*, en commençant par la chronique nécrologique et j'y lis, à ma grande satisfaction, qu'encore tel ou tel de mes collègues de Tübingen a passé l'arme à gauche. Les têtes que j'y vois sont pour la plupart bien décaties, comme des feuilles mortes restées trop longtemps accrochées à leur branche. J'en éprouve un certain plaisir. Certes, je n'ai pas l'appétit gargantuesque de Jones pour le sexe, et j'en suis ravi ; ça doit être une terrible distraction, pour ne pas dire débilitant.

Nous avons pris un cognac avant d'aller nous coucher. Stimulé par le champagne et me sentant plus audacieux, je lui ai demandé s'il n'éprouvait pas parfois des remords vis-à-vis de ses enfants – de l'usage qu'il en faisait et du sort fatal qui les attendait… Je vis un sourire triste et ambigu se dessiner sur ses traits. Il haussa les épaules et parcourut la pièce d'un regard nostalgique.

« Si je me laissais aller à éprouver ne serait-ce qu'une fraction du chagrin que cette idée me donne, je n'aurais plus qu'à monter au grenier me pendre à la plus haute poutre. S'il y a un dieu quelque part, je sais que je ne serai jamais pardonné. Je fais ce que je dois faire. »

Comme tout cela est touchant, vieille fripouille ! Je fais ce que je dois faire... Tu parles ! Ne connaît-il pas la honte ? Mes rapports n'ont jamais été très cordiaux avec mes parents. Deux minables sans énergie. Mais je savais au moins qu'ils étaient là et qu'ils n'allaient pas me vendre à des sauvages ou à des pédérastes au nom douteux du progrès. Que Dieu aie pitié des pauvres enfants élevés selon les normes du Système de M. Orville Jones.

Je crus qu'il allait se lever et se retirer pour la nuit ; mais, au lieu de cela, il prit la bouteille de cognac et en versa une bonne dose dans son verre-ballon. Lorsqu'il reprit la parole, ce fut d'une voix pâteuse, et son regard était vague. Depuis quarante ans que je le connaissais, je ne l'avais encore jamais vu dans cet état. Il n'était pas complètement ivre, mais tout de même sérieusement éméché. De tous ses rejetons (un peu plus de six cents au dernier décompte), me confia-t-il *sotto voce*, un seul lui avait donné ces inquiétudes quotidiennes qui se rapprochent le plus de ce que peut être le véritable sentiment paternel. Et celui-là, me dit-il, justement de tous le plus aimé, était atteint d'un défaut non congénital. N'était-ce pas un paradoxe chez quelqu'un pour qui la perfection est devenue une religion ? Et pourtant, c'est chez cet enfant qu'il retrouve le plus de lui-même. Jusques et y compris la tache de vin qui lui déforme le visage. C'est lui, ajouta-t-il d'une voix enrouée par l'alcool et la fatigue, s'il s'attardait trop sur la question, qui le ferait fondre en larmes. Jamais encore il ne m'avait parlé aussi ouvertement de l'un de ses enfants.

26 mars 1984

Dernier décompte de l'ordinateur : 1 512. Phénoménal. Ils ont entre trois mois et un peu plus de dix ans. Ils demeurent dans douze institutions éparpillées un peu partout dans le monde – de préférence dans ses parties les plus isolées et lointaines. Des endroits comme l'Afrique sub-saharienne et les pôles. Nous avons maintenant des colonies dans l'Hindu Kush, dans les déserts glacés de l'Himalaya et des provinces maritimes canadiennes. Installations quatre étoiles partout ; tout le confort imaginable. Matériel de toute première qualité. Aucune concession aux rigueurs de l'environnement. Jones est très désireux d'acquérir d'autres domaines semblables, pour y poursuivre le même genre de travaux qu'à Frazé. Il prévoit que notre population de reproducteurs aura dépassé les dix mille à la fin de la décennie. A ce moment-là, la première génération aura commencé à se reproduire endogamiquement. Vraiment phénoménal. Il y a quelques années, j'aurais taxé d'insensées de telles perspectives. Je les trouve aujourd'hui plausibles – c'est terrifiant. Le vieux bouc a relevé son taux de fécondité à quelque soixante-quatorze pour cent ; le taux de mortalité infantile, lui, est inférieur à deux pour cent. Et il n'est pas encore satisfait !

J'ignore ce qui le pousse : la dismutase, ou la folie des grandeurs. Ou encore une concupiscence frénétique, débridée, narcissique. Il n'est pas le premier à tomber amoureux de son image de patriarche d'une race nouvelle. Il suffit de lire le Coran, la Bible, la Bhagavad-Gita. Ça monte au cerveau, ce genre de paternité. Je suis heureux de pouvoir dire qu'il ne m'est rien arrivé de tel. Je suis au même régime que lui depuis des années, et je n'éprouve toujours pas la moindre envie de me reproduire. Si les mystères de la naissance continuent de me fasciner, je trouve les mécanismes de ce processus quelque peu dégoûtants. Et, franchement, jeter un enfant innocent dans le monde tel qu'il est aujourd'hui me paraît être un acte de pure malveillance.

4 juillet 1984

Le jour de l'indépendance américaine. Jones a fait accrocher des bannières étoilées partout dans le laboratoire, au point qu'il est devenu quasi impossible de s'y déplacer sans se prendre dedans. Chose qui ne lui ressemble pas du tout, il s'est mis à chanter des airs chauvins et à prendre des poses patriotiques ! Il a même jeté des pétards dans la cour. Les mecs seront toujours des mecs, non ? Je rends grâces au Ciel que ce genre de célébration ne se produise qu'une fois par an.

Au cours de l'année passée, il s'est produit un certain nombre d'incidents inquiétants, tous du même ordre, et qui me paraissent devenir plus fréquents. J'en rejette la faute sur le primatologue népalais que nous avons eu l'inconscience d'engager il y a quelques années ; un type fuyant, furtif. Je n'ai pas aimé son regard dès l'instant où je l'ai vu pour la première fois. J'ai averti Jones, mais il est plus confiant que moi. Si quelqu'un doit un jour nous trahir dans l'équipe, ce sera lui. Les pharmacowboys ont contacté notre Népalais pendant qu'il était en congé dans son pays. Ils l'ont enivré, lui ont offert un gueuleton et une pute à Katmandou, et lui ont bourré les poches d'argent. Fort heureusement, il n'était pas au courant de grand-chose. Il se fait néanmoins une idée générale de ce que nous cherchons à obtenir.

Il était sans doute naïf de croire qu'on leur échapperait toujours. Impec, pas de problèmes. Nous savons que les grands laboratoires paient des fortunes pour la moindre information ayant un rapport avec nous. Mais, de même qu'ils ont leurs espions, nous avons les nôtres. C'est pour cela que nous savons qu'ils se traînent à des années-lumière derrière nous. Nous les devançons dans le domaine de l'hélicité, de l'interférence des radicaux libres, de la photoréactivation, du remplacement de l'ADN. Nous avons déjà doublé l'espérance de vie des rats de laboratoire et sommes en passe d'en faire autant avec les singes. Nos sujets humains de Frazé, s'ils sont toujours trop jeunes pour permettre de tirer des conclusions, font des progrès phénoménaux. Nous le savons à la seule analyse de leurs tissus. L'ennui, c'est que nos concurrents le savent aussi, et ça les rend fous.

Et comme il aime se payer leur tête, l'animal ! De temps en temps, il soulève le voile d'un pouce ou deux et laisse filtrer, dans les pages d'une feuille de chou à la réputation équivoque, quelques renseignements fragmentaires qui les mettent à la torture. Ce vieux démon, la semaine dernière, a ainsi jeté à la mer une information selon laquelle un philanthrope milliardaire anonyme, ayant percé le code génétique dans le domaine de la prolongation de la vie, envisageait, dans un avenir proche, de donner à l'Organisation mondiale de la Santé le secret de fabrication de son sérum, ainsi que ses laboratoires. Une seule restriction à cela : que le sérum soit exclusivement fabriqué par un producteur qu'il choisirait lui-même, et qu'il soit distribué gratuitement à tous sur une base planétaire. L'article ne mentionnait pas le nom de Jones et figurait entre un papier sur une idole de cinéma pour adolescents et l'histoire d'un comte britannique qui aimait à s'habiller comme sa maman. Mais il était inutile d'être plus précis ; les gens du métier savaient parfaitement bien de qui il était question. Et quiconque connaissait Jones se doutait bien qu'il avait lui-même choisi de faire paraître son information dans un journal à scandale de bas étage. De la plus pure perversité jonesienne.

Quelques jours plus tard, un informateur à notre solde nous apprit qu'un géant de la pharmacie était tombé raide en lisant cet article : crise cardiaque ; qu'un autre, lors d'une réception à Osaka, s'était étranglé avec une bouchée de bœuf de Kobé lorsqu'un invité lui avait passé le mot. Le lendemain, plusieurs places boursières arrêtaient prématurément les cotations devant la frénésie qui s'était emparée du marché.

Les jours suivants, nous eûmes droit à un nombre étrangement élevé de « demandes d'information » sur ce sérum. La plupart de ceux qui vinrent les présenter se décrivaient comme les représentants d'associations « à but humanitaire », ou « à but non lucratif », ou « affiliées » à telle ou telle Eglise. Ils se disaient prêts à partager les coûts de la recherche et de la mise au point du sérum. Ils demandaient simplement en échange la possibilité de « retrouver leur investissement » et de partager « modestement » les bénéfices... et ainsi de suite. Nous connaissons bien la rengaine. Nous leur avons donc répondu qu'ils avaient été les victimes d'un canular de mauvais goût et que nous ne possédions pas un tel sérum.

Hier encore, un consortium d'Arabes et de Japonais – plus quelques Allemands de l'Est – nous a approchés en alignant des chiffres qui paraissent mieux convenir à mesurer les distances entre les corps célestes qu'à estimer la valeur de dispositions financières. Cette offre mirifique se heurta elle aussi à nos haussements d'épaules et à notre incompréhension. Les pauvres cloches ! Ils ne savent jamais comment s'y prendre.

Les impulsions « humanitaires » des géants de la pharmacie sont devenues nettement plus agressives. Abandonnant tout faux-semblant, plusieurs groupes nous ont carrément proposé des milliards de dollars et toutes sortes de bénéfices marginaux, tout en déployant des efforts frénétiques pour débaucher quelques-uns de nos cadres supérieurs.

Jones en pouffait de rire. Il adore les voir manifester leur avidité. Il hurle de joie lorsque leurs représentants nous débitent leur baratin sur le désir qu'ils auraient de promouvoir un monde meilleur, de préserver et renouveler les ressources de la terre, de créer une humanité plus saine et ainsi de suite. Oui, nous connaissons tous la rengaine.

Pour ma part, je ne me sens tout de même pas tranquille. J'ignore de quoi ces gens sont capables. Ce ne sont pas des enfants de chœur et, quand ils ont quelque chose en tête, tous les moyens leur sont bons pour parvenir à leurs fins. Il les a humiliés. Si nous n'étions qu'une multinationale comme les autres, ils pourraient s'y résigner. Ils se retrouveraient tous dans quelque établissement superluxueux des montagnes Rocheuses et s'arrangeraient à l'amiable pour mettre au point une juteuse combine leur permettant de partager les droits et de manipuler artificiellement les prix et le marché en éliminant d'éventuels concurrents.

Mais voilà : avec Jones, ça ne marche pas. Jones est une anomalie d'un genre particulier et dont ils n'ont aucune expérience. Même s'ils le voulaient, ils ne pourraient pas nous virer de notre place. Jones affirme – sincèrement ou non – que le profit ne l'intéresse absolument pas. Comment négocier dans ces conditions-là ? Il est peut-être fou. Comment l'arrêter avant qu'il n'ait tout révélé ? Je n'arrive pas à croire qu'il soit sérieux sur ce point, mais, s'il l'est, il n'a pas encore marchandé avec moi. C'est juste une mystification pour rendre les pharmacow-boys encore plus frénétiques. Je suis sûr que c'est une machination du vieux renard. Mais au cas improbable où il parlerait sérieusement, ce que je crois parfois, j'ai des atouts à faire valoir et je les jouerai le moment venu.

23 août 1984

Exactement ce que je craignais. La partie commence à devenir féroce. La semaine dernière, ces crapules du consortium ont finalement eu le culot de s'attaquer directement à moi. Trois gorilles en costume trois-pièces, un ricanement en guise de sourire sur le mufle et inondés d'eau de toilette bon marché, se sont présentés à notre porte. Leur voiture venait soi-disant de tomber en panne, et ils voulaient téléphoner à un garage. Le garde de sécurité, homme certes fidèle mais plus tout jeune et un peu décati, leur dit d'attendre pendant qu'il venait me demander la permission au labo. Le temps qu'il arrive, la question était devenue purement académique. Les trois affreux avaient franchi les portes et pénétré de force dans le labo en brandissant des mitraillettes. Ils me jetèrent un sac sur la tête. Le garde de sécurité s'évanouit aussitôt et, sans la présence d'esprit de mon assistante, Frau Hubsch, qui vit ce qui se passait et bloqua toutes les issues du labo, les emprisonnant dedans avant d'appeler la police, je ne sais pas trop où je serais aujourd'hui.

S'ils avaient seulement l'intention de nous faire peur, ils ont admirablement réussi. J'ai appelé Jones, qui est aussitôt revenu de Delhi en avion. Il éclata de rire quand je lui racontai l'incident ; je ne voyais pas ce qu'il y avait de drôle, mais Jones, je m'en rendis compte, était aussi inquiet que moi. Assez inquiet pour engager dès le lendemain sa brigade de gros-bras qu'il mit à patrouiller dans notre périmètre. Leur mission ? Me suivre à la trace et me casser constamment les pieds. Mais, même si je trouve leur présence empoisonnante, je suis néanmoins soulagé de les voir postés à chaque porte, et d'y exhiber une arme automatique. Je crois que tout le monde comprend maintenant le genre de risques que courrait le projet si jamais j'étais victime d'un enlèvement, retenu quelque part, voire torturé jusqu'à ce que je donne au consortium les renseignements qu'il cherche.

Ils ont des mines rien moins que patibulaires – je parle évidemment des rouleurs de mécaniques engagés par Jones. De vrais têtes d'assassins. Pas le genre qu'on aime à voir traîner dans la maison, mais c'est probablement le prix à payer quand on fait dans le négoce de l'éternité. On les appelle la Garde de Fer. Ils adorent les tenues de combat camouflées et font des exercices de tir à cinq heures tous les matins. Les voisins, tous d'honnêtes citoyens respectueux des lois, n'osent pas se plaindre tant ils en ont peur. La garde est sous les ordres d'un soldat de fortune, un mercenaire du nom de Boggs qui a dû fuir les Etats-Unis pour s'être livré à des activités dont on refuse de parler, même dans cette société soi-disant ouverte. « Le mieux est de ne pas poser de questions, m'a dit Jones. C'est exactement l'homme qu'il nous faut. »

Bien entendu, il a raison. Depuis que Boggs et sa Garde de Fer sont venus habiter chez nous, nous n'avons eu qu'un seul autre incident à déplorer. Une autre tentative de kidnapping, non pas dirigée contre moi, mais contre un des pathologistes résidents. Le malheureux a été très secoué par l'affaire ; nos gars ont rattrapé les ravisseurs à la frontière et leur ont infligé une telle raclée que les pharmacow-boys ont fini par comprendre le message. Cela fait un certain temps qu'ils nous fichent la paix. Ce qui ne signifie pas qu'il faudrait relâcher notre vigilance. Ces types ne sont pas du genre à se laisser arrêter par quelques dents cassées. Ce qu'ils ne veulent ni ne peuvent tolérer, en revanche, c'est la très détestable publicité qui leur serait faite, si leurs machinations étaient révélées au grand jour. Très mauvais pour l'image qu'ils aiment à donner d'eux-mêmes... celle d'humanistes éclairés travaillant avec désintéressement et infatiguablement au bonheur de l'humanité. Il m'arrive de penser qu'ils y croient eux-mêmes. Toujours est-il qu'ils sont capables de vous dire ça sans rire.

Je me demande souvent pourquoi je n'ai pas moi-même depuis longtemps succombé à leurs avances ; ce serait tellement plus facile ! Les caisses de Rémy Martin, les boîtes des meilleurs havanes, les putes de luxe (je me dis que je pourrais même apprécier) et, bien entendu, les enveloppes de papier-bulle gonflées de toutes sortes de papiers négociables. Pourquoi ne pas tout prendre ? A deux mains, tant qu'à faire ? Eh bien, au moins pour deux raisons. Ce que m'accorde Jones rend leurs offres absolument dérisoires. Et, par ailleurs, on ne sait jamais à quoi il faut s'attendre avec lui. Au bout de quarante ans de collaboration, s'il y a bien quelque chose que j'ai appris, c'est à ne rien considérer comme acquis avec lui. Aurais-je fait défection pour aller rejoindre les pharmacow-boys que je n'aurais pas été surpris de me retrouver une nuit au fond d'un bateau, ficelé comme un rôti, accompagné de plusieurs sbires de M. Boggs, puis conduit au milieu du lac de Genève et, là, lesté d'un sac de sable, jeté sans autre forme de cérémonie par-dessus bord, dans les eaux profondes, au pied de Chillon.

Non. Je resterai impavide – pour le moment du moins –, mais garderai un œil ouvert. Je ferai ce qui convient. Et, pour une fois, ce qui convient coïncide avec ce qui profite. C'est si rare...

12 avril 2070

Il retourne aujourd'hui en Amérique du Nord. Grâce au Ciel ! Son pèlerinage annuel... il y joue la farce de la paternité, tient des audiences dans le noir avec ses enfants crédules et terrifiés et donne à chacun sa maigre ration d'affection paternelle avant de désigner celui ou celle qui sera expédié chez les trolls. La dîme annuelle de chair humaine. Quel soulagement qu'il soit parti ! L'Institut peut maintenant retrouver son aspect normal et reprendre le travail.

Il m'a encore demandé de l'accompagner. Et j'ai encore refusé. Moi, aller là-bas ? Il faut qu'il soit fou. Je lui ai répondu que j'étais un scientifique, pas un entremetteur ou un souteneur. Que quelqu'un de l'équipe technique du château s'occupe donc de la compatibilité tissulaire des unions en prévision. Je n'y mettrai plus les pieds, merci bien ! J'ai déjà passé assez de temps dans ce trou infernal. Penser que je pourrais abandonner tout ça, mon laboratoire, mes incubateurs, mon autoclave, mes boulevards et mes endroits préférés, pour ce... pour ces marécages du Grand Nord américain qu'il appelle son foyer ! Comme c'est bizarre... Avoir en plus la compagnie de son frère, onctueux comme un prélat, et de ce Corse dégénéré, tandis que les éleveurs de chèvres rôdent autour du château en se dandinant ! Je vous le dis, ce type est cinglé. Plus je vieillis, moins je supporte ces âmes à tout prix charitables, ces forcenés de l'aide humanitaire qui ne cessent de gémir et de se tordre les mains sur les injustices de ce monde. Tout ce baratin sur la lutte contre les inégalités, sur la régénération de l'ordre social, quelle absurdité ! Seuls des gens comme Jones, du haut de la douzaine de milliards qu'ils ont en banque, ont les moyens de débiter de telles âneries. Imaginez un peu ! Redistribuer les richesses, quelle idée étrange ! Tout ça a bel et bien disparu il y a quatre-vingts ans, et pour d'excellentes raisons. Bon débarras. Toutes ces saintes nitouches. Tout ce bavardage. Des mots, des mots ! Ils ne comprennent donc rien ? L'homme est une créature mercantile. Débits et crédits. Acquisitions et fusions. Voilà ce que comprend un homme, voilà ce qui le fait vivre. Le profit avant tout. Même avant le sexe et la nourriture. L'or est le moteur suprême. Si vous l'avez, le reste suivra aussitôt. Jamais on ne peut en être rassasié. Si un type a une pièce, il en veut deux, s'il en a deux, il en veut cinq. Il n'y a pas assez d'or dans l'univers pour satisfaire un seul homme. Une fois qu'il y a goûté, il n'y a rien qu'il ne fera pour en avoir davantage. Tout se résume à ça.

Sauf Jones. Je dois avouer que lorsque je l'ai rencontré pour la première fois, il y a tant d'années, je me suis trompé sur son compte. J'ai cru qu'il était comme les autres. Du même tonneau. Qu'il ne valait pas mieux. Aucun doute, il était comme ça au début, quand tout a commencé à marcher comme il le souhaitait, quand ses coffres se sont mis à se remplir et à déborder et qu'il s'est rendu compte à quel point c'était facile. Puis l'ennui l'a gagné et il s'est mis à penser qu'il était indigne de lui de se contenter d'entasser tous les jours des richesses. C'est à cette époque qu'il a pensé à s'en servir non pour en faire de grands tas, mais pour le donner. Ça lui plaisait infiniment plus. C'était sa manière à lui d'entrer dans le rôle divin par la petite porte.

Quand je pense qu'il m'a encore redemandé de l'accompagner ! Quelle peste, cet homme ! Il n'a pas besoin de moi, là-bas ! Il dispose d'une douzaine de cliniciens de premier plan sur place, pour pratiquer les tests et interpréter les résultats. Je ne veux rien avoir à faire avec ça. Je trouve que les choses commencent à sentir le roussi. Et, franchement, je n'ai pas le cœur à jouer à ce jeu. La dernière fois, Dieu me pardonne, j'ai commis l'erreur fatale de me prendre d'affection pour deux de ces jeunes gens.

Par ailleurs, les données qui nous sont récemment parvenues du château, si elle sont vraies, sont importantes. Malheureusement, je ne suis pas sûr de pouvoir faire entièrement confiance à son frère, côté chiffres exacts. C'est un malin. Je ne serais nullement surpris d'apprendre qu'il s'est laissé acheter par les pharmacowboys. Qu'il trafique les résultats pour les rendre encore plus frénétiques. Quant au Corse, c'est une tout autre paire de manches. Lui, j'en suis convaincu, est compromis. Je connais très bien ce genre d'individus. On peut les acheter pour quatre sous. Jones le sait aussi, mais il est trop scrupuleux ou trop sentimental pour agir. Il connaît Parelli depuis qu'il était petit ; il l'a quasiment élevé.

Je crois que Jones est en train de se laisser dépasser par les événements. Il n'a plus le même entrain qu'autrefois. En le regardant, ces jours-ci, j'ai vu que le poids des ans commençait à se faire sentir. Presque cent quarante-huit ans, aujourd'hui, et il n'a pas l'air d'en avoir plus du tiers. Pour autant que je sache, il est en assez bonne santé, mais, depuis quelque temps, il s'est mis à se plaindre. Petits problèmes de digestion, pour commencer. Insomnies. Des tracas mineurs. Néanmoins, ça ne lui ressemble pas. Quand il dort, il fait des rêves qui le troublent. « Quel genre de rêves, Orville ? lui ai-je demandé. – Des mauvais rêves », m'a-t-il répondu en refusant d'en dire davantage. Manifestement, ça le trouble. Un paradoxe, non ? Un homme de science qui se met à craindre les présages qu'il croit voir dans ses rêves. Si ça continue, il va se mettre à examiner des viscères d'animaux. Aussi loin que nous soyons parvenus dans notre évolution, nous ne nous sommes guère écartés de notre moule d'argile primitif. Je prie pour ne pas succomber aux consolations de ce genre de foutaises, lorsque mon temps viendra. Ce qui est, à mon avis, le cas pour Jones. Il sent que ses jours sont comptés. Pourquoi ? Je me perds en conjectures. En dépit de ses petites misères, il est parfaitement en forme. Il prend régulièrement son COD. Se transfuse une fois par semaine. Observe un strict régime quotidien de 900 calories et garde une température corporelle de 36,5°. En dépit de tout ça, j'ai l'agaçante impression que quelque chose a changé en lui. Il est différent. Sa peau a quelque chose d'un peu pâteux, ses épaules se voûtent légèrement, son pas est plus traînant, son regard plus vague. Je n'arrive pas à dire exactement ce que c'est, mais lui le sent aussi. Peut-être est-ce pour cette raison qu'il lui tardait tant de partir, cette fois ; comme s'il avait l'intuition qu'il ne referait jamais plus ce voyage.

Je ne lui ai encore rien dit. A propos de cet homme, le soi-disant prêtre qui ne me lâche pas d'une semelle lorsque je fais des courses en ville… il est encore revenu. Cela fait maintenant trois ou quatre fois. J'ai tout d'abord cru à une coïncidence. Plus maintenant. Il ne manque pas de toupet, non plus. On dirait presque qu'il cherche à se faire remarquer. Ce n'est certainement pas un prêtre, j'en suis convaincu. A cause de sa démarche. Un peu trop vive, pour ce genre d'individus. Et la manière dont il ouvre son porte-monnaie pour payer ! Quel cinéma ! Il est un peu trop de ce monde pour mon goût.

L'autre jour, chez le marchand des quatre saisons de la rue Guise, pendant que j'examinais des asperges blanches, il est venu se placer à côté de moi et s'est mis à tripoter les légumes sans la moindre délicatesse. Le remugle d'assa fœtida était écœurant. Aujourd'hui, en allant au marché, je me ferai escorter par deux ou trois gorilles de la Garde de Fer.

Avant de me coucher : ne pas oublier d'écrire encore l'une de ces affreuses petites missives. Encore une tâche à laquelle je devrais mettre un terme. Je le lui dirai dès son retour. Pourquoi lui permettre de m'obliger à faire le sale boulot à sa place ? Je l'ignore.

Bon, allons-y…

Cher Leander,

Aujourd'hui, nous avons visité le grand bazar du marché, à Dar Es Salaam. Demain, nous allons à Zanzibar faire l'inspection de la léproserie de Kisha. Ça devrait être une bonne préparation pour…

***

L'aube pointait lorsque Porphyre reposa les dernières pages du journal du Dr Fabian. Déjà, de pâles rayons de soleil venaient caresser les vitres serties de plomb au-dessus de sa tête. Il avait lu toute la nuit et avait les yeux rouges et boursouflés de quelqu'un qui a passé des heures à regarder des coulées de métal en fusion.

Un grand silence régnait encore sur le château. Personne ne bougeait et, bien que la pièce fût encore tiède — des braises rougeoyaient toujours dans l'âtre —, le colonel avait froid. Une sensation glaciale qu'il ne s'expliquait pas lui montait des pieds et des mains.

Il était resté pratiquement six heures plongé dans sa lecture, à côté de la fenêtre. Il n'avait pas vu le temps passer et avait l'impression que cela ne faisait qu'un instant qu'il s'était installé dans ce fauteuil, l'énorme pile de documents donnés par Mme Lobkova sur les genoux.

Il ne bougea pas, le regard perdu, plongé dans ses pensées. Il se sentit brusquement fatigué. Il avait la tête vide, en dépit d'une légère tension de ses membres — comme si son corps pressentait des choses que son esprit allait apprendre incessamment. Il leva une main, et ne fut pas surpris de constater qu'elle tremblait.

Un bruit le tira de sa torpeur. Un coup sourd qui paraissait venir du plafond, juste au-dessus de lui, comme une chaussure ou un objet un peu lourd qui tombe sur un plancher sans moquette. Ce bruit fut suivi par les pleurs ô combien reconnaissables d'un bébé ; Porphyre ne se souvenait pourtant pas d'avoir vu d'enfants en bas âge dans la maison. C'était un gémissement qui avait quelque chose de pitoyable, comme le cri d'une créature blessée et errant dans le froid.

Il n'aurait su dire pourquoi ces pleurs le firent se lever brusquement. L'instant suivant, il quittait la bibliothèque et fonçait dans les couloirs, les pans de sa robe de chambre volant derrière lui.

NEUVIÈME PARTIE

Le blockhaus

... et soudain, dans une zone piétinée, je tombai sur un groupe effrayant...

H.G. Wells, *L'Ile du Dr Moreau*

30

Le nom de ma fiancée est Zann ; c'est du moins ainsi qu'elle m'a dit qu'il fallait l'appeler. Elle se mit un jour à se frapper la poitrine en criant « Zann, Zann ! », de cette voix atroce qu'ils ont tous et qui ressemble à des éructations raclant le fond de la gorge. « John, répondis-je, en faisant le même geste qu'elle. John, John. »

De cette manière, nous arrivâmes à échanger des fragments de nos vocabulaires respectifs. La prononciation est autant un problème pour elle que pour moi. Par exemple, j'ai fini par comprendre que c'était de moi qu'elle parlait lorsqu'elle disait Zon. Dans sa langue, ce nom claquait comme un coup de fouet.

De même, je sais maintenant que cinq monosyllabes, Ng, Jn, Nb, Gq et Rbn, ont quelque chose à voir avec la nourriture et le fait de manger. Mais tous mes efforts pour arriver à prononcer ces mots ont été vains. Néanmoins, Zann paraît me comprendre quand je m'y risque.

Elle est avec moi vingt-quatre heures sur vingt-quatre, comme ma suite – ou ma « garde ». Ils sont dix. Nous vivons tous ensemble dans la grande hutte à toit de chaume ; celle-ci est humide et sent le moisi. Il n'y a pas d'eau courante. Pas de toilettes. Rien pour faire la cuisine à l'intérieur. La lessive, la cuisine, la toilette, se soulager, tout se fait dehors, dans de vastes zones communes spécialement réservées à chacune de ces fonctions spécifiques. Les insectes circulent librement par les trous sans vitrage qui servent de fenêtres. Les plus désagréables sont incontestablement une espèce de gros cafards volants qui ont l'habitude déconcertante de se catapulter sur des distances de quatre ou cinq mètres avant de vous atterrir sur la figure ou les genoux. Quand il pleut, il y en a par dizaines. Ogden serait ravi.

La hutte comprend trois grandes pièces. Zann et moi en occupons une, et les gardes les deux autres. Nous mangeons ensemble, nous nous levons et nous allons nous coucher tous à la même heure. Quant aux choses qui relèvent normalement de la plus stricte intimité, rien à faire : tout se déroule en public.

On pourrait croire que, en ma qualité de roi, je jouis de certains privilèges. Rien n'est moins vrai. La royauté, chez les Hommes des Bois, ne s'accompagne d'aucune autorité, d'aucun pouvoir. C'est une charge uniquement honorifique, aux fonctions entièrement symboliques. Si je souhaitais, pour une raison ou une autre, faire sortir les gardes de la maison, je ne le pourrais pas. Il me serait de même refusé de me promener seul dans le camp. Comme on l'a compris, même aller aux toilettes doit se faire sous la surveillance attentive de deux ou trois de mes gardes.

Je n'ai aucun espoir de m'évader. Vivant sous une surveillance étroite et perpétuelle, je ne dois même pas y songer. Et, bien que roi, j'en suis venu à redouter mes sujets. Ils sont capables de la plus grande cruauté. Même entre eux, ils se livrent aux actes les plus brutaux. La cruauté fait tellement partie de leur caractère qu'ils la remarquent à peine. Si jamais je tentais de m'échapper, les conséquences seraient sûrement terribles pour moi.

Aucun doute, maintenant : Zann est mon épouse. Depuis le soir où, dans la maison du conseil, nous avons échangé nos grossiers anneaux en tiges tressées, elle est constamment à mes côtés. Elle me surveille sans répit ; méfiante et possessive, elle ne me laisse jamais seul. Les femelles de cette race sont comme les mâles, couchant avec n'importe qui, et ma compagne devient particulièrement agressive quand d'autres Femmes des Bois s'approchent de moi.

En dehors de tenir ses rivales à l'écart, Zann me lave

tous les matins, dispose mes vêtements pour le jour et me prépare tous mes repas.

Notre vie sexuelle est animée. Quotidienne, souvent étrangement violente, elle est aussi férocement passionnée. Pour les Hommes des Bois, l'activité sexuelle est quelque chose de primordial dans l'existence. Ils s'y livrent à peu près n'importe quand, de jour comme de nuit, en public, sans même chercher à se dissimuler. Leurs enfants s'y mettent dès la puberté. De ce point de vue, ils nous ressemblent beaucoup.

Lors de mes premiers rapports sexuels avec Zann, j'ai été frappé, et même troublé, par la violence de ma réaction face à un objet sexuel qui par ailleurs me répugnait tellement. Même la répétition quotidienne de nos relations n'a pas émoussé l'intensité de cette sensation, que je me prends à attendre comme un enfant le moment où on lui donne un bonbon.

Bien que je sois son époux et son roi, c'est elle qui dispose d'une pleine et entière autorité sur la maison. Non pas parce que je serais son prisonnier – ce qui est le cas – mais parce que telle est la coutume chez les Hommes des Bois. Ils ont adopté un système matriarcal. Les hommes – les hommes ordinaires, pas ceux de la caste des prêtres ou des nobles – sont exploités comme de véritables bêtes de somme. Ils transportent, bâtissent, cultivent, s'occupent des bêtes, les abattent et les débitent. Les femmes s'occupent surtout de la gestion des affaires.

D'après ce que je peux en voir, il n'y a pas d'éducation scolaire. Les enfants ont toute liberté d'agir comme ils veulent. Ils se livrent d'ailleurs aux jeux les plus violents et n'arrêtent pas de faire les fous. On ne fait aucun effort pour les obliger à se soumettre aux règles et codes du clan. Car il ne faut pas s'y tromper : ces codes existent, même s'ils sont trop subtils et presque invisibles pour l'observateur étranger. Les Hommes des Bois ne vivent pas dans l'anarchie, comme on pourrait le croire au premier abord. Ils vont et viennent ensemble ; ils accomplissent certaines tâches en groupe ; ils distribuent équitablement les ressources entre eux et ont des objectifs communs. Ils supportent mal les activités ou les comportements solitaires destinés à exprimer une individualité.

Rien de ce qu'ils font ne semble avoir été appris dans le cadre d'un enseignement formel. Les enfants s'éduquent en imitant leurs aînés, pour autant que j'aie pu l'observer. Il n'y a jamais d'instructions données directement. Ils paraissent croire que l'on apprend par une sorte d'assimilation passive, d'osmose naturelle. Aucun moment précis ne marque le passage de l'adolescence à l'âge adulte. Lorsque cela doit arriver, cela arrive, croient-ils. A un moment donné, qui varie avec chacun, un enfant abandonne ses occupations d'enfant et prend sa place, aussi inférieure soit-elle, dans la société tribale.

Les journées passent et se brouillent ; elles se suivent, ennuyeuses au point de m'hébéter. Tout est prévu. Rien n'arrive par hasard. Une régularité mortelle préside à chacune, et on en perd la faculté de sentir l'écoulement du temps.

Depuis cette nuit horrible, celle où j'ai été sacré roi, je n'ai pas revu une seule fois Leander ou Cassie. S'ils sont dans le camp, j'ignore où. J'ai pourtant parcouru tout le village, en compagnie de Zann et de mes gardes, mais je ne les ai jamais revus.

Au début, j'occupais mes moments d'ennui à imaginer Oncle Toby à Frazé, organisant une attaque massive sur le village pour nous libérer. J'en suis maintenant venu à considérer que c'était là se bercer de folles et vaines espérances. J'ai cessé de surveiller l'horizon, d'attendre qu'ils surgissent, de tendre l'oreille, la nuit, à tout bruit qui trahirait leur approche. Manifestement, rien n'est entrepris pour venir à notre secours.

En vérité, le seul fait que nous soyons encore ici après tout ce temps, et que rien n'indique que l'on chercherait à venir à notre secours, est la preuve flagrante de l'indifférence de notre oncle. Pourquoi en être surpris ? A cet égard, il n'est pas différent de Jones. Il est de fait le nouveau Jones. Notre présence ici, sans qu'aucune protestation ne s'élève de Frazé, m'apparaît de plus en plus nettement comme le résultat d'un accord conclu depuis longtemps entre mon père et ces gens. A quelles fins, je l'ignore. Mais je suis sûr que je ne vais pas tarder à l'apprendre. Quoi qu'il en soit, cela n'annonce rien de bon pour nous. Tout ce que j'espère, c'est que, le moment venu, les choses iront vite et sans souffrance.

Une partie de mes obligations quotidiennes de souverain consiste à me vêtir d'habits royaux et à me promener au milieu des monceaux d'ordures de ce village, Zann tenant la traîne derrière moi. Mon escorte, armée de massues, m'entoure pour empêcher mes sujets de venir me toucher. Mais je ne doute pas que j'aurais également droit à un matraquage si j'essayais de m'enfuir.

Il y a plusieurs jours, nous avons suivi un itinéraire différent pour notre promenade matinale. Cette fois-là, nous avons emprunté un chemin qui sortait des environs immédiats du camp et remontait la rivière en direction du nord.

Nous en suivîmes les sinuosités pendant environ deux kilomètres à travers bois. Zann n'arrêtait pas de me montrer différents objets – arbres, rochers, fleurs, oiseaux – tout en poussant des grognements et des aboiements pour me dire, sans doute, leurs noms dans sa langue.

Tandis que nous passions au milieu d'un bosquet de sapins tacheté de flaques de soleil en répétant cette leçon de choses, je pris conscience de cris au loin ; ceux-ci devenaient de plus en plus forts et nets au fur et à mesure que nous avancions.

Bientôt, nous débouchâmes dans une clairière inondée de soleil. Là, s'élevant comme un mirage devant nous, je vis quelque chose dont je mis un moment à comprendre la nature. Perdu au milieu de la forêt, pour autant que je m'en souvienne clairement, se dressait un long bâtiment bas entièrement construit de blocs de béton, matériau que j'avais jusqu'alors cru entièrement étranger à la culture des Hommes des Bois. La bâtisse était dépourvue de fenêtres et entourée par un objet tout aussi inattendu, à savoir une barrière en fil de fer barbelé de trois mètres de haut, couronnée d'un réseau en accordéon de fils armés de lames coupantes tournées vers l'intérieur. L'édifice, trapu et sans grâce, long d'une bonne centaine de mètres, avait un aspect sinistre auquel le fil de fer barbelé apportait la touche finale. L'impression générale était celle, menaçante, d'une prison ou d'un bagne.

La source des clameurs que j'avais entendues se trouvait de l'autre côté des barbelés ; environ deux douzaines de personnes couraient en tous sens dans ce périmètre, criant et donnant des coups de pied dans un objet rond fabriqué avec des plantes grimpantes roulées sur elles-mêmes pour former une sorte de ballon.

Les joueurs étaient divisés en deux équipes et, à la manière dont ils se servaient de leurs pieds pour faire circuler le ballon, je conclus qu'ils jouaient à une parodie de football.

Je m'approchai de la barrière, suivi de près par Zann et son incessant caquetage de grognements hachés ; sans doute m'expliquait-elle ce que je voyais.

Je n'y compris pas grand-chose. En revanche, je trouvai le spectacle que j'avais sous les yeux extrêmement dérangeant. Je ne parle pas du jeu, qui paraissait parfaitement innocent, mais des joueurs.

Ils portaient les habits ordinaires des Hommes des Bois — pourpoints, pantalons de peau ressemblant à des chausses, sandales à lanières. Ils arboraient même les chapeaux tyroliens pointus qui leur donnaient vaguement une apparence d'elfes. On pouvait les prendre, au premier coup d'œil, pour des Hommes des Bois comme les autres, mais ils étaient cependant différents ; certains avaient des traits négroïdes, d'autres nettement orientaux. On trouvait des peaux sombres et des peaux claires ; mais, surtout, ils n'étaient pas nains. Je me rappelai ma première soirée au camp, celle du banquet ; j'y avais aperçu des Hommes des Bois de stature presque normale mais, sur le coup, je n'en avais rien pensé. Ceux que j'avais devant moi n'étaient pas seulement de taille moyenne, mais supérieure à la moyenne ; certains étaient même grands. Je mesure plus d'un mètre quatre-vingts, et quelques-uns de ces joueurs de « football » faisaient presque ma taille. Aucun ne présentait le profil tronqué et bedonnant caractéristique des Hommes des Bois.

Tandis qu'ils criaient et couraient après leur ballon de lianes tressées, s'interpellant les uns les autres, je crus distinguer quelques-uns des mots qu'ils employaient : ils parlaient indiscutablement la langue des chevriers. *Jik*, par exemple, qui signifiait « boule » et donc, dans le cas présent, balle ou ballon. *Ul*, qui veut dire « moi », était un des mots qu'ils criaient constamment. Chaque fois qu'un but était marqué, le coup était suivi d'une explosion de joie où je crus discerner le mot *Neno*.

Je me tournai vers Zann.

— Neno ? Neno ?

— Neno, répéta-t-elle en levant un doigt.

Le mot voulait sans doute dire « un ». Dans le contexte du jeu, cela signifiait qu'un but avait été marqué.

Au cours d'une interruption de jeu, les joueurs vinrent s'agglutiner derrière la barrière, à la hauteur de l'endroit où je me trouvais. C'est alors, en les voyant de plus près, que j'éprouvai un deuxième choc. Les individus qui se pressaient devant moi n'étaient nullement des Hommes des Bois, même s'ils parlaient leur langue. Certains avaient des traits rappelant ceux des éleveurs de chèvres – yeux fendus, pommettes hautes, peau épaisse. Mais la plupart avaient de grands yeux, la peau délicate et des traits réguliers... et ressemblaient à n'importe qui, à n'importe laquelle des personnes que j'avais fréquentées depuis toujours. Bien que l'âge d'un Homme des Bois soit difficile à dire, il est aisé, dans un groupe, de déterminer les âges relatifs des individus qui le composent. Dans celui-ci, certains étaient très jeunes, des enfants, en réalité ; d'autres paraissaient avoir mon âge ou davantage.

Mon arrivée sembla provoquer une grande excitation. J'imaginai qu'ils devaient savoir que j'étais leur roi et se pressaient contre la barrière pour mieux me voir ;

plusieurs me tendirent la main à travers les fils de fer barbelés, se coupant et se faisant des estafilades dans le seul espoir de me toucher. L'un d'eux se montra particulièrement insistant ; il criait dans sa langue, agitait sa main ensanglantée à la hauteur de mes yeux, l'air de vouloir à tout prix me toucher.

Quelque chose en moi réagit fort devant cette manifestation d'affection, naïve et simple. Le fait que cet homme fût ainsi parqué derrière ces cruels barbelés, comme une chèvre dans un troupeau, me toucha aussi. Je m'avançai vers lui — il était au milieu d'un groupe qui se mit à s'agiter frénétiquement à mon approche — et plaçai ma paume contre la sienne, tenant fermement sa main ensanglantée.

Il faisait exactement ma taille et, lorsque nous fûmes face à face, mon regard plongea directement dans deux grands yeux verts. La chose n'est pas indifférente : les yeux verts sont pratiquement inconnus chez les Hommes des Bois. Quand on arrive à les distinguer derrière leurs paupières toujours réduites à une fente, on remarque que leurs yeux sont presque toujours d'un gris bourbeux. Or ceux-ci étaient du vert le plus profond et le plus intense que j'eusse jamais vu. Un vert de calcédoine, de mer polynésienne — comme dans les magazines. Ils n'étaient pas froids et morts comme ceux des Hommes des Bois. Ils dansaient, riaient et respiraient l'intelligence.

Sans pouvoir dire pourquoi, je fus sûr de les avoir déjà vus. Je les connaissais, et eux aussi me connaissaient. Cet homme avait beau être habillé comme un Homme des Bois, il n'en était pas un. Pas avec sa taille, pas avec ses traits aussi réguliers. La seule chose qui évoquait vaguement un lien de parenté avec eux étant ses hautes pommettes et les lobes de ses oreilles : charnus et allongés, ceux-ci faisaient presque la taille de celles des éleveurs de chèvres, soit le double de la normale.

Ils étaient devenus frénétiques dans leurs efforts pour se rapprocher de moi. Bizarrement, je ne les trouvai pas menaçants, mais au contraire affectueux, comme mus par un curieux sentiment de parenté. Mais déjà les gardes les repoussaient de la barrière. Ils ne protestèrent ni n'essayèrent de résister. Au lieu de cela, ils émirent une manière de jappement aigu, frappèrent des mains de manière enfantine dans ma direction et coururent reprendre leur partie.

Je restai quelque temps à les regarder, conscient de la surveillance dont j'étais l'objet de la part de Zann. Je n'arrivais pas à comprendre qui ils étaient et d'où ils pouvaient venir. Je me tournai vers Zann, comme si elle pouvait m'aider; mais c'était impossible. Je n'avais même pas les mots pour lui poser mes questions.

La tranquillité de son expression me frappa. Sa peau se tendit sur son visage et sa mâchoire. Pour je ne sais quelle raison, elle se mit à hocher la tête. Je crus tout d'abord que ce signe m'était adressé, puis je me rendis compte qu'elle ne me voyait même pas. Les deux fentes de ses yeux étaient tournées vers un autre point. Je suivis la direction de son regard et vis aussitôt ce qui était l'objet de son attention.

De l'autre côté du terrain de jeu, à l'écart de la cohue bondissante et agitée des joueurs, je distinguai nettement deux petites silhouettes, rendues encore plus minuscules par la distance qui nous séparait, soit environ deux cents mètres.

Une forme en blouse blanche se tenait à côté d'elles, l'air possessif; sinon, seuls au coin du bâtiment, les deux êtres se pressaient l'un contre l'autre comme pour s'abriter du vent. Ils ne suivaient pas la partie, mais semblaient au contraire maintenus à part et comme étrangers aux autres. Il y avait quelque chose d'étrangement touchant dans la manière dont ils se tenaient par la main; comme les joueurs, ils étaient habillés à la mode des Hommes des Bois.

Ils ne me virent pas et je ne les appelai pas, alors que tout en moi mourait d'envie de hurler, d'agiter la main et de courir vers eux. Mais la présence du sinistre et vigilant personnage en blouse blanche qui surveillait nos moindres mouvements m'en découragea. Il n'était pas sans ressembler à un membre du personnel du laboratoire, au château.

Depuis ce jour, je suis obsédé par l'idée de retourner à l'étrange bâtiment sans fenêtre derrière le fil de fer barbelé. Mais Zann n'en a aucune envie. Elle sait que j'ai vu Cassie et Leander, ce matin-là ; je crois même que c'est dans ce but qu'elle m'y avait conduit. Elle savait que je désirais les revoir. Avait-elle eu l'intention de nous réunir ? Ou avait-ce été simplement pour me provoquer ? Pouvait-elle être aussi cruelle ?

Je n'arrivais pas à me les sortir de l'esprit – le regard mort de Leander, ma petite sœur enchaînée comme un chien, une marque rouge autour de la gorge, là où la corde abrasive l'avait douloureusement blessée. Je ne pouvais non plus m'empêcher de penser qu'il leur arrivait quelque chose de particulièrement horrible. Le personnage en blouse blanche, loin d'être rassurant, m'avait paru sinistre, menaçant. Venait-il vraiment du château ? Si oui, pour quelle raison inimaginable se trouvait-il ici ?

Je ne savais qu'une chose : il fallait que je les rejoigne. Si je pouvais seulement me libérer une heure ou deux ! Mais c'était impossible. On ne me laissait jamais seul. Pas une minute. Zann ou les gardes se trouvaient constamment avec moi. Et, en général, les deux.

Depuis, à plusieurs reprises, au moment d'entamer notre promenade matinale, j'ai tenté d'entraîner mon escorte dans la direction de la bâtisse de béton. Mais toujours, lorsque nous atteignions le petit sentier étroit qui longe la rivière, Zann nous faisait faire demi-tour. Et, en dépit de toutes mes protestations et de mes prières, elle tint bon.

Elle avait sans doute ses raisons pour nous tenir séparés. Pourquoi, me demandai-je, les confiner ici, derrière ces barbelés, loin du camp principal, dans un bâtiment sans fenêtre ? Et si les habitants de ce lieu étaient des Hommes des Bois, pour quelle raison étaient-ils si atypiques et avaient-ils un aspect presque normal ? Il se passait quelque chose derrière ces murs de béton, et il fallait savoir ce que c'était. A laisser mon imagination s'emballer, je risquais de devenir fou. Pour le moment, je ne pouvais rien faire de plus qu'attendre et guetter l'occasion.

Celle-ci se présenta la nuit suivante, sous la forme d'un incendie. Je fus réveillé par des clameurs et des piétinements, à l'extérieur de ma hutte. Je me levai et, de la fenêtre, vis que le ciel s'embrasait d'une lueur orange à l'est. L'incendie paraissait s'être déclaré au centre du village ; d'où je me trouvais, je sentais même l'odeur du bois qui brûlait et entendais, porté par la brise, le grondement bas et régulier des flammes. La chaleur était comme une main pesante s'appuyant sur mon visage.

Je cherchai Zann des yeux. Elle était partie. Je courus dans les pièces voisines ; les gardes avaient également disparu. La maison était vide et le battant de la lourde porte de bois de l'entrée, qu'on avait laissée ouverte, oscillait sur ses gonds et claquait contre le montant avec un bruit creux.

Ce qui arriva ensuite se déroula très vite, et je n'hésitai pas un seul instant.

Dans l'une des pièces réservées aux gardes, je trouvai exactement ce que je cherchais : des vêtements d'Hommes des Bois. Tout un tas. Pourpoint, chausses, mocassins. Empilés en pagaille là où les gardes les avaient jetés en se déshabillant, dégageant une odeur infecte. De toute évidence, mes geoliers s'étaient précipités dès les premiers cris pour aller aider à combattre l'incendie.

Ces vêtements étaient bien entendu trop petits pour moi, mais cela ne m'arrêta pas. Il me fallait absolument me déguiser, me dissimuler. J'enfilai péniblement ce qui me tomba en premier sous la main ; ça suffirait, espérai-je, pour me permettre de traverser le camp et d'atteindre la maison de béton sans trop attirer l'attention. Une fois là-bas, je devrais m'emparer de Cassie et Leander et filer aussi vite que possible. Quelle direction prendrions-nous ensuite, je n'en avais aucune idée. Instinctivement, il me semblait que nous devrions chercher à gagner la mer et le continent – à condition de trouver une embarcation. Dans l'obscurité et avec le tapage provoqué par l'incendie, je pris la ferme résolution, en tout cas, de ne jamais retourner à Frazé.

Il régnait dehors une odeur âcre et irritante, comme celle de chiffons qui brûlent. Je sentis la chaleur des flammes venir lécher mes bras et mes jambes nus. L'incendie émettait un grondement bas ponctué de craquements, et ressemblait à un monstre en colère se nourrissant de la forêt. De grandes gerbes d'étincelles retombaient en pluie sur les arbres voisins, se divisant en millions de fragments sous le ciel étoilé.

J'avais déjà traîné beaucoup trop longtemps dans le camp. Zann et les gardes pouvaient revenir d'un moment à l'autre. Je tournai vivement les talons et m'enfonçai dans la nuit.

Je ne m'étais rendu au blockhaus qu'une fois et n'avais qu'une vague idée de son emplacement ; la forêt et l'obscurité allaient me compliquer les choses. En outre, une fois sur place, si jamais j'y parvenais, rien ne prouvait que je pourrais franchir la barrière.

Je pris en direction de la rivière et, de là, vers le nord. Je courus sur un sentier rocailleux, heurtant les branches des bras, des rameaux de pin me fouettant le visage. J'escaladai des collines, dévalai des pentes ; à un moment donné, je tombai, me fis mal à la cheville et commençai à boiter. Trop petits, mes mocassins me comprimaient douloureusement les pieds. Je les perdais constamment, mais j'appréciais cependant la protection qu'ils m'offraient.

Une fois au bord de la rivière, je regardai derrière moi. Au-dessus du village, le ciel était d'un rouge fauve. Au loin, je devinai la silhouette bossue des bateaux à coque noire au ras de l'eau, leur terrifiante proue en forme d'oiseau oscillant avec le courant. Reflétant les flammes de l'incendie, l'eau, autour d'eux, paraissait couverte de serpentins de feu se tortillant comme des serpents remontés de ses troubles profondeurs.

Je fonçai ensuite sur un sentier étroit bordé d'arbres et ne tardai pas à atteindre le périmètre du blockhaus. Dans la clairière, l'air était plus frais, et le grondement de l'incendie réduit à un murmure. Seuls les rougeoiements du ciel, comme des éclaboussures de peinture, indiquaient qu'il se passait quelque chose d'extraordinaire.

Les lieux étaient tranquilles. Anormalement calmes, même, me sembla-t-il, étant donné l'excitation qui régnait au village. Sans doute, ceux qui logeaient dans le blockhaus n'avaient-ils pas encore remarqué l'incendie. Loin du tumulte et des cris, ils dormaient paisiblement.

Le premier problème était la barrière. Si les Hommes des Bois avaient pris la peine d'entourer le blockhaus de barbelés, c'est qu'ils avaient de bonne raisons ; soit empêcher les intrus d'entrer, soit retenir les captifs à l'intérieur. Dans un cas comme dans l'autre, il fallait s'attendre à trouver un poste de garde.

Je dus faire deux fois le tour du périmètre en courant avant de découvrir un portail ; comme la porte de ma hutte, celui-ci était ouvert. Il n'y avait personne et la minuscule guérite du gardien, placée tout à côté, ne contenait que des assiettes et une coupe de jum renversée, comme si la sentinelle avait quitté les lieux à la hâte, très certainement pour aller lutter contre l'incendie.

Le blockhaus était tapi dans une obscurité totale, forme trapue, basse, sinistre, se détachant sur le ciel nocturne. Je me rendis compte que, pas un seul instant, je ne m'étais demandé ce qui m'attendait à l'intérieur ; je n'avais pensé qu'à Cassie et Leander, sans me soucier de considérer les périls et les risques que je courais.

La porte d'entrée était protégée par une plaque d'acier. Autre surprise : comme le béton et le barbelé, ce n'était pas là un matériau courant pour les Hommes des Bois. En tant que civilisation, ceux-ci ont des milliers d'années de retard sur le reste du monde. La question revint, lancinante : d'où venait tout ça ? Qui avait construit ces installations ?

La porte était grande et lourde, qui devait mesurer

dans les deux mètres cinquante de haut. Je ne vis aucune poignée, rien qu'une surface métallique plane hérissée de gonds de fer et d'affreuses viroles épaisses qui lui donnaient un aspect des plus rébarbatifs. Je découvris néanmoins un trou de serrure, mais, évidemment, aucune trace de clef.

Je pesai sur le battant. J'eus l'impression de le sentir contrarier ma poussée de tout son énorme poids. La porte était bien entendu verrouillée.

J'en examinai les montants, le linteau, tout l'encadrement, à la recherche d'un anneau ou d'un crochet auquel la clef aurait été suspendue. Rien. Je poussai une deuxième fois, de toutes mes forces, sans réussir à la faire bouger d'un millimètre.

Puis je me souvins de la petite guérite, près du portail. Il semblait logique d'y conserver la clef ; dans sa hâte d'aller lutter contre le feu, la sentinelle l'avait peut-être oubliée là-bas.

Je me précipitai jusqu'à la guérite, conscient du temps que je perdais et de la menace que représentaient les gardes qui pouvaient revenir d'un instant à l'autre. Je vidai frénétiquement deux tiroirs avant de découvrir une grosse clef rouillée qui pendait à un clou, presque sous mon nez. Etait-ce la bonne ? Je l'ignorais, mais ne tardai pas à avoir une réponse lorsque je l'enfonçai dans la serrure et tournai violemment. Rien ne se passa. Je me mis à la tourner de plus en plus frénétiquement, dans les deux sens, mais la porte ne cédait toujours pas. Fou de rage, je continuai de triturer la serrure.

Sur le point d'y renoncer et de m'enfuir, je sentis un léger frisson sous mes doigts, comme un faible courant électrique qui me serait remonté jusque dans la main. Un instant plus tard, les ergots de la clef s'engageaient dans les creux correspondants de la serrure. Il y eut un cliquetis, un rai de lumière filtra sur toute la longueur du battant entrouvert d'un cheveu. Prudemment, presque timidement, je poussai la porte du bout des doigts ; à mon grand soulagement, elle pivota lentement sur elle-même.

Il y a quelque chose d'étrange à se trouver dans un endroit où tout le monde dort. Quelque chose de surnaturel, de magique. Comme si l'on était coupé de la vie, comme si l'on était le dernier être humain sur terre.

En dehors des infimes crépitements des braises qui mouraient dans un grand brasero, un silence énervant régnait dans la bâtisse, si dense qu'on en avait les oreilles qui tintaient. On ressentait l'étrange impression que quelque chose allait se déclencher brusquement, comme si toute vie s'était arrêtée en attendant ce moment crucial.

L'intérieur du blockhaus me surprit autant que son aspect extérieur quelques jours avant. Il ne ressemblait à rien de ce qu'auraient pu construire – encore moins concevoir – les Hommes des Bois. C'était tellement éloigné de leur niveau culturel que c'en devenait incompréhensible. Comment est-ce possible ? me demandai-je une fois de plus ; mais c'était une question que je n'avais pas trop envie d'approfondir.

Je me retrouvai tout d'abord dans une petite pièce de forme ronde, une sorte de moyeu, si l'on veut : de là, comme les rayons d'une roue, quatre longs couloirs partaient dans quatre directions différentes. Dans chacun d'eux donnaient des portes, toutes grandes ouvertes. Il n'y avait ni moquette ni mobilier dans les couloirs, lesquels dégageaient une impression glaciale de propreté aseptisée. Les ampoules nues, situées à intervalles réguliers, m'intriguèrent encore plus. Il n'y avait pas l'électricité au village des Hommes des Bois, et je n'avais vu aucune ligne aboutissant au blockhaus. Il devait y avoir un générateur quelque part, comme au château.

Les portes se comptaient par centaines. Derrière l'une d'elles, j'étais certain de trouver Cassie ou Leander, peut-être les deux, si j'avais de la chance. Mais par où commencer ? L'incendie n'allait pas tarder à être circonscrit, et les gardes pouvaient revenir n'importe quand. Je préférai ne pas imaginer les réactions que ma disparition allait provoquer chez Zann et mes gardes.

Mes recherches, commencées au pas de gymnastique,

devinrent rapidement une course frénétique de porte en porte ; le temps passant, je prenais de plus en plus conscience de l'ampleur de la tâche ; ma méthode consistait à parcourir un côté d'un corridor, puis l'autre en le remontant. Passant la tête à chaque fois par l'entrebâillement, j'espérais reconnaître Cassie ou Leander. Mais ce n'était pas aussi facile qu'il y paraissait. Toutes plongées dans la pénombre, les pièces n'avaient pas de fenêtres et étaient identiques, mobilier compris : un lit, une chaise et une commode, rien de plus.

En dépit du médiocre éclairage, il n'était pas trop dur d'en découvrir les occupants, les lits se trouvant situés de telle manière par rapport à la porte que la lumière du couloir venait éclairer le visage des dormeurs – disposition sans doute imaginée pour simplifier la tâche des gardiens quand ils accomplissaient leur tournée nocturne.

Chaque lit contenait deux occupants. Je distinguai deux groupes ; le premier était constitué par les personnes que j'avais vues jouer au football, de taille normale, mais comportant quelques traits propres aux Hommes des Bois. Le deuxième, en revanche, ne comprenait que des Hommes des Bois, chacun de ceux-ci ayant comme partenaire de lit une quasi-Femme des Bois. Tous étaient habillés d'une même chemise de nuit d'un vert olive terne et dormaient sur le dos, absolument immobiles.

Leur aspect avait quelque chose d'étrangement dérangeant. On n'entendait aucun des bruits habituels d'un dortoir ; personne ne ronflait, ne soupirait, ne gémissait ; c'est à peine s'ils semblaient respirer. Ils dormaient d'un sommeil beaucoup plus profond qu'il n'est normal. Le bruit de mes pas et le tapage que je menais dans les corridors en allant d'une chambrette à l'autre ne paraissaient pas les gêner. Ils avaient l'air d'être plongés dans un sommeil éternel – comme s'ils dormaient depuis des millions d'années et s'apprêtaient à continuer pendant des millions d'années encore. En réalité, on aurait bien dit un sommeil induit par des somnifères.

Je secouai plusieurs dormeurs pour voir si j'arrivais à

les éveiller. Le premier que je touchai frissonna ; sa peau était humide, froide et moite. Un instant, je crus qu'ils étaient tous morts. Mais non ; leur poitrine se soulevait et s'abaissait au rythme de leur respiration sereine. Je ne parvins pas à en tirer un seul de son sommeil.

Cela faisait déjà un quart d'heure que je courais dans tous les sens, et je n'avais toujours pas trouvé Leander et Cassie. Pis, oubliant d'être systématique dans mes recherches, j'avais foncé d'un corridor à l'autre sans faire attention ; et, les quatre étant parfaitement identiques, je ne savais plus très bien lesquels j'avais déjà explorés.

J'étais au paroxysme de la frénésie ou presque. Alors que le bon sens m'intimait de prendre la poudre d'escampette, quelque chose me poussait à parcourir ces corridors en tous sens. Finalement, l'esprit embrouillé, hors d'haleine, je m'appuyai contre un mur et m'efforçai d'évaluer la situation.

C'est à ce moment-là que j'entendis les pas, même si cela ressemblait plutôt au frottement de quelque objet qu'on traîne. Ils me parurent venir d'un corridor adjacent à celui dans lequel je me trouvais. Le bruit était de plus en plus net : manifestement, on se rapprochait de moi.

Sur le coup, je pensai qu'un garde, ou la personne que j'avais vue l'autre fois en blouse blanche, effectuait sa ronde. La seule chose rassurante était que les bruits de ces pas étaient évidemment ceux d'un individu seul.

En proie à la confusion, je cherchai des yeux un endroit où me cacher. Il n'y avait qu'une possibilité, dans l'une des petites chambres. S'il n'y avait pas de placard où se dissimuler, je pouvais toujours, au pire, me glisser sous un lit.

La plus proche était à une dizaine de mètres, mais cela signifiait que je devais m'avancer vers les pas qui approchaient. Avant que j'aie pu évaluer mes chances, une silhouette imprécise déboucha à l'angle situé tout au bout du couloir. La bouche sèche, je la vis s'arrêter et m'observer, immobile. Nous restâmes ainsi quelques instants, essayant mutuellement de nous distinguer dans la pauvre lumière.

La silhouette se rapprocha et, ce faisant, se précisa. Ce n'est que lorsque je vis la blouse blanche que je compris ce qui allait suivre. Comme un insecte pétrifié sur place par les phares d'une voiture, je la regardai émerger de l'ombre et se diriger vers moi avec des mouvements lents de crabe.

Elle avançait toujours, ralentie par ce qui me parut être un boitillement. A dix mètres de moi, elle était encore trop sombre pour que je pusse distinguer les traits de son visage. A mon grand étonnement, elle leva un bras comme pour me saluer. Instinctivement, j'en fis autant, mais c'était peut-être tout autant pour me protéger que pour lui rendre son salut.

J'avais le tournis, et des papillons dansaient devant mes yeux. Le personnage en blouse blanche secoua alors la tête et sortit lentement de l'ombre.

— Je croyais que vous n'arriveriez jamais, monsieur Jonathan, dit une voix que je connaissais bien.

31

— Désolé. Je vous ai fait peur ?

— Un peu.

Brusquement soulagé, j'éclatai de rire. Le colonel Porphyre m'imita, tout en se rendant compte que j'examinais sa tenue d'un air perplexe.

— Ah oui, dit-il en pinçant le revers de sa blouse, ne vous inquiétez pas. Simple déguisement.

— J'espère bien. Il y a un type ici, dans ce blockhaus, qui a exactement la même tenue.

— Je sais. Je lui suis tombé dessus il y a un instant... (Porphyre regarda sa blouse d'un air gêné.) Il a eu la bonté de me procurer ceci. (M'examinant à son tour, il eut un sourire rusé.) Je constate que vous aussi, vous vous êtes déguisé.

Il vit que j'allais lui poser une nouvelle question et me coupa la parole d'un geste.

— Je serai ravi de vous expliquer tout ça plus tard, mais, pour le moment, nous avons intérêt à nous bouger. Mon incendie doit être maîtrisé à l'heure qu'il est et nos petits amis risquent de débarquer à tout moment.

— Votre incendie ?

— Petite diversion, me répondit-il en m'adressant un clin d'œil. Pour attirer nos petits bonshommes ailleurs et me permettre de venir jeter un coup d'œil dans le coin. En attendant, nous ferions mieux de faire sortir votre sœur et votre frère d'ici.

— Je ne sais pas où ils sont

— Moi, si. Suivez-moi

Il remonta le col de sa blouse et repartit en traînant la patte.

Je lui emboîtai le pas ; il était sans doute blessé, car il claudiquait nettement, mais cela ne paraissait pas le ralentir beaucoup.

Après avoir tourné une ou deux fois, nous arrivâmes à une porte située à l'intersection de deux corridors. Elle était fermée par un rideau de fer cadenassé.

Entre les interstices, je vis clairement la tête blonde de Cassie sur son oreiller. A côté d'elle, partiellement dissimulée par un drap, gisait la forme grossière et bancale d'un Homme des Bois endormi, son visage hirsute et taillé à la serpe à quelques centimètres de la joue de Cassie. Même au plus profond de son sommeil, ma sœur paraissait vouloir s'écarter de son ignoble étreinte.

Eperdu, je ne pouvais détacher mon regard du couple qu'ils formaient.

– C'est un centre de reproduction, murmura Porphyre d'un ton grave. Ils y sont enfermés.

Il sortit de dessous sa blouse un petit ustensile métallique et, après quelques habiles manipulations, ouvrit le cadenas qui claqua légèrement. Le rideau de fer s'amollit et, en un instant, nous fûmes à l'intérieur de la salle.

Dans la lumière incertaine, le visage de Cassie avait une pâleur de cire. Il régnait dans la pièce une odeur d'étable à chèvres. Ma sœur était prisonnière des membres difformes de l'Homme des Bois.

Penché sur le lit, Porphyre la dégagea habilement de cette puissante étreinte simiesque ; le chevrier ne bougea pas. Puis le colonel recula d'un pas et m'adressa un signe de la tête.

Le cœur battant, je pris Cassie dans mes bras et la serrai contre moi, comme une gerbe de blé. Elle avait la peau froide et humide : comme du marbre en plein hiver. Elle laissa échapper un faible gémissement mais ne s'éveilla pas.

– Droguée, dit Porphyre en lisant l'inquiétude

dans mes yeux. Elle récupérera vite. Allons chercher M. Leander.

De nouveau dans le couloir, nous revînmes sur nos pas. Il n'était pas facile de courir en portant Cassie ; elle était cependant étrangement légère. Au cours des quelques jours qu'elle avait passés au milieu des Hommes des Bois, elle avait eu le temps de perdre du poids, et je sentais l'ossature bien frêle de ses bras à travers la chemise de nuit de grosse toile.

— Par là, dit le colonel en haletant et boitant plus que jamais.

— Votre jambe...

— Je me la suis tordue en sortant de la rivière. Ce n'est rien. J'ai la cheville un peu enflée. Foulée, sans doute. A droite, maintenant. Attention à la marche.

Encore un corridor. Cassie rebondissant contre mon épaule, je peinais à suivre le colonel. Cette fois-ci, il s'arrêta à hauteur d'une pièce qui se trouvait à l'extrémité du couloir et était également fermée par un rideau de fer extensible. Porphyre fit de nouveau usage de son petit outil, le verrou céda et la porte s'ouvrit.

— Attendez-moi ici, dit-il. Je reviens tout de suite.

Remontant mon précieux fardeau sur mon épaule, je jetai un coup d'œil à l'intérieur de la minuscule chambre. Penché sur le lit, le colonel semblait avoir du mal à soulever une forme qui fut secouée d'un frisson. Le sommier grinça. J'entendis un léger cri, vite étouffé. Porphyre se redressa et se tourna vers moi, la forme affaissée d'un dormeur dans ses bras. Il s'avança et, par-dessus son épaule, j'aperçus la silhouette d'une Femme des Bois, aussi molle qu'une poupée de chiffon, à moitié tombée du lit.

— J'ai bien peur qu'il ne soit réveillé, marmonna Porphyre en sortant de la pièce.

Je vis alors mon frère pour la deuxième fois depuis sa disparition. En fait, il n'y avait pas grand-chose à voir. Le colonel l'avait enroulé dans une couverture d'où seuls son crâne et une partie de son visage émergeaient. Je reconnus parfaitement sa tignasse emmêlée de cheveux d'un blond filasse. Et la moitié de visage que je voyais, pâle, avec son air innocent d'enfant de chœur, était bien de mon frère bien-aimé, Leander.

Je sentis mon cœur bondir dans ma poitrine et je ne saurais décrire le soulagement que j'éprouvai. Mais ça n'allait pas durer longtemps. Le regard de Porphyre fut tel, lorsque celui-ci se tourna vers moi, que j'eus l'impression d'un poing se refermant sur mon cœur. Leander jeté sur son épaule, il porta un doigt à ses lèvres. Ce n'était pas le moment des questions.

— Il vaut mieux filer, dit-il d'une voix calme

Nous sortîmes du blockhaus juste à temps. Déjà, nous entendions les aboiements et les pas précipités des Hommes des Bois fonçant dans notre direction à travers la forêt.

Au moment où nous nous enfilions dans un bosquet de sapins sur notre droite, les éleveurs de chèvres jaillissaient des bois à notre gauche. Ils ne cherchaient pas à dissimuler leur progression, hurlant et jappant comme des animaux en folie. Le vacarme qu'ils menaient avait de quoi faire dresser les cheveux sur la tête. Ces êtres à peine humains bouillaient de colère, alors qu'ils ne savaient même pas encore que deux de leurs précieux captifs venaient d'être enlevés.

Je suivais Porphyre qui, en dépit de sa cheville foulée, se déplaçait rapidement dans la forêt qu'il semblait connaître parfaitement. Leander devait bien peser vingt kilos de plus que Cassie, mais cela ne paraissait pas gêner le colonel. Il bondissait sur son pied blessé, Leander jeté sur l'épaule comme un sac de farine.

De mon côté, je faisais de mon mieux, trébuchant et ahanant, m'efforçant de ne pas perdre de terrain, changeant régulièrement Cassie de position pour soulager mes bras endoloris. Ma sœur remua plusieurs fois mais ne se réveilla pas. Au bout de dix minutes d'une progression régulière, j'étais hors d'haleine et commençais à me faire nettement distancer. Le colonel Porphyre s'en rendit compte et revint sur ses pas, me cherchant anxieusement du regard dans l'obscurité.

— Vous y arrivez ?

— J'essaie.

— On devrait peut-être s'arrêter un moment.

Il déposa Leander près d'un hêtre géant dont les branches retombaient comme pour le protéger. Je l'imitai, plaçant Cassie à côté de mon frère.

Porphyre et moi nous assîmes sur la terre détrempée, adossés au tronc du hêtre, sans parler, attendant que le souffle nous revienne.

— Où allons-nous ? finis-je par lui demander.

— A la rivière. A environ un kilomètre et demi d'ici.

Nous restâmes assis encore quelques instants, scrutant les ténèbres impénétrables du sous-bois pour essayer d'en déchiffrer les mystères. Soudain, je sentis le colonel se raidir.

— Rien entendu ? souffla-t-il.

— Je crois, mais je n'en suis pas sûr.

— Ce sont eux.

Il se leva aussitôt et jeta Leander sur son épaule.

— Ils arrivent, reprit-il. (Il y avait de l'urgence dans sa voix.) Il faut y aller !

Une fois de plus, les dormeurs mous comme des chiffes sur l'épaule, nous nous élançâmes dans la forêt. Avec les ronces, les aiguilles de pins et les branches qui nous fouettaient avec malveillance ou presque, il fallait gagner chaque foulée de haute lutte sur le sous-bois. Il n'y avait cependant guère de doute : les Hommes des Bois venaient de se rendre compte que leurs prisonniers avaient disparu et s'étaient lancés à nos trousses.

Les derniers cinq cents mètres furent les pires ; le chemin montait presque tout le temps, barré d'épais fourrés qui nous giflaient et s'accrochaient à nos vêtements. J'avais les jambes en plomb, les poumons en feu.

A plusieurs reprises, je voulus crier à Porphyre que je n'en pouvais plus, mais il avait ses propres soucis. De derrière nous, se rapprochant rapidement, montaient les aboiements rauques et les cris des éleveurs de chèvres.

Pendant que je m'échinais, je ne cessais de songer à mon père. Qui était-il en réalité, et quelles relations avait-il entretenues avec ces créatures sous-humaines ?

Pourquoi Leander, Cassie et moi-même nous trouvions-nous ici ? Quel était notre rôle, dans cet étrange scénario qu'il avait mis en place ? Le mystère qui l'avait toujours entouré ne faisait que s'épaissir.

De violents craquements m'arrachèrent à ces pensées. Des formes sombres, brouillées par le mouvement, passèrent dans la forêt. Les Hommes des Bois semblaient avoir grignoté toute l'avance que nous avions pu avoir sur eux. Ils étaient tout autour de nous, maintenant, leurs hurlements à vous cailler le sang déchirant l'air nocturne. Par moment, ils passaient si près que nous manquions d'entrer en collision. Je ne savais plus où se trouvait Porphyre. Comme moi, il tentait d'atteindre la rivière mais il était loin devant, me laissant me débrouiller avec Cassie. Presque aveugle dans le noir de poix qui régnait dans le sous-bois, je me rassurais en me disant que les Hommes des Bois ne devaient pas mieux voir que moi.

On ne peut connaître la résistance de l'organisme humain tant qu'on n'a pas eu l'occasion de se mettre soi-même à l'épreuve. A ce stade, le mien avait été poussé, et rudement, jusqu'à ses extrêmes limites. Je ne sais pas ce qui m'obligeait à continuer. Mes jambes et mon dos n'étaient que douleurs. Sous ma tunique, j'étais mouillé de sueur, et l'air froid de la nuit me glaçait jusqu'aux os. J'avais perdu mes mocassins, restés pris quelque part dans la boue du sous-bois. J'avançais pieds nus, martyrisé par les cailloux et les épines et piquants du sous-bois. J'avais dépassé le stade où l'on est attentif à ce genre de sensations, ce qui était une bénédiction, car je sentais un sang poisseux et tiède s'écouler entre mes orteils.

A un moment donné, alors que je me croyais au bord de la paralysie, mes muscles se mirent à trembler d'une manière incontrôlable. Pourquoi ils ne lâchèrent pas, pourquoi je ne m'effondrai pas sous mon fardeau, je n'en sais rien.

Pour soulager mes bras et mes épaules, je ne cessais de changer Cassie de côté, les muscles de mon cou supportant alors l'essentiel de ce poids supplémentaire.

En dépit des secousses, Cassie ne se réveillait toujours pas, tant elle était profondément droguée. Seuls les faibles gémissements qu'elle poussait de temps en temps m'assuraient qu'elle était encore en vie.

J'arrivai en haut d'une courte montée et vis, à travers la sueur qui me piquait les yeux, une clairière qui s'ouvrait devant moi. M'y précipitant, j'entendis, plus forts que jamais, les horribles hurlements des loups-garous qui me pourchassaient.

– Par ici ! Par ici ! (Les cris me parvenaient d'un point situé à une vingtaine de mètres.) Par ici !

C'était la voix du colonel Porphyre.

Changeant encore une fois Cassie d'épaule, je plongeai vers lui. Je rassemblai ce qui me restait d'énergie, jaillis de la lisière de la forêt et me retrouvai sur un mamelon surplombant la rivière. Devant moi, je découvris la silhouette sombre du colonel, les pans de sa blouse lui battant dans le dos. Il m'adressait des signaux frénétiques.

– Vite ! Par ici !

Je ne m'en étais pas rendu compte, mais, lorsque j'étais sorti de la forêt, trois ou quatre Hommes des Bois en avaient jailli eux aussi, à très courte distance.

J'entendis Porphyre me hurler quelque chose, mais, le vent étant contraire, ne pus distinguer ses paroles. Plus tard, il m'expliqua qu'il m'avait crié de m'écarter de sa ligne de feu.

Il y eut brusquement un éclair bleu, suivi de trois détonations violentes. J'entendis une sorte de grognement derrière moi et, plusieurs fois répété, le bruit mat d'une chute.

Je ne me retournai même pas ; j'étais maintenant dans l'eau glacée de la rivière jusqu'aux chevilles. L'engourdissement provoqué par le froid avait quelque chose d'agréable. Puis je me trouvai à côté d'une petite barque. Des hommes de Porphyre maintinrent cette dernière pendant que deux bras puissants me prenaient Cassie pour la hisser à bord. Je n'avais pas encore fini d'y grimper à mon tour que la barque repartait déjà vers le fort courant du milieu de la rivière. Nous faillîmes nous retourner à plusieurs reprises. Deux hommes souquaient sur les avirons et s'efforçaient de redresser l'embarcation, pendant que les mains solides qui s'étaient emparées de ma sœur me tiraient par le cou pour me faire passer par-dessus le plat-bord. Je retombai dans le fond comme un poisson au bout de son hameçon.

A quelques mètres sur la droite, je distinguai vaguement une autre barque lancée dans la même manœuvre. Elle s'écarta de la rive au moment où une redoutable grêle de cailloux et de débris divers se mettait à pleuvoir sur elle. Secoué par le roulis, j'aperçus une sorte de tache sombre qui s'élargissait sur la berge et s'avançait dans l'eau : tout un bataillon d'Hommes des Bois rugissants. L'air retentissait de leurs clameurs. Mais, pour eux, il était trop tard : les deux barques filaient déjà au milieu de la rivière, hors de leur portée.

A la proue de l'autre embarcation, à une dizaine de mètres derrière nous, je distinguai la silhouette de Porphyre, le bras tendu comme pour nous diriger. En amont, en direction du village, une lueur orangée barbouillait encore le ciel nocturne, marquant l'endroit où l'incendie, une heure avant, faisait encore rage. A l'est, filtraient les premiers rayons grisâtres du jour.

Mussé dans le fond du bateau, je serrais Cassie dans mes bras, essayant de réchauffer son corps secoué de frissons avec le peu de chaleur qui me restait. Tandis que nous passions entre les rives bossues et couvertes de bois, un étrange silence se fit dans la barque.

Sur notre gauche, des douzaines de minuscules lumières, comme un vol de lucioles, s'agitaient entre les arbres : les torches des Hommes des Bois lancés à notre poursuite, et dont les hurlements féroces portaient jusqu'à nous.

— Où allons-nous ? demandai-je à l'un des rameurs, obligé de crier pour couvrir les rafales de vent.

L'homme m'indiqua un endroit situé à l'opposé du village des Hommes des Bois. D'où je me tenais, j'eus l'impression qu'il me montrait un point en aval, où la rivière se rétrécissait. J'y aperçus alors une petite armada de bateaux, ceux des Hommes des Bois, qui s'étaient regroupés en cercle et nous attendaient à l'ancre.

Aussi téméraire que cela parût, c'était précisément vers ce barrage que se dirigeaient nos rameurs. Je jetai un coup d'œil à la barque de Porphyre : comme la nôtre, elle filait sur l'eau à toute vitesse. Nous avancions en travers du courant, les vagues qui claquaient contre la coque produisant une véritable canonnade ; l'impact se répercutait jusqu'au creux de mon estomac.

Le bateau du colonel Porphyre nous rattrapa peu à peu, puis nous dépassa ; en réalité, nos rameurs manœuvraient pour lui laisser prendre la tête. Lorsqu'il nous eut distancés d'une vingtaine de mètres, nous nous mîmes dans son sillage. J'étais stupéfait : nous foncions droit sur la flottille des Hommes des Bois disposée en un arc de cercle menaçant.

Nous approchions. Je vis des lumières se balancer au gré des oscillations des bateaux, tandis que des silhouettes trollesques couraient en tous sens sur les ponts. Un certain nombre de barques avaient quitté les rives et nous attendaient, s'agitant sur l'eau comme des canards. Un hululement lugubre et continu nous parvenait de la berge. Au fur et à mesure que nous nous rapprochions, le son se faisait plus menaçant, comme des aboiements de chiens au moment de la curée. Vivrais-je mille ans que j'entendrais encore ces cris inhumains qui déchiraient la nuit.

Il y eut soudain de l'agitation derrière moi. Je me retournai et vis l'un des hommes de Porphyre, celui qui m'avait tiré de l'eau, assis bien droit à la poupe, un fusil semi-automatique dans les bras, aussi immobile que s'il avait été taillé dans la pierre. Il contemplait la scène, impassible.

— Nous n'allons tout de même pas nous jeter là-dedans ? lui criai-je par-dessus mon épaule.

Il me rendit mon regard et, sans rien dire, hocha affirmativement la tête. C'est alors que l'une des barques des Hommes des Bois vira sèchement de bord et se jeta sur nous. Aussitôt, l'homme épaula et lâcha une rafale de balles traçantes.

Il y eut des hurlements. A travers la fumée des détonations, je vis deux silhouettes courtaudes se redresser dans la barque et s'effondrer dans l'eau glacée. Cela suffit à nous donner un certain répit ; les autres barques restèrent à distance respectueuse, se regroupant comme si leurs occupants étudiaient une nouvelle stratégie.

Devant nous, il y eut encore une fusillade à la hauteur du bateau de Porphyre. Le bruit avait fini par tirer Cassie de son lourd sommeil. Elle gémit, incapable de se réveiller complètement. Sans se rendre compte de l'endroit où elle se trouvait, elle me regarda de ses yeux encore somnolents et vagues.

A la rafale suivante, elle se recroquevilla et prit conscience de la réalité qui l'entourait. Ses yeux s'agrandirent.

— Tout va bien, Cassandra, tout va bien, lui dis-je en maintenant sa tête contre mon épaule, comme pour la protéger des horribles hurlements.

Une autre barque passa près de nous en tanguant, sans personne à bord. Dans l'eau se débattaient des formes sombres qui appelaient à l'aide.

Fort heureusement, les Hommes des Bois sont de mauvais nageurs. L'un d'eux réussit néanmoins à gagner notre embarcation et à en agripper le plat-bord. Un bon coup de crosse lui fit lâcher prise. Il y eut un jappement aigu et je le vis s'enfoncer dans notre sillage.

Devant nous, la barque de Porphyre venait d'atteindre un des longs bateaux et, à ma grande stupéfaction, s'était rangée le long de sa coque. Je crus tout d'abord à un piège, à une trahison. Le colonel Porphyre nous rendait aux Hommes des Bois !

Puis quelqu'un s'avança sur le pont du long bateau. Effaré, incapable d'articuler un son, je vis ce personnage lancer une corde vers la barque ; quelqu'un s'en empara et l'attacha.

— Mais qu'est-ce qui se passe ? m'exclamai-je sans m'adresser à personne en particulier.

De fait, d'autres barques et longs bateaux s'étaient rapprochés et se dirigeaient vers nous, menaçants.

— Que se passe-t-il, Johnnie ? murmura Cassie à mon oreille, d'une voix étouffée. Qu'est-ce qu'ils font ?

C'était pure joie que d'entendre sa voix.

— Ce n'est rien, Cass. Ne t'inquiète pas.

Je m'efforçais de la rassurer, alors que je nous trouvais tous les motifs d'inquiétude du monde.

Un certain nombre de personnes allaient et venaient sur le pont du long bateau. A la proue de sa barque, Porphyre leur criait des ordres en brandissant un fusil semi-automatique. Puis, stupéfait, je vis quelque chose de blanc tomber du bateau et se dérouler comme un tapis le long de la coque.

C'était une échelle de corde. Des mains empressées, aux gestes précis, s'en emparèrent depuis la barque et l'arrimèrent solidement. Aussitôt, quelqu'un commença à l'escalader.

Ce n'était partout que cris, hurlements, détonations des armes à feu. Heureusement, les Hommes des Bois n'avaient pas de fusils ; mais, d'une certaine façon, les armes dont ils disposaient étaient plus formidables encore. Au moyen de catapultes primitives, ils lançaient, depuis le pont des longs bateaux, de grosses boules enflammées faites de branchages emmêlés et trempés dans de la résine de pin. Si jamais l'une d'elles réussissait à nous atteindre, le bateau risquait fort de prendre feu.

Trois barques rompirent soudain leur formation et vinrent droit sur nous, fonçant sur les flots écumeux. Elles furent accueillies par un tir de barrage en provenance du bateau de Porphyre. Alors seulement, je découvris que les gens que j'avais vus courir sur le pont n'étaient pas des Hommes des Bois, mais les subordonnés du colonel.

Toujours à la proue de sa petite embarcation à aboyer ses ordres, Porphyre épaula. Eberlué, je vis un trait brillant et orangé jaillir du canon de son arme. Il y eut de nouveau des cris, suivis d'un remue-ménage de corps tombant dans l'eau. Une autre barque s'était retournée.

D'énormes boules de feu tombaient du ciel et se mettaient à crépiter et à lancer des jets de vapeur en touchant l'eau. L'odeur de la cordite, de la résine brûlée et de la poudre emplissait l'air. Des silhouettes se débattaient dans l'eau autour de nous et deux barques retournées, tels des nymphéas géants, dérivaient sereinement à la surface.

Une nouvelle rafale de coups de feu crépita, en provenance du pont du bateau, couvrant le groupe de Porphyre pendant que le dernier de ses hommes escaladait l'échelle et bondissait par-dessus le bastingage.

Il avait fallu deux hommes, l'un dans la barque, l'autre appuyé au plat-bord, pour hisser Leander, drogué, les membres encore mous, dans le long bateau. Ce n'était qu'après que Porphyre était lui-même monté à bord.

Nous y vîmes le signal d'approcher. En quelques coups puissants d'aviron, les rameurs foncèrent directement sur le bateau, volant presque sur l'eau. On entendait les cris des hommes qui, du pont, nous encourageaient ; derrière nous, en de longs hurlements à glacer le sang, des Hommes des Bois donnaient libre cours à leur rage.

Je me rendis alors compte que les barques des trolls avaient battu en retraite. Le tapage qui nous parvenait des bois, à peine quelques instants auparavant, s'était aussi mystérieusement arrêté ; un silence menaçant se mit bientôt à planer sur la rivière.

Abordant le bateau, notre petite embarcation s'éleva sur une vague, descendit dans un creux, puis, avec un bruit sourd, vint heurter durement de la proue contre la grosse coque.

Une fois de plus, l'échelle de corde descendit, oscillant à hauteur des dalots ; nous arrimâmes son extrémité effilochée à un anneau de la barque, et les manœuvres de transbordement reprirent.

— Envoyez la jeune fille en premier ! nous cria le colonel.

Dans la lumière pauvre et grise de l'aube, j'apercevais une rangée de têtes se découpant au-dessus du bastingage, toutes aboyant ordres et conseils.

L'un des hommes de Porphyre descendit la moitié de l'échelle tandis qu'un des rameurs soulevait Cassie et la lui passait. La tenant par la taille, l'homme remonta, aidé par les mains qui se tendaient vers lui.

Je fus l'avant-dernier à monter. Je jetai une jambe par-dessus le bastingage et Porphyre m'aida à me relever sur le pont. A peine avais-je posé le pied dessus que je faillis être renversé par Mme Lobkova, qui m'écrasa contre sa volumineuse poitrine.

— Mon cher enfant ! s'écria-t-elle en enfonçant le visage dans mon épaule et en pleurant comme je ne l'avais jamais vue faire. Je croyais... je croyais...

— Oui, je sais, lui répondis-je en lui tapotant le dos comme on fait pour calmer un chagrin d'enfant.

— Je croyais bien qu'on ne vous reverrait jamais !

— Je vais bien, je vais bien, la rassurai-je tout en continuant à la tapoter bêtement. Où est Oncle Toby ?

La seule mention de ce nom la calma aussitôt. Je vis son regard s'embrumer.

Cassie était maintenant bien réveillée, secouée par moment de petits sanglots gémissants. Mme Lobkova s'agenouilla à côté d'elle et la prit dans ses bras.

— Ma pauvre enfant ! hoqueta-t-elle, pleurant sans vergogne. Ma pauvre ravissante petite fille !

— On ferait mieux d'y aller. (Le ton préoccupé du colonel nous ramena à la réalité.) Ils se tiennent tranquilles pour le moment, mais nous n'en avons pas fini avec eux.

Il se tourna brusquement, escalada l'échelle qui menait à la passerelle et disparut dans la cabine de pilotage.

Les longs bateaux des Hommes des Bois étaient conçus pour naviguer à la voile. Ils ne comportaient aucun moteur auxiliaire et présentaient étonnamment peu de toile pour des embarcations de cette taille. Ils avaient un faible tirant d'eau et une cabine de pilotage curieusement surélevée, ce qui donnait une stabilité et une manœuvrabilité plus que médiocres à l'ensemble.

Le vent soufflait fort, le courant était rapide, l'eau agitée. Les vagues heurtaient sourdement la coque. Les hommes de Porphyre avaient déployé la voile et la tendaient. En quelques instants, un grand pan de toile monta au mât, faseyant et claquant au vent.

A la barre, dans la cabine de pilotage, je distinguai une vague silhouette que je n'arrivai pas à reconnaître dans la faible lumière du matin. A côté d'elle se tenait le colonel Porphyre, du moins à ce qu'il me sembla : non seulement je l'avais vu se diriger vers la cabine, mais sa blouse blanche se détachait nettement derrière la vitre.

En grinçant et craquant bruyamment, la proue tourna dans le vent. Il y eut une secousse. Le pont donna l'impression de se soulever tandis que les voiles se gonflaient avec un soupir : nous étions enfin partis. Il y eut des cris de joie, mais ils se révélèrent un peu prématurés.

— Où est Leander ? demandai-je.

— A l'avant.

Je me tournai ; l'un des hommes de Porphyre se tenait juste derrière moi.

— Sous le pont, dans l'une des cabines, ajouta-t-il, en me décochant un regard glaçant.

Je cherchai Mme Lobkova des yeux, mais elle avait disparu.

— Je veux le voir.

— Il vaut mieux pas, répondit l'homme d'un ton où se mêlaient autorité et compassion. Vous aurez tout le temps plus tard...

Juste à cet instant, il y eut un grand *Plouf*, comme si tout l'air qui nous entourait venait brusquement d'être aspiré hors de l'atmosphère. Je sentis mes oreilles se boucher et vis le ciel s'éclairer tout autour de nous, d'une lumière tellement intense que je dus m'en détourner. Je restai aveugle pendant quelques secondes.

— Bon Dieu... murmura quelqu'un, tandis qu'une silhouette passait à toute vitesse.

Un homme était tombé tête la première sur le pont.

D'autres jaillissaient de l'entrepont. Je regardai vers la cabine de pilotage et vis ses occupants collés à la vitre ; l'un d'eux faisait de grands gestes, montrant l'endroit auquel je tournais le dos.

Je sentis mes jambes me lâcher lorsque je me retournai. Toute la rivière, en aval, d'une rive à l'autre, était en flammes et notre embarcation pataude fonçait droit sur l'incendie.

Le colonel Porphyre surgit alors sur la passerelle, agitant les bras et nous criant quelque chose. Impossible d'en distinguer un seul mot dans le rugissement des flammes. Il ne cessait de gesticuler, montrant tour à tour l'incendie, puis nous, puis une écoutille qui conduisait dans la cale. Il voulait de toute évidence nous voir dégager le pont. Cela ne pouvait signifier qu'une chose. Au lieu d'essayer de contourner les flammes (ce qui était impossible, puisqu'elles couraient d'une rive à l'autre) ou de remonter à contre-courant (suicidaire, puisque toute l'armada des Hommes des Bois était maintenant lancée à notre poursuite), Porphyre avait décidé de passer directement au travers.

Avec six de mes compagnons, je dégringolai le long de l'échelle de fer qui partait de l'écoutille. Sous le pont, il y avait plusieurs cabines, une cuisine et un salon de fortune dans lequel quatre ou cinq personnes s'étaient déjà réfugiées et attendaient, pleines d'appréhension. Blottie dans les bras de Mme Lobkova, Cassie s'était assise dans un coin et ouvrait de grands yeux terrifiés.

Je reconnus tout de suite l'un des hommes ; c'était l'imposant adjoint de Porphyre, celui qu'on appelait Magnus. Sa présence était réconfortante. Il prenait sans façon la direction des opérations et donnait ses ordres en quelques phrases laconiques. J'avais aperçu les autres à Frazé ; deux d'entre eux surveillaient quelques Hommes des Bois qui s'étaient trouvés là lorsque l'équipe de Porphyre s'était emparée du bateau. Ficelés, l'air sinistre, ils restaient accroupis dans un coin.

Je m'agenouillai à côté de Mme Lobkova et caressai la joue de Cassie, lui balbutiant des encouragements qui manquaient de conviction. Alors que peu de temps auparavant, je lui avais trouvé la peau glaciale, ma sœur était maintenant brûlante de fièvre ; son corps était raide, et elle avait encore trop peur pour parler.

Du regard, je consultai Mme Lobkova. Elle me comprit, et porta un doigt à ses lèvres, m'interdisant de parler. Sans le prononcer, je formai le nom de Leander sur mes lèvres ; je sentis mon cœur se serrer tandis qu'elle secouait lentement la tête pour me dire non.

Dépourvu d'aération, l'endroit confiné dans lequel nous nous entassions empestait la même odeur rance que les bergeries des éleveurs de chèvres. Ceux qui se tenaient debout avaient le plus grand mal à ne pas perdre pied ; le vent en poupe, notre bateau roulait et tanguait en avançant dans le courant. Nous ne cessions de nous cogner contre les parois.

Au milieu de la confusion, je regardai l'écoutille et vis Porphyre y passer la tête ; il avait presque l'air étonné de nous voir rassemblés ici. Il s'était débarrassé de sa blouse et les épaules de son costume sombre étaient couvertes de cendres.

— Ça risque de chahuter un peu dans un moment, nous lança-t-il.

— Ne vous inquiétez pas pour nous, colonel, lui répondit Mme Lobkova de sa voix flûtée. Nous sommes tous en pleine forme.

— Parfait ! Et nos deux petits bonshommes ?

— Ils n'ont pas l'air très contents... (Mme Lobkova épongea les gouttes de sueur qui perlaient à son front et regarda les deux Hommes des Bois captifs.) On les a à l'œil.

Porphyre disparut, l'air amusé.

Tandis que notre lourd bateau avançait en se dandinant vers les flammes, nous nous agglutinâmes autour des hublots. Même avant d'atteindre le barrage de feu, la différence de pression entre l'intérieur et l'extérieur de la cabine provoqua un appel d'air, un souffle surchauffé nous assaillant dans l'instant. Nous nous collâmes à la paroi opposée.

Le bruit devenait assourdissant. Au-dessus de nous, nous entendîmes un vacarme de détonations ; Magnus nous expliqua que c'étaient les clous qui sautaient, à cause de la chaleur.

— Ce sera un miracle si nous ne sommes pas tous carbonisés, fit observer un des hommes de Porphyre.

Cassie, toujours blottie contre Mme Lobkova, se mit à pleurer.

— Ça y est, on est dedans ! cria quelqu'un.

Paniqués, les deux Hommes des Bois essayèrent de se lever et de se jeter contre la paroi, mais les gardes les forcèrent à se rasseoir.

Puis des langues de feu commencèrent à se glisser par les hublots, faisant monter dangereusement la température de la cabine. La chaleur était telle qu'on n'arrivait plus à respirer. D'autres clous sautèrent des planches du pont, tout près de s'enflammer ; certaines éclatèrent en grinçant et nous aspergeant de cendres brûlantes. Je haussai les épaules d'un air fataliste et me résignai à mourir brûlé vif.

— Seigneur Dieu, ayez pitié..., murmura quelqu'un à côté de moi.

Puis, les yeux grands ouverts, il ne cessa de répéter sa prière comme une incantation.

Le vacarme monta encore, atteignant un niveau infernal, puis diminua peu à peu tandis que s'arrêtaient progressivement les mouvements du bateau, qui se trouva bientôt à l'arrêt. Par l'un des hublots, je vis que nous nous trouvions au milieu du feu, où régnait un calme étrange, comme dans l'œil d'un cyclone. Je me souviens du visage de Magnus : tourné vers le plafond, attentif, en alerte. Mme Lobkova regardait elle aussi en l'air, comme si elle attendait un événement crucial. Son attitude fut contagieuse : même les Hommes des Bois, qui avaient cessé de jacasser, se mirent à lever la tête, dans l'expectative. Ce fut la seule et unique fois où je me sentis proche d'eux.

A l'endroit où nous nous étions immobilisés, l'incendie paraissait plus chaud et intense que jamais. Dans la cabine, la température était à peine supportable. Une idée épouvantable me vint à l'esprit : et si le vent était soudain tombé ? Etions-nous encalminés au milieu de cet enfer ? Nos voiles avaient-elles pris feu, s'étaient-elles entièrement consumées, nous laissant paralysés, à la merci des flammes ? Si oui, dans combien de temps le bateau, qui était tout en bois, allait-il prendre feu ? Combien de temps nous restait-il avant d'être tous incinérés et envoyés par le fond, avec le lit de la rivière pour tombeau ? J'étais sûr que notre sort était scellé. Ma principale préoccupation ? Savoir si nous mourrions par le feu ou par la noyade.

Tandis que ces pensées s'agitaient dans mon esprit, une tête s'encadra dans l'écoutille. A travers la fumée et la poussière, je reconnus le colonel Porphyre. Il nous fit signe en criant :

— Montez, montez !

Pas besoin de nous le dire deux fois. Et tous de se précipiter en désordre vers l'échelle, le nez des uns sur les talons des autres. Magnus avait pris Cassie dans ses bras. Mme Lobkova et moi, d'un commun accord, partîmes à la recherche de Leander. Nous le trouvâmes dans l'une des cabines, gisant sur une paillasse, inconscient. Ce ne fut peut-être que mon imagination surmenée, mais, ainsi habillé à la manière des Hommes des Bois, il me parut avoir pris, à ma grande horreur, nombre de leurs caractéristiques physiques.

— Emporte-le ! me dit Wanda, qui toussait et chassait à grands gestes la fumée de devant son visage.

Je jetai une couverture sur la tête et les bras de mon frère pour le protéger des flammes et le soulevai. Il était lourd et froid au toucher. Nous regagnâmes le carré et empruntâmes l'escalier raide de l'écoutille.

Arrivé sur le pont, je respirai un grand coup. Ce n'était pas trop tôt. L'air avait beau être suffocant, il y avait moins de fumée et la température était beaucoup plus supportable.

Ce fut une vision bien étrange que je découvris ; tout le monde était au bastingage et regardait l'incendie. Nous nous trouvions directement au milieu et, oui, j'avais deviné juste : notre grand-voile avait complètement brûlé et pendait en lambeaux, nous bombardant d'escarbilles incandescentes.

Le vent avait baissé, mais n'était pas complètement tombé. Sans voile, il nous était malheureusement impossible d'en profiter.

L'incendie formait un mur de flammes d'une quinzaine de mètres de largeur et s'étendant d'une berge à l'autre de la rivière. Nous étions pris presque en son milieu. Ce n'était pas difficile de comprendre comment les Hommes des Bois avaient conçu leur piège ; à cet endroit, le cours d'eau était plus étroit qu'à celui où nous nous étions emparés de notre bateau. Dépendant entièrement du bois, que ce soit comme combustible ou comme matériau pour la construction, les Hommes des Bois utilisaient ce goulot particulièrement étroit comme zone de stockage. Lorsque celle-ci était pleine, comme en ce moment, le bois formait un véritable pont flottant. Disposant d'importantes réserves de résine, ils en avaient enduit les grumes jusqu'à saturation, puis y avaient mis le feu.

La barricade avait beau être formidable, nous aurions pu la franchir si nous avions eu notre voile. Mais, dépourvus de toile, nous nous trouvions d'autant plus coincés qu'il nous était interdit de revenir sur nos pas. Derrière nous, rôdaient sur l'eau des formes sombres et bossues, celles de l'armada qu'ils avaient réquisitionnée. Tout ce qui flottait s'y trouvait réuni, ils n'attendaient que le moment d'attaquer, au cas où nous tenterions de battre en retraite. Au point où nous en étions, nous ne pouvions qu'attendre le moment où les flammes nous dévoreraient.

A ma grande surprise, le colonel Porphyre était retourné sur la passerelle et fumait l'un de ses petits cigares égyptiens en contemplant tranquillement l'implacable cercle de feu qui, de seconde en seconde, paraissait se refermer un peu plus sur nous.

Je ne pus m'empêcher de l'admirer. Il semblait regarder non pas l'incendie, mais les troncs d'arbre qui dérivaient devant notre proue et heurtaient souvent bruyamment notre coque. Je me rendis alors compte qu'il ne se contentait pas de regarder la scène, mais estimait le mouvement de notre bateau par rapport à la vitesse des grumes. Lorsque j'eus compris ce qu'il avait en tête, je découvris que nous n'étions pas totalement immobilisés, comme je l'avais cru jusqu'alors. Le courant nous entraînait. Nous avancions – oh, pas bien vite ! – mais suffisamment néanmoins pour que l'homme debout à la barre puisse tenir le bon cap.

Cette impression se confirma lorsque je regardai ce qui restait de la grand-voile. Pas grand-chose, sinon des lambeaux calcinés ou frangés d'un rougeoiement, mais qui tous voletaient librement, comme des oriflammes de feu. Quelques instants auparavant, ces mêmes lambeaux pendaient inertes contre le mat à demi brûlé. Leurs mouvements semblaient maintenant indiquer que le vent se levait de nouveau.

Lui montrant Porphyre sur la passerelle, j'interrogeai Magnus :

– Qu'est-ce qu'il attend ?

– Le vent.

– Et s'il ne vient pas ? insistai-je en regardant les flammes qui attaquaient un peu partout le bateau.

– Nous abandonnerons le bord, monterons dans les barques et gagnerons la rive.

– Pour faire quoi ?

Magnus me regarda, surpris.

– Pour retourner à Frazé, évidemment ! (Il avait répondu comme si c'était la chose la plus naturelle du monde.) Mais on ne sera pas obligés d'en venir là, ajouta-t-il d'un ton joyeux. Nous sommes à un endroit assez particulier de la rivière. La terre forme une sorte de dépression. Ces collines, sur la gauche, ont pour effet de couper le vent ; si nous arrivons à les dépasser, nous aurons tout le vent voulu.

– Mais nous n'avons plus de voile ! lui fis-je remarquer en essayant de paraître calme et raisonnable. En plus, à la vitesse à laquelle nous avançons, nous serons carbonisés avant d'atteindre cet endroit !

J'étais sur le point de me remettre à ironiser lorsque je me rendis compte que Magnus ne m'écoutait plus ; il regardait le haut du mât, où ce qui restait de la voile commençait à battre un peu.

Porphyre s'en était lui aussi rendu compte et tapotait la vitre de la cabine, en montrant au timonier les lambeaux qui s'agitaient en haut du mât.

Il y eut une secousse. Le bateau craqua et plongea de l'avant, puis ripa de côté en grinçant comme s'il frottait un rocher immergé. Tout le monde fut bousculé sur le pont ; les Hommes des Bois se mirent à hurler et Cassie poussa un long cri terrifié.

Puis le bateau eut l'air de faire machine arrière et de se dégager, comme quelqu'un qui arrache sa chaussure à la boue. Nous glissions de nouveau sur l'eau, les lambeaux de la grand-voile battant maintenant pratiquement à l'horizontale. Nous n'avions pas assez de toile pour manœuvrer, mais nous avancions dans la bonne direction.

Nous ne nous rapprochions pas moins d'un mur compact de flammes, atteignant par endroits une dizaine de mètres de haut. D'où je me tenais, je ne distinguais pas la plus petite ouverture dans ce mur.

Debout sur le fond des flammes, Porphyre ressemblait à un prophète de l'Ancien Testament sur un vitrail.

— Tout le monde à la poupe ! nous cria-t-il, les mains en porte-voix. Aplatissez-vous tant que vous pourrez !

— Où allons-nous ? lui lança quelqu'un.

Il indiqua le mur de flammes crépitantes.

— A travers ça ! lui répondit-il en se coulant de nouveau dans la cabine de pilotage.

Sans perdre de temps à peser le pour et le contre, Magnus empoigna Cassie, les gardes les deux Hommes des Bois, et moi Leander ; Mme Lobkova agrippée à mes basques, nous fonçâmes tous vers l'arrière du bateau.

Il n'y avait pas moyen de s'aplatir sur le pont qui était brûlant comme de la braise. De toute évidence, le feu faisait rage en dessous. De la fumée sortait par l'écoutille et les hublots. Pratiquement impossible à manœuvrer sans sa voile, le bateau continuait à osciller et à barboter comme un oiseau blessé, irrésistiblement attiré par la dernière barricade de feu.

Bien qu'ayant reçu l'ordre de baisser la tête, je ne pus

résister au désir de jeter un dernier regard autour de moi ; c'était mon ultime vision du monde, et je voulais le voir tel qu'il était. La dernière chose dont je me souvienne juste avant que nous ne nous enfoncions dans la fournaise ? Un morceau de ciel blanc sereinement indifférent à notre sort et dans lequel des oies, volant en formation vers le nord, passaient devant un pâle croissant de lune matinale.

Sans autre avertissement, nous fûmes emportés dans un chenal d'eau plus rapide qui fonçait droit dans les flammes. Large de seulement deux ou trois mètres, ce courant n'était même pas visible quelques minutes auparavant, pendant que nous cherchions une ouverture ; mais on l'avait repéré du haut de la cabine de pilotage et le timonier avait habilement réussi à y glisser le bateau. Il paraissait s'élargir au fur et à mesure que nous approchions, comme pour nous prendre en charge.

La chaleur nous suffoqua à nouveau, insupportable. On avait l'impression d'avaler de la lave en fusion. Le mât avait maintenant complètement pris feu et brûlait comme une torche de flammes bleues. Puis il se rompit aux trois quarts de sa hauteur, sa partie supérieure dégringolant bientôt avec une lenteur et une grâce presque étudiées, comme pour mieux nous bombarder de débris enflammés. Elle heurta bruyamment le pont, un fragment de mât restant accroché à sa base par un fouillis de cordages et d'élingues.

Je me dis que le point de combustion de la chair humaine était certainement inférieur à celui du bois ; si le mât et le pont prenaient feu, nous n'allions pas tarder à en faire autant. Mais, juste au moment où je pensais ne pas pouvoir supporter cette chaleur une seconde de plus, une douche bienfaisante m'inonda le corps – un plein seau d'eau ! Je crois n'avoir jamais rien vécu d'aussi satisfaisant que cet instant de soulagement.

Magnus fonçait à toute allure, portant un seau attaché à une longue corde. Il le jeta par-dessus bord et le remonta vivement, débordant d'eau. Puis il repassa près de moi et je vis qu'il avait les cheveux en feu. Ayant douché Mme Lobkova et Cassie qui se tenaient enlacées, il se précipita de nouveau vers le bastingage, d'où il puisa un nouveau seau qu'il se renversa sur la tête.

Le bateau parut hésiter. On aurait dit un ponton délabré, abandonné à son sort, comme ivre, hébété, tournoyant sur lui-même, s'efforçant de retrouver son cap.

Serions-nous restés là une seconde de plus que nous aurions été transformés, je n'en doute pas, en braises ardentes. Heureusement, le bateau repartit de l'avant, grignotant de son roulis vacillant ce qui restait de chemin à faire dans le canyon infernal pour retrouver les eaux libres. Les grumes heurtaient bruyamment notre coque, envoyant vers le ciel indifférent et froid de grands roulements de tonnerre.

Nous étions passés.

Entre le moment où nous avions abordé le premier mur de flammes et celui où notre proue avait franchi le deuxième, il n'avait pas dû s'écouler plus de trois ou quatre minutes. Pourtant, dans cette brève période, j'avais eu le temps de vivre plusieurs vies et, sans aucun doute, de vieillir d'une éternité.

L'air, soudain, fut d'une merveilleuse fraîcheur ; la brise s'était levée. Le bateau, épave calcinée et pitoyable, de la fumée lui jaillissant par toutes les ouvertures, se mit à prendre de la gîte. Sous la poussée du vent, nous dérivâmes vers le milieu du courant et descendîmes la rivière.

Derrière nous, l'armada des Hommes des Bois, flouée, furieuse, restait craintivement de l'autre côté des flammes. Victimes de leur piège trop habile, ils ne se sentaient pas le courage de prendre le risque de nous donner la chasse.

Nous ressentions tous un intense soulagement. Tout le monde se précipita vers le bastingage, poussant des hurlements, des cris de joie, lançant des provocations aux Hommes des Bois déconfits. Le bateau crépitait encore et fumait, mais, mis à part les voiles et le grand mât, paraissait miraculeusement intact.

Au milieu des autres, je tenais encore Leander dans mes bras ; il ne s'était toujours pas réveillé. La vie ne l'avait pourtant pas quitté, car je sentais sa poitrine étroite se soulever et s'abaisser régulièrement contre moi. Je me dis qu'il allait y avoir un miracle et qu'il vivrait, qu'il fallait qu'il vive. Son sommeil, cependant, n'était pas normal. C'était moins celui d'une personne bourrée de somnifères qu'une torpeur proche du coma. Un état auquel le dormeur, toujours conscient, est incapable de s'arracher, condamné qu'il est à errer dans un endroit gris et informe aux limites du monde des vivants et de celui des morts.

Revenu sur la passerelle, le colonel Porphyre regardait s'éloigner la barrière de feu que nous venions de traverser. Nous le saluâmes tous d'une ovation pleine de gratitude. Surpris, il baissa les yeux vers nous comme si nous étions fous, puis éclata soudain en hurlements de rire. Il nous donna une parodie de bénédiction, faisant semblant d'agiter un goupillon comme un pontife. Avec nos sourcils et nos cheveux roussis, nos haillons cramés, nous rugîmes de joie.

Porphyre gagna la cabine de pilotage pour en ressortir aussitôt, remorquant quelqu'un. Nous eumes du mal à voir de qui il s'agissait tant la fumée était encore épaisse. Le colonel fit alors passer doucement l'homme devant lui. Finalement, lorsque l'inconnu émergea de la fumée qui s'était mêlée au brouillard du matin, dans sa robe de moine, je reconnus mon frère Cornie ; il nous salua timidement de la passerelle.

Ce n'est pas son apparition inopinée qui me bouleversa le plus. Après tout, ne s'était-il pas toujours comporté comme le bon grand frère, sachant toujours, dans les moments difficiles, ramener la paix dans sa querelleuse fratrie ? Non, ce fut plus tard, lorsqu'il commença à parler d'une voix douce et rassurante que nous n'avions encore jamais entendue jusqu'ici. Lui que nous avions toujours cru muet et demeuré, voilà qu'il nous adressait maintenant un petit discours tranquille, intelligent, cultivé... je finis par m'effondrer.

Nous étions loin d'être hors de danger ; nous n'avions fait que nous éloigner. Le bateau, qui se consumait en plusieurs endroits, commençait à pencher dangereusement. Au bout d'un kilomètre, il s'embrasa et se mit à faire eau à une vitesse alarmante. Les Hommes des Bois, au nombre de plusieurs centaines, suivaient notre progression à pied depuis la rive. Ils ne cessaient de gesticuler et de bondir en tous sens. Leurs ricanements et leurs hurlements parvenaient jusqu'à nous, portés par l'eau, nous faisant dresser les cheveux sur la tête.

Je savais les Hommes des Bois vindicatifs, en particulier vis-à-vis des étrangers, et ne doutais pas qu'ils se montreraient impitoyables pour ceux qui leur avaient enlevé le roi qu'ils venaient de sacrer. Je ne perdais pas de vue le fait qu'ils désiraient encore récupérer leur monarque.

A la barre, Cornie tourna la proue de notre épave vers la rive opposée. Nous avancions, à une lenteur exaspérante alors qu'il nous fallait échapper aux Hommes des Bois et à l'incendie qui gagnait.

Les deux barques avec lesquelles nous avions fui le « bagne » des Hommes des Bois étaient toujours attachées à nos plats-bords. Bien que nous fussions encore à plusieurs centaines de mètres de la rive, Porphyre donna l'ordre d'abandonner le navire.

Ce ne fut pas une mince affaire que de descendre le long des échelles de corde. Nous dûmes porter Cassie qui, terrifiée, se débattait comme une folle ; Leander était un poids mort ; Mme Lobkova, se balançant au-dessus de l'eau, présentait un problème logistique pour spécialiste des charges lourdes. Les deux Hommes des Bois étaient morts de frousse. Ils donnèrent de violents coups de pied lorsqu'on les fit descendre par l'échelle, voulant à toute force retourner sur le pont ; sans doute préféraient-il la fournaise du bateau au froid glacial de la rivière. L'un d'eux mordit un garde au poignet. Furieux, l'homme, d'un coup de pied, le fit tomber dans l'eau. Incapable de nager, l'Homme des Bois paniqua et se mit à gigoter éperdument, manquant de peu de se noyer avant d'être repêché, puis jeté au fond d'une barque.

Dangereusement surchargées, nos deux embarcations

avaient de l'eau presque jusqu'aux plats-bords. Nous faillîmes chavirer à plusieurs reprises, notamment lorsque nous coupâmes le courant, ramant en oblique sur l'eau rapide. Enfin, la quille frotta bruyamment les galets du fond avant de heurter la rive.

Je ne sais pourquoi je me retournai mais, regardant par-dessus mon épaule, je vis le bateau complètement dévoré par les flammes. Avec sa tête de démon sculptée et peinte, ses gros yeux furibonds et ses dents pointues, la proue, naguère tellement effrayante, paraissait maintenant inoffensive et plutôt comique — genre illustrations de contes pour enfants, avec djins, sorcières, monstres et ogres.

Le soleil était levé. Sur la rive opposée, on distinguait, dans la brillante lumière du matin, des centaines et des centaines de petits points noirs massés les uns contre les autres, comme un essaim d'abeilles en colère. Leurs cris, à glacer le sang, portaient sur l'eau jusqu'à la plage sablonneuse d'où nous les regardions avec une tranquille gravité.

Dès notre arrivée à Frazé, trois heures plus tard, le colonel essaya d'appeler le continent par téléphone. Il revint tout secoué ; les lignes étaient muettes, coupées, il en était certain, par les Hommes des Bois.

Il ne dit rien, mais je vis qu'il était profondément troublé. Les Hommes des Bois n'allaient pas perdre beaucoup de temps avant de contre-attaquer. Il leur fallait agir avant que, étonnées de ne pas avoir de nouvelles, les autorités du continent n'envoient des équipes à notre secours.

Oncle Toby et Signor Parelli — ce fut un employé de la maison complètement terrorisé qui nous l'apprit — avaient fui le château ; ils étaient partis à pied, nous expliqua-t-il, sous prétexte de chercher du secours sur le continent, deux jours auparavant, c'est-à-dire peu après que, contrevenant aux ordres d'Oncle Toby, Porphyre avait décidé de monter un coup de main sur le village des Hommes des Bois. N'ayant guère envie d'attendre le retour du policier et de devoir répondre à un certain nombre de questions désagréables, ils avaient pris la tangente. La plupart du personnel scientifique et des employés les avait suivis, non sans avoir vidé les garde-manger de l'essentiel des provisions qu'ils contenaient.

Le temps menaçait, ajouta le malheureux domestique, et on annonçait une tempête pour le soir même. Les mauvaises conditions atmosphériques rendaient les pistes difficiles et l'atterrissage d'hélicoptères virtuellement impossible. En outre, si les eaux de la rivière gonflaient, celle-ci deviendrait définitivement impraticable et nous nous retrouverions à la merci d'Hommes des Bois bien supérieurs en nombre et avides de vengeance.

DIXIÈME PARTIE

Sauve qui peut !

Fuyons, et sauvons nos jambons !
Rabelais, *Pantagruel*

32

— L'arsenal ! s'écria soudain Porphyre, comme quelqu'un qui vient brusquement de penser à quelque chose.

— Pardon, monsieur ? dit l'employé.

— L'armurerie ! Les fusils ! s'exclama le colonel, aboyant presque.

Sans attendre la réponse, il s'élança dans la pièce en direction de l'escalier principal. Nous restâmes un instant paralysés puis nous nous ruâmes à sa poursuite. L'employé eut un geste d'impuissance, mais se reprit et nous emboîta le pas.

L'arsenal était un bien grand mot pour désigner le modeste placard dans lequel Oncle Toby remisait — « empilait » serait plus juste — les armes et les munitions du château, au fond d'un corridor du deuxième étage. L'endroit était fermé par une lourde porte de chêne, tellement basse qu'il fallait se baisser pour la franchir et que je n'avais jamais vue autrement que fermée par un gros cadenas à moitié rouillé, dépassant agressivement sur son moraillon.

Nous trouvâmes ce cadenas forcé et la porte ouverte, pendant sur un seul gond, celui du bas ayant été arraché au piédroit dont il avait emporté une partie. Déjà, Porphyre se glissait à l'intérieur.

— On arrive un peu tard, dit-il d'un ton morose. Le pillage a déjà eu lieu.

Rien n'était plus vrai. Jones, s'il n'aimait pas les armes, savait bien qu'elles pouvaient être utiles. Notre petit arsenal en comptait une centaine, avec les munitions correspondantes, toujours sous clef.

J'entrai à mon tour, suivi de Magnus et d'autres hommes du colonel ; nous nous mîmes instinctivement à parler moins fort, comme si nous pénétrions dans un sanctuaire.

La pièce sentait fort l'huile de lin et la poudre. Régulièrement entretenus, les fusils étaient normalement disposés en hauteur, sur des râteliers circulaires. Ils étaient toujours prêts à servir en cas d'urgence — situation à laquelle Jones semblait s'attendre depuis longtemps sans jamais croire qu'elle se présenterait véritablement.

Tous les fusils, jusqu'au dernier, avaient disparu ; on avait forcé les caisses de munitions à coups de masse, et on les avait vidées.

— Qui croyez-vous... commençai-je à dire lorsque j'eus la surprise de voir Ogden, toujours en pyjama, l'air légèrement hébété, s'avancer vers nous d'un pas traînant.

Il paraissait, vu de près, passablement désorienté. Letitia le suivait à un pas, le guidant par le coude ; le regard malheureux de ma sœur tomba sur moi.

— Ce sont les techniciens du labo et des gens du personnel, expliqua-t-elle comme si on allait rejeter la faute sur elle. Dès qu'ils se sont rendu compte qu'Oncle Toby et Signor Parelli avaient fui, ils ont tout pillé.

Elle émit un petit gémissement fatigué, puis s'appuya contre le mur. Ogden présentait des ecchymoses, une à la joue, l'autre, d'un mauve verdâtre, sur le front. Il avait l'air de s'être fait quelque peu malmener. Son sens du devoir en ayant pris un coup sérieux, il semblait complètement hébété. Me voir parut lui rendre courage : dès que nos regards se croisèrent, une lueur mauvaise brilla dans le sien tandis que des couleurs lui revenaient aux joues.

— Ogden a essayé de les en empêcher, reprit Letitia.

— J'aurais pu y arriver, gronda-t-il en me fusillant du regard, si tout le monde n'avait pas fichu le camp !

— Je constate qu'on vous a un peu bousculé, dit Porphyre en s'avançant d'un pas vers lui.

— Je connais les responsables, poursuivit-il sur le

même ton, ils ne vont pas s'en sortir comme ça ! Où sont Cassie et Leander ?

— On les a ramenés, répondis-je.

— Pourquoi nous avez-vous laissés ? aboya Ogden en direction de Porphyre. Si vous n'aviez pas disparu — en désobéissant aux ordres —, rien de tout ceci ne serait arrivé, ajouta-t-il en regardant, lugubre, l'armurerie vide.

— Et vous n'auriez jamais revu votre sœur et vos frères, lui répliqua le colonel, dont la patience et la tolérance étaient elles-mêmes une réprimande.

— Ils sont tous partis ? demandai-je.

— Il aurait fallu être fou pour rester, dit Ogden. Après la disparition d'Oncle Toby et de Parelli, ce fut le sauve-qui-peut général. L'anarchie totale. Il n'y a pas que les armes. Ils ont pillé le reste du château. Tout ce qu'ils ont pu emporter, peintures, bijoux, argenterie, et, bien entendu, la nourriture. (Il se tourna vers moi, débordant de haine.) Et je t'en tiens pour pleinement responsable. Si tu n'avais pas...

— Ça suffit, maintenant, le coupa le colonel Porphyre en le prenant fermement par le bras pour l'entraîner dans le couloir.

Ogden perdait manifestement un peu les pédales, la tension à laquelle il était soumis était trop forte. Letitia nous dit plus tard qu'après que tout le mode avait fui il avait tenté d'organiser les pauvres âmes demeurées sur place et d'en faire une force susceptible de défendre le château. Mais il n'y avait plus d'armes, et personne n'avait prêté attention à ses instructions ; le chaos avait fini par régner.

— Et où se trouve Mlle Sofi ? demanda le colonel Porphyre en regardant autour de lui.

— Elle est là, Mlle Sofi, nous parvint l'écho d'une voix à l'autre bout du corridor.

Notre sœur descendit une volée de marches et sortit de la pénombre. Elle portait une robe imprimée à motif floral, tachée et souillée, et sa chevelure, toujours soignée, était incontestablement en désordre.

Elle se rendit certainement compte de notre réaction : choqués, nous l'étions, mais moins par sa tenue que par le spectacle du minuscule bébé emmailloté de langes qu'elle tenait dans ses bras. Elle esquissa un sourire, regarda Cassie, puis moi.

— Je vois que vous êtes revenus de votre petite promenade. On commençait à s'inquiéter.

Elle nous examina tour à tour — Magnus et ses cheveux calcinés, le colonel Porphyre et son uniforme déchiré, moi et les lambeaux de ma tenue en peau de chèvre.

— On dirait, reprit-elle, que vous avez rudement bamboché. Aurais-je manqué quelque chose ?

Elle vit que je regardais l'enfant qui s'était mis à pousser de petits gazouillements.

— Prends pas cet air idiot, Johnnie. Dis plutôt bonjour à ton petit frère.

Elle me tendit le bébé, qui commença à piailler, et éclata de rire en voyant mon mouvement de recul.

— Je ne crois pas qu'il ait encore de nom ; sans quoi, je vous aurais présentés.

— Qu'est-ce que tu racontes ? protestai-je. Que veux-tu dire, mon « frère » ?

— Je crois comprendre ce à quoi Mlle Sofi fait allusion, dit Porphyre.

— Je n'en doute pas, répondit Sofi, hochant la tête.

— Mme Lobkova avait espéré pouvoir tout vous expliquer à un moment plus favorable, reprit le colonel, l'air presque contrit. Mais, étant donné que Mlle Sofi vient, si je puis dire, de mettre les pieds dans le plat, nous devrions peut-être aller faire un tour au dernier étage.

Cette invitation fut loin de soulever l'enthousiasme, sauf chez Sofi.

— Absolument, dit-elle avec une vivacité anormale, inquiétante. Après quoi, et vous voudrez bien m'en excuser, j'irai dormir. Ça fait quarante-huit heures que je suis debout.

La première chose frappante fut le degré de dévastation. Nous en eûmes les premiers signes dans l'escalier, puis les choses allèrent en empirant dans le corridor.

On avait dépouillé les salons, naguère si magnifiquement meublés, de tout ce qui pouvait se transporter facilement – bibelots anciens, pièces rares. On avait décroché des murs des peintures sans prix, en arrachant les cadres lorsqu'ils étaient fixés et laissant de grands trous dans le plâtre.

On s'était livré aux destructions les plus capricieuses, sans la moindre idée de profit : beaux objets fracassés simplement parce qu'ils étaient trop volumineux pour qu'on les emporte ou par pure haine pour leur riche possesseur et tout ce qui le représentait.

Sofi nous fit suivre un véritable labyrinthe de couloirs sinueux et multiples ; nous nous trouvions dans une partie du dernier étage où je n'avais encore jamais pénétré.

– Où nous mène-t-elle ? demandai-je à un moment donné au colonel.

– Vous le saurez bien assez tôt, me répondit-il en regardant droit devant lui d'un air sinistre. Il paraissait savoir où elle se rendait.

Nous arrivâmes enfin devant une porte blanche à deux battants barrée par une bande rouge d'interdiction. Sur le côté, un panonceau portait l'inscription suivante, en gros caractères :

ENTRÉE INTERDITE SANS AUTORISATION

Sofi se tourna vers nous.

– A partir d'ici, nous lança-t-elle par-dessus son épaule, ça commence à être légèrement désagréable.

Son sourire était moins assuré lorsqu'elle ouvrit la porte.

On était physiquement agressé par l'odeur, comme si l'on se heurtait à un mur. On en perdait la respiration. Son origine n'avait rien de mystérieux ; des centaines de cages de toutes dimensions s'alignaient du sol au plafond. Chacune contenait un animal ou un autre – souris, cobaye, chat, chien, lapin, mais surtout des primates.

Certaines de ces malheureuses créatures étaient encore en vie, mais bon nombre avaient péri au fond de leur cage et dégageaient une horrible puanteur de cadavre.

Celles qui vivaient encore étaient affaiblies par la déshydratation et, manifestement terrifiées, gisaient sans soins dans leurs ordures. En dépit de leur état, elles se mirent à faire un vacarme incroyable à notre arrivée. Aboiements, miaulements et hurlements déchirèrent l'air ; le cri le pire et le plus énervant étant, et de loin, celui d'un gros perroquet aux ailes coupées juché sur son perchoir : ses jacassements suraigus perçaient le tympan.

— Quand les autres sont partis, nous expliqua Sofi, nous nous sommes retrouvés à trois ou quatre. On a essayé de s'en occuper. Mais il y en a trop.

Je crus déceler une fêlure dans sa voix ; son masque de désinvolture s'effritait rapidement.

— Même en leur donnant de l'eau... reprit-elle sans achever sa phrase.

Nous quittâmes l'animalerie, franchîmes d'autres portes battantes, parcourûmes d'autres laboratoires. Longtemps nous entendîmes l'écho des aboiements et des hurlements qui nous poursuivaient ; l'odeur, tenace, me faisait l'effet de tentacules qui nous auraient enserrés pour essayer de nous tirer en arrière. Elle resta collée à moi pendant des jours et les féroces et sinistres piaillements du perroquet me poursuivront jusqu'à mon dernier soupir.

Il nous fallut dix minutes de marche pour atteindre la « nursery » (comme l'appelait Sofi). Les salles que nous traversâmes pendant ce laps de temps me parurent aussi surprenantes et étrangères que si je visitais une autre planète. Un étage au-dessus de l'endroit où nous avions passé toute notre vie existait un univers totalement différent et dont nous n'avions jamais eu la plus petite idée.

Les dégâts y étaient aussi étendus, sinon plus, qu'ailleurs. Pas une seule pièce n'avait été épargnée, toutes ayant subi un pillage en règle, systématique, féroce.

Au début d'un couloir qui n'avait apparemment pas de fin, nous franchîmes de nouveau une porte battante, insonorisée comme celle qui donnait sur l'animalerie. Un petit panonceau indiquait simplement que nous étions dans le Service A.

Notre groupe comptait sept ou huit personnes. Lorsque nous entrâmes, les stores baissés plongeaient la salle dans une demi-pénombre, alors qu'il faisait grand jour dehors. Lorsque mes yeux accommodèrent, je vis que nous nous trouvions dans une grande pièce rectangulaire, haute de plafond, deux rangées de berceaux s'alignant le long des murs.

Sofi s'était tournée vers nous, un doigt sur les lèvres pour nous demander le silence. Mme Lobkova nous précéda, allant de petit lit en petit lit, ajustant une couverture ici, berçant là un bébé sur le point de s'éveiller. Elle paraissait bien connaître l'endroit – comme quelqu'un qui aurait régulièrement accompli les tâches auxquelles elle se livrait.

A côté de la crasse et du désordre qui régnaient partout ailleurs, le Service A était un modèle de propreté et d'ordre. Tout était lavé, poncé, récuré, immaculé ; rien qui ne fût à sa place.

Nous parcourûmes les rangées sans mot dire, nous arrêtant de temps à autre pour regarder, stupéfaits, les tout-petits dans leurs langes. Des visages roses dépassaient des couvertures ; des mains minuscules et grassouillettes, aux doigts parfaits, s'agrippaient aux rabats des draps de soie. Suspendus au-dessus des berceaux oscillaient paisiblement, dans la pénombre, des mobiles de la plus grande variété – canards, anges, bateaux, sorcières sur leur balai. Un tel calme, au milieu de tant de ravages…

En se penchant sur les berceaux, on pouvait entendre la respiration calme et régulière des bébés. L'odeur qui me parvenait était celle du talc et de l'huile d'amande, et le parfum particulièrement doux et pur des nourrissons.

Je regardais ma sœur, qui s'empressait d'un berceau à l'autre. Porphyre la suivait également des yeux. La Sofi que je découvrais était bien différente de celle que j'avais connue jusqu'ici. Elle paraissait avoir vieilli de plusieurs années en quelques jours. Les traits tirés, l'expression hagarde, les épaules tombantes, elle avait l'air d'avoir dormi tout habillée. Mais il se dégageait d'elle, son air dépenaillé n'enlevant rien à sa beauté, une noblesse, une générosité et même une humilité qui me paraissaient presque incompatibles avec l'idée que je me faisais d'elle. Ma première réaction manqua de charité : je crus un instant qu'elle nous jouait la comédie, peut-être afin d'en tirer, cyniquement, quelque avantage. En fait, je me trompais complètement. Son attitude était authentique. Lorsque je me tournai vers le colonel Porphyre, je constatai qu'il était aussi éberlué que moi.

Au bout de la rangée, un petit gémissement monta d'un berceau. Sofi se précipita aussitôt. Elle se pencha sur l'enfant qui avait pleuré, et je vis deux petites mains se tendre vers sa joue et sa gorge. Elle prit les doigts minuscules et les embrassa tout en murmurant des paroles apaisantes.

A ce moment-là, une silhouette sortit de l'ombre, un homme de petite taille, trapu et à la moustache tombante, venant rejoindre ma sœur. Il se pencha à son tour pour prendre le bébé dans ses bras et le bercer.

Il me tournait toujours le dos lorsque j'entendis les premières paroles d'une berceuse, chantées d'une voix douce et haut perchée. Ce fut comme si elles me parvenaient de très loin, de mes toutes premières années. Bien que murmurées d'une voix sourde, je sus que ses paroles étaient en italien et que je les avais déjà souvent entendues, non seulement soir après soir dans ma chambre à l'étage en dessous, mais encore avant de m'endormir, lorsque j'étais bébé.

Notre tournée terminée, je me retrouvai à la sortie du service, encore abasourdi. Ogden et Letitia se taisaient et paraissaient aussi émus que moi. Mme Lobkova parlait à voix basse avec le colonel, mais d'un ton excité. Cornie, seul dans son coin, semblait sans réaction.

— Mais qui sont ces enfants ? lui demandai-je en me

tournant vers lui. Ce ne sont tout de même pas ceux que Sofi avait l'air de…

– Si, Johnnie, me répondit-il en hochant tristement la tête. Ce sont nos frères et sœurs.

Je restai là, hébété, n'arrivant pas à saisir le sens de ses paroles.

– Les enfants de Jones ?

– Tous.

– Et… moi aussi, on m'a couché dans l'un de ces berceaux ?

– Il y a bien des années.

– Combien ?

– Tu l'apprendras bientôt.

Nous passâmes l'essentiel de la journée à murer les fenêtres et les quelques points d'entrée possibles du château, tâche qui n'avait rien de facile, étant donné les proportions gigantesques de l'édifice et l'infinité de recoins qu'il recélait. A la tombée de la nuit, nous avions achevé de condamner tout le premier étage. Porphyre organisa un système de garde, en utilisant ses propres hommes ; il en avait huit et nous étions sept, sans compter Leander qui était toujours couché au deuxième étage ; nous avions essayé à plusieurs reprises de le ranimer, mais en vain, et il s'enfonçait de plus en plus profondément dans le coma. Nous avions remis de l'ordre dans son ancienne chambre et j'étais monté le voir presque toutes les heures. Sa respiration était rauque et saccadée, entrecoupée de râles et de frissons spasmodiques.

Postés sur les remparts, les hommes de Porphyre assuraient des tours de garde de quatre heures. La plupart d'entre eux n'avaient que les armes qu'ils possédaient en arrivant à Frazé, armes de poing pour l'essentiel, en dehors des deux fusils semi-automatiques qui avaient servi à nous dégager sur la rivière ; en outre, les réserves de munitions étaient modestes ; mais cela, les Hommes des Bois l'ignoraient.

Nous dînâmes tard, partageant ce que les fuyards avaient laissé dans la réserve, autrement dit ce qu'ils n'avaient pu emporter pour la longue et éprouvante randonnée à travers bois (plus de cent kilomètres) qui les attendait.

Ce fut un repas des plus simples, mais convenable, avec riz et viande en conserve, le tout accompagné de thé sucré. Le vin ne manquait pas (sans doute trop lourd à porter !), mais personne ne paraissait avoir envie de boire.

Personne, non plus, ne s'était soucié d'améliorer sa tenue pour le repas ; j'étais le seul à m'être changé – ce que j'avais fait dès mon arrivé, soulagé de me débarrasser de mes peaux de chèvre puantes. Mais, après tous les travaux de la journée, mes vêtements étaient aussi froissés et sales que ceux des autres. Nous nous assîmes à nos places habituelles – tous, sauf Cornie. Le colonel Porphyre lui avait demandé de s'installer en bout de table, à la place naguère occupée par Oncle Toby. Mme Lobkova trônait à l'autre bout.

Le plus surprenant était la disparition du couvert traditionnellement réservé à Jones et censé le représenter. Le fait est que personne n'y fit allusion, comme s'il s'agissait de bien se convaincre que la chose qui avait le plus pesé sur notre destinée, jusqu'à ces derniers jours, venait de disparaître définitivement.

– Bien entendu, ils vont revenir, déclara le colonel Porphyre tandis que nous finissions notre dessert, gaufres sèches et prunes au sirop en boîte.

– Combien de temps allons-nous pouvoir tenir ? demanda Mme Lobkova.

On voyait que le colonel hésitait entre la franchise et le désir de se montrer optimiste ; il choisit une voie médiane.

– Entre vingt-quatre et trente-six heures, répondit-il sans finasser davantage. (Il y eut un soupir général.) Je sais que ça paraît maigre, reprit-il, mais cela dépend du moment où les petits bonshommes décideront de passer à l'attaque. J'ai tendance à penser qu'ils la lanceront le plus tôt possible. Ils souhaiteront entrer ici et faire ce qu'ils veulent – Dieu sait de quoi il peut s'agir – avant que les renforts n'arrivent du continent... ce qui ne va évidemment pas manquer de se produire, ajouta-t-il précipitamment.

— A l'heure actuelle, ils ont bien dû se rendre compte, sur le continent, que les lignes avaient été coupées, fit observer Letitia d'une voix chevrotante.

— Sans aucun doute, mademoiselle Letitia, répondit Porphyre d'un ton qui se voulait rassurant. Et, lorsqu'ils auront vérifié le matériel de leur côté, ils comprendront que la défaillance vient de chez nous. Du coup, ils voudront venir voir ce qui se passe, je n'en doute pas une minute.

— Toute la question est de savoir quand ? dis-je.

— C'est ce que nous essayons de déterminer, fit remarquer Cornelius.

— Mais, de toute évidence, reprit Letitia, une fois sur le continent, Oncle Toby et Signor Parelli iront voir les autorités pour les mettre au courant de notre situation !

— Voilà précisément ce qu'ils ne feront pas, nous expliqua Cornie. Nous sommes le témoignage vivant de leurs crimes. Ils préfèrent nous voir tous périr ici.

— D'ailleurs, ils ont volé des documents inestimables de l'Institut ; sans doute ont-ils l'intention de les vendre, ajouta Mme Lobkova.

— Et ils y parviendront, dit Porphyre. Si ces documents sont ceux que je crois, ils ne manqueront pas d'acheteurs.

— Ce sont bien ceux-là, lui confirma Mme Lobkova. Ce porc de Parelli ! Je suis sûr qu'il est en cheville avec eux.

Porphyre s'agita, impatient.

— Eh bien, je n'ai pas l'intention de leur faciliter la tâche. Malheureusement, la rupture des communications joue en leur faveur.

— D'après vous, quel est le pire scénario ? demanda Sofi.

La question prit le colonel par surprise, mais Cornelius s'engouffra aussitôt dans la brêche.

— Le pire scénario serait que les lignes téléphoniques restent coupées et que le mauvais temps se transforme en vraie tempête et rende tout atterrissage d'hélicoptère impossible. Néanmoins, cela ralentirait aussi la progression des Hommes des Bois. Ce sont des malins, mais pas des surhommes. Je pense pouvoir dire raisonnablement que nous sommes en sécurité pour le moment, et que, comme le colonel l'a déclaré, les secours ne vont pas tarder.

– Certainement, monsieur Cornelius, dit Porphyre en hochant la tête pour le remercier.

Un silence morose gagna les convives. Depuis la fin du repas, j'éprouvais une vague sensation de nausée. C'était moi qui, plus que quiconque, avais tout à redouter d'un retour des Hommes des Bois.

– Si jamais le pire devait se produire... commença Letitia, incertaine.

– Je sais ce que tu vas dire, la coupa Mme Lobkova. Sors-toi cette idée de la tête.

Letitia parut matée, mais Porphyre ne l'était pas. Il se tourna vers ma sœur.

– Qu'alliez-vous dire, mademoiselle Letitia ?

Elle avait bien entendu pensé à la pièce fortifiée, vrai bloc de béton sis au plus profond des caves de Frazé.

– L'abri.

– Mon Dieu ! s'exclama Cornelius en claquant les doigts, l'abri ! La grotte fortifiée ! Je l'avais oubliée ! Nous pourrions tenir bon pour le un moment, là-dedans.

– Je ne veux pas en entendre parler, dit Mme Lobkova d'un ton boudeur. Il n'en est pas question.

Le colonel Porphyre avait l'air perplexe.

– Quel abri ? Quelle grotte fortifiée ? De quoi parlez-vous ?

Cornelius lui expliqua.

Mme Lobkova tint à passer la nuit auprès de Cassie. Irritable, la pauvre enfant était restée toute la journée au bord de la crise de larmes, encore désorientée de s'être réveillée de son profond sommeil pour se trouver au milieu d'une rivière, sur un bateau environné de flammes. Je n'avais aucun moyen de savoir ce qu'elle se rappelait des horreurs qu'elle avait certainement dû subir au milieu des éleveurs de chèvres.

Mme Lobkova la fit coucher tôt, puis refusa de la quitter. L'une des dernières femmes de chambre du château lui ayant préparé un lit, nous ne la revîmes plus de la nuit. Le reste du groupe s'attarda autour du café.

Avant de me retirer, j'accompagnai Porphyre dans sa tournée. En bon général, il tenait à rendre visite à chacun de ses hommes. C'était une bande de solides gaillards, mais tous se trouvaient dans un état d'épuisement avancé après les événements qu'ils avaient vécus depuis le matin. La plupart d'entre eux n'avaient pas dormi depuis trente heures. Le colonel non plus. Il ne demandait jamais à ses hommes de faire des choses qu'il ne se serait pas imposées à lui-même.

Magnus fit son rapport, la tête bandée de chiffons huileux. Il avait perdu une bonne partie de ses cheveux dans l'incendie du bateau, et son cuir chevelu était sérieusement brûlé. Il devait certainement beaucoup souffrir, mais on n'en voyait rien sur son visage ouvert, franc, presque joyeux. Inaccessible au désespoir, il ne doutait pas de la justesse de notre cause, ni du succès de son issue.

J'allai voir une dernière fois comment se portait Leander. Si j'avais jusqu'ici conservé l'espoir de quelque guérison miraculeuse, il me fallut y renoncer. Au cous des dernières heures, sa respiration s'était réduite au point d'être imperceptible. Il ne râlait plus. La peau cireuse, il gisait immobile, acceptant l'inévitable. Le combat pour la vie était terminé. Celui qui avait été le plus proche de mes frères était sur le point de partir pour le royaume des ombres et la nuit éternelle.

Epuisé, je retournai dans ma chambre pour être seul. A plusieurs reprises pendant la nuit, j'entendis des tirs sporadiques en provenance de la tour ronde. Me réveillant d'un sommeil agité, j'entendis les cris et les bruits de pas des hommes de Porphyre au moment où ils passaient devant ma porte en courant. Par la fenêtre, j'entendis aussi les jacassements excités des Hommes des Bois.

La pluie se remit à tomber vers minuit, tout d'abord avec violence, puis plus modérément, avant de redoubler de force.

Allongé dans mon lit, je pensai à mes frères et sœurs, chacun dans l'obscurité moite et la solitude de sa chambre, tendant l'oreille aux mêmes bruits effrayants, songeant aux incertitudes d'un avenir qui paraissait bien sombre.

Comment tout cela allait-il se terminer? Qu'allait-il advenir de nous? Pour ma part, la seule idée de m'assimiler aux Hommes des Bois était intolérable; l'avant-goût que j'en avais eu m'avait suffi et, s'il m'avait fallu choisir, j'aurais opté sans hésiter pour les petites pilules que Jones avait eu la précaution de stocker dans l'abri blindé.

Le grain, loin de donner des signes de faiblesses, s'était transformé en un vrai déluge. Cela faisait plusieurs heures que la pluie martelait les toits, débordant des gouttières et des chéneaux, rendant impossible toute approche d'un hélicoptère ou l'éventualité d'une réparation des lignes téléphoniques. Je n'avais pas besoin du colonel Porphyre pour me le confirmer. Nous étions désespérément et complètement seuls.

— Si tu es venu ici pour t'amuser...

Je me détournai du nourrisson que je contemplais et vis Sofi qui me regardait, sourcil froncé. Elle tenait un biberon dans chaque main et paraissait légèrement hors d'haleine.

— Je ne m'amuse pas, répondis-je.

Elle me repoussa brusquement et entreprit de changer l'un des bébés.

— Qu'est-ce que tu fabriques ici, de toute façon?

— Je suis venu jeter un coup d'œil.

— Eh bien, ça y est, tu l'as jeté, rétorqua-t-elle, hostile.

— Ce sont aussi mes frères et sœurs, lui fis-je remarquer.

Elle ne répondit pas, roulant la couche souillée en boule et la jetant dans un coin; puis elle lava le derrière du bébé avec de l'eau tiède savonneuse, le sécha, le poudra, et lui mit des couches propres.

— Tu fais ça très bien.

— Je t'avertis, Jonathan, je ne suis pas d'humeur à plaisanter, répondit-elle en me foudroyant du regard.

On voyait, à sa respiration rapide et à son teint animé, que cela faisait un moment qu'elle était levée et courait partout. Elle n'avait pas pris le temps de se peigner et portait la même robe que la veille. En dépit de tout, elle restait jolie. Elle était même plus jolie que jamais. Le stress et des nerfs à bout lui allaient bien.

A mon offre de l'aider, elle aurait préféré répondre en m'envoyant aux cent mille diables ; mais elle était fatiguée et débordée, et je vis bien que j'avais touché juste, même si elle ne dit rien et m'ignora pour résoudre son dilemme. Je me contentai donc de l'accompagner, recueillant les biberons vides au fur et à mesure.

— Je sais ce que tu t'imagines, dit-elle comme nous passions d'un berceau à un autre.

Elle se pencha sur une petite créature vagissante qui brandissaient les poings en l'air comme pour chasser l'intruse qui voulait la changer.

— Quoi que tu penses de moi, tu as probablement raison, reprit-elle. Mais garde ça pour toi, d'accord ?

— Mais je ne pense rien ! m'exclamai-je en y allant d'un mensonge éhonté.

— Parfait ! dit-elle sèchement.

Puis elle introduisit doucement la tétine dans la petite bouche du bébé. Instantanément, les cris laissèrent la place à un gazouillis de satisfaction. Tandis qu'elle tenait le biberon, son visage arborait un étrange sourire dont elle n'avait absolument pas conscience.

— Pourquoi me regardes-tu comme ça ? me lança-t-elle en recouchant le bébé pour lui mettre des couches propres.

— Comment « comme ça » ?

— Avec cette expression idiote sur la figure.

— J'essaie de me souvenir de toi, c'est tout.

Elle me jeta un regard vaguement agacé.

— Tu n'es parti que quelques jours. Est-ce qu'on peut m'oublier à ce point ?

— Non.

— Alors ?

— J'essaie de réconcilier le souvenir que j'ai de toi avec ce que tu es aujourd'hui.

Elle me vit regarder l'enfant qui pédalait furieusement tandis qu'elle tamponnait ses fesses irritées avec un coton imbibé d'huile spéciale. Soudain, elle s'arrêta et me regarda.

Brutalement, me revint à la mémoire une image d'elle dans la serre. C'était un matin enneigé d'hiver, bien des années auparavant. Elle sautait à la corde avec Lettie et j'avais alors pensé qu'elle m'agaçait prodigieusement. Je n'étais pas assez vieux pour comprendre que c'était le fait qu'elle m'attirait autant qui m'agaçait. Elle avait cependant très bien compris. Mais, même à cette époque, elle était aussi dure que du bois. Capable d'arracher les ailes d'un papillon. C'était ce jour-là que je lui avais demandé de me dire de quoi j'avais l'air. En l'absence de tout miroir, je n'en avais aucune idée et j'avais eu la naïveté de lui poser la question. Elle avait éclaté de rire.

— Faut-il vraiment toujours nous quereller ? lui demandai-je.

La question parut la surprendre, et je vis son corps se détendre.

— Pas du tout, balbutia-t-elle, des épingles à nourrice dans la bouche. Alors, c'était quoi la vie, au milieu des trolls ? Qu'est-ce que tu as vu ?

— Pas mal de ceux-là, lui répondis-je avec un mouvement du menton vers les bébés. En plus vieux, c'est tout.

Elle me regarda, les mains soudain immobiles dans l'air.

— Je sais. Le colonel m'a tout raconté. Ça paraît incroyable.

Nous passâmes au berceau suivant.

— A quoi ressemblaient nos frères et sœurs ?

— A nous, mais ils étaient différents.

— Tu veux dire... comme des Hommes des Bois ?

— Certains, oui. Ils étaient velus et avaient la peau épaisse. Mais la plupart avaient l'air ordinaire. Ils passeraient inaperçus dans n'importe quelle rue d'une grande ville.

— Sauf qu'ils ont les mêmes penchants au meurtre que leurs ancêtres chevriers.

— Certains les ont, ça ne fait pas de doute. D'autres m'ont paru très gentils. Ils semblent plus cordiaux que les Hommes des Bois ordinaires. Plus grands, plus forts, vivant plus longtemps. Il y a un homme qui est probablement leur gardien ; on aurait dit un des techniciens du labo. Il dirige l'endroit où ils vivent exactement comme une clinique, contrôlant leur régime, les dyalisant, réglant leur température corporelle. Juste comme nous. Demande à Porphyre. Il t'en parlera.

Nous avancions lentement au milieu des derniers berceaux de l'imposante pièce. Sans raison apparente, ma sœur partit d'un petit rire comique.

— Ça t'a plu d'être roi ?

— Un reproducteur, oui. C'est tout ce qu'on est, en fait.

— Et ta compagne, elle t'a plu ? insista-t-elle avec un sourire entendu.

— Je t'en parlerai un jour.

Nous gardâmes un instant le silence, puis soudain, sans avertissement, nous partîmes d'un fou rire violent, mais bienfaisant.

Le bruit attira le petit homme basané que j'avais vu la veille et que je croyais être un aide-soignant. Il parut tout d'abord alarmé par le tapage que nous faisions ; mais notre hilarité le gagnant, ses grands yeux tristes se mirent à pétiller.

Il ne ressemblait à aucune des personnes que j'avais vues jusqu'ici à Frazé. Il me faisait penser à un joueur d'orgue de barbarie napolitain que, longtemps auparavant, j'avais admiré dans un livre de gravures anciennes — y compris le chapeau cabossé et la moustache en guidon de bicyclette. Je me souviens encore du chapeau planté crânement sur le côté de sa tête, et du petit singe qui, un bonnet de groom attaché sous le menton, s'était juché sur son épaule. La légende racontait comment, au bout de sa corde, le singe dansait sur la musique asthmatique de l'orgue et allait récolter les pièces dans la foule à l'aide d'une vieille sébille d'étain cabossée.

Aussi risible que parût le vieux joueur d'orgue de barbarie de l'antique gravure, il avait quelque chose d'étrange, d'inquiétant, de vaguement sinistre et qui mettait mal à l'aise.

– D'après toi, où est parti Oncle Toby ? me demanda Sofi pendant que nous rassemblions les couches sales.

– Il doit déjà se trouver à l'autre bout du monde !

– Avec son Corse ?

– Etant donné ce qu'ils savent de Jones, de l'Institut et d'eux-mêmes, j'imagine qu'ils ne vont plus se quitter d'une semelle à partir de maintenant… (L'idée de cette étrange alliance nous fit sourire.) Je suis tout de même surpris…

– Qu'ils aient fichu le camp ?

– Ça, il fallait s'y attendre. Non, ce qui m'étonne, c'est qu'Oncle Toby ne t'ait pas emmenée avec lui.

Sofi eut l'air irrité.

– Il m'a demandé de venir, mais j'ai refusé.

Sans doute vit-elle une lueur de doute dans mon regard, car elle ajouta précipitamment « A cause d'eux », montrant les bébés d'un geste de la main et m'adressant un coup d'œil furieux.

– Il s'apprêtait à les laisser ici ? A les laisser mourir ?

– Pourquoi pas ? répondit-elle d'un ton calme. Comme pour toutes ces pauvres bêtes de l'animalerie. Ils ne signifient rien pour lui.

– Tu as donc décidé de rester pour t'en occuper…

– Il fallait bien que quelqu'un le fasse. Heureusement, le vieux monsieur italien a lui aussi décidé de rester. Passe-moi ce tas de linge sale, veux-tu ?

Au moment où nous atteignions les portes battantes à vitres dépolies, je pris Sofi par le bras et la regardai droit dans les yeux.

– A quoi je ressemble ? (Elle eut une geste de

surprise.) De quoi ai-je l'air ? insistai-je, d'un ton exigeant. Dis-le-moi. Comment me décrirais-tu ?

Elle resta bouche bée et recula légèrement, comme si j'étais un peu dérangé. Puis, soudain, je vis dans son regard que quelque chose lui revenait en mémoire.

– Oh, ça ? dit-elle en éclatant de rire. Tu as une mémoire d'éléphant, Johnnie. C'était il y a une éternité.

– Peut-être, mais je peux t'affirmer que je ne l'ai pas oublié.

Elle rit encore un peu, puis redevint brusquement sérieuse.

– J'ai été blessante, n'est-ce pas ?

– Tu excellais à ce genre de petit jeu.

Je compris à son expression qu'elle revoyait notre passé.

– Oui, c'est vrai, dit-elle en m'adressant un sourire entendu. Oh, allez, je ne t'ai tout de même pas traumatisé à cc point !...(Elle dut se rendre compte que je prenais cette conversation au sérieux, car elle n'insista pas.) Tu ne plaisantes pas, n'est-ce pas ? Voyons voir ça...

Elle me prit soudain le menton et fit bouger ma tête d'un côté et de l'autre.

– Pas si mal, au fond, reprit-elle. Ce n'est pas la figure d'une star, mais tu as une belle tête. L'air ouvert et bon. L'âge t'a amélioré. Presque beau gosse. Alors, ça te va ?

Un bébé se mit à pleurer au moment où nous allions sortir. Il était inutile de revenir : déjà, le vieux monsieur italien était auprès du berceau et se penchait sur l'enfant.

Et, tandis que nous nous éloignions en silence dans le couloir vide sur lequel donnaient une multitude de pièces, toutes dévastées, j'entendis la vieille berceuse toscane nous poursuivre, de plus en plus ténue, s'essayant à rendre à tous mes frères et sœurs perdus le doux sommeil sans nuage de l'enfance.

– Nous nous trouvons, j'en ai bien peur, entre Charybde et Scylla.

Nous étions réunis dans le bureau d'Oncle Toby, un peu plus tard cet après-midi-là. Le ton d'ordinaire si mesuré du colonel Porphyre s'était un peu précipité ; il parlait depuis quelques minutes, essayant de nous rassurer tout en nous faisant une évaluation réaliste de la situation et des graves dangers que nous courions.

— Mais c'est simplement temporaire, objectai-je. Dès que les lignes seront réparées...

— Est-ce que ce sont les Hommes des Bois qui les ont coupées ? demanda Letitia.

— On le dirait bien, lui répondit Cornie.

— Dan ce cas, la coupure ne doit pas être bien loin, fit remarquer Mme Lobkova.

Porphyre porta une allumette enflammée à l'un de ses petits cigarillos.

— A l'heure actuelle, plusieurs de mes hommes tentent de la localiser.

Il lut l'inquiétude dans nos regards et ajouta, apparemment toujours aussi serein :

— Je suis prêt à parier qu'en ce moment-même les secours se mettent en route.

— Et les autres ? Ceux qui se sont enfuis, voulut savoir Letitia.

— Ils sont encore certainement dans la forêt, dit Cornie. La côte est à environ cent cinquante kilomètres d'ici ; ils n'ont aucune chance de l'atteindre avant demain.

— Faire ce trajet, avec tout ce qu'ils ont pillé sur le dos, ça ne doit pas être facile, ajoutai-je. En plus, le mauvais temps n'a pas dû arranger les choses.

— S'ils ne se perdent pas en chemin, les Hommes des Bois les auront, de toute façon, ironisa Ogden.

Porphyre parut vouloir intervenir, mais ne dit rien ; il avait l'air troublé.

— Et nous ne savons toujours rien du meurtre de Jones, dit Sofi, changeant habilement de sujet.

Elle regarda le colonel, comme pour lui demander des explications, mais celui-ci hocha la tête, ce qui ne nous avança guère.

— Ai-je bien compris ? poursuivit Sofi, d'un ton plus

précipité. Vous ne pensez tout de même pas que mon oncle et Signor Parelli...

— ... ont tué votre père ? fit le colonel Porphyre en retrouvant son ton courtois, comme si parler du meurtre lui rendait courage. Non, pas directement. Mais tout indique que Tobias Jones et Signor Parelli étaient fortement impliqués dans un complot visant à tuer Orville Jones. Cela dit, l'assassin, celui qui a réellement tué votre père, est actuellement assis dans cette pièce, parmi nous...

En dépit de nos objurgations, Porphyre refusa de s'expliquer davantage.

Leander mourut dans la nuit. Calmement, sans la moindre manifestation, aussi sereinement que peut se passer ce genre de choses.

Peu après minuit, j'avais été réveillé par une main qui me secouait. J'ouvris les yeux et vis Mme Lobkova, volumineuse dans sa robe de chambre de flanelle, qui me regardait, tenant une bougie vacillante à la main.

— Viens, dit-elle, si tu veux faire tes adieux à ton frère.

Lorsque nous arrivâmes, Cassie se trouvait déjà auprès de lui, lui tenant la main, l'air d'être assise là depuis un bon moment. A notre entrée, elle ne leva pas les yeux, mais les garda rivés sur Leander. Penchée en avant, elle semblait attendre un signe, un changement dans le cours des événements, mais pas nécessairement une amélioration.

Cornie arriva peu après, suivi de Letitia et de Sofi, qui n'avait pas encore fini de nouer sa robe.

Manifestement irrité d'avoir été réveillé, Ogden fit une entrée pleine de morgue, mais son visage se décomposa dès qu'il vit son frère à l'agonie.

Il était difficile de faire concorder cette chose froide, inerte, au teint cireux, immobile sous sa couverture légère, avec la personne pleine de vie, drôle et généreuse qu'avait toujours été Leander à mes yeux. Il ne râlait plus, et il n'y avait plus dans son regard le reflet affolé et terrifié des horreurs qu'il avait dû vivre récemment. Le visage qu'on lui voyait maintenant au creux de l'oreiller était calme et apaisé. On aurait dit quelqu'un qui, après avoir gravi laborieusement une longue et forte côte, arrive au sommet et s'assoit à l'ombre d'un arbre pour prendre un repos bien mérité.

Sofi essaya de jouer son rôle d'orgueilleuse indifférente aussi longtemps qu'elle le put ; mais lorsque, poussant un faible soupir, Leander tourna légèrement la tête et passa, son masque s'écroula.

Seule Cassie, la plus jeune d'entre nous, semblait n'avoir rien remarqué. Elle continua à lui tenir la main sans bouger, paraissant attendre de voir les yeux de son frère s'ouvrir au milieu de ce masque de cire : tout se passait comme si elle ne doutait pas qu'à un moment ou un autre il finirait par le faire.

Lorsqu'il fut manifeste que Leander était mort, Mme Lobkova sortit de l'ombre et vint s'agenouiller lourdement à côté du lit ; elle me donna l'impression de prier. En tout cas, elle avait adopté la position que prennent les gens dans le chagrin lorsqu'ils s'adressent à leur dieu. C'était la première fois que je voyais quelqu'un prier. Aucun de nous n'avait connu le réconfort de la prière et de la foi, et nous n'avions que des connaissances très limitées en matière de religion. Jamais on ne nous avait encouragés à prier, et le spectacle de l'un de nos maîtres absorbé dans cette activité nous fut comme un grand choc. J'ignorais tout du dieu auquel Wanda Lobkova s'adressait, mais elle avait les larmes aux yeux. D'une manière que je ne saurais expliquer, je lui enviais son chagrin, car, lorsqu'elle eut terminé et se remit laborieusement debout, elle paraissait en être quitte.

Depuis tant d'années que Leander est mort, je n'ai toujours pas fait mon deuil de sa disparition ; je le pleure encore aujourd'hui. Je n'ai pas trouvé le moyen d'exorciser mon chagrin.

Porphyre était resté à l'extérieur de la pièce pendant tout ce temps. Avec son sens des bonnes manières très vieille Europe, il se tenait à distance respectueuse d'un événement qui, à ses yeux, ne concernait sans doute que la famille immédiate.

Il nous attendait dans le hall lorsque nous nous y retrouvâmes, ne sachant trop que faire. Il paraissait inquiet et pressé. Lorsqu'il nous parla, ce fut à voix basse, presque en murmurant. Après nous avoir présenté ses condoléances, il nous demanda si nous n'aurions pas entendu du bruit par les fenêtres, au cours de la nuit, ou vu des torches circuler autour du château. Avions-nous remarqué quoi que ce soit d'extraordinaire tout de suite après le dîner, lorsque nous nous étions dispersés pour regagner nos chambres ?

— Où voulez-vous en venir ? voulut savoir Ogden.

Le colonel hésita.

— Je ne voudrais pas vous alarmer, commença-t-il, manifestant une certaine tension en dépit de ses manières affables. Ni vous induire en erreur. Certains de mes hommes signalent des mouvements, des « formes noires », selon leur description, qui auraient pris position autour du château. Bien entendu, il est difficile de distinguer quoi que ce soit dans l'obscurité et avec ce brouillard, et ils ont peut-être été victimes de leur imagination... (Letitia poussa un petit gémissement.) Nous nous sommes délibérément abstenus de tirer pour économiser nos munitions, poursuivit Porphyre, mais, dès que l'un d'eux tentera de pénétrer dans le château, nous ouvrirons le feu.

Il nous regarda pour voir si nous avions bien compris ce que cela signifiait.

— Et le téléphone ? demandai-je, sans trop y croire.

— Toujours pareil. Mais nous avons réussi à localiser l'emplacement de la coupure. Malheureusement, les Hommes des Bois occupent l'endroit en force pour s'assurer qu'on ne viendra pas la réparer. Mes hommes ont eu toutes les peines du monde à revenir ici en traversant leurs lignes.

Nous enterrâmes Leander dans une des caves du château ; cernés par les Hommes des Bois comme nous l'étions, il n'était pas question de transporter son corps jusqu'à la tourbière qui avait jadis servi de cimetière aux Indiens et, depuis, à la famille Jones. Quant à la dépouille mortelle de Jones lui-même, nous ne connaîtrions probablement jamais son sort.

Magnus, qui nous surprenait constamment par son savoir-faire dans les domaines les plus divers, fabriqua un cercueil avec de vieilles planches de cèdre entreposées dans l'une des caves avant l'installation du chauffage central.

J'aidai Mme Lobkova à préparer Leander. Nous lavâmes ses membres émaciés et fragiles, et frottâmes sa peau d'une huile balsamique parfumée au pin. Puis nous l'enroulâmes dans un suaire et le plaçâmes dans le cercueil ; en le voyant vide, je l'aurais cru beaucoup trop petit, mais Magnus ne s'était pas trompé – et il convenait très bien. Une fois le couvercle refermé, nous eûmes l'impression d'avoir mis dedans le cadavre d'un enfant.

Le cercueil enfin prêt, nous le transportâmes jusque dans la cave ; le cérémonial avait quelque chose d'étrange et de curieusement familier, comme si nous y avions déjà procédé de nombreuses fois.

Nous creusâmes un trou peu profond dans la terre grise et friable, et y descendîmes le cercueil au moyen de cordes. Ensuite, nous nous tînmes en cercle, nerveux, oscillant d'un pied sur l'autre, pendant que Porphyre nous lisait une brève homélie tirée de la Bible qu'il avait emportée avec lui.

Il prit le sermon dans l'un des quatre Evangiles. Le passage parlait de l'affection particulière que la divinité éprouve pour les enfants et du destin terrible qui attend ceux qui ont la folie de leur faire du mal.

Nous écoutâmes poliment – en d'autres circonstances, cela nous aurait amusés – sans très bien savoir, à la fin, ce que nous avions entendu et pourquoi.

Avant de quitter la cave, Porphyre demanda à inspecter la salle fortifiée, « juste pour savoir comment elle est disposée ».

Vers la fin de l'après-midi, le ciel s'assombrit et le brouillard devint plus épais. Il vint peser de tout son poids contre les vitres, déroulant ses tentacules impalpables comme quelque chose de vivant. L'espoir d'une éclaircie s'amenuisait.

Nous avions renoncé au cérémonial du repas; les cuisiniers partis et les réserves disparaissant, c'était du chacun pour soi. Nous mangions dans la cuisine, chacun à une heure différente, debout, prêts à repartir pour remplir la tâche qui nous avait été assignée.

On ne voyait que rarement Sofi. Elle passait le plus clair de son temps à s'occuper des enfants de la nursery et des animaux, au dernier étage. Mme Lobkova partageait le sien entre l'aide qu'elle apportait à Sofi et les soins qu'elle prodiguait à Cassie qui, depuis la mort de Leander, devenait de plus en plus apathique.

Ogden et moi prîmes des tours de garde pour remplacer les hommes de Porphyre. Nous nous familiarisâmes avec les armes à feu et jouâmes les sentinelles, de jour comme de nuit, tendant l'oreille à tout bruit suspect avec l'espoir d'entendre un avion ou un hélicoptère décrire des cercles au-dessus du château. Mais rien de tel ne se produisit. Seuls nous parvenaient les coups sourds des haches des Hommes des Bois, et le bruit de la pluie et du vent dans la forêt toute proche.

Le château commençait à se refroidir. Sans combustible, la chaudière s'était arrêtée, et nous allumâmes un feu dans la cheminée du bureau d'Oncle Toby, nous rassemblant autour pour sa chaleur et le sentiment de sécurité que l'on éprouvait à se retrouver ensemble.

A un moment donné, au cours de ces heures d'ennui, Mme Lobkova devint nostalgique. Elle se mit à parler du passé, de l'Institut et des idéaux qui l'animaient. Avant que l'argent ne prenne autant d'importance.

— Pour Jones? voulut savoir Lettie.

— Non, jamais pour lui, répondit Wanda avec un claquement de langue. Pour votre oncle et Parelli. Jones n'a jamais eu la maladie de l'argent.

— Vous le connaissiez bien, n'est-ce pas? demandai-je.

— C'est ce que je croyais, mais je commence à me

dire que je ne le connaissais pas tant que ça, au fond, dit-elle en haussant les épaules. Demandez au colonel. Il a fouillé dans les papiers de votre père, la semaine dernière. A l'heure actuelle, il en sait probablement davantage sur lui que n'importe qui ici.

— Je serais curieuse de savoir ce que vous avez appris, dit Sofi en se tournant vers lui avec un sérieux qui me surprit.

Je crus, un instant, qu'il n'avait pas entendu la question. Ses yeux suivaient les ombres qui s'agitaient sur le mur. Quand il les reporta sur nous, il paraissait manifestement mal à l'aise.

— Par où voulez-vous que je commence ? demanda-t-il d'une voix fatiguée. Je connais à peu près toute l'histoire par cœur ; je compte sur vous pour remplir les cases encore vides.

— Dans ce cas, dit Mme Lobkova, qui tenait Cassie blottie sur ses genoux, à vous de choisir, et nous verrons si nous pouvons vous aider...

Porphyre réfléchit quelques instants, mais, s'il avait eu des réserves à parler, il ne s'y arrêta pas longtemps.

— Je vais donc commencer par le commencement...

Il se lança alors dans un long catalogue biographique, énumérant des faits tout secs, des informations apparemment anodines et qui laissaient à peu près complètement dans l'ombre ce qu'avait été la réalité de cette vie pourtant remarquable.

Il ne fit aucun effort pour rendre son récit plus passionnant, se contentant de tout égrener sur le ton neutre et prosaïque qui le caractérisait.

Par moments, il s'interrompait et paraissait regarder quelque point lointain, comme s'il suivait le déroulement d'un drame qu'il était seul à percevoir. Lorsqu'il en arriva aux expérimentations de Jones, à l'institut Humanus et au Dr Fabian, son ton se fit plus froid et réservé. De temps en temps, il s'arrêtait pour allumer un de ses cigarillos et inhalait profondément avant de reprendre.

— Afin de poursuivre son œuvre, votre père fit l'acquisition d'une entreprise de chimie, l'institut

Humanus ; elle était assez grande pour employer des chercheurs de premier plan, mais suffisamment modeste pour ne pas faire d'ombre aux géants de l'industrie pharmaceutique. A ce stade, il ressentit le besoin d'enrôler un spécialiste de tout premier plan dans le domaine encore mystérieux et presque vierge, à l'époque, de la microbiologie... quelqu'un qui aurait été aussi capable d'organiser et de superviser un programme de recherches d'une haute complexité et dont les coûts se chiffraient en milliards. C'étaient ces deux talents que possédait le Dr Fabian.

— Fabian... murmurai-je. J'ai déjà entendu prononcer ce nom...

— Vous avez dû plutôt le voir sur les connaissements des caisses qui arrivaient régulièrement au château, me fit observer Porphyre. Le Dr Felix Fabian est un homme qui a des titres impressionnants. C'est un généticien qui s'intéresse surtout aux hormones de croissance et à la recombinaison de l'ADN. C'est aussi un médecin, spécialisé en gériatrie. A beaucoup de points de vue, le complément idéal pour votre père. Il y avait néanmoins certaines ombres dans le passé de ce personnage. D'origine roumaine, né à Jassy, il se disait suisse ; mais son véritable nom est Fabescu. Jeune homme, au cours des premières années de la prétendue « Bonne Guerre », il avait fait partie de la Garde de Fer. Plus tard, lorsque la Wehrmacht eut envahi les Balkans, on reconnut les véritables talents de Fabian et on l'envoya dans les camps de la mort. Il y travailla sur divers projets de recherche médicale, en particulier dans le domaine de la génétique et de l'allongement de l'espérance de vie. Il fallait avoir des cobayes humains et nombre de ces expériences relevaient de la pure barbarie. Le Dr Fabian a toujours nié avoir participé à ces programmes et, avec l'aide des services secrets anglais et américains, s'est débrouillé pour faire disparaître toutes les preuves de son implication.

« Dans ses notes, votre père est très clair à son sujet ; il le méprisait. Pensez au couple étrange qu'ils formaient : un philanthrope concluant, pour des raisons purement pragmatiques, un accord avec un homme impitoyable et amoral, un homme que beaucoup auraient qualifié de monstre sans âme, mais qui se trouvait être également un génie. Il était le meilleur dans son domaine et, pour Jones, le moyen idéal d'atteindre certaines fins. Votre père a donc signé, et n'est jamais revenu sur sa décision.

« Après avoir dépensé plusieurs milliards de dollars et consacré une douzaine d'années à des expériences exhaustives de laboratoire, Jones et Fabian eurent accumulé assez d'informations pour conclure qu'ils étaient en possession d'une substance et d'une procédure qui non seulement permettaient de régénérer les cellules humaines, mais étaient capables de ralentir dans de surprenantes proportions le phénomène du vieillissement humain.

— Mais vous avez dit..., commença Letitia, prise au dépourvu.

— Laisse-le finir, mon enfant, la gronda Mme Lobkova. Il s'expliquera le moment venu et à sa manière.

— Nous n'allons peut-être pas avoir beaucoup de temps, fit remarquer Ogden à voix basse, tourné vers les fenêtres de la bibliothèque au-delà desquelles on entendait distinctement le tintement métallique des haches des Hommes des Bois.

— Continuez, dis-je impatiemment. Et ensuite ?

Porphyre plissa les paupières, réfléchit, et reprit la parole :

— Comme j'étais sur le point de le dire, le but de votre père, à savoir obtenir une espérance de vie moyenne d'environ cent cinquante ans, devait être atteint en cette décennie. Ils avaient déjà réussi à doubler la vie de petits rongeurs en laboratoire, et étaient en bonne voie pour en faire autant avec des chimpanzés et des chiens. Calculées par ordinateurs, les estimations les plus prudentes donnaient, pour la décennie suivante, une espérance de vie de deux cents ans pour les êtres humains.

« Lorsque le Dr Fabian l'informa qu'on ne pouvait pas aller raisonnablement plus loin en utilisant les animaux de laboratoire, Jones décida de poursuivre les recherches en utilisant le TRX5 sur les humains ; cette étape, l'avertit le Dr Fabian, était fort risquée. Votre père n'hésita jamais. Il se porta même volontaire pour être le premier cobaye. Il y fallait un certain courage, mais l'idée de s'exposer soi-même devait avoir beaucoup d'attraits pour un homme de la trempe de votre père.

« Votre Oncle Toby lui emboîta rapidement le pas, reprit Porphyre en se tournant vers la droite, et vous fûtes la suivante, madame Lobkova.

Elle acquiesça :

— J'ai pris du TRX5 pendant un certain nombre d'années, puis j'ai arrêté.

— Puis-je vous demander pourquoi ?

— Disons... pour des raisons philosophiques et n'en parlons plus, répondit Wanda, un peu agacée.

Le colonel ne put retenir un sourire en coin.

— Signor Parelli, reprit-il, fut le quatrième, suivi par le Dr Fabian qui, si vous me permettez cette pointe de cynisme, avait jugé préférable d'attendre de disposer de suffisamment d'essais cliniques pour avoir la certitude qu'à long terme le TRX5 n'avait aucun effet néfaste sur la santé.

« Tout ceci se passa au cours des deux ou trois décennies qui suivirent la Bonne Guerre. Ayant beaucoup moins besoin d'animaux de laboratoire et de bien davantage de tissus humains, il devint clair pour l'institut Humanus que, s'ils devaient poursuivre leurs travaux, il allait falloir disposer d'une source régulière et constamment disponible de sujets humains.

— Et c'est là que nous entrons en scène, dit Sofi d'une voix qui était presque un murmure. Les cobayes, c'est nous...

Porphyre fronça les sourcils. Le choix de ces mots le gênait manifestement.

— Je ne vais pas vous laisser dire n'importe quoi sur votre père, protesta Mme Lobkova. Il est sorti beaucoup de bonnes choses de son travail. Les générations à venir en tireront de grands bénéfices.

Porphyre s'éclaircit la gorge.

— Je n'en doute pas, dit-il d'un ton qui démentait plus ou moins ses paroles. Bref, Jones avait maintenant pour tâche de fournir un flux régulier de sujets humains destinés à ces expérimentations.

— Je ne sais pas trop si j'ai envie d'entendre la suite, l'interrompit Letitia, qui se leva et battit en retraite dans la pénombre.

— Même si tu n'en as pas envie, je pense que c'est important, Lettie, dit Mme Lobkova. On a pris certaines libertés avec ton corps, sans jamais te consulter. Je pense qu'il vaudrait mieux savoir ce qu'il en a été, au juste.

— Moi, je veux savoir, dis-je doucement, redoutant l'horreur des révélations à venir. Cela a bien un rapport avec ce qui est arrivé à Leander, n'est-ce pas ? Et avec tous ceux que j'ai vus parqués comme du bétail dans cet endroit immonde, avec les Hommes des Bois.

— Quels autres ? Quel endroit immonde ? demanda Ogden qui s'était tourné vers Porphyre. De quoi parle-t-il ?

Mme Lobkova et le colonel échangèrent un regard.

— M. Jonathan fait allusion aux installations sises à proximité du village des Hommes des Bois, expliqua Porphyre. Il semble que beaucoup de ces frères et sœurs dont on vous disait qu'ils avaient été choisis par votre père pour ses bonnes œuvres n'aient en réalité jamais quitté la région. Après des années d'observations méticuleuses, on les expédiait directement dans le camp des Hommes des Bois pour y subir la phase suivante de l'expérimentation.

Il y eut une protestation générale. Lettie porta les mains à ses oreilles.

— C'est démentiel ! s'écria Ogden, furieux. Croyez-vous pouvoir nous faire avaler cela ?

— Oui... parce que c'est vrai, dit Cornie. Je peux te le garantir. J'étais l'agent de liaison de notre père auprès des Hommes des Bois. J'ai honte d'évoquer le rôle que j'ai joué dans ce plan, mais il le faut.

Nous le regardâmes, attendant ce qui allait suivre.

Nous redoutions ce qu'il allait dire, mais voulions connaître les horreurs qui, tel un torrent, dévalaient sur nous.

Je crois que je fus le premier à reprendre la parole.

— Et le but que poursuivait Jones en croisant ses enfants avec les Hommes des Bois...

— ... était tout simplement de partir d'une lignée génétique dégénérée et de voir dans quelle mesure elle pouvait être améliorée, poursuivit le colonel. Tout cela a dû commencer, si je ne me trompe, dans les années 1970... veuillez m'aider avec la chronologie, s'il vous plaît, Mme Lobkova.

— C'est bien ça, en gros, répondit Wanda. Il y a environ un siècle.

Porphyre acquiesça.

— A cette époque, Jones était un homme au sommet de ses capacités, tant physiques qu'intellectuelles. Supérieur sur tous les plans. Etant donné que ce projet devait être conduit dans le plus grand secret, il fut donc décidé qu'il serait lui-même le géniteur de la portée d'animaux de laboratoire.

Il regretta immédiatement cet écart de langage. A son crédit, je dois dire que le colonel ne chercha pas à se rétracter ou à atténuer ce que le mot avait d'horrible.

— Idéalement, continua-t-il, il aurait fallu avoir un père et une mère communs afin de disposer d'une source génétique relativement homogène. Un groupe *congénétique*, tel est, si j'ai bien compris, le terme employé par Jones dans son journal. Le père ne posait pas de problème, tant que Jones restait fertile. Mais aucune femme, aussi parfaite qu'elle fût sur le plan génétique, ne pouvait mettre au monde le grand nombre de sujets humains nécessaires pour mener à terme, et sur tant d'années, une entreprise aussi démesurée. La seule solution était d'accepter le principe de mères multiples...

— ... mais ne présentant que des variations génétiques limitées par rapport au modèle recherché, dit Mme Lobkova. La sélection des mères potentielles ne s'est nullement faite au hasard. La composition chromatique de chaque mère porteuse était fondamentale. Le passé médical était également important ; on passait au crible chacune des candidates, non seulement pour connaître les maladies familiales, mais pour voir s'il n'y avait pas là des cas de longévité, point considéré comme essentiel.

Porphyre nous regarda tristement.

— Si vous préférez, la suite peut attendre un peu...

— Non, protestai-je. Continuez. Je veux tout savoir.

— Moi aussi, dit Sofi.

— A quoi ça nous sert d'apprendre tout ça maintenant ? geignit Letitia.

— A quoi ça vous sert ? lui répondit Mme Lobkova. A connaître la vérité. Il est vital que vous sachiez et que vous compreniez ce qui vous a été infligé.

— Et ce... cette expérience, déclara Sofi comme si le mot lui salissait la bouche, ce projet, appelez-le comme vous voulez... C'est pour ça qu'on nous poussait à...

— En effet, acquiesça Porphyre en hochant gravement la tête. On vous encourageait à « cohabiter ». Pour deux raisons. Tout d'abord parce qu'on pensait qu'à partir d'un certain âge c'était là un bon moyen de laisser s'exprimer un désir sexuel normal. Ensuite parce que, comme vous le savez, votre père et le Dr Fabian considéraient qu'il était crucial, en fonction de leur théorie, que leurs sujets de laboratoire soient isolés et à l'abri de toute forme de contamination extérieure. Il n'aurait servi à rien de produire un stock génétique de qualité supérieure pour le dégrader aussitôt en le mêlant à un autre de qualité moindre. Le but poursuivi était donc l'isolement, aussi bien culturel que social et environnemental. C'est pour cette raison que votre père a choisi cet endroit perdu ; c'est pour cette raison que vous demeurez dans une maison... un château, une forteresse, si vous voulez... aux fenêtres scellées. C'est encore pour cette raison que vous respirez un air filtré et que vous ne consommez que la nourriture produite sur place. C'est enfin pour cette raison que tous ceux qui viennent travailler ici, personnel du laboratoire ou domestiques, doivent subir une longue période de quarantaine avant d'être admis au château. De ce point de vue, il faut reconnaître que votre père n'a cherché qu'à créer les conditions qu'il considérait comme les meilleures pour vous.

— Après quoi, il nous refilait aux Hommes des Bois comme géniteurs et animaux d'expérience pour ses théories, marmonna Ogden d'un ton amer.

Porphyre secoua la tête, l'air fatigué.

— C'est l'aspect le plus critiquable de ses travaux, aspect avec lequel il vous faudra vous réconcilier si vous voulez faire quelque chose de votre vie.

— Mais les Hommes des Bois... balbutia Letitia d'une voix qui s'étranglait. Je ne comprends toujours pas... Pourquoi ces abominables créatures ?

— Précisément parce qu'elles étaient abominables, lui répondit le colonel. Il s'agit d'une population dégénérée vivant dans les immondices et la crasse la plus abjecte. Un facteur clef à prendre en considération est leur courte espérance de vie. Jusqu'ici, elle ne dépassait guère trente ans. Votre père possédait quelque chose qu'ils désiraient — la longévité —, et eux possédaient quelque chose qui l'intéressait. Il leur offrit la possibilité de surmonter nombre de leurs limitations physiques, afin d'acquérir une meilleure qualité de vie et une existence plus longue. Il leur demandait en échange le droit de se servir de leur population comme d'une sorte de laboratoire social pour ses expériences. Un terrain fertile dans lequel introduire son propre stock génétiquement amélioré. Autrement dit, un droit de reproduction.

« Votre père avait cette partie du pacte en horreur. Mais le Dr Fabian l'avait convaincu que c'était la dernière étape permettant de confirmer leurs découvertes dans des conditions strictement contrôlées ; et dans cette affaire, c'est Fabian qui l'a emporté.

« Votre frère Cornelius se vit donner par votre père le rôle d'agent de liaison entre Frazé et les Hommes des Bois. Il eut à remplir la détestable tâche de livrer chaque année un stock de reproducteurs et de veiller que ceux-ci ne soient pas martyrisés. Ils n'avaient qu'une seule chose à faire : une copulation quotidienne avec un partenaire chevrier. Puis, à la fin de l'année, jugés contaminés par ces contacts intimes et prolongés avec les Hommes des Bois, il leur était interdit de retourner à Frazé et on les faisait donc disparaître. Sur quoi, un nouvel étalon était désigné par le château et le cycle recommençait.

— Mais pourquoi les tuer ? demanda Sofi. Ne suffisait-il pas de les envoyer ailleurs ?

— Cela paraît en effet une solution bien définitive, lui concéda Porphyre. Mais, dans la religion des Hommes des Bois, tout cela cadrait impeccablement. Les Hommes des Bois sont animistes ; pour eux, il y a des dieux partout. Dans les arbres, dans les rochers, dans les rivières. Ils considéraient Jones comme une sorte de divinité de la fertilité. Il était celui qui leur apportait une vie plus longue et l'abondance. Ils adoraient d'énormes effigies de lui et apposaient son initiale sur tous les bâtiments et la moindre hutte de leur village.

« En tant que descendants de Jones, vos frères et sœurs passaient également pour des êtres d'essence divine. Dans la religion des Hommes des Bois, les reproducteurs avaient le titre de Roi des Bois ; mais leur folklore ne leur donne qu'une durée de vie d'un an. La naissance du roi a lieu aux alentours de l'époque de la Pentecôte du calendrier chrétien ; convoqué par un chaman, le nouveau roi quitte le royaume des morts et gagne la terre des vivants sur un vaisseau, lequel présente la forme d'un cercueil. La naissance du nouveau roi a lieu au moment où celui-ci sort de son cercueil. Une partie de la cérémonie exige qu'il consomme quelques fragments des organes vitaux de son prédécesseur, notamment du foie et du cœur, afin de s'approprier ainsi les qualités du roi mort.

— C'est pourquoi ils nous ont attaqués lorsque nous avons voulu aller au cimetière indien..., dit Sofi d'une voix qui se brisa.

— En effet, nous confirma Porphyre. Etant donné qu'ils croyaient que Jones était leur roi suprême, ils avaient l'impression d'avoir le droit de disposer de sa dépouille mortelle. Ou, plus précisément, de ses organes vitaux. Je suis sûr que M. Jonathan aurait des précisions à nous apporter sur ce point...

J'étais beaucoup trop bouleversé pour répondre, mais l'expression de mon visage devait en dire long sur le souvenir que j'avais conservé de l'événement.

Le colonel eut un regard fatigué pour Mme Lobkova, puis reprit en ces termes :

— Il y avait en fait une deuxième raison, plus pratique celle-là, pour détruire le roi au bout d'une année. D'un point de vue strictement scientifique, il était crucial de contrôler les effets à long terme du TRX5 sur les organes vitaux des sujets. Le système vasculaire, de ce point de vue, était particulièrement important au niveau des artères coronaires ; en outre, on procédait à des études de sérologie, et les tissus étaient analysés et classés cytologiquement. On ne pouvait procéder aux examens post-mortem qu'à l'institut Humanus, seul endroit disposant du matériel ultra-moderne pour cela. Votre frère Cornelius était chargé de la terrible corvée de recueillir les restes de vos frères et sœurs et de les envoyer à Genève...

On ne pouvait qu'admirer Porphyre pour le calme et la manière dépassionnée dont il nous révélait ces épouvantables détails. Il était cohérent, concis et néanmoins plein de tact si l'on considère les circonstances dans lesquelles il devait nous les présenter.

— Mais... toutes ces personnes que Johnnie a vues là-bas ? demanda Letitia en se tordant les mains.

— Celles enfermées dans le blockhaus ?

— Oui... si j'ai bien compris, c'étaient des sous-produits de l'expérience ?

— En effet, répondit Porphyre. Les rejetons d'innombrables unions entre vos frères et sœurs et les Hommes des Bois.

Ogden enfouit son visage dans ses mains.

Porphyre le regarda, une expression triste dans le regard, et continua :

— Ce sont trois générations endogamiques que votre frère à vues là-bas. Tous ceux qui présentaient des défauts étaient repérés et éliminés. Ceux qui restent représentent la nouvelle race améliorée imaginée par votre père. Ils devaient être intégrés à la communauté des Hommes des Bois et, après un certain nombre de croisements endogamiques, faire disparaître toutes les caractéristiques indésirables au profit des meilleures...

Sa voix mourut et il me regarda. Je ne savais qu'ajouter, n'arrivant à penser qu'à tous ces regards vides et morts, de l'autre côté des barbelés.

— Et qu'est-ce qui va se passer, maintenant? demanda Sofi d'une voix presque imperceptible.

Porphyre parcourut des yeux la salle, le plafond, les rayons de la bibliothèque.

— Vous voulez dire ici ? Ce qui va nous arriver ? (Elle hocha affirmativement la tête.) Les termes du contrat ont été rompus, à l'heure actuelle. La présence de M. Jonathan ici même est une violation du pacte. Les Hommes des Bois savent qu'il se trouve au château et vont venir faire prévaloir leurs droits et récupérer leur roi. M. Jonathan est le prochain Jones.

J'eus l'impression d'entendre le glas annonçant ma mort. Je n'ai pas oublié les regards, presque accusateurs, qui se tournèrent vers moi à la lumière vacillante du feu de bois qui brûlait dans la cheminée. J'étais à l'origine de tous les dangers que nous courions.

Je ne connaissais Porphyre que depuis peu de temps, mais il s'était toujours montré bon et plein de tact. Sa dernière remarque, cependant, aussi vraie qu'elle fût, ne contribua qu'à m'isoler davantage, qu'à me couper de tous les autres. Le message terrifiant que je lus dans les yeux d'Ogden n'était que trop clair. A ce moment-là, il était tout à fait prêt à me rendre aux Hommes des Bois, en échange d'un sauf-conduit lui permettant de quitter l'île. Je n'aurais pu dire que je lui en voulais.

Mon tour de garde, ce soir-là, se terminait à onze heures quarante-cinq. J'avais faim et me rendis donc à la cuisine, où je trouvai Porphyre et quelques-uns de ses hommes attablés autour d'un bol de soupe. Il avait gardé son ciré jaune et ses yeux étaient rouges.

Nous parlâmes brièvement de choses et d'autres et je lui demandai s'il y avait du nouveau. Il savait ce que je voulais dire.

— Pas encore, mais je pense que ça ne va pas tarder.

Il me donna cette réponse sur son ton léger habituel, mais je crus toutefois déceler une note d'inquiétude dans sa voix comme si, lui aussi, il s'étonnait que les gens du continent n'aient pas encore manifesté leur intention de nous aider.

J'allai directement dans ma chambre, me déshabillai et m'effondrai sur le lit. J'étais sur le point de m'endormir lorsque le silence fut rompu brutalement par des coups de feu et des cris suivis d'une série de grands coups sourds que je fus incapable d'identifier. Ils paraissaient provenir des entrailles du château et se transmettre par la charpente.

L'instant suivant, j'entendis un tapage précipité de bottes, dans le couloir.

— Debout ! Tout le monde !

La fusillade et les cris s'intensifièrent ; les coups sourds, qui me faisaient penser à du bois heurtant du bois, se renouvelaient à intervalles réguliers. Si ce n'est qu'ils paraissaient provenir non pas d'une direction, mais de deux.

— En bas ! Tout le monde en bas !

Je passai la tête à la porte au moment où Cornie déboulait à toute vitesse.

— Qu'est-ce qui se passe ? lui criai-je.

— Rassemblement dans le grand hall, tout le monde !

— Mais c'est quoi, ce bruit ?

— Les Hommes des Bois. Ils vont démolir la porte.

Puis il disparut à l'extrémité du corridor.

Le chaos le plus total régnait dans le grand hall. Le colonel distribuait à ceux qui prétendaient savoir s'en servir les quelques fusils et armes de poing qui lui restaient, n'attribuant les munitions qu'avec parcimonie.

J'avais pris le temps d'enfiler une chemise, un pantalon et des bottes, mais sans le confort de chaussettes.

D'autres n'avaient pas eu ce réflexe et arrivèrent à demi habillés, qui en robe, qui en pyjama, avec ce qui avait pu leur tomber sous la main pour compléter leur tenue.

Pendant tout ce temps, le vacarme des béliers ne cessait d'augmenter. Il ne faisait pas de doute qu'ils en utilisaient deux, un de chaque côté du château. Le bruit était effrayant, le tintamarre de l'un paraissant répondre à celui de l'autre, détonations violentes et exultantes comme des coups de canon.

— Tous à l'abri, maintenant ! déclara le colonel Porphyre, dont les manières devenaient plus abruptes.

Boudinée dans sa robe de chambre de flanelle, Mme Lobkova tenait fermement Cassie par un bras ; Letitia, derrière elle, se tordait les mains.

— Combien de temps allons-nous rester en bas ? demanda Sofi.

— Aussi longtemps qu'il sera nécessaire, répliqua Porphyre.

La réponse ne parut pas plaire à ma sœur.

— Je ne peux pas y aller... les enfants !

Cornie et le colonel échangèrent un regard. Porphyre chercha des mots apaisants.

— Nous en prendrons autant que nous pourrons...

— Pas question que j'en abandonne un seul ! (Cornie voulut protester.) Pas un seul ! répéta-t-elle en tapant du pied.

— Mais il n'y a pas la place, lui fit remarquer Cornie. Ni de quoi manger...

— Tu es un idiot ! Tu sais bien que la grotte est vaste et que j'ai tout le lait en poudre nécessaire ! Les fuyards n'ont rien pris dans la nursery.

Finalement, Cornie et le colonel cédèrent. Ce dernier envoya plusieurs de ses hommes avec nous pour commencer à descendre les bébés dans la cave blindée.

Tandis que claquaient les coups de feu et que continuaient les cris, accompagnés du tonnerre impitoyable des béliers, nous escaladâmes puis dévalâmes les escaliers, des bébés hurlants dans les bras. Ils n'étaient que douze, mais il fallut faire plusieurs voyages pour descendre toutes les affaires dont Sofi disait avoir besoin ; au dernier moment, elle ne voulut pas quitter le service, et ne céda qu'à regret lorsque le vieux monsieur italien l'eut assurée qu'il resterait pour prendre soin des animaux encore en vie à l'animalerie. Il n'avait aucune intention de les laisser aux Hommes des Bois, expliqua-t-il. Et il ne craignait pas ce qu'ils pourraient lui faire. Si le château était pris, si aucune aide ne venait, il se sentait capable de les convaincre d'y rester en tant que gardien ; peut-être trouveraient-ils un usage à sa ménagerie, car elle contenait des créatures qu'ils n'avaient jamais vues.

Avec son anglais laborieux et sa gentillesse, il était très convaincant et semblait plus que décidé. Sofi, en pleurs, se laissa finalement entraîner.

Au moment où nous arrivions dans les sous-sols, Magnus et ses hommes y débouchaient d'un tunnel adjacent. L'une des grandes portes d'acier venait de céder et les Hommes des Bois se répandaient déjà dans le château.

33

Lorsque nous atteignîmes la salle souterraine solidement fortifiée par Jones – un vrai bunker, en réalité, profondément enfoui dans les entrailles du château –, un certain nombre des hommes de Porphyre se trouvaient déjà sur place. Arrivés dès le début de l'après-midi, ils avaient empilé les réserves de farine, de sucre, de conserves de viande et de légumes en rangées bien régulières, le long des murs. Cela représentait tout ce que les fuyards avaient laissé derrière eux.

En outre, il y avait des quantités relativement importantes d'aliments lyophilisés, mis de côté depuis longtemps par Jones « juste au cas où ». Porphyre avait sans doute prévu depuis plusieurs jours que le cas allait se présenter et s'y était tranquillement préparé.

A notre grand soulagement, ses hommes avaient également découvert une cache d'armes et de munitions – à peine de quoi organiser une résistance de plus de quelques jours, mais suffisamment, en tout cas, pour créer une illusion de puissance aux yeux des envahisseurs.

On disposait aussi de trois petits poêles et d'une réserve de kérosène ; l'un d'eux était déjà allumé, une bouilloire chuchotant sur la plaque.

Lorsque les bébés eurent pris leur biberon et eurent été recouchés dans leurs berceaux bien alignés, Porphyre nous compta. Entre ses hommes, la famille, les bébés, les quelques membres du personnel restés sur place et les deux Hommes des Bois captifs, nous étions vingt-neuf en tout. Finalement, on referma les puissantes portes blindés et on les scella d'une double barre.

C'est ainsi que nous nous retrouvâmes dans le lieu qui devait être celui de notre ultime résistance. En réalité, nous n'y séjournâmes même pas tout à fait trois jours ; mais, enfermés comme nous l'étions dans cette espèce de casemate souterraine, nous eûmes le sentiment que le temps s'arrêtait.

Jones, pointilleux comme toujours, avait fait bâtir l'abri selon ses propres normes, et on pouvait le considérer comme impénétrable. Pour le moment, au moins, nous étions en sécurité. La seule menace qui planait sur nous était la diminution de nos réserves de nourriture, au cas où le siège se prolongerait. Nous avions pour environ cinq ou six jours de vivres. Si le mauvais temps persistait et qu'aucun secours ne venait, nous aurions quelques choix désagréables à faire. Bien que personne n'osât le dire tout haut, nous savions bien que les périodes de mauvais temps, en ces terres septentrionales, pouvaient se prolonger pendant plusieurs semaines à cette saison.

Quant à l'eau et aux sanitaires, la question était réglée grâce à la présence d'une rivière souterraine au courant rapide. A un mètre environ sous nos pieds, elle coulait du sud au nord, et c'est sans aucun doute l'existence de ce cours d'eau qui avait fait choisir ce site à Jones. Il suffisait de recueillir l'eau dont nous avions besoin pour la cuisine ou la toilette à l'aide de seaux de bois attachés au bout d'une corde. Toilette et évacuation des déchets se faisaient un peu plus bas, en aval. En prévision de tels problèmes, Jones avait fait creuser dans la pierre des passages qui suivaient les méandres de la rivière et de certains de ses tributaires sur une grande distance.

Personne ne savait où débouchait exactement ce cours d'eau souterrain ; il était cependant certain qu'il quittait le périmètre du château pour aller se déverser quelque part dans la forêt. Ce fait était à la foi rassurant et inquiétant. Rassurant, car la présence de ces tunnels permettait un certain renouvellement de notre atmosphère et nous laissait une possibilité d'évasion ; inquiétant, parce que le point de résurgence de la rivière était peut-être connu des Hommes des Bois et que ceux-ci risquaient alors à tout moment de l'emprunter, pour la suivre jusqu'à nous.

Juste un mot sur l'aspect que présentait notre abri souterrain. Le terme « abri » est trompeur ; il s'agissait en fait d'une vaste caverne en partie naturelle, une grotte, en somme, comme l'avait justement dit Sofi. De forme approximativement circulaire, elle présentait une voûte arquée reposant sur des piliers eux aussi naturels, soutenus de solides assises en calcaire. En fait, la pierre était partout. En l'absence de toute ouverture, on éprouvait l'impression claustrophobique de se trouver dans un cachot, impression cependant tempérée par la hauteur sous plafond, les vastes proportions de la salle et le courant d'air régulier venu de la rivière.

Le confort de ses habitants n'était pourtant pas le but principal de l'abri, mais la sécurité, qui se trouvait, elle, pleinement assurée. Si l'on voulait ses aises, on était vite déçu.

L'organisation du couchage était rien moins que rudimentaire, et il ne fallait pas espérer la moindre intimité. Nous dormions tous pêle-mêle, là où nous nous trouvions lorsque nous en éprouvions le besoin. En sus des provisions lyophilisées et des armes à feu, Jones avait sagement prévu des matelas pneumatiques que nous gonflâmes à la bouche, travail qui nous prit un certain temps mais qui en valait la peine, car ils nous isolaient d'un sol de pierre qui semblait suinter perpétuellement.

Les enfants, eux, n'avaient pas ce problème, qui dormaient dans les berceaux dans lesquels on les avait descendus ; Sofi et Mme Lobkova leur prodiguaient tous les soins nécessaires.

Cassie, de plus en plus sombre, se repliait peu à peu sur elle-même. Elle restait assise pendant des heures, les yeux fixés sur le sol, tripotant machinalement un bouton de sa blouse. Difficile de dire à quoi elle pensait dans ces moments-là — très probablement à Leander, s'affligeant à chaque instant un peu plus de sa perte. Il fallait la nourrir à la cuillère, comme une enfant, tâche dont Mme Lobkova s'acquittait avec un zèle presque jaloux.

Il ne leur fallut pas longtemps pour nous trouver. Même le colonel Porphyre fut surpris de leur rapidité à repérer notre cachette après s'être emparés du château. Je crois qu'il avait compté sur le fait qu'elle se dissimulait au fond d'un dédale de galeries pour les retarder. Sans doute avait-il pensé que, ne nous trouvant pas, les chevriers auraient conclu que nous nous étions enfuis, puis seraient repartis.

Ce ne fut malheureusement pas le cas.

Au cours de cette première journée, serrés les uns contre les autres, nous écoutâmes les Hommes des Bois aller et venir. En dépit de l'épaisseur de la pierre, nous entendions au loin leurs piétinements sourds et leurs effrayants jappements, le tintamarre d'objets pesants qu'ils déplaçaient. Mme Lobkova, à un moment donné, put même comprendre l'essentiel d'une conversation qui ne devait pas se dérouler bien loin ; elle eut l'impression que les éleveurs de chèvres étaient convaincus que nous n'avions pas quitté le château, que nous nous cachions quelque part et qu'ils étaient bien déterminés à en finir avec nous. Mon nom, Zon, revint à plusieurs reprises dans cet échange.

Finalement, leurs recherches les rapprochèrent de ces véritables catacombes qu'était le réseau des caves. La malchance voulut qu'un bébé se mît à pleurer au moment où ils patrouillaient dans le secteur du bunker ; le temps de le dire, ses cris se transformèrent en hurlements et, lorsque Sofi, qui l'avait pris dans ses bras, voulut lui mettre la main sur la bouche pour étouffer le bruit, il redoubla d'énergie.

Le vacarme des Hommes des Bois s'arrêta instantanément derrière la porte, laissant la place à des chuchotements sifflants ; nous sûmes que nous venions d'être découverts. Ils firent deux ou trois tentatives pour pousser les battants d'acier, et recommencèrent à plusieurs reprises au cours de la journée tandis que nous attendions, accroupis, nos quelques armes prêtes à faire feu. Pour la nuit, nous prîmes des tours de garde.

Notre énervement ne faisait que croître au fur et à mesure que le temps passait ; nous nous attendions à tout moment à un assaut contre les portes blindées, nous demandant quelle méthode ils comptaient employer.

Le deuxième jour, pour nous remonter le moral, nous nous racontâmes des histoires et organisâmes des jeux, allant même jusqu'à répéter des pièces que nous avions jouées en des temps plus heureux. Nous prenions aussi un peu d'exercice, mais sans conviction, pour atténuer notre anxiété et lutter contre les pensées sinistres qui nous assaillaient dès que nous restions un instant tranquilles.

A un moment donné – j'avais perdu la notion du temps –, le remue-ménage cessa complètement de l'autre côté des portes. Ce calme n'avait rien de rassurant et ne présageait rien de bon. Nous nous retrouvâmes tous sur le qui-vive, le regard tourné dans la même direction.

Les nerfs tendus à se rompre, nous guettions le moindre son, le moindre indice de ce qui allait suivre. Rien ne venait. Nous passions constamment de l'ennui de l'attente à la torture mentale de se représenter les horreurs qui nous attendaient sans doute.

Au début du troisième jour, nous nous lavâmes dans le cours d'eau, allumâmes un poêle et prîmes notre petit déjeuner, céréales froides et thé tiède. Sofi et Mme Lobkova s'occupèrent des enfants. Magnus et deux ou trois hommes allèrent explorer les galeries en aval de la rivière.

Le reste du groupe attendit, assis sur les matelas pneumatiques. Nous parlâmes de l'aide qui n'allait pas manquer d'arriver et tâchâmes de nous occuper les mains. Soudain, Letitia se tourna vers Porphyre et s'adressa à lui à brûle-pourpoint :

– Quel est mon âge ?

Il y avait comme de l'audace et de la frénésie dans la manière dont elle avait posé sa question. Celle-ci avait jailli sans avertissement de sa bouche, comme si Letitia y pensait depuis plusieurs jours mais redoutait de connaître la réponse.

Le colonel lui décocha un regard où je crus lire de la pitié.

— Evidemment, vous n'aviez aucun moyen de savoir, n'est-ce pas ? Pas de date de naissance. Pas de calendrier. Pas même de miroir pour évaluer votre âge. Votre frère Cornelius, par exemple... il a soixante-dix-huit ans.

Porphyre avait répondu froidement, presque brutalement. Letitia resta un instant bouche bée, éclata brièvenemt de rire, puis se recroquevilla sur elle-même comme si elle craignait d'être frappée.

— Cornelius, soixante-dix-huit ans ? C'est impossible !

— J'ai vu des images de gens de cet âge, dis-je. Cornie ne leur ressemble pas du tout.

— C'est pourtant vrai, dit alors Cornelius. Le colonel Porphyre a eu la bonté de me montrer le registre des naissances gardé aux archives. Il n'y a pas d'erreur. J'ai bien cet âge-là.

— Et vous, mademoiselle Sofi, dit Porphyre, ses yeux de chouette paraissant encore plus grands derrière la curieuse couleur jaune de ses verres, vous avez soixante-neuf ans. Vous êtes née en 2001 et allez aborder votre huitième décennie. Mlle Letitia a soixante-six ans. Et M. Ogden, soixante-quatre.

Un silence stupéfait s'était abattu dans la grotte à l'énoncé de ces chiffres ahurissants. Même le bruissement bas et régulier du cours d'eau semblait soudain s'être fait plus discret.

— Si vous le désirez, je pourrai vous montrer les archives de l'Institut, reprit Porphyre. Votre oncle tenait ses dossiers scrupuleusement à jour.

Sofi commença à protester, s'arrêta, et se mit à rire.

— Je n'en crois pas un mot.

Mais son hilarité manquait de conviction. Le cœur broyé, je vis tout ce qu'il y avait de hautain et de méprisant en elle s'effondrer devant mes yeux. Elle était ravissante. Exactement comme on imagine une jeune fille de dix-neuf ou vingt ans : une peau veloutée, une chevelure abondante et lustrée, des muscles solides, et pas la moindre ride ou imperfection sur son visage. Puis il m'arriva quelque chose de bizarre ; je la vis voûtée, vieillie, marquée. Mais cette image disparut aussitôt. Tout cela était trop triste.

— Où est Leander ? demanda une petite voix flûtée.

C'était Cassie, bien réveillée, debout sur la pointe des pieds comme un oiseau sur une branche. Elle était pieds nus, en chemise de nuit blanche à motif floral, les cheveux tressés comme elle avait coutume de les disposer pour dormir. Porphyre s'approcha d'elle et lui fit une petite courbette qui me parut d'une galanterie absurde.

— Tiens, mademoiselle Cassie ! Je vois que vous allez beaucoup mieux.

Elle le foudroya du regard.

— Où est Leander ?

— Cassie, ma chérie, dit alors Wanda, qui s'était approchée d'elle calmement, tu ne dois pas parler sur ce ton au colonel. Il essaie de nous aider.

— Ne me mentez pas. Vous savez où il est. Moi aussi, je le sais !

— Vraiment ? fit Porphyre en haussant les sourcils.

— Oui, je le sais. J'étais avec lui.

— Et où est-il donc ?

— Avec ces gens crasseux ! Les éleveurs de chèvres. Ils l'ont pris, s'écria-t-elle en donnant presque l'impression de délirer. Tout ça, c'est la faute de Jones !

Elle n'avait, miséricordieusement, aucun souvenir du temps qu'elle avait passé au milieu des Hommes des Bois, ni du sort fatal qu'avait subi son frère. Alors qu'elle était présente pendant toute son agonie, elle avait complètement effacé le sinistre épisode de sa mémoire.

Elle fut secouée par un frisson aussi violent que si elle avait reçu une décharge électrique et se mit à sangloter. Mme Lobkova la prit dans ses bras ; on aurait dit quelque plantureuse Madone d'une fresque antique berçant l'Enfant sur son sein. Et, en cet instant, Cassie avait vraiment l'air de n'être qu'une enfant. En me fondant sur les âges de Cornie, Cassie et Letitia que je venais d'apprendre, j'avais fait un rapide calcul ; Cassie avait au moins cinquante-cinq ans et, s'il était exact que Cornelius avait soixante-dix-huit ans, je devais, étant le puiné, avoir au moins soixante-seize ans.

Lorsque je levai de nouveau les yeux, Sofi était debout, vacillant sur elle-même. Il suffisait de la voir pour comprendre que tout son univers venait de voler en éclats. Après tout, il s'était toujours fondé sur une notion plus ou moins floue d'intemporalité, de jeunesse impérissable. Après avoir passé des années à regarder de vieux films et à lire des revues venues du continent, elle savait ce que signifiait avoir soixante-dix ans, en termes mortels. L'idée qu'elle avait presque cet âge, à peine la moitié de l'espérance de vie, selon les normes établies par Jones, venait d'altérer spectaculairement la représentation qu'elle se faisait d'elle-même.

— On disait que Jones était un visionnaire, fit-elle observer. Mais quelle était sa vision, exactement ? Je voudrais bien que quelqu'un me l'explique...

Il y eut un long silence, tandis que nous nous regardions les uns les autres, attendant que quelqu'un répondît. En dépit de son trouble, Mme Lobkova fit un effort.

— Au commencement, déclara-t-elle, il s'agissait simplement de donner à tous la possibilité de vivre très longtemps et en parfaite santé, quelle que soit la situation sociale dans laquelle on se trouvait. Au lieu d'une espérance de vie de soixante-dix ans, on en avait une de cent quarante. C'était le cadeau que Jones voulait faire à l'humanité. Vous voyez, c'est toujours avec les meilleures intentions du monde qu'on se lance dans ce genre de choses. Mais, au fur et à mesure des progrès accomplis, je crois qu'il a voulu aboutir à quelque chose de plus grandiose.

— Et en quoi était-ce mal ? s'écria Ogden, d'un ton plein de défi. Si ce que vous dites est vrai, rien ne me paraît plus beau que cette vision. Noble, même. Repousser les limites de l'évolution humaine ! Une vie plus longue et plus saine pour toute l'humanité ! Voir jusqu'où on pouvait aller, voir dans quelle mesure un être humain biologiquement en mauvais état pouvait recouvrer une pleine santé ! Qu'y avait-il de si diabolique là dedans ?

– En théorie, absolument rien. Dans la pratique, cependant... (Porphyre parut hésiter sur la suite.) Ce n'est que lorsque votre oncle Toby et Signor Parelli, avec l'aide et les encouragements d'importants groupes d'intérêt, ont pris une part active dans l'entreprise de Jones que la noble vision sur laquelle le Système se fondait a pris un tour malsain. Dans ses carnets, j'ai pu lire comment votre père a lutté contre cette déviation. A la fin, elle lui a coûté la vie.

ONZIÈME PARTIE

La crise est résolue

Et, bien que la belle fût de cent ans plus âgée que le fiancé, personne ne s'en serait douté.

La Belle au Bois-Dormant

34

Ces paroles se répercutèrent sur les parois de la caverne et donnèrent l'impression de continuer à planer dans l'air embrumé au-dessus de nous.

Quelques jours auparavant, le colonel Porphyre avait laissé entendre, dans le bureau d'Oncle Toby, que le meurtrier de Jones se trouvait parmi nous. Nous n'avions pu lui soutirer aucune information plus précise. Les autres paraissaient avoir oublié sa remarque. Moi, je ne cessais d'y penser, depuis que je l'avais entendue.

Après la mort de Jones, nous avions tous avoué, à l'exception de Sofi et d'Ogden, avoir tué notre père ou, du moins, fortement désiré le faire.

Porphyre n'avait semblé donner que peu de crédit à ces confessions faites sous le coup de l'émotion. Mais il s'agissait peut-être d'un artifice. Il était bien trop habile pour laisser voir les cartes qu'il avait en main, et c'était un homme qui savait attendre.

Mais, si le colonel était sceptique sur mes aveux, je n'avais, pour ma part, aucun doute sur le rôle que j'avais joué dans la mort de Jones. Porphyre pouvait bien penser ce qu'il voulait, je savais, moi, que, la nuit fatale, j'avais bel et bien appuyé un oreiller sur le visage de mon père avec l'intention précise de le tuer. Même s'il était déjà mort à ce moment-là, je ne m'en étais rendu compte qu'ensuite : si bien que, de mon point de vue, je n'étais pas moins coupable que le véritable meurtrier. Je savais ne pas avoir imaginé cet oreiller. Ne pas l'avoir rêvé. Je l'avais bien appuyé sur son visage. C'était un fait, un fait bien réel.

Un bruit de pas précipités, de l'autre côté des portes de l'abri, me tira brutalement de ces pensées moroses.

— Qu'est-ce que c'est? demanda Sofi en baissant instinctivement la voix.

Nous tendîmes l'oreille, tournés vers la lourde porte, attendant le prochain bruit. Le grondement bas mais incessant du cours d'eau nous empêchait d'identifier ceux qui n'étaient pas très forts. Magnus, qui se tenait près de la porte, pressa une oreille contre le battant de métal et tint une main levée vers nous pour nous imposer le silence.

Mais personne n'avait envie de parler; nous étions tous paralysés, n'entendant que le bruit de nos respirations, attentifs au moindre son anormal. En face de moi, Letitia se recroquevillait sur elle-même comme une créature prise au piège. Des gouttes de sueur perlaient au front de Mme Lobkova qui étouffait presque Cassie dans son vaste châle de laine tellement elle la serrait.

Finalement, le bruit de pas s'éloigna puis disparut, laissant la place à un silence encore plus énervant. Durant ce bref intervalle de temps, je me sentis soudain plus décidé que jamais à affronter le colonel Porphyre.

— Mais alors, si vous ne croyez pas que c'est moi, lui criai-je presque, qui l'a fait?

— Qui a fait quoi? me demanda-t-il, perplexe. Oh, vous parlez de votre père... je l'ignore.

Je me rappelle encore l'air de stupéfaction de tous ceux qui m'entouraient.

— Mais... vous avez dit que vous le saviez? fit remarquer Sofi, les joues en feu. L'autre jour! Vous avez dit que vous connaissiez l'assassin!...

— J'ai dit cela? lança le colonel en jouant la confusion. Il me semble avoir déclaré que le meurtrier était assis parmi nous. Ce qui ne signifiait pas que je connaissais... son identité.

Cette explication nous laissa sans voix.

— Et donc, rétorquai-je, n'étant pas présents dans le bureau l'autre jour, Oncle Toby et Signor Parelli sont maintenant éliminés de la liste des suspects?

— D'un point de vue strictement légal, c'est exact, me

concéda Porphyre. Mais, du point de vue de la simple morale, ils sont probablement plus coupables que quiconque ici.

Sofi leva les bras au ciel.

— En d'autres termes, nous ne sommes pas plus avancés, n'est-ce pas ? Si ce n'est ni Toby ni Umberto, qui donc a fait le sale boulot ?

— J'avais mon idée dès le premier jour, répondit le colonel avec un sourire triste. Et, en dépit du fait que plusieurs d'entre vous tenaient tant à avouer ce crime, vous ne pouviez tous l'avoir commis, de toute évidence.

La tension était maintenant à son paroxysme.

— Si vous savez quelque chose, l'apostrophai-je, arrêtez de faire des manières et parlez !

— Eh bien, je sais au moins que ce n'est pas vous, monsieur Jonathan, même si cela vous déçoit beaucoup, me renvoya courtoisement Porphyre. Au moment où vous êtes monté pour étouffer votre père sous un oreiller, il était déjà mort.

Il consulta ses notes et ajouta :

— C'est ce que vous m'avez d'ailleurs déclaré, et le fait a été confirmé par l'autopsie. Je ne doute pas non plus que vous ayez vu votre sœur Cassandra ficher une fléchette dans le cou de votre père. Il était environ deux heures dix du matin. Toutefois, comme dans votre cas, M. Jones était déjà mort depuis plusieurs heures.

— Mais alors, bon sang, à quelle heure est-il mort ? s'écria Ogden, exaspéré.

Le colonel s'était allongé, la tête appuyé à la paroi. Joignant les mains sur la poitrine, il se mit à contempler le plafond.

— Voyons voir... La dernière personne qui prétend avoir vu M. Jones vivant est Mlle Cassandra. C'était au bal masqué. Elle a déclaré qu'il était habillé en robe de moine, le capuchon tiré sur la tête.

— C'est exact. Moi aussi je l'ai vu, ajoutai-je vivement. Cassie m'a fait passer un mot pendant le bal. Elle avait simplement écrit *le moine*, ou quelque chose comme ça. Elle était sûre qu'il s'agissait de Jones.

— Comment le pouvait-elle ? demanda Porphyre.

Nous regardâmes Cassie, qui dormait sur les genoux de Mme Lobkova, bien loin de ces préoccupations.

Personne ne semblait tenir à répondre à la question du colonel Porphyre, qui attendit quelques instants avant de reprendre.

— L'un d'entre vous sait-il à quelle heure Mlle Cassandra a quitté le bal ?

— Moi, je peux vous le dire, lança Letitia. Il était onze heures quarante-cinq, environ. Elle a dit qu'elle était fatiguée, qu'elle ne se sentait pas bien. Je l'ai raccompagnée jusqu'à sa chambre.

— Vous l'y avez laissée et vous êtes revenue dans la salle de bal, n'est-ce pas ?

— Oui.

— Vous êtes redescendue tout de suite ?

— Oui.

Letitia parut avoir du mal à répondre.

Le colonel marqua une pause, puis reprit vivement :

— D'après le témoignage de Mlle Cassandra, elle serait allée par deux fois dans la chambre de votre père, cette nuit-là. La première vers minuit, approximativement. Cela paraît concorder avec la version de Mlle Letitia. La deuxième fois un peu après deux heures ; c'est à ce moment-là qu'elle prétend avoir tué son père. (Porphyre paraissait penser tout haut.) M. Jonathan confirme et l'heure et le geste. Mais, comme je l'ai déjà dit, au moment où M. Jonathan assistait à la scène, M. Jones était déjà mort depuis cinq heures.

— Cinq heures? s'exclama Ogden, surpris. Ce qui voudrait dire que Jones aurait été tué à neuf heures ?

— A dix minutes près, confirma le colonel.

Sofi eut l'air intriguée et soupçonneuse.

— Mais c'est absurde ! Il aurait été tué avant le bal ?

— Il était presque dix heures lorsque le bal a commencé, ajoutai-je. Et on a vu Jones pendant la fête.

— Pas vraiment, dit Porphyre en souriant. Vous avez simplement vu quelqu'un que vous avez pris pour lui. Une personne qui est venue se montrer en robe de moine.

— Mais c'est moi qui l'ai habillé de cette robe, dit

Mme Lobkova, la voix chevrotante d'indignation. Il m'a fait venir dans sa chambre pour l'aider à enfiler son costume.

— Et à quelle heure, chère madame ?

— A neuf heures. Je m'en souviens, parce que...

Ses yeux s'agrandirent et elle resta bouche bée lorsqu'elle se rendit compte que sa réponse l'incriminait.

— Non, attendez ! balbutia-t-elle.

— Dans ce cas, qui portait son déguisement un peu plus tard, au bal ? demanda le colonel.

Cornie, resté jusqu'ici silencieux et immobile, s'agita brusquement. C'est d'un ton plein de tristesse qu'il s'exprima.

— C'était moi.

— Toi ? fûmes-nous plusieurs à nous exclamer.

— Pardonnez-moi. Mon but n'avait jamais été de vous tromper. J'ai vu Jones tôt, ce soir-là, tout de suite après que Wanda l'eut quitté. Il m'avait convoqué. Il m'a dit qu'il se sentait fatigué, et m'a demandé si je voulais bien aller le représenter pour le bal. Il avait l'intention de partir de bonne heure le lendemain matin, et préférait prendre une bonne nuit de sommeil. Il suffisait que j'enfile son costume et que j'aille faire une apparition ; comme ça, les gens penseraient qu'il avait assisté aux réjouissances.

— Et ce costume que vous portiez ? demanda Porphyre.

— L'habit de moine ? Il l'a enlevé, et je l'ai mis.

— L'aviez-vous déjà porté auparavant ?

— Souvent, reconnut Cornie. C'était la tenue que mon père adoptait toujours quand il allait rendre visite aux Hommes des Bois. Cette robe était, pour eux, indissociable de Jones. Je la portais aussi lorsque j'allais dans leur village. Ils considéraient que j'étais son émissaire et me laissaient approcher.

— C'est donc toi que j'ai vu ce soir-là dans le camp... le soir où j'ai bien cru qu'ils m'enterraient vif !

J'avais du mal à contrôler la colère que je sentais monter en moi.

— Oui, Johnnie, c'était moi... (Ses épaules s'affaissèrent.) J'étais allé au village pour voir si je ne pourrais pas en faire sortir Leander. Une fois sur place, j'ai appris que Cassie avait réussi, je ne sais comment, à s'enfuir du château et était, elle aussi, retenue prisonnière. Et, pour couronner le tout, voilà que tu débarques, apparemment à la recherche de Cassie. Deux personnes de plus pour lesquelles il fallait négocier...

Hypnotisés, nous l'écoutions raconter l'histoire de nos vies au destin depuis longtemps fixé. Calme et presque dépourvue d'expression, la voix de Cornie semblait désincarnée et se perdait dans les hauteurs de la grotte. A un moment donné, j'eus l'impression qu'elle venait d'au-dessus de lui, comme s'il nous parlait d'une grande altitude.

— Leander aurait dû être le prochain Roi des Bois, poursuivit-il. Mais il avait été fortement traumatisé par le transfert et s'avérait incapable de jouer convenablement son rôle de géniteur. Je crois qu'il était simplement trop terrorisé. Les Hommes des Bois ont cru que Toby leur avait refilé un roi défectueux ; ils se sont sentis trahis. C'est alors que tu es arrivé, Johnnie. Tu es en quelque sorte tombé du ciel, comme en réponse à leurs prières. On a injecté à Leander, comme à tous les reproducteurs défectueux, une dose mortelle de somnifères, et on l'a immédiatement remplacé par toi.

Il y eut de nouveau des bruits de l'autre côté de la porte, des sons que nous n'arrivâmes pas à reconnaître. Des ahanements, des grognements, des bruits de frottement et des chocs sourds nous parvenaient, comme si l'on manœuvrait quelque chose de lourd et d'encombrant. Plusieurs des bébés s'étaient réveillés et commençaient à s'agiter et à pleurer.

— Continue, dis-je à Cornie, sans tenir compte de ces perturbations, tant j'étais impatient de connaître la suite. Pourquoi nous avoir trompés pendant toutes ces années ? Pourquoi jouer à l'idiot ?

Il paraissait sincèrement affligé du rôle qu'il avait été obligé de tenir dans l'affaire.

— Oui, je faisais le muet, le simple d'esprit. Vous y

avez tous cru... (Il nous regarda les uns après les autres, l'air lugubre). C'était l'idée de Jones. Une mystification. Jones n'a jamais fait entièrement confiance à Oncle Toby et à Parelli...

– Non sans raison, le coupa Mme Lobkova, furieuse.

– Mais, le temps passant, ils ont commencé à avoir des soupçons. Lorsque Jones m'envoya à Frazé, j'étais encore enfant et avais pour instruction de jouer les muets et les idiots. De ce fait, je pouvais aller librement et écouter Oncle Toby et Parelli qui parlaient sans se gêner devant moi. Avec mon statut spécial, Jones m'accorda des privilèges, dont l'un était de me promener partout à ma guise dans le château. Un autre était la possibilité de le quitter pour aller chez les Hommes des Bois. J'ai dû apprendre à faire l'idiot. Le plus dur a été de ne jamais parler.

Il se tut un instant, regardant brasiller la bougie.

– Ces dessins que j'ai faits..., reprit-il, ils n'étaient pas très bons.

– Certes, ce n'était pas des œuvres d'art, reconnut Porphyre, mais en tant qu'informations ils étaient révélateurs. Ils m'ont au moins permis de voir qu'une personne en étranglait une autre.

– Et que l'étrangleur était habillé en moine, ajoutai-je.

– Oui, admit Cornie.

Le colonel Porphyre se tripota le menton.

– J'imagine que tout cela présente un rapport avec votre frère Leander? (Cornie hocha lentement la tête.) Vous aviez préparé son évasion avec Leander, n'est-ce pas? poursuivit Porphyre. Le soir du bal, vous avez laissé ouverte l'une des portes du château. Puis vous avez déverrouillé celle de sa cellule...

Cornie avait du mal à dissimuler son chagrin.

– Entièrement exact, colonel. Je n'avais aucune intention de livrer Leander aux Hommes des Bois, comme tous les autres. Leander devait s'enfuir du château par la porte de la tour. Mais, quelques heures avant, on découvrit Jones mort dans son lit. J'ai naturellement pensé que Leander était son meurtrier; il avait un mobile des plus puissants.

— C'est pourquoi vous avez fait ces petits dessins de vous-même en robe de moine... pour détourner les soupçons et pour vous incriminer...

Cornie acquiesça.

— J'étais mieux à même d'en supporter les conséquences que ce pauvre Leander.

— Et vous croyez toujours que c'est lui qui a tué votre père ? insista Porphyre.

La question parut surprendre Cornie, comme si la réponse était d'une évidence criante.

— Evidemment qu'il l'a tué ! Il avait le mobile et l'occasion. Et c'est moi qui ai tout rendu possible...

— Leander n'aurait pas fait de mal à une mouche ! s'écria Sofi. Et je le vois encore moins enfoncer une fléchette dans le cou de quelqu'un !

Ignorant l'interruption de Sofi, le colonel ne voulut pas lâcher ainsi Cornie.

— Comment pensez-vous que votre père est mort ?

La question parut intriguer Cornie.

— Si l'arme du crime n'est pas la fléchette, comme vous avez l'air de le dire, alors je l'ignore.

— M. Jones a eu la trachée écrasée, déclara le colonel avec une brutalité inhabituelle.

Il y eut un silence désagréable tandis que nous essayions de mesurer les conséquences de ce fait. Ogden fut le premier à parler, réfléchissant à voix haute.

— Leander était vigoureux, et Jones plutôt frêle. Il a très bien pu l'étrangler.

Le colonel eut un sourire entendu.

— Personne n'a parlé de strangulation. J'ai simplement dit qu'il avait eu la trachée artère écrasée. Mais vous avez parfaitement raison, monsieur Ogden. Votre père a été garrotté.

— Une corde ! s'exclama Letitia. C'est affreux...

— Personne n'a parlé de corde, dit Porphyre en y allant de nouveau de son sourire entendu. Quelque chose de moins rugueux, de moins abrasif... (Il se tourna vers Cornie.) Quand avez-vous vu votre père pour la dernière fois ?

– Peu après neuf heures.

– Soit presque au moment de sa mort.

– Quand je l'ai quitté, il était bien vivant.

– Et c'est juste avant que vous avez enfilé la tenue de moine pour aller le remplacer au bal masqué ?

– Oui... (Cornie avait la gorge sèche.) C'est comme ça que ça s'est passé.

– Et vous croyez que votre frère Leander s'est esquivé de son cachot pour venir tout de suite après dans la chambre de M. Jones et le tuer ?

Cornie, qui s'était levé, se dandina d'un pied sur l'autre.

– Si vous dites qu'il est mort entre neuf et dix heures, c'est sans doute vrai. J'ai vu Wanda quitter la chambre peu après neuf heures, et je suis entré juste après. Et, lorsque je suis parti, je vous le répète, Jones vivait encore.

– Ensuite, selon ce scénario, après avoir assassiné son père, Leander aurait subrepticement quitté le château par la porte de la tour pour recouvrer la liberté ? dit Porphyre, les yeux réduits à deux fentes.

– C'est le plan que nous avions conçu, lui confirma Cornie. Pas de tuer Jones, mais de nous enfuir. Gagner le continent. Malheureusement, les Hommes des Bois rôdaient près de la tour et se sont emparés de lui.

Les yeux de Porphyre se fermèrent, comme s'il se représentait la scène.

– Il y a eu bagarre. Nous en avons trouvé des traces. Mais ce que je ne comprends pas, c'est pourquoi les Hommes des Bois se trouvaient près du château au moment précis où Leander le quittait ; s'ils étaient là à l'attendre, c'est que quelqu'un les avait prévenus.

Ogden se raidit et leva les deux mains en l'air, comme pour parer une attaque.

– Si vous pensez que c'est moi, vous vous trompez complètement !

Le colonel le regarda fixement, apparemment peu ébranlé par son ton affirmatif.

— Je ne pensais rien de tel, mais, je dois le dire, de tous vos frères et sœurs, vous êtes celui qui aurait eu les meilleures raisons du monde de vouloir éliminer Leander.

Ogden ne répondit rien, se contentant d'émettre de petits bruits méprisants.

— En consultant les notes laissées par M. Jones, reprit Porphyre, je suis tombé sur celles concernant son dernier entretien avec vous. (La respiration d'Ogden s'accéléra.) Il vous a dit que vous l'aviez déçu, commença le colonel, essayant avec tact de s'en tenir à des considérations générales. Qu'il n'était pas question d'envisager de devenir son successeur. Or il semble que vous ayez toujours considéré que cette passation de pouvoirs allait de soi…

Ogden regarda autour de lui dans la faible lumière des bougies. Il y avait du défi dans son regard, mais aussi une demande d'aide.

— Ç'aurait dû être moi. Je travaillais plus dur que les autres. (Il eut un geste méprisant pour nous.) J'en faisais plus… que n'importe lequel d'entre eux. Je respectais les principes du Système. Aucun d'eux n'avait le courage d'en faire autant, ajouta-t-il, anxieux de se justifier. Et ce vieux fou qui vient me dire qu'il pensait à quelqu'un d'autre pour lui succéder ! Imaginez ça ! Tout d'un coup ! Comme si tous mes efforts ne comptaient pour rien !

— Et vous avez pensé que cet autre était Leander ?

— Non, je ne l'ai pas pensé. Je le savais, rétorqua Ogden. Jones le lui avait assuré lors de leur dernier entretien. C'est Leander lui-même qui me l'a dit. C'était injuste.

Un instant, je crus qu'il allait pleurer. Je détournai les yeux, trop gêné pour le regarder. Les autres firent pareil, sauf Porphyre.

— Alors qu'en réalité, poursuivit le policier intraitable, votre frère Leander avait été choisi comme nouvel objet de sacrifice pour les Hommes des Bois.

Les épaules d'Ogden s'affaissèrent. Il parut soudain très fatigué.

— Je n'avais pas prévu de tuer mon père. C'est absolument faux. Je voulais simplement parler avec lui. Lui présenter ma version des choses. Je m'étais imaginé qu'en allant le voir et en lui parlant à cœur ouvert je pourrais le faire changer d'avis.

Porphyre haussa les sourcils.

— Etes-vous en train de me dire que vous aussi vous êtes monté à l'étage supérieur, ce soir-là ?

— Rien que pour parler, répondit Ogden en dodelinant de la tête. Juste pour ça, c'est tout.

— Et vous avez trouvé sa chambre ?

— Non, je suis bien monté à l'étage, mais je n'ai pas dépassé le haut de l'escalier.

— Vous voulez dire que vous avez perdu votre sang-froid ? insista le colonel.

Rouge d'embarras, Ogden reconnut le fait d'un haussement d'épaules fatigué.

Porphyrc consulta ses notes.

— Et quand tout cela s'est-il produit ?

— A minuit et demi, environ.

— Et quand avez-vous redescendu l'escalier ?

— Vers une heure.

— Plutôt une heure vingt, dis-je.

Les yeux fatigués du colonel se tournèrent lentement vers moi.

— Et comment le savez-vous, monsieur Jonathan, si vous me permettez de vous poser la question ?

— Je le sais parce que j'étais réveillé et que j'envisageais moi-même de monter là-haut.

— C'est un menteur ! protesta Ogden. Il a toujours menti. Et il a de bonnes raisons de le faire encore !

Le colonel parut visiblement ennuyé de cette manifestation.

— Et si tu lui parlais du chloroforme..., dis-je à Ogden.

Une fois de plus, le colonel haussa les sourcils.

— Du chloroforme ? Oh-oh. Vous ne m'avez jamais parlé de chloroforme, monsieur Ogden.

Il y eut de nouveau un moment de silence ; tout le monde regardait Ogden.

— Continue, Oggie, le poussa Sofi sans méchanceté. Tu gardes toujours du chloroforme dans tes affaires.

— Ce n'est rien... rien du tout. Et comme de toute façon Jones était mort à ce moment-là, d'après ce que vous avez vous-même déclaré, ça n'a pas vraiment d'importance.

— Certes. Mais ça en a quant à vos intentions.

Ogden leva les bras d'un geste exaspéré.

— Très bien. Donc, j'ai envisagé d'utiliser le chloroforme. L'idée m'en a traversé l'esprit. Je l'admets. Pourquoi pas ? En quoi suis-je différent des autres ? Moi aussi, je voulais en finir avec Jones. Pourquoi ne pas le dire ?

— Et ce chloroforme ? insista Porphyre.

— Je m'en sers pour monter mes spécimens. J'avais l'intention d'en imbiber un mouchoir et de le lui mettre sur le nez. Seulement quelques secondes. Histoire de lui faire un peu peur. (Il regarda autour de lui, l'œil implorant.) Vraiment. Je vous jure. Pas autre chose. Bon sang, qu'est-ce qu'il pouvait me ficher la frousse... (Il rit nerveusement.) J'en avais plus qu'assez d'avoir tout le temps la frousse.

Porphyre l'écoutait, impassible.

— Mais je ne suis jamais arrivé jusqu'à sa chambre, enchaîna Ogden. Alors, quelle différence cela fait-il, en fin de compte ? Je ne suis coupable de rien.

— Pas de grand-chose en effet, marmonna finalement le colonel en se tournant vers moi. Et vous, monsieur Jonathan ? C'est à ce moment-là que vous entrez en scène, n'est-ce pas ?

— Oui, à une heure vingt. Lorsque Ogden est redescendu.

— Mais pourquoi n'en avoir rien dit lorsque nous avons parlé de tout cela dans la bibliothèque l'autre jour ?

— Parce que j'estimais que c'était à Ogden de le faire, pas à moi.

— Et maintenant, il a parlé. (J'acquiesçai, mal à l'aise.) Vous l'avez vu redescendre, donc, et vous vous êtes dit qu'il valait mieux monter voir par vous-même ce qui se passait ?

— Je trouvais ça bizarre, de le voir traîner dans ce coin à une heure pareille.

— Sa présence était au moins aussi bizarre que la vôtre, en effet. Mais, naturellement, il y avait eu bal ce soir-là. Vous vous êtes retiré tard, en ayant un peu abusé du vin, si je puis dire... (Le colonel avait penché si fortement la tête de côté qu'il paraissait me regarder d'en dessous.) Pouvez-vous me décrire ce que vous avez trouvé, là-haut ?

— Jones dans son lit. J'ai pensé qu'il dormait.

— Et pendant la demi-heure qui s'est écoulée entre le départ de M. Ogden et l'arrivée de Mlle Cassandra...

— ... je lui ai mis l'oreiller sur la tête.

Les mots jaillirent sans difficulté de ma bouche.

— Pendant combien de temps avez-vous maintenu l'oreiller dans cette position ? Vous en souvenez-vous ?

Quelque part derrière moi, Letitia avait commencé à pleurer, étouffant ses sanglots dans un mouchoir.

— Entre trois et cinq minutes, il me semble.

— Quand vous êtes-vous rendu compte qu'il était déjà mort ?

— Lorsque j'ai constaté qu'il ne se débattait pas : même un dormeur l'aurait fait.

— Et c'est à ce moment-là, demanda Porphyre en consultant une fois de plus ses notes, une demi-heure après, pour être précis, que vous avez entendu votre sœur s'approcher dans le couloir, et que vous vous êtes caché dans la penderie ?

— En effet.

— Et de ce poste d'observation, à l'extérieur de la chambre de M. Jones, vous avez vu Mlle Cassandra plonger la fléchette dans le cou de M. Jones ?

Je tournai les yeux vers Cassie. Toujours endormie dans les bras de Mme Lobkova, elle avait un air angélique, comme une enfant qui se serre contre sa mère.

— Oui.

— Puis elle est partie ?

— Oui.

— Vous-même, vous ne vous êtes pas attardé ?

— Non, j'ai immédiatement quitté les lieux.

Le regard de Porphyre retourna jusqu'aux portes où Magnus, accroupi, écoutait les bruits légers mais incessants provenant de l'autre côté. Tout notre groupe était dans une tension insupportable, retenant sa respiration, surveillant la porte d'un œil et le colonel Porphyre de l'autre. Seul ce dernier semblait impavide et parfaitement concentré sur le problème qu'il examinait. Il se tourna vers Cornie.

— Avez-vous jamais pensé, monsieur Cornelius, que vous êtes peut-être indirectement responsable du fait que les Hommes des Bois ont découvert que votre frère avait l'intention de fuir cette nuit-là ?

Cornie fronça les sourcils ; il paraissait désarçonné par cette idée.

— Je crains de ne pas très bien vous suivre.

— C'est tout à fait compréhensible, se hâta de dire Porphyre. Mais, après avoir organisé la fuite de votre frère, vous avez eu la maladresse d'en parler à une autre personne.

Cornie secoua lentement la tête de droite à gauche.

— Je ne l'ai dit à personne.

— Il l'a bien fallu. Sinon, comment les Hommes des Bois l'auraient-ils appris ?

— Jamais ! protesta Cornie. Comment aurais-je pu le dire sans révéler que je pouvais parler ?

Un sourire malicieux fit pétiller les yeux du colonel.

— Vous n'aviez pas besoin de parler. Voilà qui parlait fort éloquemment pour vous.

De sa poche, il tira trois petits morceaux de papier et les tendit à Cornie.

Nous nous précipitâmes pour contempler les trois dessins étalés devant lui sur le sol. Exécutés du même trait hésitant et léger que ceux que nous avions vus dans la salle à manger, quelques jours plus tôt, le premier représentait un personnage très jeune en train de déverrouiller une porte de cachot et de s'enfuir ; le suivant, le même personnage descendant un escalier (dans lequel on reconnaissait aussitôt celui de la tour du cachot) ; et le troisième, un petit personnage en bâtonnets sortant en catimini de la porte de la tour. Chaque personnage, par sa taille et ses proportions, arrivait à suggérer clairement Leander.

Cornie regarda les dessins pendant quelques pénibles instants.

— Lettie... murmura-t-il enfin, articulant à peine son nom.

— Où avez-vous trouvé ces dessins ? dit une voix coléreuse juste derrière moi.

Nous nous tournâmes tous vers elle, mais c'est Porphyre qui répondit.

— Je vous demande pardon, mademoiselle Letitia, commença-t-il du ton tranquille et désarmant qu'il paraissait capable d'adopter chaque fois que les circonstances l'exigeaient. J'ai pris la liberté de faire fouiller votre chambre.

Letitia se tenait à côté de moi ; peut-être étais-je le jouet mon imagination, mais elle me parut méconnaissable. C'était une autre personne que je voyais. Pas la sœur avec laquelle j'avais été élevé. C'en était surnaturel. Pis encore, effrayant. Son port, rigide comme un bâton, disait des muscles tendus à se rompre.

— Vous n'aviez pas le droit de le faire ! s'exclama-t-elle.

Le colonel ne se laissa pas impressionner.

— Si cela peut vous consoler, mademoiselle Letitia, j'ai fait procéder à une fouille de *toutes* les chambres. C'est ainsi que j'ai pris connaissances des petits dessins de M. Cornelius. C'est vous qui lui avez demandé de les dessiner, n'est-ce pas ?

Elle ne répondit pas et resta là, vibrante de rage.

— Tu peux lui répondre, Lettie, dit Cornie doucement. Ça n'est pas grave. Elle est venue me voir le jour même où Leander a disparu.

— Tais toi, Cornie ! siffla-t-elle.

— C'est vrai, Lettie. Ça ne sert à rien d'essayer de le cacher. Il est au courant. (Cornie se tourna vers le colonel.) Elle est arrivée en larmes, effondrée, à cause de Leander. Elle était dans un état terrible. J'ai voulu la rassurer. Qu'elle sache que tout allait s'arranger. Que j'avais un plan pour sauver Leander. Mais, évidemment, je ne pouvais lui parler. Depuis toujours je lui faisais des petits dessins, pour les autres aussi, d'ailleurs, quand ils étaient petits. C'est pourquoi, comme par le passé, j'ai fait ceux-ci. Si j'avais su, si j'avais seulement soupçonné une minute que ces gribouillages pourraient coûter la vie à Leander… (Il détourna les yeux, la voix tremblante d'émotion, comme s'il ne pouvait plus supporter nos regards.) Si je comprends bien, Lettie, après avoir vu mes dessins, tu es allée trouver Parelli ?

— Tais-toi ! cracha-t-elle. (Elle abandonna aussitôt son ton agressif pour un autre, plus conciliant.) Pas maintenant, Cornie, pas ici. On pourra régler ça plus tard.

— Continue, Cornie, déballe-nous tout, n'oublie rien, dis-je, intervenant à mon tour.

— Mais nous sommes au courant de l'affaire depuis une éternité, fit remarquer Ogden. Lettie et Parelli, ça durait depuis des années.

Je crus que Letitia allait lui arracher les yeux, mais, au lieu de cela, elle se tourna vers Sofi.

— Tu ne pouvais pas le supporter, n'est-ce pas ? Qu'il y en ait un seul… un seul dans la maison qui me préfère à toi !

Un bref instant, je crus revoir l'ancienne petite lueur malveillante dans l'œil de Sofi. Mais elle disparut très vite ; à la place, j'y découvris quelque chose qui était proche de la pitié.

— Oh, Lettie, ma chérie, tu ne vas tout de même pas imaginer que…

— Il m'aimait, la coupa Letitia. Il me l'a dit. Encore l'autre jour, il me l'a répété… (Au ton de sa voix, on aurait cru qu'elle cherchait à se justifier.) C'est ce qu'il m'a dit. Je le jure.

Je compris alors ce qui s'était passé. Tout était clair. Parelli l'avait soudoyée au sentiment, en avait fait son espionne parmi nous. Se servant de son désir d'être aimée, il avait habilement joué le rôle de l'amoureux.

En compensation, elle contrôlait toutes nos allées et venues, mais aussi nos craintes, nos espérances, et les lui rapportait dès qu'elles se manifestaient. Cette nuit-là, impatiente de lui prouver sa loyauté, elle lui avait donc parlé du plan destiné à rendre la liberté à Leander ; bien décidé à faire respecter les termes du pacte, Parelli l'avait aussitôt communiqué aux Hommes des Bois. Lorsque Leander avait franchi la porte de la tour un peu plus tard, ils l'attendaient.

— Si je comprends bien, l'idée de se débarrasser d'Orville Jones viendrait de Parelli... n'est-ce pas, madame ? demanda Porphyre.

Wanda hocha péniblement sa tête grise.

— L'ironie de la chose fut que ce crime était devenu complètement inutile.

— Inutile ?

— Oui, répondit-elle en secouant encore la tête. Il était en train de mourir. Ses médecins de Genève le lui avaient annoncé juste avant qu'il ne vienne. Ce n'était qu'une question de temps. Il avait près de cent cinquante ans. La dismutase ne lui faisait plus d'effet, non plus que les transfusions et les injections d'hormones. A un âge aussi avancé, le régime cesse d'être efficace. Le corps s'use et, à partir d'un certain stade, est trop épuisé pour se régénérer. La nuit du bal masqué, il m'a confié qu'il pouvait mourir d'un moment à l'autre, qu'il en avait tout au plus pour quelques semaines. Il voulait tout régler avant. Il était sur le point d'abandonner tous ses droits sur le TRX5 à une organisation philanthropique, la Fédération mondiale des Eglises.

— Les abandonner ? demanda le colonel. Comme ça ?

— Exactement.

— Raison de plus, marmonna Porphyre en se tripotant le menton, pour que Signor Parelli et Tobias agissent rapidement.

Mme Lobkova acquiesça.

— Ils ne pouvaient le laisser repartir de Frazé, cette fois. Il leur fallait en terminer avant qu'il ait eu le temps de faire un geste... définitif.

De l'autre côté de la porte, nous parvint un vacarme

tout à fait différent, comme si quelque objet très lourd roulait et frottait tour à tour sur le sol.

— Des béliers, dit Magnus d'une voix retenue. Ils vont essayer d'abattre la porte à coups de bélier.

Homme d'un sang-froid à toute épreuve, Magnus commençait à donner des signes de nervosité. Il n'ajouta pas un mot, mais son regard et son expression disaient clairement ce qu'il attendait du colonel : l'ordre de décamper sans plus attendre.

Porphyre, cependant, ne semblait pas pressé de partir. Il faisait penser à un chien qui ne veut pas lâcher son os. Il se tourna vers Letitia.

— Dites-moi, mademoiselle Letitia, est-ce que le Signor Parelli ne vous aurait pas fait entendre, à un moment ou un autre, que, si votre père disparaissait, les obstacles qui se dressaient entre vous seraient rapidement levés ?

— Jamais de la vie !

Elle avait répondu sans timidité ni hésitation. Il n'y avait plus rien du côté triste, pusillanime et vieille fille que nous lui connaissions depuis toujours. Finalement, après des années d'obéissance muette, Letitia avait accédé à ce qu'elle était vraiment et y prenait plaisir.

— Il se fichait de mon père et mon père se fichait de lui. Ce n'était pas un secret. Et, bien entendu, il était hors de question qu'il y ait la moindre relation entre nous tant que Jones serait vivant. Mais, je peux vous l'assurer, Umberto — Signor Parelli — ne m'a jamais demandé de faire quoi que ce soit. Encore moins de tuer mon père. L'idée était de moi, dit-elle avec une note de défi dans la voix. Entièrement !

Je remarquai que le rythme des questions du colonel s'accélérait, comme s'il se rendait compte qu'il luttait contre la montre.

— Si vous me permettez encore une question, mademoiselle Letitia...

— Avec tout le respect que je vous dois, l'interrompit Magnus, je crois qu'il vaudrait mieux...

Il y eut un éclair dans les yeux du colonel, et son lieutenant battit en retraite.

— Revenons à votre entretien avec Jones. Vous nous avez dit qu'il avait parlé de manière flatteuse de vos progrès au cours de l'année écoulée.

— Il mentait, reconnut Lettie. Il flattait toujours les gens. C'était sa façon de tricher. Il était capable de vous couvrir d'éloges un instant, puis, le suivant, de signer votre arrêt de mort. Ce n'était plus qu'une question de temps avant que je sois envoyée aux Hommes des Bois.

— Vous ne pouviez en être sûre, la reprit Porphyre.

— Si. Parelli m'avait dit...

Ces mots à peine prononcés, elle comprit qu'elle venait de gaffer. On voyait sur son visage les efforts frénétiques qu'elle déployait pour donner un autre sens à ses paroles.

— Tiens tiens... dit Porphyre, se penchant en avant pour poursuivre l'interrogatoire.

— Arrêtez ! Laissez-la tranquille, s'écria Mme Lobkova, qui se leva brusquement et, avec maladresse, alla se placer auprès de Letitia. Elle n'a rien à voir avec ça. C'était moi. Oui, c'est moi qui l'ai fait. Je suis allée dans sa chambre...

Porphyre parut sincèrement blessé.

— Mais, madame, vous venez de nous dire que vous aviez aidé M. Jones à enfiler son costume, vers neuf heures...

— Il m'a bien fait monter, mais par pour ça.

Le colonel soupira.

— Vous ne me simplifiez pas les choses, avec le penchant que vous semblez tous avoir à mentir pour vous protéger les uns les autres.

— Bien entendu, j'ai menti ! protesta Mme Lobkova, furibonde. Si vous croyez que j'allais rester assise les bras croisés... sachant ce que je savais...

— Et vous saviez quoi ?

— Le destin de ces enfants... mes enfants. (Elle s'avança vers lui, lourdement, comme si elle allait le frapper.) Et arrêtez de me regarder comme ça ! Ces enfants étaient presque les miens. Ils n'avaient pas de mère. C'est moi qui les ai élevés. Quand ils étaient malades, je les soignais. Quand ils se faisaient mal, je pansais leurs blessures. Oui, j'étais comme une mère. Année après année, j'étais là, sans jamais me plaindre, je les ai aidés à grandir, et un jour on me les enlevait, on leur disait qu'un grand destin les attendait alors que, moi, je savais qu'en réalité ils étaient tous voués à cette monstruosité qui les attendait dans la forêt... (Elle parlait de plus en plus vite, la voix chevrotante de colère.) Que Dieu me pardonne ! J'ai détourné trop longtemps les yeux. J'ai trop longtemps adopté le point de vue à long terme de Jones, me disant qu'il ne fallait pas faire de sentiment quand on était à la recherche de la vérité, qu'il ne fallait pas compromettre près d'un siècle de travaux !... (Elle eut un regard circulaire sur nous, comme si elle implorait notre aide.) Plus que quiconque, reprit-elle, j'ai cru au Système. J'y ai cru dès le début, alors que ses objectifs étaient limpides et que le gain personnel ne constituait pas encore sa motivation essentielle. Mais ensuite Toby et Parelli, et cet ignoble Fabian, ont mis leurs sales pattes dessus...

— Vous n'allez tout de même pas me dire qu'ils avaient pris le contrôle de l'empire de M. Jones ? lui demanda Porphyre, incrédule.

— Non. Grâce au ciel, Jones le contrôlait encore à cent pour cent. Les usines, les laboratoires, l'institut Humanus, la Fondation. Une douzaine de comptes dans différentes institutions bancaires. Et, bien entendu, il détenait la formule. Mais, depuis quelque temps, les querelles le fatiguaient. Les intrigues, les manigances. Il s'inquiétait pour le TRX5, il se demandait qui lui succéderait à la tête de la Fondation, qui superviserait l'achèvement de sa tâche. Manifestement, il n'avait confiance ni en son frère, ni en Parelli ; il doutait aussi de Fabian, qu'il soupçonnait d'être en cheville avec les grandes entreprises chimiques. C'est pourquoi, tout naturellement, il avait choisi Cornie, celui de ses enfants qui était le plus proche de lui. Ogden, tu n'as jamais été en lice, même pas ça, ajouta-t-elle avec un regard de pitié pour mon frère. Jones était fatigué et redoutait de ne pouvoir leur résister plus longtemps. Il était trop malade et souffrant pour continuer à leur tenir tête.

Cette nuit-là, avec moi comme témoin, il a signé le document qui faisait don de tous ses droits sur le TRX5 à la Fédération mondiale des Eglises.

— Après quoi, il vous a demandé de mettre un terme à son existence... dit Porphyre.

Une larme coula sur la joue de Wanda et s'arrêta, un peu ridicule, à la pointe de son menton. Elle la chassa comme une mouche importune.

— Ce n'était qu'une question de jours, tout au plus de semaines, et c'est pour ça qu'en fin de compte j'ai accepté. Nous ne pouvions plus nous permettre d'attendre. Toby et Parelli devenaient de plus en plus agressifs. Nous nous sommes mis d'accord sur la marche à suivre. Jones ne m'a demandé qu'une chose : il avait la violence en horreur et voulait donner l'impression d'être mort paisiblement dans son sommeil... dans son propre lit et de cause naturelle. Il ne voulait pas prendre de pilules ; l'autopsie l'aurait révélé. C'est lui qui m'a suggéré la strangulation avec un tissu soyeux qui ne laisserait pas de marques. J'ai utilisé un foulard de soie, les mêmes que ceux dont Toby se servait pour ses tours de magie... (Sa respiration s'était accéléré tandis qu'elle arrivait à la fin de son histoire.) En réalité, tout s'est déroulé très simplement. Comme un bébé qu'on endort. Il s'est mis au lit. Je lui ai passé le foulard autour du cou et c'est lui qui a fait le nœud. Je l'ai serré progressivement, sans forcer, jusqu'au moment où il a expiré. Tout en douceur. Il était en paix, sachant que son œuvre, commencée plus d'un siècle auparavant, serait offerte au monde, accessible à tous ceux qui le voudraient. C'était le don qu'il faisait à l'humanité. Je l'ai aidé à trouver le grand repos. Il était plein de gratitude.

— Et quand cela s'est-il produit ?

— Tout de suite après le départ de Cornie.

— Vous aviez attendu ?

— Oui, reconnut-elle, fatiguée. Nous avions prévu le cas, Jones et moi. C'est pourquoi il a renvoyé Cornie dans la salle de bal. C'était un prétexte pour l'empêcher d'intervenir. J'ai attendu qu'il soit parti dans la pièce à côté.

En ayant enfin terminé, elle croisa les mains sur son ample poitrine et poussa un soupir de soulagement. Cassie s'éveilla alors et regarda autour d'elle, l'air étonné.

Cornie était venu se placer à côté de Mme Lobkova et lui avait placé une main sur son épaule ; elle posa ses doigts boudinés sur la main de mon frère. Une grande paix se dégageait d'eux. Elle regardait toujours le colonel, mais son expression était celle du soulagement.

— J'ai toujours le foulard, si vous avez besoin d'une preuve.

Le colonel, qui avait gardé une mine sévère, acquiesça de la manière la plus courtoise. Je n'avais aucune idée de ce qu'il avait en tête, alors.

Pendant les derniers instants de cette confession, j'avais eu l'impression que Letitia ne se tenait pas très loin — ou plutôt l'impression de voir sa silhouette vague errer de-ci, de-là, à la périphérie de mon champ visuel.

A peine y avais-je fait attention. J'étais trop pris par les questions de Porphyre, essayant d'en raccorder les éléments les uns aux autres.

Et il y avait eu le moment où le colonel et Letitia s'étaient rejoints. Elle avait cessé de faire les cent pas, il avait fini de poser ses questions. Un étrange moment d'arrêt s'en était suivi, pendant lequel je l'avais vu regarder d'un air presque stupide ; elle se tenait à cinq ou six mètres de lui.

Soudain il se précipita. Il y eut des exclamations, les gens s'écartant vivement de ce bolide qui fonçait sur eux, presque à l'horizontale. Letitia se retrouva sur le sol de pierre. Elle se débattait, le colonel était sur elle, les doigts profondément enfoncés dans la bouche de ma sœur.

Tout le monde se rua vers eux, me bousculant au passage. J'entendis la toux violente de Letitia qui s'étouffait. Puis le colonel se releva, chancelant, passablement essoufflé. Il prit un mouchoir et essuya le sang qui coulait de sa main, à l'endroit où ma sœur l'avait mordu. Entre le pouce et l'index, il tenait ce qui semblait être un petit cachet bleu clair. Il le fit rouler dans sa paume, l'objet y laissant une trace en zigzag à la fois bleuie et ensanglantée.

Letitia, encore allongée sur le dos, toussait et crachait violemment.

— Vous feriez mieux de me donner le reste de ces cachets avant que les choses ne tournent mal, mademoiselle Letitia, lui dit Porphyre.

Il se baissa vers elle, la prit par un bras et la remit sur ses pieds, sans brutalité.

— Allons, conduisons-nous comme des personnes civilisées, ajouta-t-il en tendant la main.

Elle regarda sa paume ouverte comme si celle-ci la dégoûtait. Un instant, je crus qu'elle allait cracher dedans. Mais, au lieu de cela, elle glissa une main dans la poche de sa robe, y fouilla quelques instants, et en retira une petite boîte blanche qu'elle jeta presque dans la main tendue.

— Merci, dit-il avec une petite courbette presque courtoise.

La crise passée, Mme Lobkova se précipita vers Letitia.

— Mon Dieu, Lettie ! Quelle folie ! Au nom du ciel, qu'est-ce qui t'a prise de…

Mais une série de craquements assourdissants, en provenance de la porte, l'interrompit net. Ceux-ci se produisaient en rafales de trois ou quatre, leur bruit étant d'autant plus terrifiant qu'il se répercutait dans le réseau des tunnels et des cavernes souterraines.

Les bébés se mirent tous à hurler. Sofi bondit aussitôt, allant d'un berceau à l'autre. Nous nous étions tous levés, tournés vers le colonel, attendant de le suivre.

Trois détonations retentirent encore, suivies ensuite d'un roulement continu de coups qui dura bien une minute. Le vacarme était infernal.

Puis il y eut un craquement plus puissant que tous ceux qui avaient précédé : agissant comme une décharge électrique, il poussa Porphyre à l'action.

— Il semble, dit-il presque à regret, qu'il serait temps de quitter les lieux.

Le craquement qui suivit ne fit que confirmer la sagesse de cette décision. Lorsqu'il reprit la parole, le colonel s'exprima d'une voix très posée :

— Puis-je demander à chacun de vous de prendre son matelas pneumatique et d'aller le poser au bord du cours d'eau ? Cela fait, rassemblez vos affaires ; ne prenez que l'indispensable, des choses légères et faciles à transporter. Quelques conserves. De quoi tenir quelques jours.

Il voulut continuer, mais une nouvelle rafale de coups violents l'en empêcha.

— Et l'eau ? demanda Ogden.

— Il y aura tout ce qu'il faut dans la forêt. Prenez quelque chose de chaud. Une seule : un blouson ou un lainage. Il fera froid, dehors, après le coucher du soleil.

— Et les bébés ? voulut savoir Sofi, qui en berçait un dans ses bras. (Avec la frayeur qui se marquait sur son visage, elle était plus belle que jamais.) Pas question que je parte sans eux, insista-t-elle.

— Je n'avais pas l'intention de vous le demander, répondit le colonel, vexé qu'elle ait pu seulement le penser. Chacun de nous en prendra un sur son pneumatique.

— Je peux en prendre deux, offrit Ogden.

— Moi aussi, ajoutai-je vivement.

Aussitôt, nous allâmes chercher la marmaille qui hurlait dans les berceaux.

— Habillez-les chaudement, nous lança Porphyre entre les craquements de la porte. Nous risquons de passer plusieurs jours dehors.

Tandis que nous préparions les bébés, Magnus et ses hommes se regroupèrent à une quinzaine de mètres de nous en un grand demi-cercle ; genoux en terre, fusils prêts à tirer, ils faisaient face aux doubles battants de la porte. Magnus nous regardait, nerveux, surveillant nos préparatifs comme s'il souhaitait que nous fussions déjà partis.

En dépit de la terreur presque incontrôlable qui nous

tenait pendant que nous nous démenions ainsi, tous nos préparatifs furent terminés en un peu moins d'une demi-heure.

Bientôt, dix-huit radeaux de fortune s'alignaient le long de la berge, caravane aquatique chargée de nourriture, de vêtements bizarres et de tout ce qui était assez léger pour pouvoir être emporté.

Il fallait rendre grâces à Jones : ces matelas pneumatiques étaient un coup de génie. Je n'y avais vu que des lits de fortune ; lui avait anticipé et pensé qu'ils seraient bien pratiques dans le cas d'une évasion, si jamais il fallait en arriver à cette extrémité. C'était le cas.

On chargea les enfants en dernier ; nous les montâmes dans des couvertures et les attachâmes aux boucles de nos radeaux à l'aide de nos ceintures.

Derrière nous, le tapage était assourdissant. Il n'y avait pratiquement plus d'intervalles entre les coups, les chocs des deux béliers qui travaillaient ensemble donnant l'impression d'un roulement de tonnerre continu. Le désir de s'éloigner de ce tintamarre était encore plus grand que celui de fuir les horreurs inimaginables que les Hommes des Bois nous réservaient.

Nullement impressionné par le boucan, le colonel Porphyre vérifia que les arrimages étaient solides.

Enfin, tout fut prêt. Il m'est difficile de me souvenir clairement des émotions diverses de ces derniers instants à Frazé, dans le désordre, la confusion et l'excitation qui régnaient ; tout se brouille dans ma mémoire. Nous partions. Nous laissions le seul foyer que nous eussions jamais connu et je me sentais étrangement déchiré.

Tout à la fin, Magnus nous rejoignit. Agenouillé à côté de Porphyre, la bretelle de son fusil tendue contre la poitrine, il me parut mitrailler son supérieur d'une multitude de détails de dernière minute. Le colonel, les yeux baissés, se mordillait la lèvre supérieure et approuvait de brefs hochements de tête.

Tel que je le compris, leur plan prévoyait que nous partions tout de suite, Magnus et ses hommes servant d'arrière-garde. Trois ou quatre radeaux resteraient en arrière, laissant prendre un peu d'avance au groupe principal, avant que les Hommes des Bois aient fini de démolir la porte et repris leur poursuite. Mais, bien avant cela, Magnus et sa troupe auraient à leur tour sauté sur leurs matelas afin de nous retrouver à la sortie du tunnel.

J'ignore les propos qu'échangèrent le colonel et Magnus en ces ultimes moments. Je suppose qu'ils devaient avoir trait au minutage de l'action et au temps que mettraient ces portes, en principe indestructibles, à céder sous les assauts furieux des Hommes des Bois.

Enfin, Magnus se releva et, au pas de course, alla reprendre sa place au milieu de ses hommes. Porphyre nous rejoignit sur la rive où nous l'attendions, tandis que les pneumatiques oscillaient et frottaient contre le lit de la rivière, peu profonde à cet endroit. Il fallait les retenir pour qu'ils ne soient pas emportés par le courant, très prononcé en cet endroit.

Le colonel sentit notre appréhension. Il nous rassembla auprès de lui, tandis que roulait le tonnerre des béliers et que grondait le cours d'eau souterrain. De son doigt court et légèrement crochu, il nous montra l'aval comme pour nous dire « Par là ».

— Le tunnel, hurla-t-il en s'efforçant de couvrir le vacarme, fait environ un kilomètre et demi de long et sort de terre dans la forêt, au sud.

Sa voix se perdait dans le bruit infernal ; on en était réduit à lire sur ses lèvres, saisissant un mot au vol, de temps en temps.

Tout le monde savait que, les jours précédents, il avait envoyé ses hommes en reconnaissance dans les tunnels ; l'objet de ces expéditions avait été de tester la navigabilité de la rivière et de voir à quel endroit elle ressortait. La question que nous avions tous à l'esprit était, bien entendu, de savoir si les Hommes des Bois ne connaissaient pas aussi cet endroit.

Le colonel devait certainement la lire sur nos visages. Je crois qu'à ce moment-là, après toutes les vaines promesses qu'il nous avait faites sur l'arrivée imminente des secours, il était soulagé que nous ne la lui posions pas.

— On se retrouve tous dehors, conclut-il avec un sourire, le bras tendu.

Un réconfort, ce sourire, en un tel moment ; timide, amusé, un peu comique, étant donné la situation.

Cassie, qui se trouvait près de lui, le regarda de son air rusé et sceptique.

— Bon, mais après... où irons-nous ?

Posée dans toute sa brutale nudité, la question le fit enfin éclater de rire. Cela faisait longtemps que cela ne lui était pas arrivé. Il ne put résister à l'envie de lui tapoter la tête.

— Dans le monde, mademoiselle Cassie. Accrochez-vous bien ! Vous êtes sur le point d'y être catapultée !

Paroles qui semblent maintenant un peu pompeuses, mais au moment où il les prononça, hurlant à pleins poumons pour se faire entendre, je ressentis, je m'en souviens, une sorte de choc étrange. Peut-être ne s'agissait-il que d'une montée d'adrénaline. Après tout, qu'est-ce qui nous attendait, à la sortie de ce tunnel ? Le monde, certes. Mais avec tous ses périls et tous ses dangers. Les Hommes des Bois. La captivité. L'esclavage forcé. La mort, peut-être. Et, naturellement, la peur. Mais il y avait aussi autre chose. Je crois qu'on peut parler d'espoir. Au cours des quelque quatre-vingts années que j'avais vécues, il m'était arrivé bien des choses ; mais l'espoir n'en avait jamais fait partie, pas sous cette forme. Jamais je n'avais ressenti un sentiment aussi violent, enivrant et pur ; sentiment d'être sur le point de vivre quelque chose d'extraordinaire, de bouleversant. Je le sentais monter du plus profond de mon être et m'étreindre la gorge ; il finit par exploser par ma bouche, moitié cri, moitié éclat de rire. Seul Ogden, déjà dans l'eau à côté de moi, l'entendit. Il se débattait avec l'un des pneumatiques qui menaçaient de dériver et tressaillit. Il me foudroya du regard, ce qui me fit rire encore plus.

Sofi, elle aussi, éclata de rire ; je crois qu'elle avait dû ressentir quelque chose d'équivalent. Comme moi, elle n'aurait pas été capable de le décrire. Elle aussi ne pouvait que rire.

Porphyre parut étonné de notre gaieté. Il la mit très certainement sur le compte de notre nervosité ou de notre sottise de jeunes gens. Même s'il avait sans doute déjà senti l'ironie qui voulait qu'en dépit des apparences nous fussions bien loin d'être jeunes. De fait, Cassie mise à part, nous étions tous plus âgés que lui, qui avait seulement un peu plus de cinquante ans.

Il était grand temps de prendre le départ. Les radeaux crissèrent, s'enfoncèrent et coulèrent à moitié lorsque nous nous juchâmes dessus en nous efforçant de ne pas les faire chavirer. L'astuce consistait à trouver l'endroit exact où le poids des enfants, du chargement et de notre corps se répartissait le mieux possible pour trouver l'équilibre. Ce n'était pas facile.

Finalement, tout fut en ordre, et nos dix-huit radeaux s'alignant le long de la rive s'agitaient sur l'eau comme des bouchons, subissant l'assaut du courant.

— Dès que vous atteindrez le bout du tunnel, cria le colonel Porphyre, les mains en porte-voix, vous déboucherez dans un lac. Tirez les matelas pneumatiques à sec et attendez les autres. Ne vous dispersez à aucun prix. Restez ensemble jusqu'à ce que tout le monde soit arrivé.

Une foule d'instructions de dernière minute lui étaient venues à l'esprit, mais même lui finit par se rendre compte qu'il y avait du danger à retarder encore le départ.

Derrière nous, le tapage des béliers atteignait un niveau sonore effroyable. Les enfants hurlaient, la rivière grondait. C'est à cet instant-là, alors que les grandes portes d'acier commençaient à trembler sur leurs gonds et à ployer vers l'intérieur, que le colonel leva le bras droit d'un geste raide, et l'abaissa d'un mouvement sec et vif, pointé vers l'aval.

Nous étions partis.

Porphyre avait pris le radeau de tête. N'ayant toujours pas quitté son chapeau homburg et un costume qui le faisait paraître presque comique dans ces circonstances, il se servit de ses mains comme de pagaies pour gagner le milieu du courant. Il avait deux enfants avec lui et son matelas oscillait dangereusement. A un moment donné, je retins même ma respiration, persuadé qu'il allait se retourner avant que nous n'ayons tous démarrés.

Lorsqu'enfin le courant s'empara de lui, le matelas se redressa tout seul et tourna sur lui-même avec une majestueuse lenteur. Il pencha un instant de côté, revint à l'horizontale, s'éleva un instant comme une baleine qui fait surface et s'enfonça à toute allure dans les ténèbres grondantes.

Cornelius, puis Sofi et Ogden s'élancèrent à leur tour. Etant donné ce qui s'était passé quelques instants auparavant, il avait paru peu raisonnable de laisser Lettie se débrouiller seule sur un radeau, et Mme Lobkova n'avait pas voulu en entendre parler ; elles se retrouvèrent donc catapultées à deux sur un matelas qui avait du mal à maintenir sa ligne de flottaison. Bien entendu, aucun enfant ne les accompagnait.

Mon tour était arrivé. Les instructions que m'avait données Porphyre à la hâte, me les criant dans l'oreille, consistaient à rester aussi près que possible des deux femmes, au cas où Letitia tenterait de « commettre une folie ». Cassie m'accompagnait, avec un bébé.

La descente du tunnel fut rapide et me parut terminée alors qu'elle avait à peine commencée, la distance à parcourir étant tout de même d'un kilomètre et demi. Comme on le raconte pour les personnes qui se noient, j'eus l'impression de revivre toute mon existence en un instant.

Le souvenir que je garde de cette expérience est cependant très confus ; je ne me souviens que d'avoir été secoué interminablement dans un tunnel que je dévalais à toute vitesse. Le plafond en était tellement bas qu'il fallait rester complètement allongé pour ne pas se faire raboter le crâne. Cassie tremblait sous l'un de mes bras, et le bébé geignait doucement sous l'autre.

Il n'y avait rien à faire ; nous étions entièrement à la

merci du courant. Direction, vitesse, nous n'avions barre sur rien. Tout ce que nous pouvions faire était de nous cramponner solidement et d'attendre.

En fait, il n'y avait qu'une route à suivre, et le tunnel était tellement étroit que les matelas pneumatiques se dirigeaient tout seuls ; en tendant les bras, on pouvait toucher les deux parois latérales, ce qui permettait de garder nos embarcations de fortune pointées dans la bonne direction. Il régnait l'obscurité la plus totale et l'on ne pouvait distinguer ni le radeau qui précédait, ni celui qui suivait. Néanmoins, on en devinait plus ou moins la présence, tout près. Chacun isolé sur le sien, nous cherchions notre chemin à tâtons, livrant une bataille solitaire contre le doute et le découragement.

Il n'y avait que très peu de fond, un mètre vingt au plus, nous ne pouvions donc pas nous noyer. Mais c'était une eau très froide, alimentée par des courants souterrains. A nous retourner dans un flot aussi rapide, nous n'aurions eu que peu de chances de redresser nos matelas. En outre, un bain prolongé dans des eaux à cette température aurait été fatal. Les bébés, eux, n'auraient jamais pu survivre à un tel dessalage.

A un moment donné, l'obscurité fut telle que nous ne vîmes plus que les phosphorescences de l'écume que faisaient jaillir les pneumatiques secoués par le courant. Le grondement du courant faisait mal aux oreilles et à la tête. Allongé sur le ventre, n'ayant que cette mince bande de caoutchouc entre moi et l'eau, je sentais le courant vibrer d'une immense puissance, comme si j'en étais partie intégrante. Nous n'étions que fétus de paille en équilibre précaire sur son dos instable. Pas question de le contrôler ; dès l'instant où l'on s'abandonnait à lui, il n'y avait ni retour possible, ni moyen de s'arrêter. Je restai donc couché, me cramponnant de toutes mes forces, coinçant mes deux passagers sous mes bras écartés, priant que le flot nous fût favorable.

Savoir que d'autres nefs nous précédaient et suivaient était un maigre réconfort. En tout état de cause, nous étions seuls ; c'était en soi qu'il fallait chercher le courage et l'espoir. Même Cassie et le bébé, pourtant collés contre moi, me paraissaient à des années-lumière.

Soudain, j'aperçus un arc de lumière grise au-devant de nous. Il avait la luminosité surnaturelle des reflets qui naissent sur l'étain sale. Je n'avais encore jamais rien vu d'aussi surprenant, d'aussi évocateur d'un autre monde. Il ne s'agissait pourtant que de la demi-lune de lumière fade vers laquelle nous nous précipitions.

L'écume que soulevait la proue de notre embarcation nous aspergeait d'une douche si glaciale qu'on en éprouvait l'envie de crier. N'y pouvant plus tenir, je criai à pleins poumons – un hurlement rauque, sauvage, interminable. J'étais de plus en plus trempé, les flots grondaient dans ma tête, inlassablement nous chevauchions le fragile radeau de caoutchouc qui nous entraînait en se cabrant vers la lumière.

Celle-ci devint aveuglante. Quand nous débouchâmes à l'air libre, j'en sentis immédiatement la chaleur, et des disques violets se mirent à danser devant mes yeux. A l'avant, j'entendis des cris, des éclaboussements, de grosses voix qui aboyaient des ordres. Toujours ébloui par la lumière, je ne distinguais rien et ne comprenais pas ce qui se passait.

Lorsque finalement mes pupilles accommodèrent, je me rendis compte que nous nous trouvions dans une sorte de grand étang ; les matelas avaient créé une embâcle au sortir du tunnel, se heurtant mutuellement ; la plupart portaient encore leurs passagers, certains de ces derniers avaient réussi à gagner le rivage. Les enfants hurlaient, pleins d'une saine indignation d'avoir été aussi violemment chahutés.

C'est alors que je vis le colonel Porphyre. Il se tenait déjà sur la berge, à côté de son pneumatique. Dans l'eau jusqu'aux chevilles, il roulait le bas de son pantalon mouillé jusqu'à ses genoux. Je constatai avec stupéfaction qu'il avait toujours son homburg vissé sur la tête. Le reste de sa tenue, costume et chemise blanche, était intact, mais complètement détrempé.

Les homme de Magnus furent les derniers à émerger

du tunnel ; toujours sur les radeaux ou marchant à côté d'eux, ils accostèrent, chacun prenant soin de tenir son arme au-dessus de sa tête. Ayant déposé leurs fusils sur la berge, ils retournèrent patauger dans l'étang pour attraper les matelas qui dérivaient et les ramener au sec.

Il régnait une espèce d'ivresse légère, comme si nous partions faire un pique-nique dans les bois. Un étranger qui nous aurait vus à ce moment-là n'aurait jamais imaginé par quelles épreuves nous venions de passer, ni celles qui nous attendaient sans doute encore.

Mais déjà Porphyre organisait la suite, comptant les têtes, s'assurant que personne ne manquait. Sofi et Mme Lobkova s'occupaient des enfants ; certains de ces derniers étaient complètement trempés et il fallait les changer. Beaucoup, depuis qu'ils avaient retrouvé la terre ferme, s'étaient calmés.

Le danger n'en était pas écarté pour autant. En dépit de ses airs d'Eden avant l'apparition du serpent, la forêt pouvait se mettre à grouiller d'Hommes des Bois d'un instant à l'autre.

Tout laissait à penser que ceux-ci avaient dû venir à bout des portes blindées et découvrir ce qui s'était passé. Il ne fallait pas être grand clerc pour deviner par où nous avions fui ; de plus, ces pisteurs exceptionnels connaissaient admirablement bien la forêt et devaient savoir où se jetait le cours d'eau qui passait sous Frazé.

— Il faut partir sur-le-champ ! déclara Porphyre d'un ton impatient. Ils peuvent arriver à tout moment.

Nous défîmes rapidement les cordages qui retenaient les provisions sur les matelas pour transférer ces dernières sur la terre ferme. Il fallait porter les bébés à l'indienne, sur le dos, et la nourriture empaquetée dans nos bras.

A ma grande stupéfaction, tout cela fut fait en un temps record, mais cela me laissa l'impression d'une suite d'événements chaotiques.

Quelques ordres brefs, et nous fûmes bientôt tous chargés et prêts à repartir. Notre plan était de nous diriger droit sur la côte, soit une marche d'environ cent vingt kilomètres qui se déroulerait à travers une forêt profonde et peu hospitalière. Il y aurait des étapes, évidemment, mais la randonnée ne s'annonçait pas facile, en particulier si les Hommes des Bois retrouvaient notre trace.

Ce qui se produisit sans tarder.

Je fus le premier à en repérer un. Il sortit des bois tel un promeneur du dimanche. Petit chapeau de plumes, pantalons serrés sous le genou, herminette et hachette tintant l'une contre l'autre à sa taille et rebondissant sur le sol, on aurait dit une poupée dans une boutique de souvenirs du Tyrol. C'est qu'elles étaient presque charmantes, ces créatures, si l'on ne connaissait pas la noirceur de leur cœur et leur bestialité.

Soudain, je vis son visage : menton pointu, pommettes hautes, fentes comme un trait de crayon à la place des yeux, peau sombre comme un vieux cuir tanné, on l'aurait dit sculpté dans du bois.

Il était à trente mètres de moi, mais j'entendis son cri d'étonnement quand il nous repéra. Il fit demi-tour et bondit. Une seule détonation se répercuta dans les bois. La silhouette courtaude trébucha, puis s'effondra. Le tireur alla vite vérifier que l'Homme des Bois était bien mort.

Le colonel agita les bras, nous faisant signe de nous serrer en ligne. Le soulagement que nous avions ressenti quelques minutes auparavant s'était bel et bien évanoui.

Le chevrier isolé que nous venions d'abattre devait faire partie d'une patrouille de reconnaissance et nous étions à peu près sûrs qu'il s'en trouvait d'autres dans le voisinage. Nos assaillants avaient certainement entendu le coup de feu et allaient se précipiter aux nouvelles.

Sachant que nous étions armés, ils hésiteraient pourtant à nous approcher, même s'ils n'avaient aucune intention de nous laisser filer — moi surtout. Cela dit, l'idée de subir des pertes, même importantes, ne les ferait sûrement pas reculer. Ils restaient hors de vue, mais, avec leur perversité habituelle, faisaient du bruit dans les fourrés en s'interpellant les uns les autres, pour mieux nous narguer.

Le moral, déjà plutôt bas lorsque nous nous étions mis en marche, se désagrageait au fur et à mesure de notre avancée : s'ouvrir un chemin dans le sous-bois demandait beaucoup d'efforts, et notre chargement nous paraissait plus lourd à chaque pas.

Il n'y avait, en effet, aucun chemin de tracé ; nous devions l'ouvrir à coups de bâton ou de crosse de fusil, et écarter un mur constamment reformé de plantes griffues et d'aiguilles de conifères qui transperçaient nos vêtements et nous griffaient les parties découvertes du corps. Les moustiques et les nuées de mouches noires qui nous entouraient s'en donnaient à cœur joie.

Les Hommes des Bois étaient partout autour de nous, et, semblait-il, toujours un peu plus près.

L'effort que nous déployions pour avancer au même rythme était grand pour tout le monde, mais terrible pour Mme Lobkova. Ses seules proportions lui rendaient la tâche pénible, et c'était pitié de la voir trébucher, tomber à genou et essayer maladroitement de se remettre sur ses pieds.

Porphyre ne cessait de revenir sur ses pas pour l'aider. A un moment donné, elle s'affaissa avec la grâce solennelle d'un grand bateau qui coule. Nous nous arrêtâmes, regardant le colonel qui s'était agenouillé à côté d'elle. Je le vis remuer les lèvres et devinai les encouragements qu'il lui prodiguait tandis qu'elle secouait la tête, d'un air désespéré. Je compris qu'elle lui demandait de la laisser, mais qu'il s'y refusait. Au contraire, nous attendîmes qu'elle fût reposée, un silence menaçant se mettant à planer sur la forêt.

Porphyre savait-il dans quelle direction il nous entraînait ? Se doutait-il du destin qui nous attendait ? Personne n'aurait pu le dire. Il n'avait ni boussole ni carte. Il se reposait manifestement sur son seul sens de l'orientation, son instinct de chasseur de criminels, sans doute très sûr, n'étant peut-être pas exactement ce qu'il nous aurait fallu pour déjouer les pièges et les embûches de la forêt.

Les Hommes des Bois passèrent à l'attaque environ une heure plus tard. Je ne sais ce qui leur fit prendre cette décision : le fait, peut-être, que nous allions passer dans une partie de la forêt qui ne se trouvait pas sur leur territoire habituel, et était donc moins sûre pour eux. Ils se rendaient aussi certainement compte que nous commencions à faiblir, que notre colonne s'étirait de plus en plus, que notre vigilance diminuait, que nous étions de plus en plus épuisés. Même les hommes de Magnus, en dépit de leur courage et de leur énergie de chiens de meute, donnaient des signes évidents de fatigue.

Lorsque l'attaque se produisit, ce fut soudainement, comme lorsqu'ils s'en étaient pris au cercueil de Jones. Tout s'anima brusquement autour de nous, dans un grand vacarme de hurlements, de coups de feu, de masses heurtant le sol, de rameaux cassés, de corps se précipitant dans les fourrés. De gros projectiles de pierre, plus que suffisants pour écraser un crâne, tombaient du ciel, catapultés par des frondes.

Nous répondîmes par un feu nourri, mais hélas ! au jugé. Incapables de voir nos ennemis, nous fûmes bientôt dispersés et crûmes tout perdu. Une chose joua cependant en notre faveur : les Hommes des Bois avaient déclenché leur attaque à l'instant précis où nous arrivions à la lisière d'une grande clairière.

Nous avions devant nous une étendue inégale, grêlée de trous et couverte de débris rocheux épais. Y livrer un ultime combat ne serait pas facile.

Porphyre avait sans doute espéré le miracle d'une intervention – qui aurait dû arriver depuis longtemps – en provenance du continent. Lorsque nous entrâmes dans la clairière, je lus dans ses yeux un sentiment d'échec cuisant.

Je suis certain qu'il se sentait entièrement responsable de la situation dramatique dans laquelle nous nous trouvions. Il ne se chercha pas d'excuses. Jamais, non plus, il ne se plaignit de ses collègues du continent qui avaient tant tardé, ni ne chercha à faire porter à d'autres la responsabilité de ce qui s'était passé.

A ses yeux, il avait trop promis et n'avait pu tenir ses engagements. Même sa mission à Frazé – appréhender le meurtrier du deuxième homme le plus riche du monde — paraissait dénuée de toute signification. Qu'importait maintenant de savoir le rôle qu'avait joué Mme Lobkova dans la mort de Jones et la complicité indirecte qui était la nôtre ? A ce moment-là, je crois, il nous prenait plus pour des victimes que pour des bourreaux.

Mais, si cet homme de bonne volonté était brisé, il n'était pas encore vaincu. Dès qu'il fut dans la clairière, rage ou frustration, il se mit à hurler ses ordres à pleins poumons. On aurait dit les rugissements d'un lion blessé ; si les ténèbres de l'âme ont un cri, il doit ressembler à cela.

En dépit de tout, il courut jusqu'au centre de la clairière, agitant les bras, sans cesser de hurler un instant. Attifé comme il l'était de son costume et de son chapeau melon, il offrait un spectacle totalement surréaliste.

Mais roboratif ô combien : il avait voulu qu'on le suive, dans notre confusion nous lui emboîtâmes le bas en gesticulant comme lui. Cette bruyante manifestation eut l'effet attendu : elle paralysa les Hommes des Bois pendant quelques instants. Ils s'arrêtèrent de bouger et j'eus, à cette seconde-là, une vision très claire de ce qui se passait à la lisière de la forêt. Des centaines de petites silhouettes sombres y étaient massées. Avec leurs gilets et pantalons en peau, elles se fondaient tellement dans le feuillage qu'on avait davantage l'impression de voir une ligne continue que des individus séparés ; on aurait dit un énorme ver, faisant onduler ses anneaux et menaçant à tout moment de venir nous étouffer.

Néanmoins, rien ne se produisit ; ils restaient toujours embusqués à la lisière de la forêt, comme éberlués et pris de court par nos hurlements et nos gesticulations. Les braillements d'une douzaine de bébés ne faisaient rien pour atténuer leur étonnement.

Combien de temps les chevriers allaient-ils retarder le moment de charger ? Ils voyaient bien que nous étions épuisés et qu'ils nous surpassaient en nombre. Peut-être même se doutaient-ils que nous serions rapidement à court de munitions. Mais, tant que nos vociférations leur feraient cet effet, il n'était pas question d'arrêter.

Pendant les minutes qui suivirent, le vacarme ne fit que croître dans nos rangs. Néanmoins, nous n'allions pas pouvoir tenir ainsi bien longtemps. Il faut une énergie peu commune pour faire autant de tapage, et nous en manquions singulièrement. Quant aux Hommes des Bois, ils n'allaient pas se laisser impressionner indéfiniment. Ils voulaient, s'ils le pouvaient, nous prendre vivants. Après tout ce qu'ils avaient fait, ils avaient enfin leur roi en vue et n'allaient certainement pas renoncer. J'eus un frisson en pensant à Zann et à ce qui m'attendait dans leur camp.

Nous nous étions regroupés et, serrés et adossés les uns contre les autres, surveillions ainsi chaque mètre de la clairière. Mais notre tactique perdrait beaucoup de son efficacité dès que la nuit tomberait.

Porphyre avait ordonné à tous ceux qui avaient une arme de ne pas ouvrir le feu afin d'économiser les munitions ; nous ne devions tirer qu'en cas d'attaque massive.

Cette situation se prolongea un certain temps. Le soleil était très haut dans le ciel et, dans cette clairière sans aucune ombre, nous inondait impitoyablement de sa chaleur. Nous étions fatigués de hurler et sentions plus que jamais le poids de notre chargement sur nos épaules. Le grand serpent ne cessait de tordre et détordre ses anneaux en bordure de la forêt, mais nous l'avions constamment à l'œil et pouvions presque mesurer sa nervosité à son silence anormal.

Porphyre était tout aussi nerveux que lui. De temps en temps, il jetait un coup d'œil vers le ciel sans nuage, d'un bleu éclatant. Au moins le mauvais temps avait-il cessé. L'immobilité de notre chef, la manière dont il tendait l'oreille au moindre bruit, faisait penser à un cerf aux abois. On aurait dit qu'il sondait le silence lourd et y déchiffrait de terribles présages.

En groupe compact, l'air lugubre, nous attendions la ruée qui ne pouvait pas ne pas se produire d'un instant à l'autre. Si les Hommes des Bois avaient su à quel point nous étions à bout de ressources, sans doute se seraient-ils décidés bien avant.

Adossée à moi, Sofi m'interpella à voix basse par-dessus son épaule.

— Jonathan ?

— Oui.

— Tu es là ?

— Evidemment que je suis là ! Qu'est-ce que tu crois ? Que veux-tu ?

— Je suis désolée.

— De quoi ? lui demandai-je, étonné, en essayant de la voir par-dessus mon épaule.

— Pour tout.

Ne sachant trop ce qu'elle voulait dire, j'étais sur le point de le lui demander lorsqu'un hurlement à glacer le sang déchira l'air chaud et arrêta net le chant des grillons. Le ver qui entourait la clairière s'était remis lentement en branle.

— En joue ! lança Porphyre d'une voix enrouée. Nous tirerons à trois, monsieur Magnus !

Les hommes armés épaulèrent, mais le cercle irrégulier de nos trolls n'en continua pas moins à se resserrer. Tous avançaient, implacables, prêts au sacrifice.

— Un ! cria Porphyre, tout aussi implacable. Deux ! (Son regard ne quittait pas le nœud coulant qui venait nous étrangler.) Trois !

La première décharge roula comme le tonnerre, assourdissante. Nous vîmes les premières silhouettes s'effondrer, mais pour être aussitôt remplacées par d'autres. Les fusils continuèrent à faire feu, les Hommes des Bois continuèrent à tomber. Le bruit était terrifiant. Des oiseaux s'enfuirent à tire-d'aile des arbres qui bordaient la clairière.

Un gros caillou arriva en sifflant ; j'entendis le bruit mou d'un choc, puis celui, écœurant, de la boue qui giclait. A côté de moi, un des hommes de Magnus était tombé à genoux, puis s'écroula, une joue en terre. L'autre, tournée vers le ciel, était rouge de sang. Son œil, ouvert, regardait droit devant lui. Du sang lui coulait à flots d'une oreille.

Quelqu'un se baissa, ramassa son fusil et me le colla dans les mains. Je me mis à faire feu presque mécaniquement, sans viser, tirant juste devant moi.

Je sentis les vibrations de l'arme me remonter dans l'épaule, ses détonations m'explosant dans la tête.

Puis il me sembla entendre un bruit lointain, des rafales ininterrompues et sourdes. Elles ne ressemblaient pas aux autres ; elles étaient plus basses et, plus régulières, formaient un grondement continu.

Je regardai Porphyre, puis Cornie. Ils avaient levé les yeux vers le ciel. Je les imitai. Tout d'abord, je ne vis rien. Mais voilà qu'ils me montraient quelque chose en criant. Cette fois-ci, j'aperçus un point noir, minuscule dans le ciel, bientôt suivi d'un autre, puis d'un autre encore.

Porphyre déchargea son fusil en l'air, dans l'espoir d'attirer leur attention. Plusieurs de ses hommes en firent autant, tirant souvent leur dernière cartouche. L'un des points noirs – celui de tête – vira de bord et se dirigea vers nous, grossissant peu à peu. Les autres le suivirent, ayant adopté une formation en coin. Enfin, nous distinguâmes nettement les coups sourds des grands rotors qui brassaient l'air, tandis que les hélicoptères perdaient de l'altitude pour venir décrire des cercles autour de la clairière. J'en comptai maintenant neuf ou dix, mais peut-être y en avait-il davantage.

Les Hommes des Bois s'étaient arrêtés dans leur progression et regardaient le ciel. Brusquement leurs rangs se défirent, chacun refluant au plus vite vers la forêt. Leur retraite, calme au début, devint rapidement un sauve-qui-peut général : semblable à quelque gigantesque libellule, un des hélicoptères venait de plonger sur eux. Dans la cabine de l'appareil qui s'était immobilisé au-dessus de nous, quelqu'un se pencha et nous indiqua le château.

Les autres hélicoptères en avaient déjà pris la direction, soulevant de grands nuages de poussière, renversant les arbres les plus jeunes.

Riant et poussant des cris de joie, agitant des bouts de tissu pour les saluer, nous repartîmes à travers bois jusqu'à la piste d'atterrissage de Frazé.

Epilogue

Le sommeil est doux, la mort est meilleure.
Heinrich Heine

J'habite maintenant dans un petit village de pêcheurs, sur le continent, mais toujours dans le nord. J'y vis sous un nom d'emprunt. Notre sauvetage et l'enquête qui a suivi nous ont valu tellement de notoriété et ont donné naissance à tellement de versions de notre histoire (la plupart outrageusement déformées) que le colonel Porphyre a pensé qu'il valait mieux que nous changions d'identité, au moins pour un temps. Il a usé de son influence pour nous procurer les papiers nécessaires, faux certificats de naissance et faux passeports, tous objets qui, pour être courants, ne cessent de nous ravir et étonner.

Grâce à la prodigieuse influence qu'il a au ministère, son enquête a établi la mort naturelle de Jones et conduit à un non-lieu général, ce qui nous a évité bien des ennuis. En un sens, ce verdict était vrai : Jones était bel et bien mort d'avoir vécu trop longtemps.

Si nous étions les héritiers naturels de l'un des deux hommes les plus riches du monde, les ressources qu'il avait mises de côté pour notre avenir n'étaient pas à la mesure de sa réputation ; de plus, nous étions assez nombreux à devoir nous partager cette fortune. Sans doute notre père n'avait-il rien prévu en ce sens puisque, pour lui, nous n'avions pas d'autre avenir que celui, tragique, qu'il avait tracé pour nous.

Sans formation spéciale, je n'ai pu obtenir mieux qu'un travail d'employé des postes. J'ai quelques amis, je vais et je viens. De temps en temps, je vois mes frères et sœurs, bien qu'ils vivent dispersés un peu partout dans le monde. En dépit de ce que notre situation a eu d'unique, nous n'avons en fin de compte que peu de choses en commun. Les barrières qui nous séparent se dressent toujours, plus hautes que jamais, alors que, selon le Système de Jones, notre éducation aurait justement dû éliminer toutes celles qui, d'ordinaire, séparent les membres d'une fratrie.

Alors que nous faisions nos premiers pas dans le monde réel, lorsque nous errions tous sur le continent à la recherche d'un endroit où nous installer, nous nous écrivions régulièrement, nous envoyions des cadeaux pour les fêtes, nous parlions au téléphone. Dans notre effort pour devenir des gens comme tout le monde, pour être une famille comme une autre, en quelque sorte, chacun de nous avait pris une date de naissance arbitraire afin d'en faire une occasion de fête. Mais cette pratique était vouée à l'échec, non pas parce que nous détestions nous voir, mais parce que nous n'avions tout simplement pas la moindre idée de ce qu'était un comportement réellement familial.

Nous continuons cependant à faire semblant de nous intéresser les uns aux autres et prenons régulièrement de nos nouvelles ; nous gardons le contact.

Letitia a épousé un mécanicien que je soupçonne de la brutaliser. Sofi s'est affiliée à une sorte de fraternité non pas religieuse, mais plutôt du genre commune autogérée. Elle ne mange que des fruits et des légumes et adorerait avoir des enfants ; elle est cependant beaucoup trop âgée pour cela, bien qu'elle n'ait pas l'air d'avoir plus de trente ans. Elle est plus ravissante que jamais, même si sa beauté a un côté moins flamboyant et assuré que par le passé. Il paraît qu'elle n'est pas toujours très soignée et qu'elle prend un malin plaisir à faire tout le contraire de ce qu'on lui a enseigné.

Il m'arrive d'éprouver la tentation de la revoir et d'essayer d'éclaircir les choses entre nous. Je ne parle pas de l'épouser ; il me semble que nous pourrions néanmoins conclure un accord de vie commune. Mais j'ignore si cela la tenterait ; de fait, je ne suis pas sûr de le vouloir réellement moi-même.

Cassandra vit avec Mme Lobkova. Wanda a tenu à la garder auprès d'elle sous prétexte que Cassie, en dépit de ses soixante-deux ans, serait parfaitement incapable de se prendre en charge. En réalité, c'est de plus en plus Cassie qui s'occupe d'elle ; Mme Lobkova est gonflée d'hydropisie et presque aveugle à cause de son diabète. Elle est pratiquement grabataire, et on ne pense pas qu'elle survivra au prochain hiver. Il ne faut pas oublier que Wanda a largement dépassé les cent ans.

De nous tous, c'est Cornelius qui semble s'être le mieux adapté à la vie du continent. Il peut en rendre grâces à Porphyre. Peu après nous avoir établi dans le lieu de notre choix, le colonel s'est servi de ses relations pour lui trouver un poste dans la police locale. Avec Porphyre pour mentor, Cornie a rapidement gravi les échelons, au point qu'il occupe actuellement des responsabilités importantes. Il faut dire que, dès le début, notre frère a fait preuve d'autant de courage physique que de flair et d'intelligence dans ses enquêtes criminelles. Sans doute Porphyre lui en a-t-il appris beaucoup. Cornie passe aujourd'hui pour son protégé, son adjoint non officiel ; on pense en général qu'il lui succédera.

Le colonel Porphyre a un peu grossi par rapport à l'époque où il est venu à Frazé. Il est atteint de calvitie, ce qui lui reste de cheveux étant d'un blanc cotonneux. Il se peigne en arrière et on lui voit des sillons de chair rose entre ses mèches éparses. Il a toujours ses grands yeux un peu larmoyants et son regard confiant d'épagneul. Il n'a cependant rien perdu de sa vitalité et, bien qu'à moitié à la retraite, il n'hésite pas à quitter un lit bien chaud, même par une nuit glaciale d'hiver, pour participer à une enquête difficile. L'attirent particulièrement les crimes les plus féroces.

Il paraît toujours s'intéresser beaucoup au clan Jones. Il nous écrit à tous régulièrement, ou nous téléphone. Je suis sûr qu'à l'exception probable de Cornie il nous considère tous comme une bande d'incapables, et pense que si nous devions nous débrouiller tout seuls nous péririons immanquablement. Bref, il nous témoigne un intérêt tout paternel, en quelque sorte.

Il vient me rendre visite une fois par an. Il m'amène invariablement une bouteille de bon porto, en consomme la plus grande partie pendant la soirée, en fumant toujours les cigarillos égyptiens auxquels il est resté fidèle ; plusieurs semaines après son départ, mes rideaux empestent encore le latakia. Mais c'est une odeur que je ne trouve pas désagréable, au fond, et je me prends à attendre son retour avec impatience. Nous commençons une partie d'échecs que nous n'achevons jamais ; nous n'avons ni l'un ni l'autre le goût de vaincre et préférons parler et boire.

Nous nous entretenons de bien des choses, mais évoquons surtout Frazé, revenant sans fin sur le rôle que nous avons tous les deux joué dans cette tragédie. Chaque fois, les détails changent, en particulier dans ma version, qui devient un peu plus héroïque au fil des ans — voudrais-je donc qu'elle se rapproche enfin de la manière dont j'aurais voulu que se passent les choses ? Je sens bien aussi que j'ai tendance à gommer les vérités qui me paraissent désagréables. Mais, avec son tact infaillible, jamais Porphyre ne se permet de douter de la véracité de mes affirmations. Il se contente d'écouter, de sourire et de hocher la tête.

Lors de l'une de ces visites, au moment le plus crucial de notre partie d'échecs, il tint tout à coup son cavalier en l'air et me regarda comme si c'était la première fois qu'il me voyait.

— Voyez comme c'est étrange, monsieur Jonathan. J'ai toujours pensé que vous étiez comme mon fils aurait été s'il avait vécu. Et ce n'est qu'aujourd'hui que je me rends compte que vous avez presque trente ans de plus que moi, et que c'est vous qui pourriez être mon père.

— Un père qui aurait la tête de votre fils ! dis-je au bout d'un instant.

Nous éclatâmes de rire de bon cœur.

Ainsi en va-t-il du passé. Peu importe nos efforts pour nous y accrocher, il nous glisse constamment entre les mains, aussi insaisissable qu'une anguille. Et, chaque fois que nous essayons de le reconstituer, il s'éloigne un peu plus de nous.

La semaine dernière, j'ai passé quelques jours avec Ogden. Vous imaginez ça, Ogden et moi ensemble ! Nous prîmes le thé dans un salon inondé de soleil, nous nous promenâmes sur les quais, nous échangeâmes des plaisanteries un peu contraintes, riant parfois comme de vieux amis, essayant de faire revivre une camaraderie qui n'avait jamais existé entre nous.

Ogden a vieilli de manière spectaculaire au cours des dernières années ; c'est beaucoup plus visible que chez moi, sans que je comprenne pourquoi. Ne suivant plus notre régime, nous avons tous vieilli, mais Ogden plus vite et plus fort que nous tous. Il grisonne, il a le dos voûté, il perd un peu la mémoire et fait tout à fait ses soixante-dix-neuf ans. Je suis sûr qu'il pense la même chose de moi. Il a renoncé à sa passion pour les collections d'insectes. La seule vue d'une araignée ou d'un cancrelat, aujourd'hui, a le don de le mettre hors de lui. Le cœur humain est vraiment un mystère.

Nous parlons de Jones, essayant, à notre manière maladroite, de nous faire une idée plus solide de ce qu'était vraiment notre père : qui il était, ce qu'il faisait, ce que nous signifiions pour lui. Après le procès, lorsque tout ce qui se passait à Frazé devint du domaine public, une moitié du monde voulut honorer en Jones un grand humaniste, l'autre ne voyant en lui qu'un mégalomane égocentrique, une espèce de vieil ogre qui avait engendré des bataillons de rejetons dans le seul but d'en faire les cobayes de ses expériences scientifiques démentielles. Son unique objectif aurait été d'engrangrer de gigantesques profits. Je me surprends maintenant à pencher moi-même en faveur d'une vision plus charitable des choses.

En dépit des efforts de la Fédération mondiale des Eglises et des philanthropes pour les en empêcher, Oncle Toby et Signor Parelli, soutenus par des légions d'avocats et l'énorme consortium avec lequel ils s'étaient alliés, ont tiré des profits astronomiques de la vente du TRX5. Ce médicament passe pour miraculeux, mais, à l'heure actuelle, seuls les gens fortunés peuvent se l'offrir ; ceux qui ne le peuvent pas doivent s'inscrire sur des listes d'attente et patienter pendant des années avant d'y avoir droit. S'ils ne sont pas morts avant. Le produit a suscité un énorme marché noir ; des gens peu scrupuleux ont fabriqué un produit entièrement bidon, utilisant un emballage qui est la contrefaçon parfaite de l'original et faisant passer leur marchandise pour la molécule authentique. On a volé, on a tué pour elle, m'a-t-on dit ; déjà, des procès en paternité de brevet font rage entre plusieurs géants de l'industrie pharmaceutique, chacun prétendant être le véritable inventeur de la dismutase.

Mais il en est d'autres qui affirment que le TRX5 n'est qu'une mystification et traitent cette invention par le mépris. Restent bien entendu tous les pauvres qui, ne pouvant même pas nourrir l'espoir de s'en procurer un jour, vivent les sept ou huit décennies auxquelles ils ont droit et disparaissent dans l'oubli.

Il m'arrive aussi de penser que toute cette affaire n'est qu'un vaste canular. On dit que Jones n'est pas mort. Les journaux signalent régulièrement qu'il aurait été vu ici ou là, Genève, Delhi, Rome, mais surtout dans des lieux insolites et lointains comme la forêt gabonaise ou quelque endroit encore plus reculé. Luttant contre les pandémies ou la famine. S'occupant des déshérités. Il en serait parfaitement capable. Tromper tout le monde – rien ne pourrait le ravir davantage. Peut-être est-il vivant. Respectant le régime. Je suis cependant certain d'avoir vu sa dépouille mortelle dans le village des Hommes des Bois. Je ne sais plus très bien ce que je dois croire.

Jones ne pourra jamais finir. On ne peut être quitte avec lui, en dépit de tous les efforts qu'on déploie. Il suffit qu'on annonce sa fin pour qu'il resurgisse ailleurs. Il ne vous lâche pas.

On voit beaucoup Oncle Toby et Signor Parelli sur le continent. Ils vivent ensemble, faisant grand étalage de leur richesse. Ils disposent d'une demi-douzaine de résidences dispersées sur toute la planète, plus somptueuses les unes que les autres. Ils ont des flottes d'automobiles et des distractions de maharadjahs. Les gens qui ont eu l'occasion de passer quelque temps en leur compagnie racontent que ce n'est pas une expérience agréable. Ils se méprisent mutuellement et ne font rien pour le cacher. Ils ne cessent de se chamailler, mais doivent néanmoins rester collés l'un à l'autre, comme s'ils avaient signé une sorte de traité de défense contre les géants de la chimie qui ont acheté le brevet du TRX5 pour le faire fructifier. C'est ce fait, et seulement celui-ci, qui empêche les loups de se précipiter à la curée – la peur que l'exploitation du brevet ne leur soit retirée. En attendant, ils se font extorquer des sommes astronomiques par l'institut Humanus et ses avocats pour avoir le privilège de jouer au jeu de la longévité.

Qui possède, en réalité, le brevet de la dismutase ? La question est rien moins que claire. J'aurais pu croire que c'était Oncle Toby, en sa qualité de parent le plus proche. Pas du tout, d'après Porphyre qui a quelques renseignements dans ce domaine ; des sources haut placées lui auraient appris que Signor Parelli aurait récemment pris le contrôle de la majorité des parts de l'institut Humanus et se serait lancé dans une lutte à mort contre le Dr Fabian afin d'en obtenir le contrôle total. Oncle Toby, qui n'a jamais été un véritable homme d'affaires ni un négociateur habile, a commencé par tenter de résister, mais a fini par se faire écraser entre les deux autres. D'après le colonel, il serait tombé dans une sorte d'état d'inanition. Il va certes tous les jours à son bureau et y manipule des papiers, mais on ne lui laisse pratiquement plus rien faire. On dit qu'il commence à montrer tous les signes classiques de la sénescence. Après tout, pourquoi pas ? D'après mes calculs, il doit avoir au moins cent cinquante-cinq ans, même s'il en paraît le tiers.

Oncle Toby consacre en fait l'essentiel de sa vie à la poursuite du plaisir. Il dépense des fortunes pour les choses les plus frivoles. Il s'entoure d'amants des deux sexes, petits animaux de compagnie aussi jeunes que jolis. Il laisse de plus en plus la gestion de ses affaires à Fabian et Parelli. D'après les rapports dont dispose Porphyre, ceux-ci le volent de manière éhontée.

Il est bien triste de voir ce qu'il est advenu de l'idée généreuse d'un Jones, qui souhaitait que tout le monde pût profiter d'une existence plus longue et plus saine.

A la fin, nous avons conclu, Ogden et moi, que nous ne savions pas qui était Jones et que nous ne le saurions probablement jamais. Jusqu'à ses tout derniers jours, notre père a préféré rester un mystère – non pas seulement pour le monde, mais aussi pour ses propres enfants.

Il ne faut pas oublier qu'il ne nous avait conçus que dans un but bien précis. Je crois que mes frères et sœurs en ont conscience et ressentent leur étrangeté, lorsqu'ils se comparent à la norme. Mais nous savons aussi que nous sommes le commencement de quelque chose d'autre. Meilleur, pas nécessairement, mais autre, certainement. Un nouvel échelon de l'évolution. Ce qui, en soi, implique l'espoir que l'homme n'a peut-être pas achevé son évolution.

Quelle que soit la manière dont on voit les choses, Jones nous aura au moins donné l'occasion d'aller plus loin ; de faire ce bond, sans tenir compte du risque. On entend maintenant dire partout que c'était un rêveur. Pourtant, il n'a jamais eu la folie de croire qu'il pourrait arrêter le temps ; il souhaitait simplement ralentir certains processus – réduire le taux des divisions mitotiques, atténuer les tensions des vaisseaux sanguins, ralentir les battements du cœur dans sa progression inexorable vers le néant. Il n'y a, là-dedans, rien de bien mystérieux. Rien de sinistre. Ce ne sont là que des problèmes mécaniques. A ce titre, il a réussi. Quels en seront les bénéfices pour l'humanité à long terme, cela reste à voir.

Jones doit avoir maintenant des milliers de descendants éparpillés aux quatre coins de la planète ; tous se reproduisent et se multiplient, faisant ainsi passer dans le monde les gènes de la brutale tribu des Hommes des Bois. Au moment de l'enquête, nombre de nos frères et de nos sœurs ont été libérés du camp dans lequel je les avais vus emprisonnés. Des gens bien intentionnés ont voulu les adopter, leur faire connaître la chaleur d'un foyer, les intégrer dans une communauté. Le plus souvent, ils n'y sont pas parvenus, parfois leurs efforts ont eu des conséquences tragiques.

Je rêve souvent de Frazé. J'ai déjà songé à retourner le visiter — ne serait-ce qu'une fois. Récemment, un magazine important a payé très cher un photographe pour qu'il aille y faire un reportage. Sofi m'a appelé du Manitoba pour m'en parler. Elle avait vu les photos et n'y avait rien reconnu. D'après elle, on aurait dit les ruines d'une termitière bouleversée par un mastodonte. En ruine, ses murs d'enceinte effondrés laissaient voir des milliers de cellules minuscules. Tout s'écroulait et on n'y décelait aucune trace d'occupation humaine.

J'ai répondu à Sofi que j'allais me procurer le magazine en question ; je ne l'ai jamais fait. Je n'en ai jamais eu le courage, tout simplement. Cependant, j'y retournerais volontiers, s'il n'y avait pas les Hommes des Bois. Car ils sont toujours là, bien que placés sous une surveillance plus étroite depuis que le procès a révélé ces affreux événements. Je suis certain qu'ils ne veulent pas que du bien à leur ex-roi.

Il m'arrive même de penser à Zann. Je ne peux pas m'en empêcher, malgré le peu de temps que dura notre cohabitation. Je me demande si elle a eu un enfant et, si oui, à quoi il ressemble... A l'un d'eux, à l'un de nous ? A moins qu'à l'image des pitoyables créatures du camp derrière leurs barbelés, ce ne soit une combinaison bâtarde des deux.

L'enfant aurait maintenant autour de cinq ans, l'âge où la curiosité s'éveille. Je me demande s'il veut savoir qui est son père, et pourquoi celui-ci ne vient jamais... Je me demande si cet enfant, quel qu'il soit, ressent mon absence et en souffre. J'espère que non. Ça n'en vaut pas la peine.

Jones avait la médiocrité en horreur. Moi, je serais trop heureux si j'avais un enfant tout simplement normal. Je ne me vois maintenant que trop souvent dans un miroir. Sofi avait raison. J'ai un visage totalement ordinaire, de ceux qui passent parfaitement inaperçus. Et c'est très bien ainsi.

Privé de dismutase et de ma thérapie hormonale, je commence à vieillir. J'ai la vue qui baisse, des douleurs sourdes, parfois du sang dans mes selles. Le médecin éclate de rire et me tape sur l'épaule, m'assurant que tout cela est normal... à mon âge. Rien qui ne me trouble beaucoup. On dirait même que cela ne m'affecte pas ; pire, que cela me convient très bien. J'attends avec impatience les longues siestes de l'après-midi et le moment de me coucher avec les poules. Les rideaux tirés contre la nuit, fatigué de m'inquiéter, j'attends l'étranger encapuchonné. Je suis impatient de le voir arriver. Il est le vieil ami qui nous arrache aux tracas du jour, celui qui, à l'aide de quelques grains de sable, invariablement, nous jette à la béatitude du sommeil.

Table

IMPRIMERIE B.C.I. À SAINT-AMAND (CHER)
DÉPÔT LÉGAL : MAI 1995. N° 25310 (992-4/278)